그래, 나 너 좋아

그래, 나 너 좋아

1판 1쇄 찍음 2019년 4월 23일
1판 2쇄 펴냄 2020년 6월 2일

지은이 | 문수진
펴낸이 | 고운숙
펴낸곳 | 봄 미디어

기획 · 편집 | 김민지, 김지우
표지 디자인 | 우물

출판등록 | 2014년 08월 25일 (제387-2014-000040호)
주소 | 경기도 부천시 길주로 64, 1303(굿모닝 오피스텔)
영업부 | 070-5015-0818 편집부 | 070-5015-0817 팩스 | 032-712-2815
E-mail | bommedia@naver.com
소식창 | http://blog.naver.com/bommedia

값 12,000원

ISBN 979-11-5810-698-0 03810

문수진 장편 소설

그래,
나
너
좋아

·I like you·

007   프롤로그   짝사랑이 끝나지지 않아

022   1화   짝사랑의 마침표, 고백

044   2화   악연인 듯 인연인 듯

066   3화   잘 쓰는 또라이, 공해주

094   4화   실연 여행

116   5화   계속 좋아해 볼까

140   6화   흔들려요, 설레요

166   7화   꼬셔 볼까

188   8화   스킨십의 정의

210   9화   어쩌다 너는

236   10화   그저 입맞춤

258   11화   적어도 지금은

288   12화   너는 오늘 그 남자의 고백을 받았어

316   13화   그래, 나 너 좋아

336   14화   내가 좋아하는 사람이 나를 좋아할 때

362   15화   어른의 연애

388   16화   너와 나의 봄

412   17화   이유는 묻지 마라, 낸들 알겠냐

434   18화   좋기만 한 평범한 연애

454   19화   무조건 예스

478   •에필로그   우리는, 우리를 좋아해

495   작가 후기

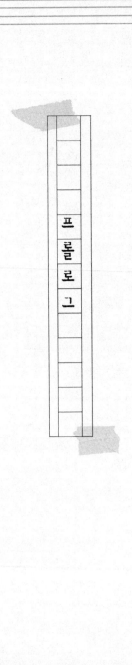

프롤로그

· I like you ·

짝사랑이 끝나지지 않아

3년여 만에 밟은 한국 땅이었다. 익숙한 공기, 여전한 소음. 모든 것이 낯설지 않았다.

캐리어를 끌고 택시에 올라탄 해주는 곧장 집으로 향했다. 캐나다에 연락을 하기 위해 휴대폰을 드는데, 머릿속으로 잠시 시차를 계산했다. 서머 타임까지 있어 시차는 무려 열세 시간.

여기가 아침이니까, 지금쯤은.

"낮이겠네."

시간 계산을 마친 해주는 망설이지 않고 통화 버튼을 눌렀다.

불과 하루 남짓 전에 헤어진 것 같은데, 가족들은 100일 만에 통화하는 것처럼 번갈아서 안부를 물었다. 결국, 한국 땅 밟은 지 한 시간도 안 돼서 곧 캐나다로 가겠다는 약속을 한 뒤에야 전화를 끊었다.

문득 창밖으로 시선이 향했다. 서울은 크게 달라지지 않았다. 높은 건물들은 여전히 빌딩숲을 이뤘으며, 하늘은 먼지 때문에 조금 뿌옇고, 사람들은 저마다 바빠 보였다.

한국을 떠날 때만 해도 단발이었던 머리카락은 어깨를 덮어, 가슴을 가릴 정도였다. 그 외에 변한 점을 꼽으라면, 통통했던 젖살이 좀 빠진

정도? 딱히 생각나는 게 없었다. 하긴, 겨우 3년인데 너무 큰 기대를 하는 것일 수도 있다.

새집에 도착한 해주는 미리 전해 들은 도어록 비밀번호를 누르고 현관문을 열었다. 새로 비밀번호를 설정하기 위해 키패드를 한참이나 바라봤다.

고민 끝에 익숙한 숫자 여섯 자리를 새로 입력하고 집에 들어섰다. 새집 냄새가 물씬 풍기는 것이, 벌써부터 두통이 몰려오는 것 같아 미간을 좁히는데, 거실 한쪽에 캐나다에서 도착한 짐들이 가득 쌓인 게 눈에 들어왔다.

"후, 저걸 언제 다 정리해."

방 하나를 비운 것뿐인데 뭐가 저렇게 많은지. 해주는 낯선 집을 둘러보다가, 저를 대신해 새집을 알아봐 준 사촌 오빠의 선물이라는 소파를 흐뭇하게 바라봤다. 색감도 사이즈도 딱 그녀 취향이었다.

"조금만 쉬자."

해주는 나른한 한숨을 내쉬며 소파 위에 드러누웠다.

열 시간이 넘는 비행에 지칠 대로 지친 해주가 눈을 감았다. 서울 하늘 아래 있어서일까. 시야가 깜깜해지니 제일 먼저 떠오르는 얼굴이 있었다.

온몸은 긴 비행시간으로 피곤해지는데, 머릿속만큼은 또렷했다. 가슴은 들뜨고, 입술 사이로는 자꾸만 뜨거운 숨결이 흘러나왔다.

권이한.

그를 만날 수 있다는 생각 때문에.

여기는 서울이다. 나는 서울에 왔다. 나는, 곧 그를 만날 수 있다.

그 생각에 심장이 쿵쿵 소리를 내며 반응하기 시작했다. 오랫동안 잊고 살았던 감정. 하지만 그 감정이 어떤 의미를 지녔는지, 또렷하게 기억했다.

어떻게 잊겠어. 내가 당신을, 얼마나.

입술 끝에 맴도는 말들을 억지로 삼켜 낸다. 과거, 언제나 그랬던 버룻처럼.

—그래서 정말 안 올 거야? 너 3년 만에 한국 들어온 건데 다들 얼굴은 봐야지. 이한 선배도 온다던데.

들뜨는 설렘을 감출 수 없었다. 그를 만나러 한국으로 돌아온 건 사실이지만 그 기회가 이렇게 빨리 올 줄은 몰랐다. 땅으로 꺼졌는지, 하늘로 솟았는지 알 수 없는 자신과 연락이 닿기 위해 이한이 많은 노력을 했다는 것을 알기에, 그의 화가 어디까지 향해 있을지 가늠도 할 수 없지만.

짐 정리가 덜 끝났다, 아직 시차 적응도 안 됐다, 한국 들어온 지 하루도 안 지났다, 여러 가지 핑계들이 머릿속으로 지나갔지만 그뿐이었다. 어느새 해주는 알겠다는 대답을 할 수밖에 없었다.

대학교 선후배들이 가벼운 마음으로 모이는 자리. 오늘 아침 귀국한 해주가 못 갈 이유는 없었다. 아니, 오히려 가고 싶었다.

권이한, 그가 온다는 이유 하나만으로 이미 가슴은 충분히 뛰고 있으니까.

보고 싶다.

보고 싶어.

그래서 온 거잖아.

"혼나면 혼나고, 때리면 맞지, 뭐."

설마 때리기까지 하겠어.

질끈 입술을 깨물던 해주가 소파에서 일어나 급하게 캐리어를 뒤졌다. 가져온 옷들 중에 입을 만한 옷이 있을까. 그녀의 손이 바쁘게 움직였다.

외출 준비를 마친 다음에도 고민에 고민을 거듭하느라 시간을 지체했다. 약속 시간보다 늦게 도착한 해주는 1차가 모두 파한 자리부터 함께했고, 2차로 옮긴 지 한 시간이 됐는데도 이한과는 말 한마디 못 섞었다.

어떻게 말을 붙일 수 있을까. 저렇게 죽일 듯이 노려보고 있는데.

시선이 닿은 얼굴이 따갑다. 그렇게 노려보지 않아도 화난 건 충분히 알고 있는 사실인데. 어색하게 웃으며 다른 이들과 잔을 부딪친 해주가 시선을 피해 소주를 들이켰다. 오랜만에 마신 소주가 낯설었다.

얘가 이렇게 썼나? 바로 물을 마시려고 손을 뻗는데, 그 사이에 그와 시선이 마주쳤다. 눈을 동그랗게 뜨며 놀란 해주가 물 대신에 다른 컵을 집어 들었다.

"야, 너 그거 소주……."

덩달아 놀란 민서가 말렸지만 소용없었다. 급하게 들이킨 투명한 액체가 물이 아니라 소주라는 것을 알아챘지만, 이미 삼킨 뒤였다. 해주가 기침을 터트리자 주변에서 난리가 났다.

어떻게 소주를 마시냐, 역시 허당 공해주답다, 머리만 길었지 변한 게 없다, 외국물 먹고 온 거 맞냐. 모두가 웃으면서 떠드는 와중에 딱 한 명, 동화되지 않은 사람이 있었다.

맞은편에 앉아 팔짱을 낀 채로 한 사람만을 보고 있는 남자, 권이한.

저 사람은 여전히 자기가 시선으로도 사람을 옴짝달싹 못 하게 한다는 걸 모르는 모양이다.

정말, 하나도 안 변했구나.

"이야, 우리 유명한 공해주 작가님! 오랜만에 보니까 좋네. 한국은 아예 들어온 거야?"

대각선으로 앉은, 이한의 절친 우진이 살갑게 말을 걸었다. 대학 때부터 이한과 다니면 항상 같이 보게 되는 선배였다. 하지만 이한이 아니라면 따로 볼 일이 없는 그런 사이이기도 했다.

"일단 생각은 그래요."

"캐나다 어디 있었는데?"

"오타와요. 오빠가 결혼하고 그쪽으로 직장을 잡았어요, 새언니도 그렇고."

"그래서 그렇게 급하게 갔어? 우린 너 캐나다 간 줄도 몰랐지. 말이라도 해 주지 그랬냐. 너 연락 안 된다고 어떤 놈은 민서 계속 쪼고 그랬는데."

우진이 옆에 앉은 이한을 장난스럽게 흘겼다. 가까이 앉은 사람들은 이한과 우진, 민서가 전부였다. 옆자리에서는 또 다른 주제로 대화가 시작됐지만 해주는 그 어디에도 끼지 못하고 물로 목만 축이고 있었다.

우진이 먼저 말을 걸었는데도 대화는 금방 끊겼다. 대답해 줄 말이 없었다. 이 자리에서 권이한 때문에 캐나다에 갔다고 말하면, 그건 징말 대형 사고니까.

해주는 버거운 숨을 길게 내쉬었다. 도망가고 싶다. 괜히 왔나? 오늘 오는 게 아니었나? 하긴. 무슨 계획이 있어 그를 만나러 온 건 아니다. 보고 싶다는 일념 하나에 왔다. 한국에 온 것도 오직 그 때문이다.

―얘기 들었어? 권이한 선배, 정원 언니랑 헤어졌다는데?

"……언제?"

―꽤 됐다는 것 같은데 자세히는 모르고. 근데 너 정말 몰랐어? 선배랑 친했잖아. 그 선배 너랑 연락 안 된다고 나 귀찮게 하더니, 아직도 연락 안 된 거야, 둘이?

"뭐, 좀 그랬어. 그런데 진짜야? 정말 헤어졌대?"

―어. 그렇다더라. 난 둘이 오래 만나길래 결혼할 줄 알았는데. 그것도 왜 헤어졌는지 알아? 대박 사건, 그 언니 바람피웠대.

"……바람?"

―어. 그랬다던데? 선배들끼리 떠드는 거 들었는데, 아무래도 이한 선배 출판사 잘 안돼서 그런 거 아니냐고 그러더라.

민서와 통화하다 듣게 된 우연한 소식. 그 말을 듣고, 무슨 생각으로 한국에 왔는지, 사이사이 어떤 일들이 있었는지 기억에 없었다. 하루

내리 그의 생각에만 빠져 있다가, 부모님에게 거의 통보하듯이 한국으로 돌아가겠다는 말을 던지고 귀국 준비를 서둘렀을 뿐.

보고 싶어 죽겠는 사람.

보지 않으면 살 수 없을 것 같은 사람.

어떻게 3년을 떨어져 있었는지, 보지 않을 수 있었는지. 헤어진 지는 얼마나 됐을까, 캐나다 갈 때만 해도 만나고 있었는데. 지금 선배 옆에는 아무도 없는 걸까.

아랫입술을 깨물며 해주가 시선을 들었다. 역시나 이한은 해주를 보고 있었다.

이한에게 있어 해주는 가장 아꼈던, 그리고 꽤 특별했던 후배였다. 아니, 애초에 권이한은 누군가를 아낄 만한 성격이 못된다. 그럼에도 불구하고 유난히 해주와는 곧잘 함께 다녔다.

스무 살, 새내기 때부터 웃지 못할 인연으로 그의 눈에 들었고, 그녀의 대학 시절은 곳곳에 그와 함께한 추억거리가 묻어 있었다.

"선배님, 이제 식사는 따로 하죠?"

함께 듣는 교양 수업이 끝나고 밥을 먹을 때였다. 해주는 그가 사 준 햄버거를 크게 물면서 제안했다.

웬만한 동기들보다는 이한이 더 편해졌는데도, 과에서 도는 소문은 몇 년째 도통 가라앉지를 않았다. 곁에 도통 사람을 두는 법이 없던 이한은 도서관에 갈 때, 카페에서 할 일 없이 시간을 보낼 때, 지루한 공강 시간을 버텨야 할 때면 어김없이 해주를 찾았다. 어쩌면 소문이 도는 것도 당연했다.

공해주가 권이한을 쫓아다니는 거 아니냐, 그럼 한정원과 공해주가 서로 연적인 거냐, 아니면 권이한이 공해주를 어장에 들여놓고 한정원도 만나고 공해주도 만나는 거 아니냐.

학부 내에서 이런 소문을 잠재우기란 쉽지 않았다. 어떤 신입생들은 해주를 이한의 여자친구로 착각하는 일도 즐비했다. 그래서 해주는 나름대로 특단의 결단을 내렸다. 앞으로의 평탄한 대학 생활을 위해서라도, 그를 좀 멀리해야겠다고.

"갑자기 왜."
"다들 이상하게 보잖아요. 선배랑 둘이 붙어 다닌다고."
"관심 끄라 그래."

저기요. 지금 이게 당신 일이거든요? 해주는 입가에 묻은 햄버거 소스를 닦아 내며 재차 강조했다.

"신입생 애들도 막 떠들어요. 선배가 워낙 튀니까 벌써부터 선배 일거수일투족에 관심이 많다고요."
"그래서?"
"졸업한 여자 친구도 있는 분이 그러시니까 다들 오해하잖아요. 이제부터 밥은 따로 먹어요."
"그럼 나 누구랑 먹으라고."

말투는 답지 않게 불쌍하고 처연한 척인데, 표정은 이토록 거만할 수가 있나. 해주는 기가 차고 어이가 없어서 웃었다.

"……아, 불쌍한 4학년이지. 깜빡했어요. 선배 밥 먹을 사람 없는 거."
"됐고, 전에 썼다는 거나 보여 줘."
"참나, 맡겨 놨나. 그럴 줄 알고 직접 프린트까지 해 왔네요."

그런 후배가 졸업 후에 연락이 뜸해지고, 언제부턴가는 전화도 받지 않았다. 그렇게 기를 쓰면서 눈에도 안 보인다 싶더니, 결국 남을 통해 캐나다로 떠났다는 말을 들었을 것이다.

아무 연락 없이, 아무 말도 없이.

심지어 연락처마저 바뀌어 이한은 그녀에게 직접 연락할 길이 없었을 거고, 평소에 말도 잘 안 섞는 후배인 민서에게 전화를 걸어 바뀐 연락처를 얻어 냈다고 들었다. 캐나다에 가서도 해주는 이한의 연락을 받지 않았다. 중간에 민서가 연결이라도 시켜 주려 하면 무슨 수를 써서라도 피했다.

캐나다에 갔다는 소식을 듣고, 딱 1년. 그가 그녀에게 연락을 시도한 시간. 그 후로 2년이 더 지났다.

해주가 속으로 쓴 한숨을 삼켰다. 듣지 않아도 알 수 있다. 그렇게라도 해야 그를 잊을 수 있을 것이라 생각했던 건 오로지 혼자만의 욕심이었다. 그중에 이한의 의사는 없었다. 그는 배신당했고, 한순간에 버림받은 기분을 느껴야 했다.

그녀가 권이한을 보지 않고 버틴 시간은, 고작 3년이었다.

"······잘 지냈어요, 선배?"

어렵게 입을 연 해주의 목소리가 옆자리 사람들의 대화에 묻혔지만, 이한은 똑똑히 들었다. 무심한 표정 위로 그의 눈썹이 미세한 산을 그렸다. 덩달아 긴장한 해주가 또다시 아랫입술을 깨물며 괴롭혔다.

아, 나 이러지 않았는데. 그의 앞에서 자신감이 마구마구 떨어지고 있었다.

"너."

무슨 말이 튀어나올까. 이한의 낮은 음성에 정신을 차린 해주는 심장이 얼어붙을 정도로 긴장했다.

욕을 하면 듣고, 때리면 맞고, 원망의 소리를 들으면 잘못했다는 말을 할 작정이었다. 솔직히 말하자면, 자신은 없었다. 그가 원망 어린 시선으로 자신을 본다는 건, 생각보다 끔찍한 일이었다.

그런데.

"못 본 새 얌전해졌다?"

그는 마치 몇 주 못 본 사람처럼 가볍게 물어 왔다. 꽤나 부드러운 목소리로.

한껏 긴장했던 해주가 낮은 숨을 길게 내쉬었다. 왜 연락하지 않았냐, 나랑 정말 인연 끊을 생각이었냐, 감히 내 연락을 씹냐, 등등의 원망 어린 질문이 날아올 거라 생각했는데 허탈감마저 느껴졌다. 역시 권이한. 늘 예상을 뛰어넘는 남자지.

"아직 시차 적응이 덜 됐나 보죠."

이한은 대답 없이 빤히 그녀를 응시했다. 마치 이대로 뚫어진다고 해도 납득이 갈 것 같았다. 미안하다가 먼저일까, 잘못했다는 말이 먼저일까 고민하는데, 이한이 앞에 있던 잔을 빠르게 비웠다. 심지어 잔은 깔끔했다.

그는 같은 행동을 두 번 더 반복했다. 눈앞에서 소주 반병이 사라졌다.

"공해주."

낮은 음성에 해주가 어깨를 움찔거렸다. 역시, 방금 전 꽤 다정한 듯했던 목소리는 착각이 분명했다. 화난 게 분명한데, 화를 내지 못하고 있는 시선과 마주해 버렸다. 그의 시선 안에 갇힌 해주가 어쩌지도 못하는 사이, 그가 먼저 입을 열었다.

"캐나다는 재밌었냐?"

사람 참, 변하지 않았다. 질문 하나를 해도 저 삐딱한 태도를 보라. 어느새 움츠렸던 태도를 버리고, 해주가 허리를 곧추세웠다.

"네, 뭐."

"……재밌었다?"

그녀의 말을 곱씹으며 이한이 비죽거렸다. 그는 다시 잔에 투명한 소주를 따랐다. 소독약 냄새가 진동하는 술을 말끔히 비우고는 다시 해주와 시선을 마주쳐 왔다.

슬슬 걱정이 되기 시작했다. 그녀의 기억으로 그는 술을 즐기는 사람이 아니다. 그래서 알 수 있었다. 저 속에 쓰디쓴 술을 억지로 들이붓고 있다는 것을.

"근데 왜 왔냐? 그렇게 재미있는 캐나다에서 계속 살지."

해주는 이한이라서 참았다. 때리면 맞고, 무시하면 쫓아갈 결심까지 했다. 그가 빈정거리는 것도, 삐뚤게 말하는 것도 전부 자신 때문이니까.

"야, 넌 무슨 말이 그래. 이제 막 한국 땅 밟은 애한테."

옆에 앉은 우진이 이한의 팔을 툭 치며 말했다. 이한은 그 말이 들리지 않는다는 듯이 오로지 해주만 보고 있었다. 아까부터 그랬다. 해주가 아니고서야, 이 자리에 있을 이유가 없다는 걸 증명이라도 하는 것처럼.

"캐나다가 재미있어 죽겠다는 애가."

정확하게 말해 죽겠다는 말까지는 안 했지만 해주는 잘못된 부분을 바로 고쳐 주지 않았다.

"나한테 잘 지냈냐고 물으니까."

화났다.

"말이 곱게 나갈 리가 있나."

화난 게, 분명하다.

그는 다시 소주 두 잔을 연거푸 들이키고서는 자리에서 일어섰다. 테이블에 있던 담배 한 갑과 휴대폰을 들고 술집 밖으로 나가기까지 했다.

바로 옆에 앉아 있던 우진과 민서가 심상치 않은 분위기에 눈치를 살폈지만 해주는 어떠한 설명도 남기지 않고 이한을 따라갔다.

그는 건물 옆 한적한 골목에서 담배를 피우고 있었다. 불쾌한 연기와 날카롭고 이지적인 그의 얼굴이 가로등 불빛에 비춰지자 그녀는 망설임 없이 그의 앞으로 다가갔다.

3년은 긴 시간이다. 담배를 일절 피지 않던 이한이었는데, 어째서 몸에 나쁜 것을 쥐게 됐을까. 그녀는 순식간에 우울해졌다.

"잘못했어요."

"……뭘."

"그냥, 다요."

만약 지금 이 순간 이후로, 이한이 다시는 연락하지 말라는 잔인한 통보를 해 와도 할 말이 없었다. 졸업하자마자 그의 연락은 모조리 차단한 채 일방적으로 잠수를 탔고, 말없이 캐나다로 떠난 뒤에도 그의 연락은 단 한 번도 받지 않았다. 전부 그녀가 한 짓이었다.

시간이 지나고, 캐나다 생활에 적응했을 즈음이었을까. 그에게서 오는 메시지나 메일이 끊겼을 때 해주는 체념하기 시작했다. 자신이 잊혀져 가고 있음을 깨달았다. '여자'도 될 수 없었는데 '후배 공해주'도 잊혀져 가고 있음을 두려워했다. 뻔뻔하고, 자기밖에 모르는 이기적인 선택이었음에도.

"너 어디 아팠냐? 불치병 뭐 이런 거."

"아니요."

"그럼 우리 집이랑 원수졌어?"

"그럴 리가요."

그가 바닥에 담배를 비벼 껐다.

불치병, 원수. 단어 선택이 심상치 않지만 그녀는 토달지 않았다. 기분이 좋아지려는 못된 마음마저 들었다. 사라져 버린 자신 때문에, 그런 생각까지 했을 그의 모습이 마구 그려졌다.

이한은 담배를 다시 꺼내 들다가 숨을 참고 있는 것 같은 해주를 보고나서는 다시 담배를 집어넣었다.

"둘 다 아니라는 거네, 그러니까."

그가 낮게 읊조렸다. 해주는 불안해졌다. 마치 포기해 버린 것만 같은 목소리에 덜컥 겁이 났다.

이제야, 만났는데.

"아니면 됐다, 그럼."

확인을 마쳤고, 마치 제 할 일을 끝낸 사람처럼 이한은 돌아섰다. 해주는 순간 멍해졌다. 머리부터, 발끝까지 불안으로 가득했던 감정의 덩어리가 순식간에 빠져나간 느낌.

됐다니? 뭐가 돼? 지금 이게 끝이라고? 그가 피운 꽁초를 멍하니 바라보던 해주는 성급히 그를 불렀다.

"선배."

그는 듣지 못한 사람처럼 무시했다. 해주는 빠른 걸음으로 사라지는 그를 쫓아갔다.

"잠깐만요."

그를 따라 술집에 돌아가니 이한은 돌아가겠다 하고, 사람들은 가지 마라 붙잡는 중이었다. 그 와중에 끼어들어 그의 앞을 가로막자 이한은 무덤덤한 얼굴로 그녀를 내려다봤다.

해주는 무시당할 수도 있을 거라 생각했다. 원래부터 차가운 사람이었다. 그에게 저는 그저 남들보다 조금 특별한 대우를 받는 후배였다. 그가 자신을 저렇게 보는 일은 과거에 단 한 번도 없었다.

어떻게 하면 되돌릴 수 있을까.

어떻게 하면 곁에 있을 수 있을까.

"좋아해."

"……네?"

"네 글."

"아, 깜짝 놀랐잖아요!"

"뭘 놀래. 몰랐던 것도 아닌데."

"그걸 그렇게 말하면 당연히 놀라죠!"

"별게 다. 그러니까 빨리 내놔. 언제 다 쓸 건데?"

"참나. 맡겨 놨어요?"

"나랑 계약해요."

참고, 참다가 토해진 한마디에 주위가 숙연해졌다. 이한은 크게 반응하지 않았다. 그저 미간 사이를 흘트릴 뿐.

"선배, 내 글 좋아하잖아요."

"······그래서."

"좋아하는 내 글 줄게요. 계약해요, 나랑."

해주는 기억했다. 나중에 성공해서 계약금 빵빵하게 줄 수 있을 때, 같이 일이나 하자는 그의 말을. 혼자 끄적거리던 문장 하나하나를 함께 봐주던 그를.

얼마나 설레였던가. 얼마나 기뻤던가. 자신을 여자로 보지는 않지만, 그가 자신의 글을 사랑한다는 것에 얼마나 좋았던가.

"그러니까."

3년을 허비했다. 그러니 이제는 옆에 있어야겠다.

"나 한 번만 봐줘요."

짝사랑이라도 좋으니.

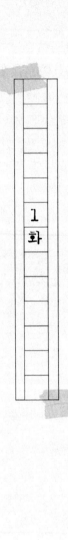

짝사랑의 마침표, 고백

그녀의 이상형은 한결같았다.

이 세상 유일하게, 나한테만 다정한 남자. 그렇다고 그 남자가 다른 이들에게 차갑고 매정하고 싸가지가 없어야 한다는 말은 아니다.

시무룩해진 해주는 어깨를 축 늘어뜨리며 소파 등에 기대앉았다. 무슨 남자가 생긴 거랑은 다르게 입은 얼마나 거친지. 아니, 오히려 그렇게라도 생겨서 그 정도 욕만 듣는 걸 수도 있다. 얼굴이라도 못났으면 아마 욕이란 욕은 혼자 다 먹고 있겠지.

"완전 또라이라니까! 나한테 글쎄, 자기가 발로 써도 이것보다는 나을 거래! 글 좀 쓸 줄 아는 대표라고 해서 무슨 메리트가 있을 줄 알았더니, 미쳤지 내가! 하, 그리고 또 뭐라는 줄 알아? 무슨 자신으로 이런 원고를 들고 온 거냐고 하는 거 있지! 아니 자기가 잘났으면 얼마나 잘났다고 내 소설을 무시하고 폄하해? 인간이 왜 그렇게 생겨먹은 거야, 대체? 등단했던 작가라고 내 앞에서 유세하는 거야, 뭐야!"

아직도 유서민 작가의 까랑까랑한 목소리가 귓전을 울리는 것 같았다. 자존심 센 여자니까 스크래치가 나도 심하게 났을 것이다.

"근데 나는 왜 하필 그런 놈한테 꽂혀서."

해주는 탐탁지 않은 얼굴로 커피로 손을 가져갔다. 카페인에 워낙 취약한지라 웬만하면 커피를 피하고 있었는데 정신을 빼놓다가 그만 커피를 시킨 게 실수였다. 이러다 카페인 과다로 어떻게 될 수도 있었다.

계속 마실까, 아니면 지금이라도 다른 걸 시킬까. 고민하던 찰나에 카페 문이 열렸다.

"넌 왜 밖으로 불러내. 회사로 오면 되지."

그는 마지못해 나왔다는 말투로 인사를 대신했다. 털썩 자리에 앉은 남자는 약속 시간에 10분이나 늦어 놓고도 미안하다는 기색 하나 없었다.

대학 선배이자 그녀의 작품을 출간 준비 중인 해담 출판사의 대표, 권이한. 언제부터인지도 모를 짝사랑의 주인공.

그 나이에 두 번 망하기도 쉽지 않은데, 대학 졸업 후 차린 출판사를 두 번이나 말아먹은 이한에게 해주는 거절할 수 없는 제안으로 그의 작가가 됐다.

그때 해주는 대학 졸업 후에 캐나다에서 살다가 한국으로 돌아온 상태였고, 베스트셀러 소설 작가로 꽤 유명세를 타고 있을 때였다. 어느 평론가는 막 세상에 태어난 것 같은 날것의 느낌이 나면서도 본능보다는 이성을 추구하는 작가라고 평가했다.

또한 스물셋에 등단한 경험은 그녀의 이름을 알리는 데 도움이 됐다. 정상적인 사고방식을 가진 출판사 관계자라면, 누구도 그녀를 거절할 수는 없었다.

이례적인 일이었다. '글 좀 쓴다'는 말도 못 들어 본 스물셋 대학생이 신춘문예 문학상을 수상하는 건.

그 소식을 처음 알게 됐을 때, 해주는 이한과 함께였다. 수상 발표가 나는 날, 저녁을 사 준다던 이한은 조그마한 원룸 사무실 앞으로 그녀를 불러냈다. 그 순간을 영원히 잊지 못할 것이다.

얼떨떨하고, 믿겨지지 않아 얼을 놓고 있는데 이한이 그녀의 손에서 휴대폰을 뺏어 들었다.

홈페이지에 적인 공해주의 이름 석 자를 몇 번이나 확인한 이한은 빙그레 웃었다.

"봐. 너 된다고 했잖아."

"……언제요?"

"항상."

이 사람, 이렇게 예쁘게 웃을 줄도 아는 사람이던가.

무덤덤하던 얼굴 위로 환하게 퍼지는 미소와 부드러운 울림을 주는 목소리. 퉁명스러운 말투 속에 섞였던 그의 응원에 마음이 복잡해졌다. 그때 알았다.

아, 내가 이 사람을 좋아하고 있구나. 이 남자를 짝사랑하고 있구나.

마치 처음부터 그랬던 것처럼, 그 일을 기점으로 권이한의 모든 것이 좋아지기 시작했다. 언제부터 시작했을지도 모르는 짝사랑을 깨닫게 된 순간, 마음은 무서울 정도로 빠르게 크기를 키워 갔다.

정말로 그 순간에는 심장이, 쿵 소리를 냈으니까.

나중에야 알았다. 이한이 스물둘에 쓴 단편 소설로, 똑같은 신춘문예 공모전에 똑같은 상을 수상했다는 걸.

"늦어 놓고 미안하다는 말도 없어요?"

"갑자기 불러낸 게 누군데."

"그래서 회사 앞으로 왔잖아요."

"그것도 갑작스럽기는 마찬가지야."

한마디를 안 진다, 한마디를.

해주는 두 손을 뻗어 차가운 컵을 만지작거렸다. 반도 훨씬 넘게 남은 아이스 아메리카노는 여전히 얼음이 가득했다. 커피를 확인한 이한의 미간이 움푹 구겨졌다.

"웬 커피?"

못마땅한 이한의 얼굴과 커피를 번갈아 보며 해주가 작은 신음을 흘렸다. 그는 카페인에 취약한 그녀를 알고 있었다.

"……모르고 시켰어요."

실은 너무 긴장해서. 당신한테 하고 싶은 말 때문에 너무 떨려서.

"칠칠맞기는. 뭐 하나 제대로 하는 게 그렇게 어렵냐?"

세상에, 작가를 이렇게 막 대하는 출판사 대표는 없을 거라고 생각하는 사이, 이한이 손을 뻗어 그녀의 커피를 가져갔다. 목이 말랐던 건지 스트로를 빼고 단숨에 커피의 반을 마시는 그의 목울대를 멍하니 바라보던 해주가 입술을 깨물었다.

미쳤어. 목울대까지 멋있잖아.

해주는 이따금씩 툭 튀어나오는 그의 행동들을 아무렇지 않게 받아들이기가 어려웠다.

때로는 자괴감도 들었다. 얼마나 대접을 못 받았으면 이런 사소한 행동에 설레는 걸까.

"그거 마시면 나는 뭐 마시라고요."

"어차피 커피 못 마시잖아. 밤새 잠 안 온다고 글 쓸 것도 아니고."

"이럴 땐 보통 다른 거 시켜 준다고 하지 않아요?"

"공과 사 중에 공으로 온 거야? 그럼 법인 카드로 사 주고."

저 입을 꼬맬 수도 없고, 확.

한숨을 참은 해주가 가방에서 지갑을 챙겼다. 다른 차라도 시킬 생각으로 일어나는데, 가만히 보고만 있던 이한이 장난이었다는 얼굴로 작게 웃더니 몸을 일으켰다.

"대강 사 온다."

긴 다리로 성큼성큼 주문대로 향하는 이한을 바라보며 해주가 긴장된 숨을 내뱉었다. 꼭 나중에 저럴 거면서 그냥 사 온다고 하면 되지. 꼭 저런다니까.

주문한 음료가 나오길 기다리는 이한을 보며 해주는 새삼 그가 잘난 남자라는 걸 깨달았다.

음료를 만들면서 흘깃흘깃 그를 훔쳐보는 아르바이트생의 상기된 얼굴은 물론이고, 근처에 앉아 있는 여자 손님들의 호기심 어린 시선도 마음에 들지 않았다. 해주의 눈썹이 불만을 가득 담아 구부려졌다.

대학 때부터 저랬다. 배우라고 해도 믿을 만큼 잘생긴 얼굴. 그녀는 지금까지 이한보다 잘생긴 남자를 TV속 세상이 아닌 다른 곳에서 본 적이 없었다. 입을 꾹 다물고 생각에 잠겼을 때 그의 얼굴은 마치 살아 있는 조각상 같았다. 그 모습을 보고 반하지 않을 여자가 없을 정도였다.

목소리는 또 어떤가. 특유의 중저음이 주는 울림은 그가 가진 수많은 매력 중 하나였다. 모델처럼 큰 키와 매일 아침 한 시간씩 수영을 한다는 이한의 어깨는 흡사 같이 있는 사람에게 위협이 될 정도였다.

하지만 해주가 그를 좋아하는 이유는 완벽한 외향 때문이 아니었다. 잘생겼다고 해서, 키가 크다고 해서 그를 마음에 두지 않았다. 아마 그런 이유가 가장 크다고 하면, 그의 구박과 막말에 질려 일찍 마음을 접었을지도 모른다.

문제는 대체 왜 이 마음이 접어지지 않는 건지, 그 이유를 정확히 모른다는 것.

그럼에도 불구하고 좋아서 주체가 되지 않는다는 것.

점점 깊어지기만 할 뿐, 아무것도 아니었던 감정으로 되돌릴 수 없다는 게 문제였다.

조금만 덜 잘생겼으면 좀 좋을까.

"뭘 그렇게 보고 있어?"

어느새 다가온 이한이 미간을 좁히며 물었다. 저 훈훈한 얼굴에 주름이 안 지는 날이 과연 있을까. 해주가 곧장 대답했다.

"내 눈으로 보지도 못해요?"

"어. 보지 마. 누가 나 훔쳐보는 거 끔찍해."

29

마시멜로가 가득 올라간 핫초코를 그녀의 앞에 내려놓으며 이한이 말했다. 주변을 둘러보던 해주가 목소리를 죽였다.

"이제 익숙할 때도 되지 않았나?"

"미쳤냐? 이런 거에 익숙하게."

곱게 말하는 법 따위는 절대 모르겠지. 입술을 삐죽 내민 해주의 시선이 핫초코에 닿았다. 사르르 녹고 있는 마시멜로 끝부분이 점점 우유 속으로 사라지고 있었다. 빨리 마셔 달라는 아우성처럼.

"……내가 애예요? 아직도 이걸 사 주게?"

"네가 마시는 차, 여기 없어."

그냥 다음부터는 다른 거 시켜 준다고 대답하면 될 걸. 그렇다고 내 나이가 몇인데 아직도 핫초코를. 해주가 마지못하다는 얼굴로 컵을 손에 들자 이한은 기다렸다는 듯이 입을 열었다.

"할 말이나 꺼내, 바빠."

온 지 10분도 안 됐으면서 이한은 손목시계로 시간을 확인했다. 그 모습을 보던 해주는 대답 없이 달달한 핫초코 한 모금을 깊게 빨아 마셨다.

평소와 다른 분위기를 풍기는 그녀를 마주 보던 이한이 미간을 엷게 구겼다.

"원고 못 준다는 소리면 죽는다."

그놈의 원고. 해주가 한숨을 참았다.

"그런 거 아니거든요?"

"기한 연장도 안 돼. 우리 하반기에 네 소설만 기다리고 있어."

"알아요, 알아. 마지막에는 나 아니면 망한다는 얘기도 할 거죠? 선배는 그 얘기 말고 나랑 할 얘기가 없어요?"

"따로 있을 건 뭐야. 담당 편집자 별로야? 바꿔 줘?"

자꾸만 얘기가 튄다. 바쁜 일 많은 건 알지만 그래도 작가가 출판사 앞까지 찾아왔는데 이건 너무 찬밥 신세가 아닌가.

"그런 거 아니에요. 차 팀장님이 나한테 얼마나 잘하는데요. 선배도 차 팀장한테 잘해요, 매번 망했는데 그렇게 붙어 있는 후배도 없어."

애기가 여기저기 튀고 있었다. 줄어드는 해주의 목소리에 이한이 눈썹을 치켜세웠다.

원고 문제도 아니다, 기한을 더 달라는 것도 아니다, 담당 편집자한테 불만도 없다, 그런데 남은 문제가 있을 수 있나?

이한은 특유의 성급함으로 재차 물었다.

"그럼 뭔데."

"선배, 유서민 작가한테 뭐라고 했다면서요? 화나서 전화 왔던데. 자기 소설 완전 개똥보다 못한 취급당했다고."

그가 짙은 눈썹을 재차 찌푸렸다. 살살 어루만져 펴주고 싶다고, 해주는 대담한 상상을 떠올렸다.

"개똥이 들으면 기분 나빠. 동급 취급당했다고."

"유 작가 앞에서도 그렇게 애기했어요?"

"필요한 걸 애기해 줬을 뿐이야."

"좋게, 좋게 말하는 법 몰라요? 작가한테 자기 소설은 배 아파서 낳은 새끼나 마찬가지예요."

"너 나한테 잔소리 하냐?"

절대 아니다. 그냥 조금 시간을 벌고자 화제를 돌렸을 뿐.

두 손을 맞잡은 그녀가 손가락을 꼼지락거렸다. 얼마나 됐는지도 모를, 오랜 짝사랑을 접겠다고 고백을 마음먹은 순간은 어처구니없을 정도로 허무했다.

"……선배, 독신주의자예요?"

"어. 몰랐어?"

"당연히 몰랐죠. 나한테 그런 애기 한 적 없잖아요."

"그랬나."

"그게 다예요? 진짜 독신주의자라고요? 대체 언제부터?"

태어나 이렇게 황당한 경우가 또 있을까. 해주는 처음 들어 보는 얘기에 황당함을 감추지 못했다. 꿈이라고 생각했다.

뭐? 독신주의자? 그럼 나는? 대체 나는 그동안 뭐한 건데!

"기억 안 나는데."

"말도 안 돼."

"뭐가. 내가?"

"……이런 게 어디 있어요, 진짜 말도 안 돼."

"뭐 잘못 먹었냐?"

이게 다 한정원 때문이다. 바람을 피운 그 여자 때문이다. 독신주의라니, 내가 캐나다에서 왜 왔는데! 어떤 마음으로 왔는데!

그렇게 멋대로 정답을 낸 해주는 억울해졌다. 그를 짝사랑하는데 온 마음을 다 쏟아 버린, 저물어 가는 자신의 20대가.

억울해지니 비참해지고, 그러자니 이대로 손 놓고 있을 수만은 없다고 생각했다.

그동안 고백을 하지 않은 것도 그녀의 선택이었다. 바늘로 미친 듯이 찔러 대도 피 한 방울 안 흘릴 것 같은 남자가, 고백 받은 순간 어떻게 변할지 너무 잘 알았기 때문에 무서웠다.

지난 2년을 그렇게 허비했다. 그가 보고 싶어 캐나다까지 떠나왔는데, 돌아와서도 그 아까운 시간을 허송세월처럼 보냈는데, 남은 20대마저 이렇게 지나갈까 억울했다.

말하지 않으면 그는 영영 제 마음 따위 모르고 독신주의자라고 떳떳하게 말하고 다닐까 봐, 그게 싫었다.

그를 마음에 담았다. 여자 친구가 있는 사람이었고, 닿을 수 없는 마음이었다. 그렇게 짝사랑을 정리하겠다는 마음으로 한국을 떠났다. 비록 전혀 잊지 못했지만.

고백을 앞두면 원래 이렇게 다 떨리고 긴장되는 걸까.

하긴 아무렇지 않게 말하는 사람들이 어디 있겠어. 그러니까 용기를 좀 내자, 공해주. 눈앞의 남자가 아무리 돌부처 같은 독설가 권이한이라지만 그래도 남자잖아. 남자.

이한의 시선이 느릿하게 해주를 훑었다. 할 말이 있는 건 분명한데, 그녀가 이렇게 제 앞에서 떨고 있을 이유는 전혀 없었다.

말 좀 예쁘게 해라, 그러니까 두 번이나 망하는 거다, 담당 작가 아니냐, 그럼 자기한테 좀 잘해 주면 안 되냐, 성격이 못됐으면 인간관계라도 처신을 잘해야 하는 거 아니냐.

닳고 닳은 잔소리와 때를 잊고 맞먹으려는 투덜거림은 어디로 간 건지 지금의 공해주는 그에게 낯설었다.

"공해주."

"네?"

"나 2시에 미팅 있어. 지금 네가 내 시간 다 잡아먹는 건 아냐?"

시간을 확인한 이한이 차갑게 되물었다. 해주가 입술을 꾹 깨물었다. 무슨 말부터 어떻게 시작해야 할지 소설을 쓰듯 이미 머릿속에 구성까지 마친 상태인데, 아무 말도 나오지를 않았다.

그러니까 나는······.

해주가 심호흡까지 하는 모습을 마주 바라보며 이한이 팔짱을 꼈다. 대체 무슨 폭탄을 들고 왔길래 저럴까. 어떤 말을 들어도 놀라지 않을 준비를 해야 할 것 같았다.

단, 한마디만 빼고.

"선배."

똑바로 눈을 바라보며 해주는 두 손으로 컵을 붙잡았다.

말하자, 말해 버리자. 말 안 하고는 평생 내 마음 같은 거 모를까 봐 그거 억울해서 나온 거잖아. 깊은 숨을 내쉬는 것과 동시에 그녀의 입이 다시 열렸다.

"내가 있죠, 선배를."

뒤이어 나올 말을 예상이라도 한 듯 이한의 표정이 차갑게 가라앉았다. 아니었으면 하는 그 단 한마디를 꺼내려는 해주는 굳어지는 이한의 얼굴에 무너지려는 마음을 다시 다잡았다.

그리고 말했다.

"좋아해요."

꽁꽁 감춰 두었던. 숨기면서도 그렇게 당신 옆에 있고 싶었던.

"좋아해요, 선배."

이 마음을.

그는 전혀 당황한 것 같지 않았다. 조금도 놀란 표정이 아니었다. 워낙 냉기를 뚝뚝 흘리고 다니는 사람이니 그럴 수도 있다 생각하지만 저건 무슨 표정이란 말인가.

왜 화를 내는 것 같지? 당장이라도 뭔가 던질 기세 아니야?

해주의 눈동자가 바쁘게 움직였다. 일단 터트리긴 했는데 그 뒤는 생각을 못했다. 실수였다.

"공해주."

"……네?"

"내가 지금 설마 잘못 들었나?"

아. 저게 바로 부정하고 싶은 얼굴이구나.

해주는 당황하지 않았다. 수많은 변수와 예상 반응을 떠올렸다. 못 들은 척한다거나, 미쳤냐는 질문을 듣거나, 3초 만에 차일 수도 있다는 상상까지 했다. 그래도 일생일대의 고백을 한 건데 바로 부정해 버리는 그에게 못내 서운함은 들었다. 서운하다 말해도 들어줄 남자는 물론 아니지만.

"좋아해요."

그녀는 확인 사살을 던지듯, 툭 하니 내뱉었다.

"언제부터인지 몰라요. 오래 됐어요. 어쩌면 처음 만났을 때부터 좋아했는지도 몰라요."

"너 남자 친구 있었잖아. 캐나다 있을 때 빼고 내가 아는 것만 해도……."

실제로 그는 그녀의 짧은 연애사를 속속들이 기억하고 있었다. 아이러니하게도 막말의 대가 권이한에게 공해주는 유일하게 곁을 내준 후배였으니까.

다른 동기들은 그의 옆에 가는 것도 쩔쩔매는데 해주는 그러지 않았고 이한은 그런 그녀를 특이하게 여겼다. 그렇게 시간이 흘렀고 어쩌다 보니 그녀는 '여자'가 아닌 '여자가 될 수 없는 후배'란 존재가 되어 있었다.

그것마저 좋았다고 말하면, 과연 이한은 믿을까.

그가 손가락을 들이 수를 헤아리려고 하자 해주가 급하게 끼어들었다.

"그런 얘기는 왜 꺼내요? 백일 넘게 사귀어 본 적도 없는데."

"자랑이다."

그의 미간 사이가 움푹 파였다. 이해 못 하겠다는 얼굴로. 해주는 지나간 연애사를 되돌아볼 수도 없었다. 몇 번의 고백을 받고, 사귀어 볼까 하는 마음에 사귀었지만 모두 흐지부지 재미없게 끝났다. 기억에 남는 추억도 없었다.

그녀가 갖고 있는 대학 생활의 추억이라고는, 전부 이한이 만들어 냈다.

"그때는 몰랐어요, 내가 선배 좋아하는 줄."

"말이 돼?"

"말 돼요. 선배 좋아하는 거 깨닫고, 아무도 못 만났어요. 계속 캐나다에 살았으면, 선배도 그대로 잊었을 거예요."

장담은 못 한다. 노력은 했었으니까 이렇게 말할 수 있는 거지.

가망 없는 짝사랑, 계속 이어 가야 무슨 소용일까 싶어 캐나다에 갔고, 그가 보고 싶어 다시 돌아왔다.

이한은 매끈한 손가락이 매력적인 손으로 턱 주위를 매만졌다. 무슨 남자가 손도 저렇게 예쁘냐. 해주는 잠시 하루 다섯 시간 이상 쉼 없이 노트북 키보드를 두드려 대는 자신의 손을 내려다봤다.

"그래서 졸업하자마자 나 피해 다녔어?"

고민이 끝나자마자 이한은 질문을 던져 왔다. 손에서 급하게 시선을 든 해주는 느릿하게 고개를 끄덕였다.

"정원 언니 있었잖아요."

"메시지, 전화 다 씹은 것도?"

어쩔 수 없었다. 그래야 잊을 수 있을 것 같았으니까.

그런데 올곧게 그의 옆을 지키던 여자와 헤어졌다는 소식을 듣자마자 마음은 이미 한국을 향해 있었다.

그를 만난 순간 확신했다. 짝사랑은 여전히 현재 진행형이라는 것을.

"난 또. 내 딴엔 잘해 준다 싶었는데 피해 다니길래 이상하다 싶었지."

"……확실히 말해서 잘해 준 건 아니었어요."

이 순간에도 말은 바로 잡고 싶은 건지, 해주가 꼬투리를 잡았다.

"내 기준엔 그랬어. 너 말고 나랑 맞먹는 후배 있으면 나와 보라 그래."

"맞먹는 게 잘해 주는 건 아니잖아요. 내가 성격이 좋아서 참았던 거지."

"그래서 싫었냐?"

"지금 내 말 뭐로 들었어요? 좋아한다니까요?"

성질을 내는 건지, 고백을 하는 건지. 할 말은 해야 하는 성격답게 역시나 작은 입으로 옹알옹알 제 할 말을 내뱉는 해주였다.

그게 더 기가 막혀 이한은 헛웃음을 내뱉었지만.

"거짓말은 아닌 것 같고."

세상에 누가 이런 고백을 거짓말이라고 생각할까 싶을 정도로 진지하고 억울한 표정이 따로없다.

이한이 찬물을 벌컥벌컥 들이켰다. 냉수가 필요할 만큼 속이 타는 일인 건가. 부정을 지나쳐 곤란해하는 그를 바라보자 해주는 괜히 분했다.

고백을 받자마자 거짓말이었으면 좋겠다는 말을 은연중에 흘리는 남자가 뭐 좋다고 몇 년을 잊지 못했나. 그냥 나 좋다는 남자들이나 오래오래 만날걸. 좋아해 보려고 노력이라도 할 걸.

이미 되돌릴 수 없는 지나간 20대. 언제부터인지는 모르지만, 20대 절반 이상을 심장에 담았던 사람.

해주는 전하고 싶었다. 장난으로 치부돼서 무시당하고 싶지 않았다. 진지하고, 그만큼 절실했고, 아팠다는 것을 알려 주고 싶었다.

"장난 아니에요. 그러니까 진지하게 대답해 줬으면 좋겠어요. 좋아한다, 고백하고 말 거 아니고 난 선배랑 뭘 하고 싶어서 고백한 거예요."

"뭘 할 건데, 나랑."

"연애죠, 당연히."

고백을 했는데 연애 말고 할 게 뭐가 있냐는 듯 해주는 당연하게 대답했다. 그는 우는 것도, 웃는 것도 아닌 미묘한 표정으로 그녀를 바라보았다.

"……너 대체 언제부터."

한숨처럼 내뱉는 말 속에는 진한 후회가 있었다. 이 자리에 괜히 나왔다는 후회? 왜 진즉 알아차리지 못했을까 하는 후회?

그 어떤 것이라 해도 상관없었다. 밀어붙이기로 했으니까, 그러니 일단은 직진.

"오래됐어요. 선배가 상상하는 것보다 더."

"얼마나 오래."

쉽게 물어 오는 질문에도 해주는 쉽게 대답을 못 했다. 얼마나 오래됐는지 나도 좀 알고 싶네요. 바싹 입술이 마르는 듯한 기분인데, 이한은 거기에 질문을 하나 더 얹었다.

"설마 캐나다 갔던 이유도 나 때문이야?"

"……아주 아니라고는 말 못해요."

"그래서 말도 없이 떠났고, 가서 연락 한 통 없었고?"

기가 막힌 진실 하나를 깨달은 것처럼 그는 혼잣말을 중얼거렸다.

그럴 수밖에 없었다. 그때는 당신을 잊어 가는 중이었으니까.

물론, 도중에 실패해서 이렇게 돌아와 있지만.

그가 보낸 수십 통의 메시지, 수십 개의 메일들을 무시해야 살 것 같았다. 잘 지내고 있냐는 별거 아닌 메시지에도 한국으로 날아가고 싶었던 적이 셀 수 없었다.

"나는 기다렸는데."

낮은 목소리에 그녀가 아랫입술을 살짝 오므렸다. 깨달음마저 후회로 변질시키는 그의 목소리가 계속해서 들려왔다.

"그런 줄도 모르고, 꽤 원망했지. 난 너 꽤 아꼈거든. 네 기준에는 어떨지 모르지만."

우연치 않게 둘만의 비밀들이 쌓이고, 신뢰가 쌓이고, 감정들이 쌓였다. 그 감정의 방향은 물론 다른 것이었고, 이한은 알 수 없었다.

"공해주."

"네."

"나 여자 안 만나는 거 알지."

안다. 그것도 너무 잘. 해주가 느리게 두 번 고개를 끄덕였다.

"그 이유도 알아?"

"알죠."

"한정원 때문이 아냐."

아니라고?

"우리 부모님 나 어렸을 때 이혼한 것도 알 거고."

그 얘기가 지금 왜 나올까 싶은 해주의 미간이 살짝 찌푸려졌다. 일생일대의 고백을 한 지금, 이 순간과는 도저히 어울리지 않는 얘기였다.

"이혼만 한 거 아냐. 아버지는 재혼을 두 번 해서 지금 세 번째 와이프랑 살고 있고, 어머니도 지금 재혼 상대랑 이혼하네 마네 하는 상태야. 이유는 모르겠고, 뭐 돈 때문일 거라고 생각은 해."

드러내고 싶지 않은 상처를 꺼내 놓으면서도 그는 덤덤했다.

"얼굴도 모르는 동생이 둘이나 있어, 각자 부모님한테 한 명씩. 얼굴도 본 적 없어. 걔들도 내 존재를 모를 거고. 심지어 그 둘은 다른 배에서 나왔고. 이해가 돼?"

몰랐다. 9년을 그의 '아끼는 후배'로 있었지만 처음 듣는 사실이었다. 그저 부모님의 이혼으로 상처가 있는 사람, 정도로만 생각했다.

하지만 지금 문제는 그게 아니었다. 왜 이야기를 지금 이 타이밍에 들어야 하느냐, 그게 문제였다.

"……그런 얘기를 왜 지금 해요?"

"정 떨어지라고."

단순하고 명쾌한 대답에 그녀는 오히려 할 말을 잃었다. 그의 비밀스러운 가족사를 알게 된 이유가 어째서 그녀의 고백에 대한 거절인지 납득할 수 없었다.

"안 떨어지면요?"

"뭐?"

"막, 더 애틋해지면요?"

"보지 말아야지."

해주는 듣지 말아야 할 말을 들어 버린 사람처럼 멍해졌다. 하지만 그는 냉정하리만큼 차갑게 말했다.

"정 불편하면 출판사 옮겨도 좋고. 안 잡아."

너무나 담백한 정리에 할 말을 잃은 해주가 헛웃음을 터트렸다. 어떻게 이렇게 깔끔한 걸까.

아무에게나 곁을 주지 않는 이한을 잘 알고 있다. 그래서 대학 다니는 내내, 지금도 동기들은 그녀를 시기해하고 그와의 사이를 의심하고는 했다.

그의 말처럼 어느 누구도 이런 사이를 유지하지는 못하니까.

유일하게 공해주, 한 사람이니까.

그런 이유로 우습게도 자신이 그의 유일한 사람이라고 생각했다.

그리고 이제는 유일한 여자가 되고 싶었을 뿐이다.

"나 아니면 출판사 망한다면서요?"

"두 번 망했는데, 세 번이 대수겠어."

"진심이에요?"

"진심이야. 넌 내가 아끼는 후배고, 내 작가고, 그 이상으로 생각해 본 적 없어."

"아낀다면서 안 본다는 말이 쉽게 나와요?"

억울하다, 억울해. 지금까지 짝사랑한 게 억울해서 고백을 했는데 좋아한다는 말에 저런 반응을 보이는 이한을 보니 지난 세월이 더 억울해졌다.

가장 예쁘고 찬란할 20대를 기억해 주는 이가 아무도 없는 사실에, 그 예쁠 시기에 아무에게도 사랑받지 못했다는 기억에.

"웃겨. 날 언제 아꼈다고. 한 번도 아낌 같은 거 당해 본 적도 없는데."

일언지하, 세상에 이런 확실한 거절이 또 어디 있을까.

해주가 아랫입술을 질끈 깨물었다. 큰 두 눈에 눈물이 차올랐다. 울면 안 되는데. 우는 건 딱 질색인 사람인데. 역시나, 해주의 눈을 보고 있던 이한이 단번에 미간을 구겼다.

"울지 마. 나 우는 여자 딱……."

"질색이겠죠. 알아요! 하도 들어서 귀에 딱지 않겠어. 그런데 어떡해요? 차였는데 안 울면 그게 정상이야? 그럼 내가 이 상황에 미친년처럼 웃을까요!?"

테이블 위에 놓인 티슈를 거칠게 뽑아 든 해주가 볼 위를 박박 닦아 냈다. 유난히 피부가 하얀 그녀의 볼 위가 금방 붉게 달아올랐다.

무념무상, 마치 남의 일인 듯 그 모습을 보고만 있던 이한은 시간을 확인하고 소리 없이 한숨을 쉬었다. 금방 일어날 기세였던 그는 휴대폰을 꺼내 어디론가 전화를 걸었다. 킁, 하고 코를 풀던 해주가 다시 티슈를 뽑아 들었다.

"나야. 미팅 30분만 미뤄. 공 작가랑 얘기 중이니까."

알겠다는 대답도 듣지 않고 전화를 끊은 이한이 손을 뻗어 컵을 들었다. 밀려오는 목마름을 해결이라도 할까 싶었는데 마침 커피는 바닥을 보인 상태였다.

그의 시선이 해주를 향했다. 눈, 코가 빨개진 채 테이블 한쪽에 티슈로 산을 쌓고 있는 그녀를.

"다 울었냐?"

"멀었어요. 먼저 일어나기만 해요."

그때는 정말 원고고 뭐고 진짜 없을 줄 알아. 해주가 작게 중얼거렸다.

목소리는 작았지만 이한의 귀에 똑똑히 박혀들었다. 우는 사람, 그것도 여자 달래는 재주는 없어 일어나고는 싶지만 원고는 받아야 하고. 이한이 한숨을 삼킨 채 소파에 편히 등을 기댔다.

해주는 티슈가 바닥을 보이자 조금 진정을 하는 듯싶었다. 하지만 고개를 들기 무섭게 다시 왈칵 울음을 터트렸다. 당황한 건 오히려 이한이었다.

"뭐, 뭐야. 왜 그래."

조금 진정되나 싶었는데 다시 시작된 눈물 바람에 그의 목소리가 조금 높아졌다.

"지금 이 상황이 지루해 죽겠죠? 어떻게 그런 얼굴로 앉아 있어요? 내가 울고 있는데?"

닦을 것도 없는데 눈물은 계속 나고. 해주가 억울한 듯 목소리를 높였다.

멀리서 가만히 지켜보고 있던 직원이 티슈 한 통을 새로 가져다줬다. 우는 와중에도 티슈를 받아 들며 감사합니다, 인사도 잊지 않는 해주를 보며 이한이 헛웃음을 내뱉었다.

"내가 뭘 어쨌는데."

"남 일 보듯이 앉아 있잖아요! 이게 어떻게 남 일이야. 선배도 명백히 책임 있거든요?"

"무슨 책임."

이 와중에도 궁금한 건 챙겨야 했는지 그는 따지듯이 물었다. 절대 그런 건 없다는 듯이 눈썹을 찌푸리면서.

"나한테 밥은 왜 그렇게 많이 사 줬어요? 내 글은 왜 선배가 제일 먼저 읽어야 했는데? 서점은 왜 맨날 데리고 다녔어요? 책 선물은 왜 하고, 내가 먹던 것도 막 먹고! 선배랑 같이 갔던 햄버거집! 학생 식당! 인문대 카페!"

"……야."

"지금도! 이제 핫초코 잘 안 먹는데, 나한테 막 핫초코나 사 주고!"

두서없이 쏟아지는 말들에 이한은 어안이 벙벙했다. 해주가 다시 킁, 커다란 소리를 내며 코를 풀었다.

"어쩌자는 거야, 그래서."

"그러니까요. 내가 뭘 어쩌자고 한 것도 아닌데 그런 얼굴을 하면 내가 여기서 무슨 말을 더 해요!"

한 움큼 티슈를 들고 박박 눈물을 닦은 해주가 몸을 일으켰다.

이한의 시선이 멍하니 그녀를 따라 올라갔다. 흥분한 그녀를 말려야 한다고 머리는 생각하는데, 몸은 생각을 따라 움직여 주지 않았다.

"이번 소설까지만 해담 출판사랑 일할게요. 계약서 도장 안 찍었으니까 상관없죠?"

이미 지난번에 술에 만취해서는 다음 소설에 대한 얘기를 전부 풀어 버린 기억을 떠올리며 해주가 물었다.

그는 대답하지 않았다.

기다려도, 끝까지 기다려도, 결국은 끝끝내.

피가 날듯이 입술을 깨문 해주가 탄식과도 같은 웃음을 흘렸다. 처연했다. 뭘 기대하고 뭘 상상했던 걸까. 네가 상상했던 그대로잖아, 공해주.

"갈게요."

정말 끝이다. 이번엔 끝내 버리자. 내내 내 마음을 몰랐던 권이한을 끊어 버리자. 다짐하고 또 다짐하며 해주가 카페를 나섰다.

이한은 그런 그녀를 따라 나오지 않았다. 망설이지 않고 앞을 향해 걸으면서도 계속해서 뒤를 신경 쓰는 자신이 한심하고 처량해 또다시 눈물이 터져 나왔다.

길고 긴 짝사랑을 끝냈다.

바란 적도 없고, 바랄 수도 없었던 일.

그녀의 20대를 바쳤던 짝사랑을, 이제는 끝내야 한다.

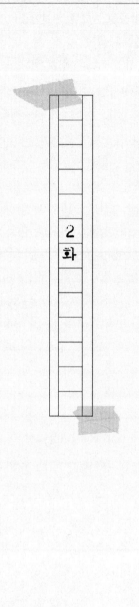

악연인 듯 인연인 듯

지루한 표정으로 앉은 해주가 낡은 책 한 권을 펼쳤다. 이미 중학생 때 읽은 소설이고, 벌써 세 번도 더 읽었지만 과제를 하려면 어쩔 수 없었다. 지루한 표정으로 책장을 넘겼다.

대학에 오면 재미있는 일 천지일 줄 알았더니 그것도 아니었다. 아무도 없는 과방. 도서관은 너무 멀었고, 그나마 과방이 책이라도 잘 읽힐 줄 알았더니 그것도 아니었다.

학과 OT도 MT도 가지 않은 탓에 전공 수업 때 과제를 함께하게 된 민서 말고는 어울릴 만한 동기도 없었다. 그것도 민서와는 전공 과목 딱 하나를 빼고, 대부분의 시간표가 맞지 않았다.

앞으로 남은 학기를 이렇게 심심하게 보내야 하는 건가.

"미친 듯이 지루하다, 진짜."

소파에 드러누운 해주가 책을 얼굴 위에 덮었다. 시간표 짜는 것도 실패해서 남은 공강 시간만 세 시간. 이대로 낮잠이라도 잘까 싶었지만 그것도 쉽지 않았다.

그냥 확 제칠까. 주머니를 뒤지며 이어폰을 찾고 있는 와중이었다. 누군가 과방 안으로 들어오는 소리가 났다.

낡은 가죽 소파는 벽을 향해 놓여 있기 때문에, 과방에 들어오면 소파의 등만 보였다.

고로, 소파에 누운 그녀는 보이지 않을 것이다. 안쪽으로 좀 더 걸어와야, 제 모습이 보일 텐데 문이 부서져라 닫고 들어온 이는 과방 한 가운데에 서서 통화에 열중했다. 사람이 있는 줄도 모르고 떠들어 대는 목소리는 심하게 익숙했다.

"별 거지같이 구네, 진짜."

권이한. 그녀보다 세 살 많은 2학년 선배. 제대 후 복학했다고 했던가. 신입생 환영회 때 잠깐 얼굴을 비췄던 이한을 기억한 해주가 행여나 소파 밖으로 제 모습이 보일까 한껏 어깨를 움츠렸다.

고작 2학년이면서 광고 카피 공모전에도 뽑히고, 졸업한 몇 선배들이 벌써부터 그를 스카웃을 하려고 줄을 섰단 얘기는 신입생들 사이에서도 유명했다. 심지어 군대에 있을 때 한 경제 신문사 신춘문예 문학상을 받았다는 말을 듣고는 기함을 했다.

스물두 살, 등단, 잘생긴 얼굴, 까칠한 성격. 술자리에서 안줏거리로 등장한 이한의 얘기였다. 성격도 차갑고, 위아래도 없고, 자기 잘난 맛에 사는 재수 없는 놈이라며 4학년 선배가 신랄한 욕을 퍼붓기도 했다.

해주는 별 상관이 없었다. 잘났으면 잘난 거지. 그게 왜? 실제로 본 이한은 차가워 보이기는 했지만 선배의 말처럼 싸가지가 없어 보이지는 않았다.

그냥 남의 일에 관심이 없어 보이는 정도의 무심함이랄까. 뭐, 해주도 딱히 그와 친하게 지내고 싶지는 않았다.

물론 호기심은 있었다. 어떤 글을 합평 때 내놓았기에 교수님이 '필력, 문장력, 구성력, 기승전결 흐름, 캐릭터 설정. 뭐 하나 빠지지 않네. 이거 진짜 네가 쓴 것 맞아?' 라는 말을 던졌을까. 그 상황을 설명하며 열변을 토하던 선배의 눈에 서린 질투심은 인간 본연의 욕망이었다.

잠시 상념에 빠진 동안, 통화 내용은 점점 더 험악해졌다. 그와 동시에 더욱더 의지가 확고해졌다. 그에게 들켜서는 안 된다는 의지.

"내가 그 자리를 왜 나가? 정신 나간 거 아니야? 죽자고 싸워서 이혼하고 하나뿐인 자식 나 몰라라 버릴 때는 언제고."

통화 내용을 되새기던 해주의 입술이 멍하니 벌어졌다. '이혼'이라는 단어 하나만으로도 지금 통화 상대가 누구인지 충분히 유추는 가능했다. 아무리 이혼 가정이 많다지만 남의 가족사를 아는 것만큼, 그것도 이렇게 몰래 아는 것만큼 안 좋은 일도 없었다.

숨소리라도 새어 나갈까 입을 꾹 다물었다. 제발 이대로 나가 줬으면. 아니, 저런 통화를 왜 여기서 하는 거야?

"당신이 뭔데 간섭이야. 나한테 그럴 사격이나 있어? 뭐, 엄마? 뭘 착각하는 모양인데, 할아버지가 나한테 남겼다는 그 재산 때문에 이 미친 짓을 하고 있는 거라면 그만둬. 당신한테는 1원도 안 돌아가게 할 거니까."

재산. 미친 짓. 1원. 들려오는 대화가 거칠어도 너무 거칠었다. 동시에 언성은 점점 높아졌다. 절대 들키지 말아야겠다는 생각과 함께 그의 목소리에서 깊게 묻어 나오는 상실감이 느껴졌다. 그저 단순한 상황은 아닐 것이란 추측이 들었다.

해주가 곧장 고개를 잘잘 흔들었다. 깊어지려는 생각을 그만뒀다.

"내가 왜 이 미친 소리를 계속 듣고 있는지 모르겠네. 당신이 남편이랑 딸이랑 미국을 가든 말든 난 관심 없어."

아, 드디어. 전화가 끊어지고 이한이 거칠게 숨을 내쉬는 소리가 들렸다. 이제 곧 나가겠지. 그때를 기다리며 해주는 소파 깊숙이 몸을 묻었다.

가만히 기다리면 될 거야. 그가 나가고, 시간차를 두고 과방을 벗어나면 깔끔하다고 생각했다.

그런데도 불구하고, 찰나의 순간. 잠깐 몸을 움직였을 뿐인데 소파에 올려놨던 책이 쿵, 하는 소리와 함께 바닥으로 떨어졌다.

줍지도, 일어나지도 못한 채로 해주는 그대로 얼어붙었다. 손도, 발도, 입도 꼼짝도 못 했다.

꿈이야, 꿈일 거야. 현실이면 대체 나보고 어쩌라고?

눈앞으로 말도 안 되는 상상들이 스쳐 지나가는데 소파 위로 어두운 그림자가 졌다.

"너 뭐냐?"

후드를 뒤집어쓰고 도망을 갈까, 아니면 자는 척을 해 볼까. 하지만 그도 다 틀렸다. 도망간다고 해도 저 인간이 설마 나를 못 잡겠어? 그럼에도 희망을 놓지 않고 눈을 꾹 감고 자는 척을 해 보지만 어림도 없었다.

"야."

살벌한 저음에 해주는 결국 눈을 떴다. 마치 이제 일어난 사람처럼 길게 하품을 하다가, 주섬주섬 느릿하게 몸을 일으켰다.

고개를 돌리다가 뒤늦게야 이한을 발견한 사람처럼 해주의 눈동자가 잠시 동그래졌다. 본인은 기가 막힌 연기라고 속으로 감탄했지만, 보는 이로 하여금 누가 봐도 어색한 움직임이었다.

"안녕하십니까. 1학년 공해주입니다."

눈은 마주치지 말고 이대로 빠져나갔으면 하는 마음에 해주는 90도 가까이 허리를 숙여 인사했다. 돌아오는 대답은 없었다. 정수리 쪽 머리카락이 뻣뻣하게 설 정도로 따가운 시선을 느낀 해주가 조심스레 고개를 들었다.

살벌하게 노려보는 시선과 마주한 그녀가 움찔거리며 뒷걸음질 쳤다. 와, 생긴 건 진짜 잘생겼네. 스치듯이 봤던 얼굴을 대놓고, 그것도 바로 1m 거리 앞에서 영접하느라 벌어졌던 입술을 급하게 오므렸다. 그녀의 반응에 그의 눈썹이 높게 산을 그렸다.

"1학년?"

"……네."

그녀가 작은 목소리로 대답하며 입꼬리를 길게 올렸다. 웃자, 웃는 얼굴에 침 뱉는 사람이 아닐 거라고 제발 빌어 보면서.

하나, 이한이 자신을 꼼꼼히 살펴보는 시선이 길어지자 해주는 움찔

달싹할 수도 없었다. 입이 꾹 다물어져서는 움직이지 않았다. 이한의 분위기가 그랬다. 눈앞에 있는 사람 기를 눌러 버리는, 그래서 꿈쩍할 수도 없게 만드는.

그렇지만 할 말은 하고 살아야지. 속으로만 열심히 또 고개를 끄덕인 해주가 떨어지지 않을 것 같던 입을 열었다. 그녀의 할 말이란, 이 상황을 모면하기 위한 귀가 인사일 뿐이지만.

"이만 가 보겠습니다."

"잠깐만."

겨우 용기 내어 한마디를 내뱉고 탈출하려는데, 이한이 긴 팔을 뻗어 그녀의 앞을 가로막았다. 놀란 해주가 얼른 뒷걸음질 치자 이한은 팔을 내렸다.

"언제부터 있었어?"

시작된 취조. 해주는 태연하게 눈을 굴리며 대답했다.

"어, 아까요. 좀 자느라."

"잤다고?"

"네."

"잔 얼굴은 아닌데."

"아, 제가 원래 자고 일어나도 자고 일어난 것 같지 않아요. 눈곱도 잘 안 끼고."

대체 이건 무슨 헛소리야. 한 글자 한 글자를 어렵게 이어 가던 해주는 이한과 눈이 마주치기 무섭게 입을 닫았다.

왜 다들 권이한을 피해 다니라고 하는지 알 것 같았다. 그야말로 같이 있는 사람을 주눅 들게 하는 사람. 압도되는 뭔가가 있었다. 절대 스물 셋으로 보이지 않는, 그만의 분위기랄까.

"들었어?"

"아니요?"

지나치게 빠른 대답. '뭘요?'라고 물어야 정상인데, 해주는 아니라고 대답했다. 이한이 픽 소리 나게 웃었다. 그 웃음이 싸늘해서 해주는 온몸에 소름이 돋아도 이상하지 않겠다고 생각했다.

"들었네."

"안 들었는데요?"

"들렸을 거 아니야. 그런데 안 들었다고? 귀가 어떻게 됐어?"

말을 해도 꼭. 입술을 꾹 깨문 해주가 깊은 숨과 함께 다시 입을 열었다.

"이어폰 꽂고 자서 제대로 못 들었는데요."

마침 손에 들고 있던 이어폰을 내밀었지만, 쉽게 믿는 눈치는 아니었다.

"저 이만 가 봐도 될까요?"

과방 말고 갈 곳은 없었지만 어디든 이곳보다는 나을 거라는 생각이 들었다.

제발 보내 줘라, 제발. 여기서 나갈 수만 있다면 어느 신이라도 좋으니, 무릎 꿇고 빌고 싶은 심정이었다. 때마침 타이밍 좋게 과방 문이 열렸다.

"이한아. 여기서 뭐 해?"

그의 여자 친구, 한정원이었다. 처음 그녀를 봤을 때 모델과인 줄 알고 멍하니 올려다봤던 기억이 있다. 이한이 대답 없이 해주를 노려보는데 정원이 또각거리는 구두 소리와 함께 다가왔다. 그의 팔 위로 자연스럽게 팔짱을 끼는 정원과 눈이 마주치자 해주가 살짝 몸을 틀었다.

"안녕하세요."

"응. 해주구나? 여기 있었어?"

"네. 공강이라."

"그래. 이한아, 우리 가자. 나 수업 끝났어."

정원이 이한의 팔을 끌어당기는데도 그는 움직이지 않았다. 해주는 발끝까지 쭈뼛쭈뼛 서는 듯한 느낌에 그의 시선을 피했다. 이내 내키지 않는다는 얼굴로 정원과 함께 이한이 과방을 나선 순간 탄식 같은 한숨이 터져 나왔다.

"와, 심장아."

긴장 때문에 굳어진 가슴 위를 쓰다듬으며 해주가 닫힌 과방 문을 바라봤다. 문은 다시 열리지 않았다. 행여나 다시 마주칠까 해주는 서둘러 과방을 나섰다.

저렇게 무서운 사람하고 어떻게 만나는 건지. 친하지도 않은 정원을 존경하게 된 해주가 걸음을 빨리했다.

하지만 안심은 금물. 그가 그녀의 이름을 기억한 순간, 고난은 시작됐다.

· *I like you* ·

평화롭다고 생각했던 3월 말의 캠퍼스. 첫 합평 날짜가 결정되고, 해주는 잔뜩 들떠 있었다.

누가 그랬던가, 문예 창작과의 꽃은 그야말로 피가 튀기고 살이 터지는 합평이라고. 잘근잘근 씹힐 기회를 기다리는 사람의 긴장감과는 다르게, 해주는 색다른 두근거림으로 매일매일 들떠 있었다. 그런 그녀를 두고 민서는 정상이 아니라고 했다.

"오늘 저녁 메뉴가 뭐지."

가족 단체 채팅방에 저녁 메뉴에 대해 묻고, 정해지지 않았다면 치킨을 포장해 가겠다는 메시지를 쓴 해주가 콧노래를 흥얼거렸다. 오늘의 목표인 3천 자를 다 채워서일까. 뭔가 뿌듯하고, 상쾌하고, 미세먼지까지 푸르게 보일 정도였다.

"야."

휴대폰을 하며 정문까지 걷고 있는 와중에 누군가 그녀의 이어폰을 거칠게 빼냈다. 걸음을 멈추고 옆을 확인한 해주는 하마터면 휴대폰을 떨어트릴 뻔했다.

권이한. 그가 왜 여기 있을까.

"안녕하세요."

"집?"

질문이 짧았다. 집에 가냐는 질문이겠지. 해주가 느리게 고개를 끄덕였다.

"네."

"물어볼 게 있는데."

그러니까 너는 일단 들으라는 뜻인지 이한이 주머니에 손을 넣고 삐딱한 자세로 그녀를 내려다봤다.

그렇게 작은 키도 아닌데 그녀는 자신을 한참이나 내려다보는 그를 앞에 두고 긴장으로 굳어졌다. 덕분에 슬금슬금 뒤로 물러섰다. 그 행동에 이한의 미간에 움푹 주름이 생겼다.

"뭐 하냐?"

"네?"

"왜 도망가는데."

"때리실까 봐요."

"뭐?"

"아니, 그렇잖아요. 지금 노려보시는 게 딱."

그의 표정이 더 험악하게 일그러지자 해주는 곧장 입을 다물었다. 입이 방정이지, 진짜. 뒤늦게 똑바로 몸을 세우고 들을 자세를 차렸다.

"너 그때 진짜 못 들었냐?"

"뭘요?"

"엿들었잖아."

엿듣다니! 해주가 또다시 울컥하려 하는 마음을 다잡고 침착하게 대답했다.

"자고 있었다니까요, 이어폰 꽂고."

"아닌데."

"네?"

"너 안 잤어, 그때."

확신에 찬 말에 오히려 할 말을 잃은 해주가 어색하게 웃어 보였다.

참 끈질긴 사람이다. 며칠이나 지난 일로 갑자기 나타나 심문하는 모습은 무섭기까지 했다.

본능적으로 확신했다. 그에게 절대 통화를 들었다는 사실을 들켜서는 안 된다고.

"선배가 그걸 어떻게 알아요? 내가 잤는지, 안 잤는지."

최대한 태연하게 연기했다. 절대, 절대 들키지 말아야 한다는 다짐과 함께.

하지만.

"감."

"장난이죠?"

"장난으로 보여?"

해주가 쓴 침을 삼켰다. 안 통한다. 그것도 하나도.

"하나도 안 들렸다고? 정말 하나도?"

확인하려고 묻는 게 아니었다. 마지막 기회를 줄 테니 알아서 실토하라는 협박이 틀림없었다.

"그럼요. 하나도 안 들렸어요."

"음, 목소리가 꽤나 컸을 텐데."

"네. 시끄럽긴 했죠."

"자고 있어도 분명 깼을 거고."

"통화 끝날 때쯤에는 그랬죠."

그녀가 막힘없이 대답했다. 중요한 것은 살살 비켜 가면서.

"통화 내용은 전혀 못 들었고?"

"아, 저 정말 못 들었다니까요?"

"몇 년 전에 지하 동아리 방에서 누가 흡연하다가 건물 전체에 불날 뻔한 적이 있어."

침착하게 시작되는 이야기에 해주가 눈을 찡그렸다. 지금 상황과 전혀 상관없는 논제였다.

"못 알아들어?"

너 같으면 알아듣겠니?

"네."

"그일 이후로 학교 전체 과방, 동아리 방에 CCTV가 설치됐는데."

"······에?"

"나 조교님이랑 친해. 가서 부탁하면 CCTV 쯤은 바로 보여 줄 거야. 어떻게, 네가 자고 있었는지, 숨고 있었는지 확인해 봐?"

합. 해주가 빠르게 아랫입술을 깨물었다. 그녀는 그렇게 하자는 대답 대신 얼이 나가 버렸다. 이한의 표정이 드라마틱하게 변해 가는 과정을 지켜보며 해주는 발 하나를 뒤로 뻗었다.

내가 100m가 몇 초였지? 이 사람보다 빠르지는 않을 텐데, 그럼 나 진짜 죽는 거 아니야? 그녀의 발이 조급하게 움직이는 걸 내려다보던 이한의 시선이 느리게 그녀의 눈을 향했다.

"뭘 좀 들은 얼굴인데."

온몸으로 느껴지는 위압감에 해주가 뻣뻣하게 굳었다.

"실토해."

불현듯 그런 생각이 들었다.

"어디서부터 어디까지 들었는지."

이 사람, 설마.

"정확하게 기억해야 할 거야."

살인은 안 하겠지.

· *I like you* ·

이한은 남의 일에 원체 관심이 없었다. 세상 혼자 사는 것마냥 자기 중심으로 돌아가는 게 권이한의 세상이었다. 남이 뭘 좋아하고, 뭘 싫어하고, 뭘 즐겨 하는지 관심을 가질 이유도, 명분도, 시간도 없이 살았고, 앞으로도 그래야 했다.

그러니 처음이라고 말할 수 있었다. 이한이 시간과 노력을 들여, 남에 대한 관심을 갖기 시작한 것은.

강의실 옆 벽에 기대선 이한은 휴대폰으로 전송된 시간표를 다시 한 번 확인했다. 학과 사무실에서 근로 아르바이트를 하는 동기를 통해 알아낸 해주의 시간표였다.

여자 친구인 정원의 시간표도 모르는데, 동기에게 학생 식당에서 밥을 사 주는 조건으로 공해주의 시간표를 얻어 냈다. 평소 이한이라면 절대 하지 않을 일을, 해주 덕분에 한 셈이었다.

"공해주라……."

그가 입에 붙지 않은 이름을 낮게 중얼거렸다. 죽자 사자 저를 피해 다니는 해주를 잡기 위한 방법은 아무래도 이것뿐이라는 생각에 시간표는 알아냈는데 문제는 어떻게 잡느냐는 거였다.

무작정 기다릴 수도 없고. 꼭 닫힌 강의실 문을 흘기는 사이, 휴대폰 진동이 울렸다. 정원의 전화였다.

반가워하지도, 기뻐하지도 않는 얼굴. 가만히 액정을 내려다보던 이한이 통화키를 오른쪽으로 밀었다.

―어디야? 나 학교 도착했는데.

"강의실."

―수업 있었어? 끝난 거 아니야?

"잠깐 누구 좀 보러."

―얼마나 걸릴 것 같은데? 기다릴까?

뜨거움 없는 미적지근한 연애. 어린 나이답게 지극히 감상적이거나, 충동적이지 않은 그의 연애에는 온도라는 게 없었다.

차갑지도, 뜨겁지도 않다. 아무것도 담겨 있지 않은 듯한, 지루한 그에게 무조건적으로 맞추고 있는 정원의 목소리에는 투정 부리는 구석 하나 없었다. 연애의 시작이 그랬듯이.

"나 너 마음에 들어."

처음엔 잘못 들었다고 생각했다. 설마 취했나, 하는 생각도 들었던 것 같다.

"좋아해. 진심이야."

"……나 입대 일주일 남았어."

"알아. 더 늦으면 안 되겠다고 생각했어."

"한정원."

"너 부담 될까 봐 지금은 사귀자고 안 할 거야. 대신 제대할 때 다시 고백할게. 그럼 나랑 꼭 사귀어."

무조건 기다리겠다는 정원의 간절함을, 이한은 그저 웃어 넘겼다. 하지만 전역 후, 곧장 찾아와 재차 고백하는 정원을 보며 전과는 조금 다른 감정을 느꼈다.

친부모에게 받아 본 적 없는 절실한 진심. 누가 나를 사랑해 준다는 것이, 아껴 준다는 것이 새삼스러울 정도로 신기하게 다가왔다. 정원과 만나면서 때론 즐겁고 때론 편했다. 물론 귀찮고, 성가실 때가 더 많은 것도 사실이지만.

그래서 생각했다. 사랑까지는 아닐지도 모르겠다고.

사랑한다고 말하는 정원에게 '그래' 라는 말 말고는 해 줄 수 있는 말이 없는 것처럼.

"볼일 보고 있어. 오래 안 걸려."

—오래 걸려도 괜찮아. 잠깐 얼굴만 봤으면 좋겠는데.

"……저녁 먹자. 전화할게."

—진짜? 알았어. 꼭 전화해!

밝아지는 정원의 목소리를 끝으로 전화를 끊은 이한의 시선이 힐긋 강의실 문을 향했다.

소란스러운 소리에 뒤이어 강의실 문이 벌컥 열렸다. 벽에 기대 서 있는 이한을 향해 눈에 익은 몇몇 후배들이 어색한 인사를 하며 멀어져

가는 사이, 그의 눈에 해주가 들어왔다.

무거운 전공책을 가방 안에 쑤셔 넣으며 주섬주섬 짐을 챙기던 해주가 그를 발견하기까지는 꽤 시간이 걸렸다. 그녀는 뭐 마려운 강아지마냥 느릿느릿 이한의 앞으로 걸어왔다.

지난번, 저를 무시하고 잽싸게 도망갔던 엉뚱한 뒷모습을 떠올리며 이한은 고개를 뻐딱하게 세웠다.

"선배님, 안녕하세요."

정중한 인사. 깍듯한 태도. 이한은 대답하지 않았다.

"근데 제가 연강이라……."

마치 저승사자처럼 서 있는 그의 앞에서 해주는 어색한 웃음과 함께 이 상황을 빠져나가고자 했다. 그러나 세 걸음도 가지 못하고 두꺼운 후드 모자를 잡아당기는 무지막지한 손길에 이끌려 다시 제자리로 돌아갈 수밖에 없었다.

"아, 넘어질 뻔했잖아요!"

모자가 들린 채로 겨우 얼굴만 드러낸 그녀의 모습이 꽤 우스운 듯 이한이 픽 소리를 내며 웃었다. 해주가 단번에 인상을 팍 썼다.

"이거 놔요."

"또 도망가게?"

"뭐 들었어요? 연강이라니까요?"

얘, 뭘 믿고 이렇게 당당해. 퍽 공격적인 태도에 이한은 어처구니가 없었다.

"수업 없는 거 알고 왔어."

"그걸 선배님이 어떻게 아세요?"

나도 못 외우는 내 시간표를! 해주의 물음에 할 말이 없어진 이한은 손을 놓는 것으로 대답을 대신했다.

이제야 자유로워진 해주가 후드티를 단정하게 내렸다. 그렇다고 해서 이한에게서 자유로워진 건 아니었다. 잽싸게 뒤돌아 도망가려던 해주는 다시 그에게 어깨가 잡혀 버렸다.

"너 나보다 빠르냐?"

"……그러면 국가대표 하고 있겠죠."

"그런데 왜 자꾸 도망가. 잡힐 거 알면서."

"생존 본능 모르세요?"

"내가 너 죽인대?"

"그렇게 쳐다보고 있잖아요."

아니라고는 말할 수 없어 이한은 가만히 그녀를 내려다봤다.

"너 한마디도 안 진다?"

"그건 선배님도 마찬가지예요."

호칭만 선배님일 뿐, 표정은 마치 귀찮은 빚쟁이를 대하는 것 같았다. 똑바로 선 해주가 목 뒤로 손을 뻗어 다시 한번 후드 모자를 정리하더니 그를 똑바로 올려다봤다.

"CCTV에 목소리는 안 나온다던데요?"

"그걸 이제 알았냐?"

"설마 설치한 것도 뻥이에요?"

"낸들 알아."

"와, 진짜."

당당하고도 뻔뻔한 태도에 해주는 뒷목이 뻣뻣해지는 것을 느꼈다. 사람이 어떻게, 저러지?

해주는 단단히 결심했다. 이 사람과 더는 엮일 수 없다고. 엮이지 말자고. 그래야 4년제 대학 생활이 편해진다는 것을 말이다.

"선배님께서 저를 죽이는 실수라도 하실까 봐 먼저 말씀드리는데요."

어느새 강의실 앞이 썰렁해졌다. 쏜살같이 빠져나간 동기들을 따라가지 못한 자신의 느긋함을 원망하며 해주가 두 손을 공손하게 모았다.

실수라니, 무슨. 이한이 어디 말해 보라는 듯 턱을 들었다.

"저 입 되게 무겁습니다."

소리라도 지르면서 도망갈 줄 알았던 해주는 결연한 표정으로 말했다. 빠르게 태도를 바꾸는 그녀를 보며 이한의 눈썹이 높은 산을 그렸다.

"다른 사람 가족사에 딱히 관심 없습니다. 전 지금 합평 준비 때문에 바쁘고 정신도 없어요. 도서관에서 알바도 하고 있고."

"……."

"그래도 영 믿음이 안 가면 제 비밀도 알려 드릴까요?"

이렇게까지 했는데 반응이 없자 해주는 할 수 없다는 듯 말을 이었다.

이한이 끼내 보라는 듯 혀로 입안을 굴리자 그녀가 큼큼 목을 가다듬었다. 일생일대 첫 고백을 하는 순간이 아닐까, 의미를 부여하며 입을 열었다.

"……저 입양아예요. 파양도 한 번 당했었고."

그는 크게 놀라지 않았다. 그저 미간 사이를 살짝 찌푸릴 뿐.

"어, 거짓말 아닌데."

제 입으로는 처음 하는 고백이라, 남이 믿지 못할 수도 있다는 사실을 뒤늦게야 깨달은 해주가 중얼거렸다.

"진짜예요. 하늘고아원이라고, 옹알이하기도 전에 버려졌거든요. '공해주'라는 이름을 지어 준 것도 고아원 원장님이에요. 그리고 완전 아기 때 파양 당한 게 아니라서 다 기억해요. 덧붙여 말씀드리자면 그때 일은 정말 좋은 부모님 만나려고 거쳤던 과정들이라고 생각해요, 저는."

크게 숨을 몰아쉰 해주가 연신 고개를 끄덕거렸다. 그건 마치 자기 암시와도 같았다.

"행복하고, 좋거든요."

매일 혼자 다짐하고 혼자 마음먹었던 것을 입 밖으로 꺼낸 그녀가 곧장 제 실수를 알아차리고 낮은 신음을 내뱉었다. 눈앞의 남자는 부모님의 이혼으로 상처가 있다는 사실을 순간 망각해 버렸다.

"아……. 죄송해요. 방금 말은 하는 게 아닌데."

본인이 터트린 폭탄의 크기를 모르는 건지 알면서도 모른 척하는 건지. 팔짱을 낀 이한이 그런 해주를 뚫어져라 바라봤다. 저 작은 머릿속에 무슨 생각이 있는 건지 궁금했다.

시선이 마주치고 싱긋 웃으며 해주가 한 발 뒤로 물러섰다. 이한은 잡지 않았다. 그녀가 터트린 폭탄의 크기를 재고 있을 뿐.

"무튼 제가 하고 싶은 말은 그거예요. 파양 경험이 있는 제가, 선배님 가족사를 떠들어 댈 일은 없어요. 아까도 말했다시피 별로 관심도 없고요."

대답도 없이 혼잣말을 주르르 내뱉는 해주를 빤히 응시했다. 저를 향한 뜨거운 시선에 얼굴이 뚫려도 이상하지 않겠다, 생각하면서도 그녀는 말을 멈추지 않았다.

"정 못 믿겠으면 이렇게 해요. 선배님 얘기 소문나면 제 얘기도 하세요."

아무렇지도 않게 얘기할 수 있을 만큼 단련이 됐다는 걸까. 애초에 큰 문제가 아닌 걸까.

이한이 한쪽 어깨를 벽에 기댔다.

"너, 내가 지금 소문나는 게 무서워서 이러는 걸로 보여?"

"감추고 싶은 비밀을 누군가와 공유하게 되는 거잖아요. 자의도 아닌 타의에 의해. 그게 얼마나 끔찍한지 알아요."

이한은 가타부타 말이 없었다. 친인척을 제외하고 그 어느 누구도 모르는 사실이었다. 대한민국 하늘 아래, 단 한 명. 공해주 빼고는.

동정을 받고, 위로를 받고, 그 불필요한 없는 감정들을 공유하는 시간들이 싫었다. 그 속에서 처다보는 시선들 역시 끔찍했다.

해주는 그게 어떤 의미인지 알고 있었다. 이혼과 파양. 둘의 무게는 다를지 몰라도 아픔의 형태는 같았다.

그들은 아이러니하게도 서로를 이해할 수 있었다. 이한의 시선은 그녀에게서 떨어지지 않았지만 해주는 그 시선의 의미를 알아챈 듯 더 이상 가타부타 말을 붙이지 않았다.

"본의 아니게 듣게 됐어요. 그건 죄송하게 생각해요."

"······."

"먼저 가 보겠습니다."

행여나 그가 또다시 잡을까 그녀는 빠르게 사라졌다. 해주가 멀어진 빈자리를 내려다보던 이한이 한숨 쉬듯이 웃음을 내뱉었다.

방금 뭐가 지나간 거지.

입양과 파양, 그리고 두 번째 입양.

꽤나 굴곡진 과거를 또박또박, 단순명쾌하게 설명하던 해주의 입가에 걸린 웃음이 머릿속을 헤집었다. 이론 수업 PPT 발표라고 해도 믿을 만큼 깔끔했다.

그가 실소를 터트렸다. 아무리 생각하고 머리를 굴려 봐도 그가 내릴 수 있는 결론은 단 하나였다.

"저거, 또라이 아니야?"

· *I like you* ·

"아, 왜 그랬지."

집으로 가는 길. 해주는 편의점 앞에서 아이스크림을 고르며 중얼거렸다. 하, 그런 말은 하는 게 아니었는데.

불만스러운 얼굴로 몇 종류 없는 아이스크림을 둘러보던 해주가 손을 뻗었다. 초코 맛 아이스크림콘을 계산하고, 깔끔하게 포장을 벗겨 차가운 아이스크림을 한입 베어 물었다.

아직 꽃샘추위가 가시지 않은 3월이었다. 집에서는 아이스크림이고 얼음물이고 감기에 걸리기 쉽단 이유로 부모님이 용납하지 않아, 이렇게 밖에서 먹고 들어가야 했다.

크게 베어 문 아이스크림을 내려다보며 해주가 걸음을 옮겼다.

제 이야기를 듣고도 이한은 담담해 보였다. 원래 잘 놀라지 않는 성격인 건지, 표정으로 감정이 드러나지 않는 타입인지 알 수 없지만, 깜짝 놀라면서 '어떡하면 좋아'라는 말을 연신 남발하는 것보다는 훨씬 나았다.

파양 당한 사실은 물론 아픈 상처였지만, 지금의 가족들을 만나면서 차츰 치유되기 시작했다.

매일 제 몫으로 주어지던 달콤한 간식들, 밤마다 동화책을 읽어 주는 아빠의 따스한 목소리, 장난감을 나눠 주겠다며 방으로 찾아오던 오빠의 다정함, 가끔 악몽을 꿀 때마다 베개를 들고 찾아가는 자신을 따듯하게 안아 주던 엄마.

모두가 좋았다. 그만큼 '내 것'이 늘어난다는 건 신기한 일이었다.

내 방, 내 신발, 내 옷, 내 인형, 내 오빠, 내 부모님, 내 가족.

딱히 이한에게 비밀을 털어놓은 이유는 없었다. 그의 상처를 제 것보다 가볍게 여겨서도 아니고, 우습게 보아서도 아니다.

너보다 내 상처가 크니까, 넌 인상 좀 풀고 살지 그래? 하는 마음이 아닌, 그저 어린 날의 상처를 의도치 않게 공유하게 되어 버린 그가 조금은 안타까웠다.

누군가가 내 비밀을 알게 되면 나도 싫을 것 같기도 하고.

"당신이 뭔데 간섭이야. 나한테 그럴 자격이나 있어? 뭐, 엄마? 뭘 착각하는 모양인데, 할아버지가 나한테 남겼다는 그 재산 때문에 이 미친 짓을 하고 있는 거라면 그만둬. 당신한테는 1원도 안 돌아가게 할 거니까."

아무래도 더 복잡한 속사정이 있는 듯했다.

기억을 떠올린 해주가 고개를 저었다. 신경 쓸 일이 아니었다. 이제는 정말 끝났다. 이한도 더 이상 꼬치꼬치 캐묻지 않을 거고, 가끔 학교에서 얼굴 마주치면 가볍게 인사나 하면 그만이다.

쓸데없는 잡생각에 빠져 있을 시간이 없었다. 1학년, 춘 3월부터 밀려드는 과제를 해결하려면 그녀는 쉼 없이 머리를 굴려야 했다. 에세이도 써야 하고, 평론도 써야 하고, 소설도 써야 하고.

"아, 달다."

달콤한 초콜릿이 그녀의 상념을 잠재웠다. 순식간에 아이스크림을 먹어 치우자 기다렸다는 듯 휴대폰이 울렸다.

—딸, 어디쯤 왔어?

아이스크림보다 달콤하게 느껴지는 엄마의 목소리. 오늘 저녁은 버섯과 돼지고기를 듬뿍 넣은 고추장찌개를 끓일 거라던 지연의 말이 떠올랐다.

해주가 환히 웃으며 대답했다.

"집 앞이요!"

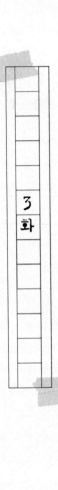

3
화

·I like you·

잘 쓰는 또라이, 공해주

점심시간을 조금 빗겨서 왔기 때문일까. 빈자리를 찾아보기 힘들 정
도로 북적이던 학생 식당이 웬일인지 한산했다.

배식판을 들고 자리를 찾아 앉은 해주가 가방에서 종이 뭉치를 꺼내
들었다. 내일 있을 합평 때 발표할 소설을 프린트한 것이었다.

해주는 밥을 먹는 것도 잊고 꼼꼼하게 한 글자 한 글자를 읽어 내려
갔다. 이미 어느 문단 몇 번째 줄이 무슨 내용인지 외울 정도로 많이 읽
었지만 첫 합평인 만큼 높은 완성도를 보이고 싶었다.

소설과 시를 함께 배우고 있는 1학년과는 다르게 2학년부터는 전공
을 정해야 했다. 당연히 소설 전공을 생각하고 입학했으니, 지금부터
부지런하게 움직여 볼 생각이었다.

주말에는 서점을 가 볼까. 새 책도 조금 사고, 작년 문학 수상집도
다시 읽어 보고, 필사할 새 소설도 찾아보고, 문학 특강 일정은 없는지
확인해 보고.

머릿속에서 주말에 해야 할 리스트를 짜고 있을 때였다.

"어이, 또라이."

막 수저를 입에 가져가던 해주가 고개를 들었다.

뻣뻣한 몸을 바로 세우고 두 손을 바지 주머니 속에 넣은 채 한참 아래에 있는 그녀를 내려다보는, 아니 노려보는 이한이 있었다.

그녀의 척추가 긴장으로 바짝 굳었다.

"지금 저 부르셨어요?"

"어."

"저 공해주인데요?"

"맛있냐?"

그녀의 말은 단번에 무시한 이한이 맞은편 의자에 털썩 앉으며 물었다. 고작 세 음절에서 느껴지는 위압감에 해주가 입안에 있던 음식물을 몇 번 씹지도 않고 꿀꺽 삼켰다.

"여긴 웬일이세요?"

분명 지난번에 용건 끝난 거 아닙니까?

함축된 해주의 질문에 이한이 느긋한 자세로 팔짱을 꼈다.

"지나가다 들렀지. 너 있다 그래서."

"……누가 그래요?"

"있어. 내가 요즘 너 감시하거든. 비밀로 하겠다고는 했지만, 뒤로 다른 말을 할 수도 있으니까."

거 사람을 참.

숟가락을 손에 쥐고 있던 해주가 밥을 뒤적거렸다. 가뜩이나 첫 합평 때문에 예민해서 밥도 제대로 넘어가지 않는데 마주 앉은 상대가 하필 권이한이라니.

"저도 제 비밀 깠잖아요."

"행복하고 좋다며?"

"그런데요?"

"그게 뭐 비밀이야. 자랑이지. 비교 대상이 안 돼. 협상 실패야."

아주 제멋대로가 따로 없다. 그러거나 말거나 해주는 제가 쓴 소설을 머릿속에 집어넣으며 바쁘게 손을 움직였다.

저를 완전히 무시하는 해주의 태도에 이한의 눈썹이 산을 그리며 일그러졌다.

확실히 정상은 아닌데.

입안에서 혀를 굴리며 빤히 그녀를 바라보던 이한은 긴 팔을 뻗어 순식간에 종이 뭉치를 손에 넣었다.

"뭐 하는 거예요?"

당황한 해주가 소리를 지르든 말든 이한은 빠르게 소설을 눈으로 훑었다. 한동안 종이에 고정되었던 그의 눈이 해주를 향했다. 의외라는 듯 입술 끝이 살며시 위로 올라갔다.

"이거 네가 쓴 거냐?"

"그럼 남이 썼겠어요? 빨리 주세요."

"합평 소설이야?"

"아, 달라니까요?"

해주가 다시 뺏으려는 듯 팔을 뻗자 이한이 팔을 들어 올리며 피했다. 다시 자리에 앉은 해주가 '이럴 거예요?' 앙칼지게 쏘아 물어도 이한은 그런 그녀를 빤히 바라볼 뿐 아무런 말이 없었다.

"소설 쓰게?"

"그럼 문예 창작과 와서 수학 공식이라도 풀까요?"

그녀가 비딱하게 대답했다. 물끄러미 보고만 있던 이한이 낮게 웃으며 다시 해주의 글로 시선을 내렸다. 빠르게 움직이던 눈이 맨 아래를 향하기 무섭게 그의 손이 다음 장을 넘겼다.

"설마 끝까지 읽으려는 건 아니죠?"

"밥이나 마저 먹어. 난 할 것도 없고."

"저 감시하러 오셨다면서요?"

"하는 중이야. 인질도 있고."

이한이 종이를 흔들며 말했다. 이제는 자리까지 잡고 제 글을 읽는 그를 보며 해주는 알 수 없는 찝찝함에 뒷목을 만지작거렸다.

"저 진짜 선배님 가족사에 관심 없거든요?"

"나도 없어."

"말 안 하고 다녀요. 정말로. 그리고 요즘 이혼 가정이 얼마나 많은
데……."

이한의 표정이 싸하게 굳어지자 해주가 빠르게 입을 다물었다. 아랫
입술을 질끈 깨물며 곧장 제 실수를 사과했다.

"죄송합니다."

"너 나 알아?"

기습 질문에 해주는 순간 할 말을 잃었다. 안다고 해야 할지, 모른다
고 해야 할지.

"난 너 몰라. 한국대 문예 창작과 1학년 공해주, 그것 빼고."

"……그런데요?"

"너도 나 잘 모르잖아."

대화의 의도를 모르겠다. 그녀가 두 눈만 크게 깜빡이자 이한은 쐐
기를 박았다.

"그런데 내가 널 어떻게 믿어?"

아, 또 시작이네. 해주는 아랫입술을 말아 모으며 한숨을 삼켰다.

"그래요. 못 믿으시면 어쩔 수 없죠."

"설득해."

"제가 왜요?"

"하는 게 좋을 거야. 내가 더 귀찮게 하기 전에."

이미 귀찮아지고 있다는 건, 아마 죽어도 모르겠지.

해주는 국에 흰쌀밥을 전부 말았다. 비밀을 들킨 게 그렇게 싫으면
자기가 먼저 조심을 좀 하든가. 누가 있을지도 모르는 과방에서 고래고
래 자기 치부 까발린 사람이 누군데. 겨우 씩씩거리는 속내를 참았다.

어떻게 해야 거머리 같은 그를 자신의 캠퍼스 생활에서 떼어 낼 수
있을까. 정수리 위로 닿는 시선이 따가워 시선을 내리깐 그녀가 오물오
물 음식을 씹으며 입을 열었다.

"저는 말 못 해요."

"그러니까 왜."

"아니까요."

멸치 반찬을 숟가락 위에 올리며 대답했다. 차마 얼굴을 보고 할 수는 없는 얘기라, 고개도 들지 못했다.

그녀가 큰 숨과 함께 음식물을 다 넘긴 다음 말했다.

"갑자기 양아버지 사업이 기울고, 같이 살던 할머니가 병을 얻었어요. 나는 아무 잘못이 없었죠, 심지어 그들의 딸로 4년을 넘게 살았는데. 그런데도 파양을 당했어요. 집안에 생긴 우환이 겨우 아홉 살인 나 때문이라면서. 아마 양어머니 배 속에 있는 동생 때문이었겠죠. 뭐, 흔치 않은 일도 아니고. 친자가 생겨서 양자를 파양하는 일."

"……."

"가운데서 상처 받는 건 아이예요. 선배도 크게 다르지 않을 거라 생각하니까, 절대 어디 가서 못 떠들어요. 그러니까 안심하라고요."

담담하게 과거 이야기를 풀어내는 동안 시선은 반찬에만 향했고, 손은 바쁘게 움직였다. 파김치를 곱게 싸 밥 위에 얹어 다시 입으로 가져갔다. 매콤한 향이 퍼지면서 코가 찡긋거리고, 눈이 따끔거리는 듯했다.

그렇게 맵지도 않은데, 파김치에 묻은 고춧가루가 원망스러워 해주는 다시는 파김치로 손을 뻗지 않았다.

그녀의 이야기를 조용히 듣고 있던 그는 사르륵, 종이를 넘겼다. 시선은 글을 향한 채.

"진짜 행복해?"

이대로 일어나 갈 줄 알았더니, 되묻는 목소리에 놀란 해주가 고개를 들었다.

"묻잖아. 진짜 행복하냐고."

이한의 시선은 그녀를 향하고 있지 않았다. 굳어졌던 얼굴이 조금 풀어지며 다음 장을 넘기자 해주는 숟가락 쥔 손을 내려다보다 그를 보았다. 어쩐지 그의 질문이 저를 향한 물음 같아 보이지는 않았다.

"네. 행복해요."

"파양은 언제 당했는데."

자기 상처 들켰을 땐 그렇게 난리를 치더니 남의 상처 들추는 건 쉽다는 건가.

하지만 아프지 않다. 그 정도로 단련했고, 그 정도로 행복하니까.

그녀는 자신을 사랑했다. 사랑받았기에 가능했다. 단순하고 직설적인 그의 물음에 해주는 태연하게 대답했다.

"아홉 살이 되던 해 여름이요."

이한이 막 다음 장을 넘기며 고개를 들었다. 아홉 살. 그럼 다 기억하고 있다는 건데. 눈이 마주친 것과 동시에 그의 입술이 열렸다.

"입양은."

"그해 겨울에."

"다 기억날 거 아니야. 그런데도 행복해?"

감정이 실려서일까. 종이 뭉치를 테이블에 내려놓는 소리가 꽤 컸다.

"네. 그들을 이해하는 건 아니지만, 그래도 용서할 수 있으니까요."

"어떻게 용서가 돼? 널 버렸잖아."

"덕분에 지금 부모님을 만났죠. 그리고 내 것이 아주 많이 생겼거든요."

이한의 깊고 검은 눈이 그녀를 향했다. 빤히 제 얼굴을 바라보는 그의 시선이 부담스러운지 해주가 괜히 시선을 피하며 몸을 비틀었다.

어색한 그녀의 행동이 뻔히 보이면서도 시선을 떼지 않던 이한의 짙은 눈썹이 다시 삐죽거렸다.

"너 나랑 친하냐?"

그에게 들은 말들 중 가장 황당한 말이었다. '너 나 알아?' 라는 질문보다 더.

"아니요."

못 들을 말이라도 들은 사람처럼, 해주가 강하게 부정했다. 그것만은 제발 아니기를 바라면서.

"그런데 왜 술술 대답해?"

"물어봤잖아요."

"넌 물어보면 다 대답해?"

"몰라요. 이런 거 물어보는 사람도 없었고, 대놓고 물어볼 줄도 몰랐거든요. 대답한 것도 마음에 안 드세요?"

설득하라고 협박 비슷하게 쏘아볼 때는 언제고, 대체 어느 장단에 맞추라는 건지.

해주는 입을 툭 하니 내밀며 컵을 들었다. 냉수 마시고 속이나 차릴 셈으로 벌컥벌컥 물을 마시는데, 이한은 손에 들고 있던 그녀의 글로 다시 고개를 내렸다.

드디어 따가운 시선에서 해방됐다고 안심하는 순간, 이한이 혼잣말처럼 중얼거렸고 해주는 그 말을 똑똑히 들었다.

"……또라이 맞다니까."

· *I like you* ·

창작 소설과 글쓰기. 한 주 동안 해주가 가장 기다리는 창작 수업 시간이었다.

작가론, 소설론, 시론, 합평론 등등의 이론 수업을 제쳐 두고 문예 창작과의 꽃이라 불리는 창작 수업.

그리고 오늘 드디어 그녀의 첫 합평 시간이었다. 어떤 사람은 정신적 노가다라 표현하고, 어떤 사람은 멘탈과 새끼 같은 내 글들이 산산하게 부서지는 기이한 경험을 하게 될 거라고 했지만 해주는 어떤 것이든 겸허히 받아들일 자신이 있었다.

한국대 문예 창작과 합평이 유명해서도 아니고, 글에 대한 말도 안 되는 자신감이 있어서도 아니고, 합평 클래스메이트들이 착해서도 아니다. 다 뼈가 되고 살이 되는 조언들일 것이라 생각했다.

동기 두 명의 합평이 끝나고, 마지막 주자인 해주가 앞에 나갔을 때 뜻밖의 사람이 등장하기 전에는, 정말 그렇게만 여겼다.

대체 왜 내 클래스메이트에 권이한, 저 사람이 있는 건지.

"아, 권이한 다들 알지? 공강이라고 빈둥거리길래 오라고 했다."

현직 순수 소설 작가로도 활동 중인 교수님이 쉬는 시간을 틈타 불청객을 데려온 것에 대해 말을 덧붙였다.

며칠 전 해주의 소설을 미리 읽어 온 학생들이야 합평에 문제가 없었다. 일대다수로 진행되는 합평에, 한 명이 더 낀다고 해서 별일은 아니었지만 모두들 이한이 지금 처음으로 해주의 소설을 읽는 것이라고 생각하고 있었다.

하지만 이미 지난번 학생 식당에서 그녀의 소설을 낱낱하게 읽어 본 그였다. 이한은 대답 없이 고개만 꾸벅거리며 인사를 대신했다.

가운데에 선 해주는 긴장으로 커다란 숨을 내쉬었다. 그 순간 고개를 든 이한과 눈이 마주쳤다. 그의 입꼬리가 호선을 그렸다. 비웃는 건지, 그냥 웃는 건지 알 길이 없음에도 기분이 나빴다.

"자, 그럼 시작할까요."

해주는 다른 동기들의 합평 시간을 떠올렸다. 독설과 칭찬이 일대일 정도 섞인 나쁘지 않은 분위기였다. 엄청난 자신감은 아니지만, 저도 그와 비슷할 거라 예상했다.

그리고 그 예상은 보기 좋게 빗나갔다.

"좀 고루하다고 해야 할까. 너무 어른 흉내를 내려는 것 같기도 하고."

"필사를 많이 하나 봐요. 어디선가 본 듯한 문장도 보이는 것 같고요."

"캐릭터가 살아 있는 건 좋은데, 현장감은 떨어지는 느낌이에요."

"인물 설정이 조금 산만해요. 초반은 확 끄는 맛이 있어야 하지 않나요?"

"그냥 재미가 없는데."

경직된 해주는 말이 없었고, 동기들은 짧게 몇 마디씩 덧붙였다. 칭찬 하나 없는 비평, 아니 비난의 소리만 가득했다. 누군가 제재를 하지 않으면 끝나지 않을 것 같았다.

이한 역시 이상한 분위기를 감지할 정돈데, 당사자인 해주가 모를 리 없었다.

옆에 서 있던 교수가 헛기침을 내뱉자 그제야 학생들은 눈치를 살피며 입을 다물었다.

교수는 다시 해주의 소설을 훑어보기 시작했고, 얼음장처럼 굳어진 그녀는 주먹을 꼭 쥐었다. 그 모습을 이한은 단 한순간도 놓치지 않고 눈에 담았다.

설마, 나 왕따 당하는 중인가? 아니면 정말 내 글이 엉망이라서?

사적으로 연락하는 사이도 아니다. 겨우 이름이나 기억하는 정도였다. 그렇기에 자신에 대한 적의는 없을 것이라 생각했는데.

누구 말대로 멘탈이 바스스 부서지고 있었다.

해주는 정신을 차리려고 했다. 여기서 흔들리면 안 된다. 입을 열어야 했다. 인물 설정, 캐릭터 묘사, 어디선가 본 듯한 문장이라는 말에 할 말은 해야 했다.

그런데 거짓말처럼 목소리가 나오지 않았다. 손에 땀이 흐르고, 목이 바싹바싹 말랐다.

그 모습을 본 이한이 희미하게 눈썹을 찌푸렸다.

"……확실히, 문장이 거칠긴 한데."

그가 조용히 소리를 냈다. 침묵이 감도는 강의실에서는 충분히 울릴 만한 정직한 목소리였다. 해주와 그녀의 동기들, 안경을 들썩거리며 꼼꼼하게 소설을 살피던 교수의 시선이 한곳으로 모였다.

"확 끄는 맛이라."

이한에게서 칭찬을 들을 거란 생각은 안 했다. 첫 합평을 이렇게 망치는 걸까. 눈앞이 아찔해졌다.

"취지는 좋은데, 그건 장르소설 쓸 때나 먹히는 말이지."

그가 프린트된 글을 넘기며 중얼거렸다. 대상없는 이에게 혼잣말처럼 내뱉는 말은 강의실 안, 모두를 겨냥한 것이었다.

"캐릭터가 살아 있다는 건, 현장감이 살아 있다는 말과 같다고 보는데. 굳이 둘을 분리시켜 본다는 것도 우스운 거고."

법정에서 제시된 증거를 하나하나 쳐내는 사람처럼, 이한은 다시 페이지를 넘겼다.

수군거리는 목소리가 들려왔지만 그는 멈추지 않았다.

"고루하다? 고루한 사회 비판이 이 글이 말하려는 메시지 같은데. 여기서 뺄을 감상은 아니지. 주제 파악이 안 될 정도로 독해력이 딸리는 거면 모를까."

하나씩 밝히는 의견들에 동기들이 침묵했고, 교수는 뭔가가 마음에 들었는지 낮게 웃으며 안경을 올렸다.

"어디서 본 듯한 문장? 당연히 확신이 있으니, 한 말이겠지?"

싸늘하게 굳은 이한의 표정이 옆을 향했다. 생각 없이 내뱉은 말이 되돌아오자 눈에 띄게 당황한 그녀는 지난 합평 시간에 교수에게도 꽤나 칭찬을 받았던 학생이었다.

"작가와 작품명, 페이지. 비슷하다는 그 문장, 정확히 얘기할 수 있어?"

"그, 그건……."

"문학을 한다는 애가 표절에 대한 기본적인 인식도 없나?"

신랄한 비판을 한 뒤, 이한은 무릎에 해주의 소설을 내려놓고 팔짱을 꼈다.

시선이 마주치자 해주는 깨물던 입술을 풀고 어깨를 쫙 폈다. 그의 앞에 설 때면, 왠지 얼어붙는 몸 때문에 직각 인형이 되는 기분이었다.

"권이한, 그 정도면 됐다. 알아들었을 거야."

낮게 웃던 교수가 해주의 옆으로 다가섰다. 제출한 소설을 다시 그녀에게 되돌려준 그는 고개를 숙이고 있는 학생들을 쓰윽 훑어봤다.

"녀석들, 유치하기는."

몇 마디 안 되는 말속에 담긴 비난. 동기들은 침묵했다.

"등단이 목표야?"

"아, 네."

순수 소설계의 독보적인 존재라고 불릴 만큼, 그중에서도 역사 소설에서 만큼은 능가할 이가 없다는 권유택 교수. 유택은 긴장으로 굳어지는 해주와 그녀를 관찰하는 이한을 번갈아 봤다. 그의 눈빛이 짓궂게 변했다.

"좋아. 처음치고는 잘했어."

"아……."

"합평 시간은 창작의 가장 기본이다. 같은 시선에서, 다른 생각으로 바라보는 것들이 얼마나 다른지 깨우치고 배우고 다 내 것으로 만들라고 주어진 시간인데 다르게 쓰면 되겠냐, 이 철없는 것들아."

학생들을 둘러본 유택은 해주의 어깨를 한번 토닥여 줬다. 동기들의 비난 같은 합평보다, 잘했다는 유택의 말에 넋이 나간 해주가 작은 목소리로 '감사합니다'라고 중얼거렸다.

이한이 픽, 소리를 내며 웃었다. 그 소리에 유택의 시선이 그에게 닿았다.

"제대로 다시 시작하자. 해주는 덧붙일 말 있으면 하고."

칭찬 한마디에 날개를 단 것처럼 지적받았던 것들을 가지치기 하듯 하나하나 쳐내는 해주를, 이한은 말없이 응시했다.

"억지로 끌려올 때는 언제고, 나보다 말은 더 많이 하더라."

"그런 거 아니에요."

"뭐가 아니야?"

"이상하게 보고 계시잖아요."

"누가, 내가?"

"네."

"녀석, 작은아빠라고는 죽어도 안 부르지?"

강의실 앞에서 유택을 마주 보고 서 있던 이한은 쓰게 웃었다.

대부분의 학생들이 강의실을 빠져나간 뒤라 유택과의 대화는 연구실에 둘이 있을 때처럼 막막해졌다. 하지만 입은 열리지 않았다. 작은아빠라 해도, 아빠라는 호칭이 들어간 그 단어가.

"낳아 준 사람들도 그렇게 안 부르는데요, 뭐."

유택은 잠시간 말이 없었다. 어리석고 무책임한 부모들 때문에 여전히 상처를 받고 있는 조카가 얼른 털어 냈으면 좋으련만, 시간은 아직 부족한 모양이다.

"할아버지가 주말에 한번 들르라신다. 너 많이 보고 싶어 하셔."

"봐서요."

"녀석, 상속 얘기 나오자마자 얼굴 안 비추면 할아버지 입장이 뭐가 돼? 재산 받기가 그렇게 싫으냐?"

그 상속 얘기가 나오자마자, 1년에 한번 볼까말까 하는 부모들에게 전화가 빗발치는 건 모르시나 봐요.

이한은 속에 삼켜 낸 말을 다시 삼키고, 또 삼켰다. 이미 만신창이가 된 속에.

"재산 받으면 다 기부할 거라고 전해 주세요. 고아원에, 몽땅. 아는 고아원 생겼거든요."

"……할아버지 들으시면 쓰러지시겠구나."

"그러니까요. 안 받겠다는 말 점잖게 하는 겁니다."

적절한 한숨과 섞인 말이 토해지기 무섭게, 끼익 하는 소리가 들렸다. 분명 강의실 앞문이 열렸다가 급하게 닫히는 소리였다.

유택과 이한의 시선이 문에 닿았다. 방금 꼭 닫혔던 문이 조심스레, 천천히 열리자 이한은 하, 소리를 내며 웃었다.

"어어. 안 갔구나, 아직?"

당황했지만 태연한 척 유택이 다정하게 묻자 해주는 어색하게 웃었다. 얼굴만 문 밖으로 빼꼼 내민 꼴이 우습게 보이겠지만, 어쩔 수 없었다.

문 앞에서 소리 없이 발만 동동거리다 뒷문으로 조용히 빠져나가려는데, 등에 맨 가방이 문고리에 걸려 소리가 난 것이다.

난 왜, 뭘 해도 이렇게 들켜 버리는 걸까.

"네. 강의실 정리 좀 하느라고……. 오늘 당번이라서요."

"아이고, 우리 때문에 못 나가고 있었나 보네."

유택이 하하 소리를 내며 웃어도 이한과 해주는 웃지 못했다.

"또 엿들었냐?"

"강의실 앞에서 조금 경솔하셨던 거죠, 두 분이."

할 말은 하고 사는 극성. 말대답 못하면 죽는 귀신이 붙은 사람처럼 해주는 대답을 내놓고 민망했는지 입술을 말아 모았다.

이한은 한숨을 내쉬며 유택에게 안심하라는 듯이 해주를 턱짓으로 가리켰다.

"얘기하고 다닐 애, 아니에요."

유택의 표정에 놀라움이 번지고 해주가 눈을 동그랗게 뜨며 이한을 올려다봤다. 며칠 전만 해도, 설득을 하라면서 사람을 귀찮게 할 때는 언제고.

이제는 믿어 주는 건가 싶어 미소가 번지려는데 이한이 말을 덧붙였다.

"저한테 약점 잡힌 게 있어서."

그러면 그렇지. 사람 안 변한다니까.

해주가 삐죽 입술을 내밀자, 유택은 둘을 번갈아 보다가 이한의 앞으로 고개를 살짝 숙였다.

"그럼 너, 네 부모……."

"네. 조금 알아요. 신경 안 쓰셔도 돼요."

이한은 덤덤히 대답했다. 막장 드라마의 한 편과도 같은 부모 일은 죽어도 입 밖으로 안 꺼내는 녀석이 무슨 일일까 싶지만 유택은 궁금해 하지 않기로 했다. 어색하게 서 있는 해주를 돌아본 유택이 빙그레 미소를 지었다.

"문장이 좀 거칠다는 지적은 맞아. 필사 자주하는 건 좋지만, 여러 작가들 필사를 한꺼번에 하면 그렇게 되기 마련이야. 그 점 유의하고."

"아, 네. 감사합니다."

권유택 교수의 일대일 지도라니. 해주가 눈을 반짝였다. 유택이 연구실 쪽으로 멀어질 때까지, 90도 가까이 허리를 숙이고 있는 그녀를 내려다보며 이한이 가늘게 눈을 떴다.

정작 오늘 구해 준 사람은 누군데, 누구한테 자꾸 감사하다는 건지.

"야, 또라이."

발로 그녀의 신발을 툭, 치자 허리를 세운 해주가 아프다는 듯이 그를 노려보았다. 이한은 그녀의 후드티 모자를 다시 잡아당겼다.

"따라와."

· *I like you* ·

"저 커피 못 마시는데."

겨우 이런 말에도 인상을 쓰는 남자라니. 해주는 매정하게 그럼 다른 거 먹든가, 하고 말하고서는 카드만 쥐여 준 채 창가 쪽으로 자리를 잡는 그를 불만스레 바라봤다.

대체 카페는 왜 데려와서. 아니, 자기가 나랑 카페 와서 할 말이 뭐가 있는데.

대놓고 불만을 늘어놓을 수는 없어 잠자코 커피와 핫초코를 들고 자리로 갔다. 그는 그 짧은 틈에 책을 손에 쥐고 있었다. 마음이 절로 따뜻해지는 언어에, 그녀가 매일 밤마다 한 구절씩 읽는 에세이였다.

하필 저걸 읽냐. 찝찝하게.

"저 뭐 하나 물어봐도 돼요?"

"아니."

"진짜 권 교수님 조카예요? 그러니까, 교수님이 작은아빠?"

권유택 소설가. 일제 강점기를 배경으로 한 지난 소설로 세계 문학상을 수상하고, 출간할 때마다 한국 출판 시장 판매 1위를 기록하는 부동의 일인자.

한국에만 백만 광신도를 소유한 그의 소설은 출간 후 몇 년이 지나도 내내 베스트셀러 상위권에 랭킹 되는 게 당연하다 여길 정도였다.

암, 당연하고말고. 신작이 나올 때마다 뉴스에도 나오는 사람인데. 그런 사람의 조카라니, 이한이 달라 보이기 시작했다.

내내 책을 향했던 이한의 시선이 그녀를 향했다. 묻지 말라는 대답에도 잘만 움직이던 입술이 합죽이가 된 듯, 동그란 모양을 그렸다. 그도 잠시, 험악한 그의 눈이 다시 책을 쫓자 해주는 더 참을 수 없다는 듯 물었다.

"할아버지가 무지 부자이신가 봐요. 상속, 재산 어쩌고 하던데."

테이블 위로 한껏 고개를 숙여 속삭이는 목소리가 마치 밀담을 나누는 것 같았다. 이리 뛰고, 저리 뛰는 대화 내용에 이한은 기가 차다는 얼굴로 그녀를 응시했다. 표정으로도 악의 없는 순수한 질문이라는 게 느껴질 정도였다.

"그런데 그거, 사실이에요?"

"뭐가."

"군대에 있을 때 쓴 소설이 신춘문예 당선됐다는 거. 그 전설 말이에요."

책을 탁 소리 나게 덮은 이한이 커피를 손에 들었다. 한 모금을 마시자, 내용물의 절반이 사라지는 기이한 광경을 바라보던 그녀가 신기하다는 듯이 입을 벌렸다.

"스물하나에 순수시로 등단한 선배도 있어. 여자."

"저도 그렇게 될 수 있을까요?"

"오늘 합평 보니 안 되겠던데."

냉소적이면서도 부드러운 목소리에 해주의 어깨는 풀이 죽은 듯 가라앉았다. 시시각각 변하는 표정이 꽤 볼만했는지 이한은 놓치지 않고 그녀를 관찰했다.

자존심도 세고, 자존감도 높고, 글에 대한 자부심까지 갖고 있다.

할 말은 해야 하지만 순발력은 좀 떨어지는 편이고, 거짓말에 서툰 건지 표정 위로 드러나는 진실들이 뚜렷하다. 겁도 없고, 하고 싶은 일까지 있는데 재능마저 갖췄다.

궁금했다. 해주의 글이, 해주가 쓰는 이야기가, 해주의 머릿속을 지배하는 스토리가.

아직은 가꿔야 할 것이 많을 투박함이 느껴지지만 그마저도 사람을 매료시키는 재주가 있었다. 한 번 읽기 시작한 문장을 끝을 보게 한다. 이한은 우울해지는 그녀의 얼굴을 말없이 응시했다.

"저, 그렇게 엉망이었어요?"

자기 애착이 강한 만큼, 자기 글에 대한 어떤 의견도 편견 없이 들을 준비가 된 사람. 해주는 그런 사람이었다.

이한은 고개를 살짝 옆으로 기울였다. 폭풍처럼 쏟아지는 비평에, 잔뜩 얼어붙었던 그녀의 모습이 동시에 떠올랐다.

"합평 어땠는데?"

질문에 되돌아오는 질문. 해주는 담담하게 입을 열었다.

"조금 상처 받았지만, 나쁘지 않았어요. 애들이 유치했던 것도 사실이고."

"너 왕따냐?"

"그건 아니고, 아싸? 저 친한 애 한 명밖에 없거든요. 최민서라고. 걔는 저 말고 친구 많고요. 지난 합평 때 제가 말을 좀 많이 했거든요, 저도 모르게 신나서. 교수님도 칭찬 많이 해 주시고. 그게 거슬렸나 봐요."

대수롭지 않은 듯이 어깨를 으쓱이던 해주가 작은 손으로 커다란 컵을 꼭 쥐었다. 이한의 시선이 작은 그녀의 손으로 향했다.

실반지 두 개를 양쪽 손에 끼고 투명한 매니큐어를 바른, 꽤나 여성스러운 손이었다. 동글동글한 얼굴과는 다르게. 합평 때만 해도 바들바들 떨던 손은 이제 온정을 찾은 듯싶었다.

"그래도 재밌었어요."

뭔가 일러바친 것 같은 분위기라 해주가 말을 덧붙였다. 이한이 픽 소리를 내며 웃었다. 명백한 비웃음에, 그녀가 입술을 삐죽였다.

"뭐가? 고만고만한 것들이 서로 할퀴고 상처 주는 게?"

"……그런 거예요?"

"국가대표 선발전에서 지들끼리 기록 별로라고 평가하는 꼴밖에 더되나. 그게 집단 폭행이랑 뭐가 달라. 난 합평 별로."

묘하게 설득이 되는 말이지만, 해주는 고개를 끄덕이는 것으로 대답을 대신했다.

아무리 그래도 문예 창작과의 핵심은 합평이고, 그녀는 오늘 분명얻은 것이 있었다. 물론, 초반에 멘탈이 좀 부서지긴 했지만.

"소설 전공 할 거냐?"

팔짱을 낀 이한이 삐뚤었던 고개를 세우며 물었다. 의외의 관심이라고 생각하면서도 해주는 쉽게 대답했다.

"네. 선배님은요?"

"난 이미 소설 전공."

"시는요? 저는 시 전공 수업도 가끔 청강하려고요. 그래도 되겠죠?"

이한은 이미 자신이 그러고 있다는 것을 따로 설명해 주지 않았다.

"근데 선배님. 우리 카페 왜 온 거예요?"

"커피 마시러 왔지."

다시 책을 펼쳐든 그가 대수롭지 않게 대답했다. '책을 읽으러 온 거면 혼자 올 것이지, 나는 왜?' 라는 얼굴로 해주가 턱을 괴었다.

"……저랑요?"

"그럼 지금 내가 누구랑 있는데?"

이번에는 해주가 미간을 좁혔다. 이해되지 않는 그의 행동에 엉뚱한답을 내렸다.

"설마 저 감시하시는 거예요? 제가 막 선배 얘기 하고 다닐까 봐?"

황당하다는 듯 이한이 하, 웃음을 터트렸다. 그녀는 정반대로 받아들였다. 들켰다는 사실이 민망해서 웃는 것이라는 말도 안 되는 오답으로.

"아, 그거는 비밀로 한다니까. 사람 진짜 못 믿으시네. 제 비밀도 깠는데."

"알아서 생각해라."

혼자 원맨쇼를 하는 해주를 흘겨보던 이한이 품 안에서 휴대폰을 꺼냈다. 그녀의 앞으로 내밀자 해주의 눈이 두 배는 커졌다.

어, 설마, 이건.

"찍어."

"왜, 왜요?"

"왜긴, 감시해야지."

"……그렇게까지 하시게요?"

"어, 종종, 자주."

책을 보고 있는 정수리를 휴대폰으로 딱 찍듯 내리치면 어떻게 될까. 짧게 상상하던 해주는 그의 휴대폰에 제 번호를 입력했다.

이한이 페이지를 넘기는 소리가 사라락 들려왔다. 치킨 튀기는 소리와 함께 그녀가 가장 좋아하는 소리였다.

"그냥 공해주라고 저장할까요?"

"그러든가."

통화 버튼을 누르자 1초 간격을 두고 제 휴대폰이 울렸다. 바로 저장 버튼을 눌렀지만 이름은 고민을 해야 했다. 저 선배를 평범한 이름으로 저장하고 싶지는 않았다.

액정에 뜨면, 뜨악 놀라서는 받고 싶지 않을 기분이 마구마구 들게 하는 이름이 뭐가 있을까. 잠시 진지한 고민에 빠졌다.

딱히 떠오르는 게 없었다. 휴대폰에서 잠시 시선을 뗀 해주가 옆으로 고개를 한껏 기울여 다시 책장을 넘기는 그를 빤히 바라봤다.

"그런데요."

그는 대답이 없었다. 짧은 글을 단숨에 읽은 이한은 다시 책장을 넘겼다. 챕터가 달라졌는지 빠르게 한 장이 또 넘어갔다.

해주 역시 속독에 일가견이 있는 편인데, 속도는 이한이 더 빠른 듯

싶었다.

"아까 합평 때, 저 도와주신 거 맞죠?"

"그냥 그런 분위기가 싫었을 뿐이야."

이번에는 즉각적인 대답이 나왔다.

그럼 고맙다는 말을 할 필요는 없는 거겠지. 해주는 내심 고맙다는 말을 전해야 할까, 고민했던 것을 머릿속 아주 먼 곳으로 보낸 채 고개를 끄덕거렸다.

결국 그를 이름으로 저장하고 휴대폰을 내려놨다. 책을 읽는 그를 보니, 딱히 제게 말을 걸 것 같지는 않았다.

대체 나는 왜 데리고 온 건지.

해주는 가방을 뒤졌다. 수기로 제출해야 하는 현대시 과제가 있었다. 어젯밤 해치우려고 했지만, 머리가 골이 울릴 정도로 생각해 봐도 떠오르는 게 없어 마무리 하지 못한 과제였다.

펜을 잡은 해주가 연습장에 뭔가를 끄적거리기 시작했다. 책장 넘어가는 소리가 더 이상 들리지 않는데도, 그녀는 놀라울 정도의 집중력을 발휘했다.

다디단 초코 음료를 몇 번 입으로 가져가다가, 펜을 입에 물다가, 또 다시 뭔가를 끄적이다가 노트에 옮기는 행동이 반복됐다.

소파에 턱을 괸 이한은 그 모습을 빤히 바라봤다. 해주는 한참 동안 고개를 들지 않았다. 그가 자세를 바꾸기 전까지. 눈이 마주치자 그녀는 어색하게 웃었다.

"아니, 뭐. 카페 와서 할 것도 없고, 하실 말씀도 없는 것 같고, 가라고도 안 하셔서."

"……."

"한 번 봐주실래요?"

반짝이는 눈동자를 들고, 책을 가방에 넣는 그를 향해 던지는 목소리가 꽤 맑기까지 했다.

이한에게 별다른 대답이 없는데도 해주는 무작정 노트를 내밀었다.

지우고, 쓰고를 반복해서 지저분한 노트 위로 _L의 시선이 앉았다.

"현대시 창작 수업 과제예요."

"내가 본다고 뭐 달라지나."

"그래도요."

"네 글이야. 공식처럼 답이 있는 것도 아니고."

"오, 방금 말 좀 멋있었어요."

해주는 다시 봐달라 보채지도 않고, 엷게 웃으며 다시 노트를 가져갔다.

내가 애랑 왜 같이 있는 거지.

이한은 뿌듯한지 자기 시를 다시 읽는 그녀를 보며 헛웃음을 내뱉었다.

합평 때 보인 모습 때문에 조금 걱정이 됐고…….

아니, 걱정? 권이한, 네가 누굴 걱정하던 인간이었나? 속으로 고개를 저었다.

"너 심심하면 내 수업에나 들어와라. 공해주라고, 이번 신입생인데 그놈 소설 좀 봐줘. 스무 살짜리가 쓴 글이 아니야."

"……제가 뭐라고 신입생 글을 봐요."

"그놈한테는 너 같은 선배가 봐주는 것만으로도 힘이 될 게다."

복도에서 마주친 유택은 그가 가장 끌려 하는 말들을 던져 놓고 이한을 강의실로 데려갔다. 아마 공해주의 이름이 아니었다면 이한은 걸음하지 않았을 것이다.

그는 그녀의 글에 관심이 있었다. 공해주가 아닌, 공해주의 글.

그러니, 널 카페까지 데려와 단 건 냄새 맡는 것도 싫어하는 내가 잠자코 참고 있는 거겠지.

그저 네 글 때문이라고. 네 재능 때문이라고. 그녀의 글을 조금이라도 더 볼 수 있을까, 하는 마음에.

핫초코 냄새가 다시 진동을 했다. 진한 초코 향은 사그라들 줄 몰랐다.

"이한아."

그때, 자리 옆으로 장미 향기가 훅 끼쳤다. 정원이었다. 이한은 놀라지 않는데, 해주가 놀라 몸을 일으켰다.

"여기 있었어? 집에 간 줄 알았더니."

"권 교수님이 붙잡으셔서."

"아아, 또 창작 수업 끌려간 거야? 해주랑 있었네?"

해주가 굳은 입꼬리를 억지로 올리며 꾸벅 허리를 숙였다.

정원이 크게 웃으면서 '그렇게 인사 안 해도 돼, 우리 너무 고학번 같잖아' 하고 다정히 말했지만 해주는 가능하다면 제발 땅이든 하늘이든 어디라도 좋으니 사라지고 싶었다.

"같이 있을 줄 몰랐어."

"교수님이 좀 달래 주라고. 합평 때문에."

이한은 귀찮은 일을 떠맡았다는 사람처럼 대답했다.

세상에, 무슨 거짓말을 저렇게 자연스럽게. 놀란 해주가 입을 다물자, 정원은 하얀 치아가 드러날 만큼이나 큰 웃음으로 해주를 돌아봤다.

"아아, 해주 놀랐겠다. 원래 처음은 다 그래. 근데 네가 웬일이야? 후배 달래 줄 줄도 알고?"

"그냥, 뭐."

아, 전혀 오해는 안 하는구나. 이걸 다행이라고 해야 하나.

"그럼 저는 먼저 가 보겠습니다."

해주는 조심스레 가방을 손에 들었다. 다 마시지 못한 핫초코가 마음에 걸리지만, 초코 아이스크림으로 달래면 될 일이다.

"가려고? 더 앉아 있지."

"아, 아니에요."

"이한이가 불편했구나?"

"하하. 뭐……."

짧은 대화가 순식간에 끝이 나고 해주는 카페를 나섰다. 마침 강의가 끝나고 커피를 사러 왔던 정원은 방금 전까지 해주가 앉았던 자리를 자연스레 차지했다.

"해주랑 친해졌어?"

"아니."

"꽤 친해 보이던데? 나 질투 날 뻔했어."

정원이 애교 있게 말했다. 엷게 웃으며 이한은 재차 부정했다.

"그냥, 애가 특이해."

"특이해? 어떻게?"

욕심나는 글을 쓰지. 나보다 더한 상처를 가진 게 분명한데 모난 점도 없어. 그게 이상해. 확실히, 정상은 아닌 거겠지.

"잘 모르겠어."

"뭐야, 그게. 아, 우리 오늘 영화 보러 갈까?"

그녀의 물음에 이한은 휴대폰을 테이블 위에 내려놓으며 잠시 생각하다가 고개를 끄덕였다.

정원이 영화를 예매하겠다고 나서는데도 이한은 별로 반응을 보이지 않았다. 건조한 시선으로 지금 이 순간을 관망할 뿐. 그때 그의 휴대폰이 짧게 진동했다.

〈핫초코 잘 마셨습니다!〉

해주의 메시지였다.

공해주.

단순하고 평범하게 저장된 이름. 그는 휴대폰을 손에 들었다.

잘 쓰는 또라이.

망설임 없이 연락처 이름을 바꾼 이한이 창밖으로 시선을 던졌다.

· I like you ·

"저랑 밥을 드시게요?"

"어. 왜?"
"······진심이세요?"

그때부터 이한은 해주의 글에 대한 관심을 포장하여, 그녀를 곁에 두기 시작했다. 아끼는 후배로.

"저 이 책 사 주시는 거예요?"
"읽어 봐. 나쁘지 않을 거야."
"······진짜 이상한 선배라니까."
"욕은 작게 하고."
"그게 들렸어요? 귀도 좋아."

시간을 공유하고, 책에 대한 지식을 나누고, 100분 토론을 방불케 하는 대화가 즐거워지기 시작했다. 해주도, 이한도.

"제 동기들이 신기하대요. 선배랑 친하게 지낸다고."
"이제 왕따는 안 당하나 보다?"
"아씨, 저 원래 왕따 아니었거든요?"
"그럼 자랑하고 다녀. 나랑 친하다고."
"자랑할 거리는 또 아닌 것 같은데."
"말 곱게 하면 입에 가시가 돋지?"
"선배가 그런 말 하니까 되게 이상해요. 양심에 가책 같은 거 안 느껴요?"

그가 먼저 곁을 허락한 유일한 사람. 주변에서들 이상하게 보았지만 이한은 신경 쓰지 않았고, 해주도 크게 대수롭지 않은 듯했다.
그와 함께하는 시간들이 편안했다. 오히려 동기들과 어울리는 것보다 그와 책을 읽고, 책에 대한 대화를 나누는 시간이 좋았다.

"저 권유택 교수님 사인 좀 받아 주세요."

"직접 받지, 왜."

"에이, 민망하잖아요. 저 '칼의 향' 초판본 있는데 거기에! 네?"

"……귀찮게."

그저 친한 선후배 사이라고만 여겼던 나날.

"봐. 너 된다고 했잖아."

"……언제요?"

"항상."

제 마음을 깨달았던 날이었다. 해주는 꿈에도 그리던 신춘문예 등단에 성공했고, 이한의 축하를 받았다. 발을 디딘 모든 곳이 진동했다. 설레는 마음처럼, 뛰는 가슴처럼.

잊어야지, 깨끗하게 잊어버려야지. 그녀는 짝사랑을 깨달은 날로부터, 짝사랑을 접기 위해 노력했다.

그 누군가를 위해서도 아니었다. 오로지 자신을 위해서였다.

"너 왜 이렇게 연락이 안 되냐? 졸업한다고 선배고 뭐고 없지?"

"아직 졸업식 남았는데요, 뭘."

"꽃돌이, 안 필요해?"

"오려고요?"

"그럼 안 가?"

동기들 졸업조차 안 챙기던 이한은 졸업한 뒤에도 그녀의 졸업식을 챙겨 꽃돌이를 자처했다. 출판사도 잘 안 되는 주제에 무려 5만 원짜리 꽃다발을 들고 와 온갖 생색을 내는데도, 해주는 그가 좋았다.

마음은 잊어야 한다 소망하지만, 눈은 그를 쫓고, 그의 냄새를 맡았다.

그리고 그날은, 그를 보는 마지막 날이 되어야 했다.

그렇게 해주는 캐나다로 떠났다.

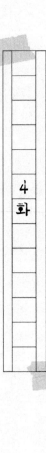

실연 여행

"공 작가님은요? 잘 들어가셨어요?"

해담 출판사의 VIP이자 빛과 소금 같은 존재인 해주는 유난히 살갑고 다정다감한 성격으로 출판사 직원들 사이에서 인기가 좋았다. 회사에 들어서기 무섭게 그녀를 찾는 직원들의 물음을 무시한 이한이 사무실 가장 안쪽에 위치한 사장실로 향했다.

전면이 통 유리로 된 사장실은 블라인드를 내리지 않으면 안이 훤하게 보였는데, 이한은 큰 소리 나게 문을 닫고 곧장 블라인드를 내렸다. 밖에서 다람쥐처럼 고개를 빼꼼 들고 제 기분을 살피려는 직원들을 보고 싶지 않았다.

무엇보다 집중이 필요했다. 난데없이 벼락 맞은 것처럼 고백을 받은 이 상태에서, 다름 아닌 상대가 공해주라는 것에 대한 생각과 고민. 그리고 나름의 걱정 또한.

책상 위에 걸터앉은 이한의 시선이 '대표 권이한'이라 적힌 명패로 향했다.

2년 전, 대학 모임에서 해주는 대뜸 글을 준다고 했다. 그러니 용서해 달라고, 한 번만 봐달라고. 이한은 그녀가 캐나다에 있었던 3년을 떠올리며 대답을 생각했다.

하늘로 솟았는지, 땅으로 꺼졌는지 알 수도 없었다. 배신당하고, 버림받은 기분이었다.

설마 어디가 아픈 걸까, 불치병에라도 걸린 걸까 한참을 고민하다가 급기야는 할아버지가 재개발과 재건축을 이유로 내쫓은 세입자들 이름을 뒤져 해주의 가족이 있는지도 찾아봤다.

자신의 연락만 피하는 이유. 그걸 알아야 했다. 끝의 끝까지, 생각해서는 안 될 생각까지 해 가며 그녀가 없는 3년을 혼자 궁금해 했다.

억울했고, 원망스러웠고, 혼자 초조하게 두려웠던 지난날 때문에 이한은 확답을 주지 않았다.

그리고 그다음 날, 거짓말 같은 상황이라 믿기 어려운 그에게 그녀는 쐐기를 박았다. 마치 미리 준비를 한 사람처럼 허름하고 작은 자신의 출판사로 직접 찾아와 1년여 간 걸쳐 썼다는 소설을 내놓았다.

꿈만 같았다. 자신의 작가가 되겠다는 해주가.

"정확히 서른다섯 번 고쳐 쓴 거예요. 함부로 다루면 안 돼요."

"정말 나랑 계약할 거야?"

"한다고 했잖아요, 나는."

"……했지."

"계약금은 안 받아요. 그런데 두 번이나 망했다면서 책 낼 돈은 있어요?"

역시나 공해주. 그냥 넘어갈 여자가 아니지. 이한은 심기를 건드리는 그녀의 정확한 지적에 보답하듯 마케팅에 총력을 기울였고 결국 빛을 보았다.

해주는 꽤 두터운 팬층을 가진 작가였고, 출판사의 노력이 더해지니 시너지 효과는 당연했다. 출판과 동시에 3개월이 넘도록 베스트셀러를 유지했고, 출간 반년 만에 해담은 비좁고 낡은 사무실을 벗어날 수 있었다.

전국 출판사 매출 순위 15위권 안에 들면서 믿겨지지 않는 매출과 영업 이익을 기록했다.

먼저 원고를 투고하고, 연락을 해 오는 작가들이 많아졌다. 유명 작가들의 책을 몇 권 더 출판하고, 파격적이고 기획력이 돋보이는 마케팅으로 해담은 승승장구의 나날을 보내고 있었다.

젊은 세대를 노리는 세련된 기획력이 돋보인다는 게 업계의 평이었다. 모두 해주가 없었다면 이룰 수 없는 것들. 그리고 개인 사무실이라는 것을 처음 가지게 된 날, 이 명패 역시 처음 생겼다.

기억은 생생했다. 무슨 대표가 명패 하나 세대로 된 게 없냐고 타박하며, 이사 선물이라고 명패를 내밀던 해주를. 매일 좁은 사무실, 제일 햇빛도 안 들어오는 구석에 자리를 만들어 놓던 지난 과거를 깨끗하게 씻어 주었던 선물.

그에게는 이루고 싶은 목표가 하나 있었다.

해주의 글을 처음 본 날, 꼭 그녀를 자신의 작가로 만들고 싶었다.

그게 이루어졌다. 그녀의 글도, 그녀도 이한에게는 어쩌면 꿈이었다.

"좋아해요, 선배."

"뒤통수 제대로 맞았네."

아마 해주가 들었다면 또 눈물을 한 바가지 쏟았을지도 모르지만 그는 이 상황에 대해 별다른 표현을 할 수 없었다. 아끼는 후배를 잃었고, 동시에 소중한 작가를 잃었다.

그 누구도 여자로 대할 수 없는 자신이다. 이미 경험했다. 정원은 제게 그녀의 인생을 망쳤다고 얘기했다. 해주라고 다를 리 없다. 절대 단 한 번도 그 범주에 들게 하지 않았다. 상처뿐인 관계에서 가장 피해야 할 여자가 공해주였다.

대학 때부터 유난히 특별한 존재긴 했다. 남자 후배도 아닌, 그것도 여자 후배. 당시 사귀었던 정원이 불편해할 정도로 그녀를 끼고 돌긴

했다.

싸가지도 없고 성격도 더럽고 공감 능력이라고는 단 1%도 없다며 세상 보는 시선이 그렇게 삐뚤어져서 어떻게 제대로 된 사회생활을 할 수 있겠냐며 일상처럼 잔소리를 내뱉던 공해주를.

해주는 그가 한창 출판사 창업 실패에 허덕일 때 대학을 졸업했다. 망한 주제에 5만 원짜리 꽃다발까지 사 들고 졸업식까지 갔는데, 마치 기다렸다는 듯 졸업식 후 연락이 끊어졌다. 연락처까지 바꾸고 캐나다에 갔다는 사실을 알았을 때는 어이가 없었다.

대체 왜, 나한테 말 한마디 없이. 그래도 너랑 나, 조금 특별했던 선후배 아니었나? 이렇게 끊어질 사이는 아니지 않나?

밤새워 고민한 적이 수두룩했다. 이한이 직접 민서에게 전화까지 걸어 번호를 알아냈지만, 마치 미리 알고 있었다는 듯 해주는 피하기만 했다. 1년쯤 지나 이한은 깨달았다.

날 피하고 있구나.

무슨 이유인지는 모르겠지만 거부당하고 있다는 것을, 그는 뒤늦게야 알았다.

두 번이나 출판사를 말아먹었고, 출판사 이름을 '해담 출판사'로 바꾸고 다시 사업장을 꾸린지 며칠 되지 않은 날. 대학 모임에서 해주를 다시 만났다.

전화는 왜 안 받았냐, 내가 메일을 몇 통을 썼는지 아느냐, 너 그렇게 매정한 애였냐, 대체 내가 너한테 뭘 잘못했냐. 묻고 싶은 말이 쌓여 있었지만 그 어느 것도 묻지 못했다.

그렇게 끝일 줄 알았다.

"내 글 좋아하잖아요."

빈털터리였고, 아무것도 없었다. 정상적인 작가라면 이미 바닥을 찍은 출판사와 일을 할 이유가 없다.

그녀를 기억한다. 오랜만에 만나 시선 한번 제대로 마주치지 못하는 그녀를. 그때의 표정, 목소리, 그녀가 했던 모든 말들을.

왜 나는 몰랐을까. 있는 힘을 다해 내게서 멀리 도망치고 있던 너를.

"젠장, 안 알려 주는 걸 내가 어떻게 알아."

바닥을 툭 치며 이한이 제자리에서 몸을 일으켰다. 쓸데없는 고민으로 시간을 낭비할 수 없었다.

유명 에세이 작가의 여행기 출판을 앞두고 있었다. 팬 사인회 일정에 출간 일을 맞추려면 확인할 게 한두 가지가 아니었다. 자칫 일정이 조금이라도 미뤄졌다가는 손해를 볼 수도 있었다. 책상 앞에 앉은 이한이 한숨을 내쉬며 스케줄을 다시 확인했다. 그 와중에 노크 소리가 들렸다.

"대표님. 공 작가님은 무슨 일로……."

편집 팀 팀장이자, 제일 높은 놈이라는 이유로 해주를 맡긴 담당 편집자 윤기였다. 해담에서 굵직한 작가들을 맡고 있는 윤기는 평소보다 표정이 좋지 않은 대표를 보며 살짝 뒤로 물러섰다. 아, 오는 게 아니었나.

"별거 아냐."

"별게 아닌데 표정은 왜."

"차 팀장."

"네, 대표님."

뭔가 지시가 내려오겠다 싶어 윤기는 얼굴에서 장난기를 거두고 허리를 바로 세웠다.

"내일 공 작가님 오피스텔 좀 다녀와."

"작가님 작업실이요?"

"냉장고 좀 채워 주고. 걔 좋아하는 거 있잖아. 단 것들."

공 작가님, 걔. 이리 뛰었다 저리 뛰었다 하는 호칭 속에서 윤기는 얼떨결에 고개를 끄덕였다.

"그것도 좀 사다 주고. 내가 선물 받은 것 중에 중국차 어쩌고 하던 거 있던데."

"아, 네. 다기랑 같이 선물 들어온 거 있습니다."

"그것도 같이 가져가. 무거우면 정 대리 데리고 가고."

윤기를 돌려보내고, 이한은 깊은 한숨을 내뱉었다.

뭔가, 예감이 안 좋다고 할까.

벽돌이 가라앉은 듯 그의 머릿속에는 해주의 고백이 묵직한 존재감
을 내세우고 있었다.

· *I like you* ·

"차였냐?"

갑자기 들이닥친 해주가 식탁 위에 소주와 맥주를 늘어놓는 모습을
바라보던 민서의 물음에 그녀가 즉각 행동을 멈췄다.

역시. 아침에 대뜸 전화로 오늘 고백할 거라고 호언장담을 하더니
잘 되지 않은 모양이다.

"뭐라는데. 무조건 접으래?"

해주는 봉투에서 사 온 안주들까지 꺼낸 다음 식탁 앞에 자리를 잡
고 앉았다. 여자 둘이 마시기에는 양이 상당했다. 작정한 듯 맥주와 소
주를 컵 하나에 들이 붓는 그녀를 못마땅하게 바라보던 민서도 이내 앞
에 자리를 잡았다.

둘이 그렇게 붙어 다닐 땐 언제고, 졸업과 동시에 슬슬 피하는 것 같
더니 캐나다로 떠나서는 그의 연락을 모조리 무시하는 이유가 있었다.

설마 공해주가 권이한을 짝사랑하고 있었을 줄이야.

민서는 해주가 한국에 돌아와서야 그 사실을 알았다. 그녀의 귀국
날, 대학 사람들이랑 모여 술 한잔했을 때 분위기가 하도 심상치 않아
찔렀더니, 해주는 진실을 토해 냈다.

실은 오래 전부터 좋아하고 있었다. 그런데 정원이 있으니 다가갈
생각도 못 했다. 떠난 것도 그 때문이다. 이제는 아니니까, 마음껏 좋아

해 볼 생각이다.

민서는 오징어 다리 하나를 잘라 그녀에게 건넸다. 둘이 헤어졌다는 소식에 태평양을 가르고 달려올 정도면 대체 얼마나 좋아하는 걸까.

"나 오늘 이 술 다 마실 거야."

"그동안 내가 알던 너라면 충분히 가능하다고 봐."

"내일 월차 내."

"말이 되냐?"

"20대 내내 짝사랑만 하다 고백했는데 꺼지라는 말 들은 나보다는 말이 되겠지."

꺼지라니, 아무리 권이한이라지만 그건 좀 심한데. 민서가 미간을 좁혔다. 다른 사람도 아니고 권이한이 공해주에게 그런 말을 했을 리가 없다. 손목을 걸어도 좋을 만큼 그런 확신이 있었다.

"권이한이 너보고 꺼지래?"

"보지 말재."

"아."

"나 아니면 출판사 망한다면서 보지는 말재. 나랑 사귀는 것보다 차라리 출판사 망하는 게 낫다는 거야, 뭐야."

인정하지 않는 것처럼 말했지만 해주 역시 알고 있었다. 그는 그녀와 사귀는 것보다 망하는 쪽을 선택했다. 설마 진짜 나 하나 빠진다고 망하지는 않겠지만.

"야, 해담에 너 말고 유명한 작가 많아. 망하지는 않을 걸?"

훈제 오징어 다리를 질정질정 씹어 대던 해주가 축 어깨를 늘어뜨렸다.

"그럼 나 안 찾아오겠네? 원고 달라고, 계약하자고 찾아오는 일은 없겠네?"

"그건 모르지. 그 선배가 네 글 좋아하는 건 사실이니까."

"나는 안 좋아하잖아."

"그래서 포기할 거야?"

모른다. 차일 수도 있다는 막연한 상상을 수도 없이 했는데, 그랬을 때를 대비해 눈물 한 방울 흘리지 않으려고 시뮬레이션을 스무 번은 했는데 전부 헛수고였다. 바늘 끝이 심장을 쿡쿡 찌르는 것처럼 아팠다.

내가 어떤 마음으로 권이한, 너를 피해 다녔는데. 내가 어떤 마음으로 너를 안 보고 살았는데.

내가 어떤 마음으로…… 당신을 보는데.

울컥하는 마음이 들기 무섭게 눈물이 터진 그녀가 두 손으로 얼굴을 가렸다. 수 없이 상상하던 일이지만 막상 닥치고 나니 두려워졌다.

정말 보지 않고 살 수 있을까, 내가 정말 그만둘 수 있을까. 당신을 좋아하지 않고 살 수 있을까.

차마 소리는 못 내겠고 어깨를 들썩이며 흐느끼던 해주의 옆으로 민서가 다가와 앉았다. 아이고, 어쩌면 좋냐. 친구의 작은 위로가 전해지는 순간에도 눈물을 멈추지 못했다.

가족 얘기는 죽어라 싫어하면서, 복잡한 가족사를 있는 그대로 털어놓을 만큼 내가 싫은 사람이다. 마음을 주지 않으면 그만인데. 정말 그러면 그만인데.

상실.

그를 한껏 담은 마음을 잃었다.

그를 좋아했던 시간을 잃었다.

그렇게 권이한을 잃어야 했다.

· *I like you* ·

눈이 제대로 떠지지 않았다. 아침에 일어난 해주를 보며 민서는 사람 눈이냐며, 확인 사살까지 퍼부었다.

민서의 집에서 나와 택시를 타고 오피스텔로 돌아온 해주는 샤워를 마치자마자 곧장 침대로 향했다. 새벽까지 마신 술 때문에 속이 쓰렸지만 이대로 자고만 싶었다. 자고, 또 자고 그래서 조금이라도 이한의 생각을 안 하고 싶었다.

그런데 안 할 수가 없다. 생각하지 말자, 하면 자꾸만 떠오르고 잊자고 마음먹으면 가슴부터 뛴다. 뭐가 그렇게 좋다고. 말도 못 되게 하고 재수도 없고 욕도 잘하고 성격까지 나쁜 남자를.

내가 훨씬 아깝잖아. 안 그래? 까짓, 겉모습 말고 볼 게 뭐가 있다고.

침대에서 벌떡 몸을 일으킨 해주가 썰렁한 집 안을 둘러봤다. 캐나다에서 돌아온 뒤로 지금까지 내내 혼자 살았다. 한국에 돌아와 첫 작품을 무사히 출간하고 캐나다에 갔었는데, 올해는 바로 차기작에 들어가는 바람에 갈 시기를 놓쳤다. 왜 하필 지금 생각이 날까.

당장 태평양까지 건너는 건 무리였다. 일정을 떠올리던 해주가 무작정 몸을 일으켰다. 가족들이 있는 캐나다는 무리라도 바람은 쐬고 싶었다.

짝사랑을 종결지었는데, 이건 너무 평범하고 일상적이다. 마음에 들지 않는다. 분명 새벽까지 실컷 울고, 마시고, 쏟아 내고, 욕했지만 속이 풀리지 않는다.

깨끗한 것을 눈에 담고, 맛있는 것들로 하루 다섯 끼를 채워 먹고, 하루 3만보 이상씩 걸어 머릿속을 비우고 싶었다.

해주는 즉각 행동에 옮겼다. 캐리어를 거실 한가운데에 내려놓고 여행에 필요한 물건들을 챙겨 거실에 잔뜩 쌓았다. 세면도구를 꺼내고 옷장에서 한가득 상의와 하의를 넉넉하게 챙겼다.

속옷까지 몇 벌 여유롭게 챙긴 해주가 캐리어 앞에 앉았다. 깔끔하게 개켜 넣기 위해 양반다리를 한 해주는 옷 한 벌 한 벌을 다시 편 다음에 한 모양으로 개켰다. 옷 가게를 방불케 할 만큼 깔끔하게 개켜진 옷을 캐리어 한쪽에 넣고 또 넣었다.

"아, 운동화."

많이 걷고 또 걸을 생각이니 넉넉하게 두 켤레를 챙겨 갈까 싶어 해주가 몸을 일으키는데, 그 찰나 초인종이 울렸다. 멍하니 인터폰 쪽을 바라보던 해주가 한숨을 삼켰다. 역시, 그냥 가게는 못 두는구나.

"여긴 웬일이에요?"

현관문을 연 해주가 잔뜩 먹을 것을 들고 온 윤기와 재원의 뒤를 괜히 흘겼다. 아무도 없었다. 설마 이한이 같이 왔을 거라 생각하는 건가. 대체 뭘 바라고.

아직도 그 사람한테 뭐 바라는 게 있어, 공해주?

"근처 왔다가 들렸어요. 근데 작가님 우셨어요? 눈이 부었어요."

"라면 먹고 잤어요. 뭘 또 이렇게 사 왔어요?"

밤새 울었다는 사실은 들키고 싶지 않아 해주는 재빨리 먼저 안쪽으로 들어갔다. 흡사 시장을 방불케 하는 뜻밖의 구경거리에, 재원과 윤기의 눈썹이 삐죽 움직였다.

거실 가득 어질러진 캐리어와 짐들은 금방 푼 것인지, 아니면 챙기는 것인지 헷갈릴 정도였다. 둘의 시선이 공중에서 부딪혔다.

윤기가 다급하게 입을 열었다.

"대표님이요. 작가님 식사 좀 챙기라고."

"답지 않게 다정한 척은."

싸웠구나. 둘이 싸운 게 분명해.

둘은 직감했다. 재원이 사람 좋은 미소를 지어 보이며 입술을 부들부들 떨었다.

"에이, 대표님이 작가님 얼마나 챙기시는데요. 그런데 이건 뭐예요? 작가님 어디 가세요?"

"네. 여행."

아주 잠깐의 침묵 속에 두 남자는 머릿속에서 높게 쌓아올린 블록이 우르르 무너지는 소리를 들었다. 윤기는 작업실에 가 보라던 이한의 표정을 떠올렸다. 설마 이럴 줄 알았던 건가.

"……지금 당장이요?"

"그럼 미리 싸놓는 걸로 보여요?"

캐리어 앞에 양반다리를 하고 앉은 해주가 마저 옷을 개켰다. 가지런히 캐리어 안에 옷과 화장품, 세면도구 등을 정리한 그녀가 멍하니

서 있는 두 남자를 올려보다 재원이 들고 있는 봉투를 보았다.

이한이 시킨 게 분명한 먹을거리가 한가득이었다. 전부 다 제가 좋아하는 것들이겠지. 근처 와서 들렸다는 말은 거짓일 게 뻔했다. 매주 마감 때문에 바쁜 편집자들이 작가 작업실에 무슨 볼일로 온단 말인가. 글이야 이메일로 딱딱 받으면 그만인데.

"그건 가져가서 사무실 사람들이랑 먹어요. 나 언제 올 지 모르니까 괜히 여기 두지 말고."

해주는 둘을 없는 사람 취급하며 짐을 챙겼다.

그녀가 안방과 화장실에서 짐을 챙겨 오는 것을 빤히 보던 윤기는 재원을 먼저 밖으로 내보냈다. 해주와 얘기를 해야 할 것 같았다.

무슨 얘기든, 그러니까, 말려야 하는 거 아닌가? 이 여행? 그의 머릿속에서 사이렌이 계속해서 울려 댔다.

"대표님도 아세요? 작가님, 여행 가시는 거?"

"알면 그 성질에 가만있겠어요. 난리 났지."

아니 그걸 아시는 분이. 윤기의 입술이 힘없이 벌어졌다.

뭐가 빠졌을까 싶어 짐을 살피던 해주는 아, 하는 신음과 함께 다시 몸을 일으켰다. 책상에서 노트북과 다이어리를 들고 나와 옷가지 맨 위에 올려놓은 것을 마지막으로 캐리어를 덮은 그녀가 여전히 멍하니 선 윤기를 올려다봤다.

"계속 그렇게 서 있을 거예요?"

"고민 중입니다."

"뭘?"

"대표님한테 전해야 하는 거 아닌가."

"전해요. 어차피 늦었어요. 나 바로 출발할 건데?"

"저 대표님한테 안 맞을까요?"

"차 팀장님 때리면 신고해요. 직장 내 폭행으로. 내가 증인 서 줄게요. 변호사 비용도 필요하면 다 대줄 수도 있어요."

"……혹시 대표님이랑 싸우셨어요?"

아무리 머리를 굴려 봐도 답은 그것밖에 나오지 않았다. 워낙 사이가 들쑥날쑥하는 분들이니 충분히 그럴 만하다. 얼마 전 사무실에서도 작품 캐릭터를 의논하다가, 언성을 높여 가며 싸웠던 사실을 기억한다. 물론 본인들은 그저 일상적인 대화라고 생각하는 게 문제지만.

"그래 보여요?"

"아무리 생각해 봐도요."

"그럼 이렇게 전해요. 공해주 실연 여행 간다고."

"……아니, 작가님 그게 무슨."

황당해하는 윤기를 두고 해주는 곧장 옷을 갈아입기 위해 침실로 향했다. 그녀가 옷을 갈아입고 간단히 화장을 하고 나온 다음에도 윤기는 그 자리에서 해주를 따라 눈동자만 움직였다.

고민이 끝나지 않았다. 보내야 하는 건가? 아니, 보내도 되는 건 맞나? 우리 소설은? 아니 소설은 그렇다 해도 지난 상반기부터 매주 참여하고 있는 문학 칼럼은 어떻게 되는 걸까.

어느새 해주가 간단한 배낭까지 매는 것을 본 윤기가 정신을 차렸다.

아니, 뭘 이렇게 빨리. 무슨 여행을 이렇게 갑자기. 말이 제대로 나오지 않았다. 이대로는 안 된다. 잡아야 했다.

"저, 일단 대표님이랑 통화부터 하시는 게 어떨까요?"

"안 내켜요."

"아니, 그래도 작가님. 저희 칼럼 연재도 있는데……."

"기한 맞춰 메일로 보낼 거예요. 노트북 챙긴 거 안 보여요?"

이건 틀렸다. 말린다고 해도 먹힐 얼굴이 아니다. 윤기가 망연자실한 표정으로 상상했다. 사무실에서 대표한테 크게 깨질 자신을.

"그럼 어디로 가시는 건지만 알려 주세요."

"그것도 안 내켜요."

"예?"

해주는 무덤덤한 얼굴로 윤기를 올려다봤다. 물론 담당 편집자라서 조금 깨지겠지만 지금 남의 기분을 생각할 여유가 없었다.

차인 건 난데 왜 내가 모두의 안녕과 평화를 빌어야 하는 걸까. 지금 내 안녕과 평화도 장담 못 하는데.

"팀장님도 잘 지내요. 그 거지 같은 인간 밑에서."

· *I like you* ·

"대표님? 저기, 대표님."

건드리면 안 된다는 분위기를 풀풀 풍기고 있는 이한의 앞에 선 윤기가 다른 생각에 빠져 제 목소리 따위 듣지 못하고 있는 그를 애타게 불렀다.

그리고 두 번을 그렇게 부르고 나서야 이한은 윤기의 존재를 알아차렸다. 뒤늦게야 그는 윤기에게 해주 좀 살펴보고 오라는 심부름을 시킨 기억을 떠올렸다.

"공 작가는 만났어?"

"네, 뵙고 왔습니다."

"밥 먹는 건 보고 왔어?"

밥은 무슨, 짐 싸는 것만 실컷 보고 왔는데.

"……그게 말입니다."

윤기가 말끝을 흐리자 이한의 이마가 단번에 구겨졌다. 윤기는 잠시 갈등했다. 분명 눈앞에서 쏜살같이 사라진 해주는 '튀었다'고 봐야 무방한데, 이걸 어떻게 말해야 할지.

"여행 가셨습니다. 오늘."

"뭐?"

해주와의 계약 서류를 찾기 위해 책상을 뒤적거리던 이한이 곧장 고개를 들었다. 급속도로 차가워지는 그의 얼굴을 보며 윤기가 두 손을 공손하게 모았다. 지금은 그저 조금이라도 이한의 기분이 상하지 않게, 그런 불가능한 일을 꿈꾸며 말하는 수밖에 없었다.

그리고 다행이라고 생각했다. 자신이 팀장이라, 자신이 해주를 담당하고 있어서, 이한에게 깨지는 게 다른 팀원들이 아닌 자신이라서.

"실연 여행 가신다고……."

"무슨 여행?"

"실연 여행이요."

미친.

"그래서 보냈어?"

설마 네가 그랬겠어? 곱게 보냈다면 나한테 죽을 텐데. 심상찮은 물음에 윤기가 꿀꺽 침을 삼켰다.

"그게…… 너무 완고하셔서. 정재원 대리가 담당하는 문학 칼럼은 매주 기한 맞춰 보내 주신다고 하셨습니다."

"지금 그게 문제야? 작가가 없어졌는데?"

"없어진 게 아니라 실연 여행……."

쾅!

서류철 파일을 책상 위로 던지듯 내려놓으며 이한이 몸을 일으켰다.

"어디로."

"예?"

"공해주 어디로 갔냐고. 담당 편집자가 그것도 몰라?"

아니 그걸 내가 어떻게 합니까. 작가님 스무 살 때부터 알았다는 대표님도 모르면서. 윤기는 단호하게 고개를 저었다. 모릅니다, 하고.

이한이 한손으로 얼굴을 쓸어내렸다. 듣지 않아도 알 만했다. 고집불통 공해주가 자신의 아랫사람을 상대로 제 고집을 꺾었을 리가 없다.

"휴대폰은."

"가져가시긴 했는데, 받으실까요."

지은 죄가 없으니, 오히려 당당하자. 윤기는 차가운 목소리에 단호하게 대답했다. 이한의 눈썹이 사정없이 구겨졌다.

윤기는 이한이 첫 출판사를 차릴 때부터 함께한 직원이었다. 두 번째 회사도 쫄딱 망하고, 비로소 세 번째에 성공을 거두기까지 두 사람은 수많은 일을 겪어 왔다. 그렇다고 해서 그가 무섭지 않은 건 아니었다.

"나가."

"예?"

"공해주 잡아올 거 아니면 나가라고."

오히려 잘됐다 여긴 윤기는 가볍게 고개를 숙여 인사를 하고 대표실을 나섰다. 밖으로 나와 자리를 찾아 앉은 그의 입술 사이로 긴 한숨이 흘렀다.

"뭐예요? 공 작가님 여행 가셨어요?"

옆자리 신희정 주임이 목소리를 죽여 물었다. 몸도 마음도 천근만근, 대답할 힘도 없어 윤기는 다시 몸을 일으켰다.

칫솔을 챙겨 화장실 쪽으로 향하는 그를 보며 희정은 입술을 삐죽 내밀었다. 대표실에 다녀온 팀장 대신, 그새 수척해진 재원이 대신 대답했다.

"아니, 튄 거라고 봐야지."

"여행 가셨다고 하지 않았어요?"

알쏭달쏭한 그의 말에 희정이 고개를 기울였다.

"본인은 실연 여행이라더라."

"실연 여행? 공 작가님 실연 당하셨대요?"

"몰라. 말은 그렇게 하는데."

"그럼 대표님한테 고백을 하신 건가?"

희정이 조용히 묻자 재원은 어깨를 으쓱했다. 해주가 고백할 상대라고 해 봤자, 자신들의 대표 말고 누가 있지도 않겠지만.

"두 분 싸우시는 게 어제 오늘 일도 아니잖아요. 공 작가님 어디로 갔는지는 몰라요? 아니, 고백은 또 언제 하셨대? 평생 안 하실 것 같더니."

"내가 아나."

"근데 작가님 칼럼 연재는요? 그거 정 대리님이 담당하지 않아요?"

내 말이. 재원은 또다시 긴 한숨과 함께 책상 위로 엎드렸다. 벌써부터 기가 빨린 기분이었다.

· *I like you* ·

윤기가 나간 것과 동시에 이한이 휴대폰을 찾았다. 이놈의 휴대폰은 항상 어디 있는지 모른다는 게 문제다. 서류철로 뒤덮인 곳에서 휴대폰을 찾은 이한은 통화 목록으로 들어갔다. 적어도 하루에 한 번은 통화를 했던 사이, 당연하게도 해주의 이름이 가장 많이 보였다.

답답하게도 연결음은 길게 이어졌다. 음성 사서함으로 넘어가자 이한은 짙은 한숨을 삼키며 다시 통화 버튼을 눌렀다.

그렇게 세 번을 반복하고 네 번째 음성 사서함이 들려올 때쯤 전화가 연결됐다.

"공해주."

낮은 저음의 목소리가 그녀의 이름을 불렀다. 들려오는 대답은 없었다.

"공해주."

다시 한번 힘주어 그녀의 이름을 부르는데 휴대폰 너머로 열차가 곧 도착한다는 방송 멘트가 겹쳐 들렸다.

이한이 빠르게 차 키와 겉옷을 챙겼다. 어디에 간다 말하고 다니는 대표는 아니지만 급해 보이는 그의 걸음에 직원들이 모두 어리둥절하는 사이, 사무실을 벗어난 이한이 빠르게 차로 향했다.

"어디야. 만나서 얘기해."

─……

"공해주. 대답 안 해?"

─오지 마요. 어차피 10분 있으면 출발이니까.

"시위 하냐, 너 지금?"

퉁명스러운 해주의 목소리에 이한은 목 끝까지 욕이 치밀어 오르는 걸 겨우 참았다. 다른 이였으면 머리가 얼얼할 정도로 욕을 들었을 상황이다. 그럼에도 그는 곧장 후회했다. 말이라도 곱게 나가야 하는 건데. 차에 올라탄 이한이 안전벨트를 맸다.

—시위하면 나 보기나 할 거예요? 안 볼 거잖아.

"잘 아네. 그럼 쓸데없는 짓 그만두고 돌아가."

—싫어요.

"너 진짜."

—내가 애예요? 사사건건 간섭하려 들게? 이대로 잠수 안 탈거고 소설도 계속 쓰고 있을 거예요. 칼럼도 기한 맞춰 보낼 거니까 걱정 마요.

나보고는 말하는 게 못되 처먹었다고 할 때는 언제고 하도 붙어 지내다 보니, 이것도 전염이 된 모양이다. 얄미워도 이렇게 얄미울 수가 없다. 이한이 답답한 듯 셔츠 윗 단추를 끌러냈다.

"내가 지금 그것 때문에 그래?"

—그게 아니면요. 설마 선배가 내 걱정을 할 리는 없을 거고. 그냥 신경 끄고 살아요. 원고 준다는데 뭐가 문제야.

사람 속을 긁어도 유분수가 있지. 아랫입술을 질끈 깨문 이한이 휴대폰을 바꿔 잡았다.

"진심이야?"

뭔가를 참고 있는 듯, 커다란 숨소리가 들려왔다.

—선배가 먼저 말했어요. 나 안 잡는다고.

"우리 계약 아직 안 끝났어. 나는 네 걱정할 권리 있어."

—의무는 없어요. 그러니까 권리도 행사하지 마요.

단정하게 내뱉어지는 말에는 망설임이 없었다. 충동적인 행동이 강한 해주가 어떤 생각으로, 어떤 마음가짐으로 여행을 간다고 하는지 알 만했다. 그녀의 말이 맞았다. 말릴 자격도, 이유도 없었다.

"그래. 너 꼴리는 대로 해라. 원고만 주면 됐지, 네 말대로 뭐가 문제야."

싸늘한 음성에 냉기가 뚝뚝 흘렀다. 그의 말에 상처라도 받은 것인

113

지 그녀는 말이 없었다. 하지만 어쩔 수 없다. 누군가를 어르고 달래는 일 따위 애초에 해 본 적도 없는 권이한인데.

"바람 잘 쐬고 오세요, 공 작가님. 약속대로 원고는 잊지 마시고."

한껏 빈정거림이 묻어난 저음이 흘렀다. 역시나 해주는 대답이 없었고 그는 그대로 전화를 끊었다. 상처를 받았다 하더라도 그건 그녀의 몫이다. 애초에 일을 이 지경까지 끌고 온 건 공해주니까.

고백은 그녀의 자유 의지였고 그에 대한 책임을 지는 것 역시 온전한 해주의 의무다. 그러니까 신경 쓰지 말자. 생각도 하지 말자.

"젠장, 이럴 줄 몰랐던 것도 아니잖아."

감당도 하지 못할 일을 저지를 때 이럴 거라는 생각을 했을 것이다. 분명, 공해주라면. 누구보다 권이한을 잘 알고 있는 공해주라면.

그러니 모두 공해주의 몫이라고 이한은 생각했다.

· *I like you* ·

지정된 좌석에 앉은 해주가 조용해진 휴대폰을 내려다봤다. 혹시나 하는 마음에 받은 전화. 역시나 권이한은 권이한이다.

대체 뭘 기대한 걸까. 기대라는 걸 할 수 없는 남자인데.

상처 받을 줄 알면서도 고백했고, 멀어질 줄 알면서도 토해 버린 마음이다. 대체 얼마나 더 상처를 주려고 작정한 걸까, 이 남자.

냉기가 뚝뚝 흐르던 목소리만 봐도 알 수 있었다. 그에게 얼마나 자신이 필요 없는 존재인지를.

"못됐어, 하여튼."

울지 말자. 울면 지는 거다. 지금까지 그 남자한테 여러 번 졌지만 이번에는 그러지 말자.

눈가를 박박 닦아 행여나 흐를 것 같은 눈물을 꾹 참은 해주가 창밖으로 시선을 돌렸다.

그녀는 워낙 해 보지 않은 일에 대한 겁도 많고 길도 잘 찾지 못했다. 예전부터 친구들이 여행은 절대 혼자 가지 말라고 할 정도였다. 이번 여행이 얼마나 길지, 제게 무슨 영향을 줄지는 모르지만 그것 하나만은 결심했다.

깨끗하게 잊어버리고 돌아오자.

"세상에 남자가 권이한 하나도 아니고."

쿨하게 뱉은 말이 무색할 정도로 눈에서 굵은 눈물이 흘렀다. 고개를 숙인 해주가 쓰고 있던 점퍼에 달린 모자를 뒤집어썼다. 다 큰 여자가 기차 안에서 혼자 청승맞게 우는 모습을 들키고 싶지 않았다.

그리고 또 지금만큼은 그저 울고 싶었다.

정말 다 잊을 거니까.

5
화

·I like you·

계속 좋아해 볼까

"미친. 살살 좀 들어와."

냉장고 앞에서 막 캔맥주를 꺼내고 있던 우진이 굉음 같은 소리를 내며 들어오는 이한을 맞았다. 분위기가 심상치 않았다. 출판사 말아먹었을 때도 저런 얼굴은 아니었던 것 같은데.

거실 한쪽 벽에 기대선 우진은 굳은 얼굴로 재킷을 벗는 그를 빤히 바라보며 관찰했다. 모르는 척하고 있지만 알고 있었다.

벌써 며칠째 심하게 기분이 어지러운 이한을 저렇게 만든 원인을 드디어 알아냈으니까.

"공해주, 잠수 탔다며?"

말이 끝나기 무섭게 이한의 미간에 작은 주름이 생겼다. 셔츠 단추를 풀어내는 손길이 꽤 거칠었다.

"민서랑 회사에서 점심 먹었는데 그러더라. 그래서 네 기분이 별로일 거라고."

'공해주의 부재가 권이한에 미치는 영향'에 대해 논문이라도 쓸 수 있는 우진은 약 올리듯이 그를 떠봤다.

"……잠수 아니고 여행. 바람 좀 쐬고 오겠대."

느린 대답. 사이사이 한숨. 우진의 입꼬리가 사정없이 씰룩거렸다.

"여행인데 너는 왜 며칠째 저기압이냐? 같이 사는 룸메이트 불편하게."

이한의 시선이 곧장 그에게 날아갔다. 얹혀사는 주제에 말이 너무 길었나, 우진이 아랫입술을 말아 모았다.

"안 나가냐? 한 달은 더 된 것 같은데."

"왜 이래. 같이 사니, 나는 좋기만 하구먼. 그래서 해주 어디 있는지는 모르고?"

우진이 급하게 말을 돌렸고, 이한은 신경질적으로 반응했다.

"내가 알 바야?"

"그거 몰라서 똥줄을 타고 있는 것 같다만."

공해주의 부재는 역시나, 권이한의 기분에 지대한 영향을 끼친다는 결론을 내린 우진이 고개를 저었다. 가만히 이한을 보고만 있던 우진이 냉장고에서 맥주 하나를 꺼내 그에게 던졌다. 가볍게 받아 든 이한은 곧장 맥주를 땄다.

벌써 일주일째. 이쯤 되면 돌아올 거라고 생각했던 해주는 연락 한 번 없이 끈질기게 버티고 있었다.

어디 있는지도 몰라 답답해 죽겠는데, 아는 건지 모르는 건지 해주는 이틀 전 마감 날짜에 맞춰 회사 공용 메일로 칼럼 원고를 보내왔다. 어디에 있다, 그러니 걱정 말라는 말 따위는 단 한마디도 적혀 있지 않았다.

몇 번이나 메일을 다시 확인했는지 모른다. 답답하고 짜증이 나는 걸 넘어서 마지막엔 화가 치밀 정도였다.

그러면서 예전 기억이 떠올랐다. 해주의 졸업식 후, 자연스레 끊어진 연락. 캐나다에 있다는 그녀에게 보낸, 줄기차게 씹힌 수십 개에 달하는 메시지와 메일.

다시 속이 싸해지자, 이한의 미간이 사정없이 구겨졌다.

"뭔 걱정이야. 애도 아니고."

"애도 아닌데 애 같은 짓을 하니까 그러지. 지금쯤 뭐 하나는 흘렸을 걸. 칠칠치 못한 게."

쓸데없이 길도 잘 잃고 물건 흘리고 다니는 건 특기에 혼자 여행이라고는 해 본 적도 없는 해주다. 캐나다 갈 때마다 인천 공항에서 길을 헤매는 그녀가 아닌가.

이한이 답답한 듯 한숨을 내쉬었다.

"그럼 오라고 하든가. 걔는 갑자기 왜 그러는 건데? 민서가 너는 알 거라고 하던데."

이한은 우진과 가장 친했고, 해주는 민시와 가장 친했다. 넷의 친분이 가깝거나 두텁지는 않지만 우진과 민서는 같은 회사에 일하면서부터 꽤 자주 어울렸다. 둘 다 광고 계열에서 카피라이터로 일을 하고 있어 통하는 것도 많았다.

해주의 짝사랑을 알고 있는 사람들이기도 했고.

"그 또라이 생각을 내가 어떻게 알아."

"글쟁이 중에 또라이 아닌 사람이 드물지. 넌 돈 벌어다 주는 네 작가한테 그래도 되냐, 근데?"

"정신 제대로 박힌 녀석이면 그런 미친 짓을 하겠어?"

이한이 날카롭게 반응했다.

정신이 제대로 박혔다면 나 같은 새끼를 좋아하지도 않았을 거고, 나한테 고백하는 미친 짓도 안 했겠지. 뒷말을 삼킨 이한이 걱정인지 짜증인지 모를 감정으로 똘똘 뭉친 채로 낮게 욕을 중얼거렸다.

우진이 움찔하는 사이, 이한은 욕실로 들어갔다. 저 혼자 짜증이란 짜증은 다 내는 그가 시야에서 사라지자 맥주를 홀짝이고 있던 우진은 다시 주방으로 들어갔다.

미친 짓이라. 조금 갑작스럽긴 하지만 해주의 깜짝 여행이 이한에게 '미친 짓'으로 기억될 만큼 영향력이 있는 모양이다.

항상 그랬다. 의심스러울 정도로 공해주에게 약했고, 기가 막힐 정도로 공해주에게 다정했다. 뭐, 그게 일반적으로 다정하다고 표현할 수는 없겠지만.

물론 해주도 알고 있다. 이한이 제게만큼은 특별하게 대한다는 걸. 다만, 그걸 '작가 공해주'에게라고 착각하고 있다는데, 우진은 제 전 재산을 걸 수도 있었다.

빈 캔을 쓰레기통에 넣으면서 우진이 낮게 혀를 찼다.

"공해주는 쟤가 뭐가 좋다고."

저렇게 뾰족하고, 삐딱하게 생긴 녀석이.

"아씨, 연애하고 싶네."

· I like you ·

"이, 이게 어디 갔지?"

해주가 당황한 얼굴로 가방을 뒤적거렸다. 교통카드와 체크카드를 넣어 둔 카드 지갑이 보이지 않았다. 지갑도 있고 휴대폰도 있는데 딱 그것만 없었다.

아무도 없는 버스 정류장. 순천만에서 시간을 보내고, 이제 순천역으로 돌아가야 하는데, 하필이면.

쓸 수 있는 카드가 없는 건 아니지만, 교통카드 기능이 있는 카드를 잃어버린 셈이었다.

"내가 이렇지, 뭐."

다른 지갑을 꺼내 현금이 있나 확인한 해주가 한숨을 내쉬며 도로 쪽으로 고개를 돌렸다.

이 동네는 원래 이런가. 지나가는 사람 하나 보이지 않을 만큼 썰렁 했다. 버스가 올 때까지도 꽤 걸릴 것 같고. 의자에 앉아 두 다리를 교 차시키며 작게 흔들던 그녀가 휴대폰을 꺼내 들었다.

캐나다와의 시차를 머릿속으로 계산해 본 뒤 망설임 없이 전화번호 를 눌렀다. 이제 일어나 아침을 짓고 있을 것이라 예상했던 대로 지연 은 꽤 경쾌한 목소리로 식사 준비 중이라고 대답했다.

—너는? 잘 지내는 거야? 여행은 괜찮고?

시집도 안 간 딸을 혼자 한국에 두고 캐나다로 건너갈 때부터 지연은 늘 이 질문을 달고 살았다. 하루에 한번 꼬박꼬박 통화를 하면서도.

"응. 좋아요. 오빠랑 아빠는?"

—네 오빠는 출근 준비하고 아빠는 동네 한 바퀴 돌다 온다며 나갔어. 또 뭐 잔뜩 사 들고 오겠지. 그놈의 씀씀이, 어떻게 하면 줄어드나 몰라.

한번 시작된 엄마의 볼멘소리는 한동안 멈출 줄 모르고 계속됐다.

입양이 뭔지도 모르고, 고아원이리는 곳이 사회에서 어떻게 인식되고 있는지도 모를 때였다. 임신이 되지 않아 입양을 알아보던 나이든 부부에게 처음 입양이 됐을 때가 네 살이었다. 그리고 4년을 넘게 그들과 살았고, 집안에 온갖 안 좋을 일들이 생기자 마치 해주의 탓이라는 듯 한순간 파양을 당했다.

모두가 입을 모아 말했다. 이미 아홉 살이고 입양을 한번 갔었던 그녀가 다시 입양되는 일은 없을 거라고.

하지만 그녀는 기적적으로 지금의 가족을 만났다.

생생하게 기억한다. 지금의 엄마, 아빠의 손을 잡고 오빠에게 인사를 했던 그날.

"네 동생이야."

그 작은 한마디에 왈칵 울음이 터졌던 그날. 조금은 돌아왔지만 그래서 더 애틋하고 더 마음이 차올랐던 그날.

예쁜 새 이름을 지어 주겠다는 그들을 말갛게 올려다보며 또 왈칵 눈물을 터트렸었다.

"새언니는 감기 걸렸다더니, 괜찮대?"

—안 괜찮아. 열도 있는 애가 아침 돕겠다고 나와서는 종종거리길래 다시 올려 보냈어. 애 보는 게 쉽지 않아서 그래. 재우가 좀 보채야 말

123

이지. 넌 캐나다 언제 올 거야, 대체? 어려우면 엄마가 한 번 가? 재우가 투정이 심해졌어. 아무래도 고모 없는 걸 알아챈 것 같다.

한 번 왔다 하면 온갖 건강식품을 사다 나르고 냉장고를 꽉꽉 채워놓는 것도 모자라, 날이면 날마다 대청소를 한 다음 앓는 소리를 할 거면서.

6개월 전, 소설 구상에 정신이 없을 때 지연은 기습적으로 한국에 들어와 엉망이었던 해주의 집을 들쑤시고 갔었다. 그녀가 낮게 웃으며 하늘을 올려다봤다. 아직 한낮이 되기 전인데도 높게 떠오른 해가 가장 먼저 해주를 반겼다.

"엄마. 캐나다 좋아?"

의도치 않았지만 목소리엔 괜한 상념이 한가득했다. 딸의 심상치 않은 느낌을 전해 받았는지 지연은 잠시 말이 없었다가 밝은 목소리로 대답했다.

—좋지, 그럼. 공기도 쾌적하고 조용하고 사람들도 친절하고 너 좋아하는 바다도 코앞이고. 너는 안 살아 본 애처럼 얘기한다? 너 있을 때보다 훨씬 좋아졌어.

해주가 말없이 다리를 흔들었다. 일주일이나 못 본 이한의 얼굴이 어른거렸다.

잊으려고 떠났는데 왜 자꾸만 보이는 걸까.

"엄마, 나 보고 싶구나?"

—그럼, 보고 싶지. 하나밖에 없는 딸인데. 엄마가 갈까?

"아니야. 여행 길어질 지도 모르고. 이렇게 돌아다녀 본 적이 없어서 그런가, 재미있어요. 혼자 다녀서 심심하긴 하지만."

—그나저나 갑자기 무슨 혼자 여행을 다닌다고. 네 아빠가 얼마나 걱정하는데? 한국 가겠다는 거 겨우겨우 말렸어, 내가.

결국 얼마간 대화를 더 나누고 조심해서 잘 다니라는 마지막 당부를 들은 다음에야 전화를 끊을 수 있었다.

엄마와의 통화는 항상 이렇다. 쓸쓸함은 더해지고 외로움은 늘어난다.

엄마의 목소리는 항상······.

그냥 확 가 버릴까.

"권이한, 나쁜 놈."

후회해 버려라. 이렇게 근사한 여자 차 버린 걸. 두고두고, 죽을 때까지.

마침 버스가 도착했다. 버스 기사와 고작 승객 두 명 뿐인 시골 버스에 오른 해주가 이어폰을 찾아 귀에 꼈다.

제일 구석진 자리를 찾아 앉은 해주는 머릿속으로 할 일들을 차례차례 떠올렸다. 역에서 캐리어를 찾고, 교통카드부터 새로 발급받고, 편의점에서 라면과 삼각김밥으로 식사를 때우고······.

"······다음은 어디로 갈까."

· *I like you* ·

도덕처럼 예술도 어딘가에 선을 긋는 것으로 이루어진다.

―길버트 키스 체스터턴

분명, 오늘의 소설에서 나는 확실한 선긋기를 당했다. 저자가 원하는 '선'에서 나는 울림을 느껴야만 한다. 사람들에게 이 소설의 가치를 설명하고, 방향성을 이야기하고······.

위대한 소설가나 문학가의 명언으로 시작되는 칼럼 원고를 읽어 내려가던 이한의 표정은 무덤덤하니 평온했다. 어디론가 전화를 걸고 있던 재원은 원고를 확인하는 이한과 어디에 있는지도 모르는데 죽어라 전화는 안 받는 상대방의 눈치를 동시에 보고 있었다.

책상 위를 손가락 하나로 탁탁 두드리며 이한은 모니터를 뚫어져라 응시했다.

오기, 또 오기. 이 원고가 대체 대한민국 어디에서 와야 하는지 알아

야하겠다는 오기.

평온하고, 계획적이고, 늘 생각했던 대로 흘러가던 그의 일상은 엉망이 됐다.

그 이유가 도피 겸 여행을 떠난 해주 때문이라고 생각했다. 정신머리 나간 녀석 때문에 평범한 일상이 망가지고 있었다. 속에 화가 가득하고, 답답하고, 머릿속에는 짜증뿐이라 어디든 분출하고 싶었다.

이한은 안절부절, 발을 동동거리는 재원을 앉은 채로 올려다봤다. 재원은 뒤늦게야 후회했다. 반년 전, 공해주 작가의 칼럼 담당을 일이 많은 윤기에게서 넘겨받았을 때 자신이 얼마나 좋아했는지를.

해주 정도의 작가는 사실 직급이 높은 사람이 맡는 게 당연했지만, 상대적으로 단행본보다 호흡이 짧아 부담이 덜한 칼럼은 재원에게 맡겨도 좋을 것 같다는 윤기의 적극 추천이 있었다.

세상에, 공해주 작가의 칼럼을 맡다니! 아주 동네방네 자랑도 했었는데.

그때의 기억을 지워 버리고 싶은 재원은 숨죽여 말했다.

"안…… 받으시네요."

"다시 해."

뭐가 마음에 안 드는 걸까. 지금껏 원고 수정을 요구한 적은 단 한 번도 없었는데.

재원이 불안한 마음으로 다시 통화를 시도했다.

받아 주세요, 작가님 제발. 재원의 소원이 들렸던 걸까. 신호음이 끊겼다. 하지만 그토록 바라던 해주의 목소리는 들리지 않았다.

다시 끊어지고, 세 번째로 전화를 시도할 즈음.

—네. 재원 씨.

재원은 순간 안심했다. 그래도 해주의 목소리가 괜찮아 보여서.

"아, 작가님. 전화 받으시네요."

—원고에 무슨 문제 있어요?

"저…… 그게 말이죠."

저도 그 원인을 모르겠는데……. 재원이 말끝을 흐리자, 앉아 있던 이한이 손을 뻗었다. 재원은 에라 모르겠다는 심정으로 휴대폰을 건넸다.

"공 작가님."

재원은 슬며시 뒷걸음질 쳤다. 싸늘하고, 낮은 음성에 깨달았다. 자신은 여기 있을 때가 아니라는 것을. 아니, 있어선 안 된다는 것을.

—……뭐 하자는 거예요, 지금?

"오타가 있네요."

오타라니, 지금 오타 때문에 작가한테 전화했다는 거야? 어느새 문 가까이로 다가간 재원은 헉 소리 나게 숨을 들이켰다. 절대 여기 있으면 안 되겠다는 강한 판단력으로 서둘러 자신의 자리로 걸음을 옮겼다.

"세 번째 문단, 두 번째 문장. 당장 고쳐서 보내 주셔야 할 것 같은데."

단 한 글자. 겨우 한 글자 오타를 노려보며 이한은 재원이 프린트해 준 원고를 테이블 위로 내려놨다. 소파에 편히 등을 기댔지만, 결코 편하지 않았다. 온몸의 신경이 해주의 숨소리에 집중돼 있었다.

"마감 5분 전입니다. 공 작가님."

듣는 이도, 보는 이도 없는데 해주를 이렇게 부른 적은 처음이었다. 이한은 한 손으로 얼굴을 쓸어내리며 휴대폰 너머에 소리를 기울였다. 이제는 숨소리마저 들려오지 않았다.

—교정, 교열은 출판사 업무 아닌가요? 내가 그 원고를 며칠 전에 보냈는지 알긴 알아요? 마감 시간 5분 남기고 뭐 하는 거예요, 지금?

"확인을 제때 못 했네요. 그리고 저희가 지금 외부라서요."

말도 안 되는 소리라는 걸 안다. 괜히 해주의 신경을 긁어먹으려는 수작질이라는 것도 안다.

그런데도 이한은 해주의 목소리를 들어야 했다.

—하, 선배! 지금 나랑 뭐 하자는.

그녀가 커지려는 목소리를 죽이고, 숨을 들이켰다. 그 모습이 상상됐다.

이한은 눈을 감았다. 너는 지금 어디쯤에 서서, 내 전화를 받고 있는 걸까. 궁금하고, 걱정돼 미칠 정도였지만 그 말이 해주에게 오해를 줄 수도 있다는 생각에 그는 입을 다물었다.

해주는 그에게 고마운 사람. 평생의 은혜를 가지고 있는 사람. 아끼는 동생.

그 이상이 될 수 없었다. 되어서는 안 됐다.

―당장 고쳐서 보내죠.

화를 참으려는 목소리가 꾹꾹 흘러나왔다.

"보내 주시고 전화 주세요. 마감 4분 남았네요."

동시에 열차 소리가 났다. 커다란 굉음, 열차가 출발하는 소리. 그 속에 해주의 목소리는 없었다.

"저한테, 직접."

이한의 말이 끝나기 무섭게 전화는 끊겼다. 얼마나 어이없고 황당한 일인지 안다. 그럼에도 그는 해주가 어디 있는지 알고 싶었다. 그러면 걱정이라도 덜 수 있지 않을까, 망가진 것만 같은 일상을 조금 회복할 수 있지 않을까 해서.

그는 휴대폰을 손에 든 채 원고 옆에 펼쳐 놓은 노트북을 노려봤다. 회사 공용 메일에 접속해서, 받은 메일함을 바라보는 시선이 집요해졌다.

정확히 2분 만에 메일이 도착하고 재원이 다시 사무실에 노크했다. 동시에 울리는 휴대폰. 열흘 동안 단 한 번도 제 휴대폰에서는 볼 수 없었던 이름, 잘 쓰는 또라이.

"대표님. 공 작가님 원고 다시 보내 주셨……는데."

문이 열리고 재원이 그 틈으로 조용히 속삭이듯이 얘기했다.

"담당자한테 전달해."

겨우 한 글자 오타 수정 때문에 마감 직전에야 최종 파일을 담당자한테 보내게 된 재원은 얼른 이한의 눈 밖으로 사라졌다.

기다렸다는 듯 그는 휴대폰을 손에 들었다.

―원고 보냈어요. 이제 됐죠?

"어디야."

삐딱하고 빈정거리는 말투. 이한은 구겨진 미간 위를 괜히 손으로 쓰다듬었다.

"말해, 어디인지."

―……그거 물어보려고 원고 수정하라 그랬어요?

"그거 아니면 내 말 들은 척이나 했겠어?"

―내가 어디 있는지 그게 왜 궁금해요. 아끼는 후배도 쉽게 끊어 낼 수 있는 사람이.

어쩔 수 없다. 그녀의 마음을 접게 할 수 있다면, 적어도 자신을 마음속에서 지울 때까지 해주를 멀리하라면 그럴 수도 있었다.

"내가 널 평생 안 본다고 했어?"

―다른 출판사랑 계약하라는 말이, 그럼 무슨 뜻인데요!?

억울함이 잔뜩 담긴 목소리가 화를 토해 냈다. 이한은 한숨을 삼켰다. 그때, 보지 말자는 비슷한 소리를 한 것 같긴 한데 아무리 떠올려 봐도 어떤 식으로 얘기했는지는 기억에 없다. 그녀의 말이 너무나 충격적이라, 그걸 기억하는 것도 버거웠다.

그럼에도 분명히 할 수 있는 건 그 말뜻이 '평생'이란 전제를 두지 않았다는 것이다. 정확한 기억은 없어도, 그건 분명했다.

"어디야. 그것부터 말해."

―그게 왜 궁금한 건데요. 관심 꺼요.

"너 같으면 걱정이 안 되겠어?"

―걱정하지 마요. 관심도 두지 말고 생각도 하지 마요. 선배가 원해서, 난 충실히 따르고 있을 뿐이에요.

"대체 왜 화가 난 건데?"

열흘 동안 아무리 머리를 굴려 봐도 그대로였다. 이게 그렇게 화낼 일이야? 네가 고백 따위를 안 했으면, 날 남자로 보지만 않았으면, 우리는 아무 문제없는 거 아니야?

그는 차마 말은 못하고 한숨 소리가 들릴까, 소리 내지 않고 몇 번이
나 속으로 쓰디쓴 숨을 참았다.

—……이렇게라도 해야 금방 잊을 것 같아서.

그는 뒤늦게야 깨달았다. 그녀는 지금, 있는 힘을 다해 도망치는 중
이라는 걸.

언젠가 그랬던 것처럼, 또다시.

—끊을게요.

무심하게 통화가 끊겨진 휴대폰을 바라보며 이한이 헛웃음을 내뱉었
다.

"그래, 비행기만 타지 마라."

해주가 없었던 3년을 떠올리며 그가 소파 위로 쓰러지듯이 누웠다.
잘 있다는 걸 확인했는데도 불구하고 답답함은 끝내 사라지지 않았다.

· *I like you* ·

"시안은 크게 세 가지 컨셉으로 잡았습니다. 타이포는 지난 회의 때
나온 것으로 확정해서 뽑았고요. 색감만 다르게요."

편집 팀 막내인 윤서가 표지를 손에 들며 말했다. 오전에는 디자인
팀과, 오후에는 이한과 릴레이 회의를 하느라 진이 빠질 만한데도 집중
하지 않는 사람은 없었다. 그저 모두가 이한과 독대하는 회의에서만큼
은 정신을 차리려고 노력했다.

원래 대표란, 대표실에서 진득하니 골프나 치고 늦게 출근해서 일찍
퇴근하고 하루걸러 낮잠도 자야 정석이거늘 이한은 그러는 법이 없었
다. 표지 시안을 살피던 이한이 한참 뒤에야 입을 열었다.

"검은 톤이 확실히 좋긴 한데."

"뭔가 확 끌리지는 않는 것 같습니다."

이한의 말끝이 늘어지자, 윤기가 받아쳤다. 윤기를 포함해 총 네 명
으로 구성된 해담 출판사 편집 팀은 지난 2년간 구성원이 한 번도 바뀐

적이 없었다. 그만큼 이한에 대해, 해주에 대해 속속들이 꿰고 있었다.

"그래도 흑톤이 낫지 않을까요? 작품 분위기상 베이지톤은 조금."

"너무 무난해 보이긴 하죠."

"대신 타이포를 변경하면요? 조금 더 강렬하게 넣을 수 있을 것 같은데요."

편집 팀 안에서도 의견이 분분하게 갈렸다. 이한은 나란히 놓인 세 개의 시안들을 겹쳐 올렸다.

"일단 샘플은 다 뽑아 보기로 하고. 다음."

"아, 정유원 작가님 에세이 건이요. 기념 사인회 일정을 잡으려고 하는데, 출간 날짜 앞뒤 일주일은 해외에 계실 것 같다고 하셔서요."

대한민국 여행 에세이 쪽으로는 따라올 자가 없다는 정유원 작가. 얼마 전에는 마감 날짜를 안 지켜 속을 썩이더니, 유원을 담당하는 희정은 결국 일정에 차질이 생겼다는 말을 길게 전했다. 이한이 탁상 달력을 손에 들었다.

"우리가 잡은 일정이 언제였지?"

"출간 다음 날입니다."

"장소 섭외는."

"광화문 서점입니다. 예상 인원은 2백 명 정도로 잡았고요."

"해외 일정은 무슨 이유로."

"……그건 저도 잘, 말씀을 안 해 주셔서요."

출간 날짜를 확인한 이한이 탁 소리 나게 달력을 내려놨다. 희정이 움찔하고, 다른 팀원들이 저마다 눈짓을 교환했다.

"팀장님이 직접 통화해 봐요. 계약서에도 명시한 날짜라는 거 다시 알려 드리고. 다음."

"문학 칼럼 건이요. 공해주 작가님 대신할 작가 찾아보라고 하셔서……."

이한의 표정이 눈에 띄게 굳어지자, 재원은 땀을 삐질 흘렸다. 편집 팀 안에서도 은근한 눈빛 교환이 이뤄졌다. 이미 재원에게 보고받은 일이라 윤기는 놀라지 않았지만, 희정과 윤서는 처음 듣는 일이었다.

"공 작가님이 언제까지 칼럼을 진행하실지 알아야 찾을 수 있을 것 같아서요."

"예전에 정유원 작가님이 관심을 보이긴 하셨습니다."

"구독자 수가 웹상에서도 어마어마하니까요."

"그런데 그건 공 작가님 브랜드 파워 때문이기도 해서."

언제까지. 언제까지……. 이한은 달력을 노려보다가 한 손으로 얼굴을 쓸어내렸다. 굳어지는 대표의 얼굴에 편집 팀 모두가 숨을 죽였다.

작가님 칼럼 그만두신대요? 진짜? 희정이 눈짓으로 옆에 있는 재원을 바라보자 그는 조용히 고개를 끄덕거렸다. 그 순간 이한이 소리 나게 펜을 내려놨다.

"일단 가을까지로 생각합시다. 정유원 작가 에세이 샘플은?"

이한이 급하게 화제를 돌렸고, 희정은 갑자기 급전환된 안건에 잠시 당황하다가 입을 열었다.

"네, 준비되었으니 지금 확인하셔도 좋습니다."

"내 책상에 올려놔요. 확인할 테니까."

더는 볼일 없다는 듯, 이한이 자리에서 몸을 일으켰다. 마주하고 싶지 않은 현실로부터 도망을 치는 모습처럼 보이기에 충분했다.

성급하고, 서툴고, 어색하기 짝이 없다. 조용해진 회의실. 막내 윤서가 눈치 없이 목소리를 높였다.

"대표님 오늘 좀 이상하시죠?"

대답해 줄 이는 아무도 없었다.

· *I like you* ·

"안녕하세요, 선배."

마른 땅을 보고 있던 이한이 고개를 들었다. 해주가 끌고 나갔던 지난 동문회 이후 처음 보는 민서가 우진과 나란히 서 있었다.

출근길에 차가 퍼졌다면서 회사 앞까지 꼭 데리러 와야 한다는 우진의 말도 안 되는 성화 때문에 가뜩이나 기분이 좋지 않았는데, 민서를 보니 바로 해주가 떠올랐다.

벌써 2주. 해주가 여행을 가겠다고 갑작스레 사라진 시간이다.

"어. 오랜만이다."

"네. 잘 지내셨죠? 해주 때문에 속 많이 썩는다고 들었는데."

차에 기대어 있던 이한이 쓰게 웃는 것으로 대답을 대신했다.

"너무 걱정 마세요. 잘 있는 것 같더라고요."

"그러겠지."

민서의 말은 그에게 위안이 되어 주지를 못했다. 오히려 불난 집에 기름을 들이부을 뿐. 가만히 서 있던 우진은 슬슬 그의 눈치를 살피다가 차에 기대선 이한을 끌어당겼다.

"이렇게 만난 김에 저녁이라도 먹고 들어가자. 남자 둘이 집에 가서 뭐 해 먹을 것도 없는데."

귀찮다고, 놓으라는 이한의 말을 살포시 무시한 우진은 두 사람을 데리고 회사 근처 중식당으로 향했다.

룸 안으로 안내받은 셋이 자리에 앉기 무섭게 우진이 알아서 주문을 했다. 이한은 답답한 듯 넥타이를 끌러 내렸다.

민서의 시선이 힐긋 이한을 향했다. 이한이 불편하고 어색한 건 아니지만 해주 없이 만나는 건 처음이라 뭔가 어렵긴 했다. 워낙 함께 있는 사람을 어렵게 하는 분위기가 있으니까.

그런데도 신기하게 해주는 늘 그런 이한을 격 없이 대했다. 이한은 해주를 분명 예뻐했다. 예뻐했다는 말이 어울리지 않는 사람이지만, 민서가 보는 둘은 그랬다.

서로 구박하고, 싸우고, 티격태격하면서 챙겨 주고, 함께 다니고.

마치 10년 된 부부 같은 느낌이랄까. 그래서 당연히 쌍방인 줄 알았는데.

"해주, 너한테도 연락 없어?"

우진이 옆에 앉은 이한을 슬쩍 쳐다보며 민서를 향해 물었다.

"하죠. 지금 통영이래요."

통영이란 두 글자에 이한의 낯빛이 급격하게 어두워졌다. 민서는 그 걸 놓치지 않았다.

"통영? 멀리도 갔다. 혼자 있는데 안 심심하대?"

"별로요. 그동안 못 다녀본 곳들 다 돌아보고 온대요. 아주 작정했어 요."

"언제 올라온다는 말도 없고?"

"없어요. 힘들면 알아서 올라오겠죠. 배 타고 대마도 들어갈까, 하더 라고요."

"대마도? 겁도 없다, 걔는. 요즘 세상이 어떤 세상인데."

"그러게나 말이에요."

민서가 이한을 돌아보며 동조했다. 관심 없다는 듯 모른 척, 아무 말 없는 이한은 얼핏 보면 태연해 보였지만 그 속이 부글부글 끓고 있음을 모르지 않았다. 그런데 왜 찾을까. 계약까지 그만두면서.

마침 민서의 휴대폰이 울렸다. 액정을 확인한 민서가 이한을 똑바로 바라보며 엷게 웃었다.

"양반은 못 되네요. 지 얘기하는 건 또 어떻게 알아 가지고."

민서가 흔드는 휴대폰 액정 위로 해주의 이름이 뜨고 있었다. 이한 이 모른 척 컵으로 손을 뻗었다. 며칠 전 원고 수정을 핑계로 전화를 받 아냈을 때와는 다르게, 민서와는 시도 때도 없이 연락을 주고받았다는 사실이 못내 못마땅했다.

어디야, 아직도 통영이야? 밥은 먹고 돌아다니는 거야? 너 식당에서 혼자 밥 먹는 거 잘 못하잖아.

잔소리와도 비슷한 민서의 걱정 가득한 목소리가 재차 흘러나왔다. 질문이 꽤 구체적이었다. 마치 이한에게 일부러 해주의 상황을 전해 주 려는 것처럼.

컵을 쥔 그의 손에 힘이 들어갔다. 그 순간, 밝은 목소리로 전화를 받던 민서의 표정이 급격하게 어두워졌다.

"뭐? 다쳐?"

관심 끄자. 너 잊겠다고 여행 간 녀석한테 무슨 관심이야. 그건 그 녀석을 위한 게 아니야.

귀는 민서의 목소리에 집중하면서도 그렇게 마음먹고 있던 이한의 시선이 민서에게 향했다.

"다쳤대?"

우진이 옆에서 재촉하며 묻자 민서가 조용히 하라는 듯이 손가락을 길게 세워 입술에 갖다 댔다.

"그래서 지금 어딘데. 많이 다쳤어?"

—그냥 발목이랑 꼬리뼈가 좀. 금간 건 아닌데 넘어지면서 크게 놀랐나 봐. 걷기가 좀 불편해서. 손목이면 어떻게 해서 가겠는데…….

"어떻게 혼자 와. 버스 타고 기차 타고 이동하면 걸어 다니다가 더 심해질 텐데."

민서의 시선이 마주 앉은 이한을 향했다. 일부러 그녀의 상황을 전화상으로 설명하듯 조금 더 과장을 보냈는데 아무래도 효과가 먹히는 듯했다. 험악하게 일그러지는 얼굴이 꽤 볼만했다.

"일단 거기 꼼짝 말고 있어. 움직이지 말고."

—너 올 수 있어? 차도 없잖아.

"차 있는 사람 데려갈게. 끊고 푹 쉬고 있어. 그러게 왜 혼자 여행을 가서 덤벙거리다가 이 사달을 내? 혼나야 돼, 너는."

주절주절 잔소리를 늘어놓다가 민서는 빠르게 전화를 끊었다. 이러고 있을 시간이 없었다. 서울에서 통영까지 쉬지 않고 달려도 네 시간은 더 걸렸다.

"다쳤대? 어디를? 많이 다쳤대?"

"덤벙거리다 넘어졌나 봐요. 꼬리뼈랑 발목을 좀."

"못 걷는데? 데리러 가야 해?"

"네. 그래야죠, 버스 타고 오라고 할 수도 없고. 택시는 말도 안 되고. 그런데 선배 차 퍼졌다 그랬죠?"

민서가 우진을 향해 말하면서 힐긋 이한의 눈치를 봤다. 답은 정해져 있는 상황에서 너무 빤한 질문이었다.

"어, 내 차는 그런데……."

탁, 소리 나게 컵을 내려놓은 이한이 옷을 챙겼다. 우진과 민서의 시선이 몸을 일으키는 이한을 향했다. 민서는 올라가려는 입꼬리를 꾸욱 참으며 오늘따라 커 보이는 그를 빤히 올려다봤다.

"네가 가게?"

"그럼 내 차 끌고 네가 가게? 주소나 찍어 보내. 꼼짝도 하지 말라는 말, 꼭 전하고."

서두르는 듯한 이한을 물끄러미 보던 민서가 막 떠올랐다는 듯이 입을 열었다.

"선배가 간다는 말도 할까요?"

막 룸 안의 문손잡이를 향해 손을 뻗던 이한이 민서를 돌아봤다. 초롱초롱하게 빛나는 눈동자는 이미 이한의 마음을 꿰뚫었다고 말하는 듯했다. 이한의 반듯했던 미간에 작은 주름이 졌다.

"하면, 걔가 거기 있겠어?"

암요. 없겠죠. 어디 도망갈까 궁리만 하겠죠. 고개를 끄덕이는 민서를 뒤로하고 이한이 룸을 나섰다.

인사도 없이 가는 매정한 녀석이라며 우진이 중얼거렸고, 민서는 해주에게 출발했으니 병원에서 기다리라는 메시지를 남겼다.

"그런데 너 기분 좋아 보인다? 친구 다쳤다는데?"

그걸 뭐하러 묻나. 민서가 엷게 웃으면서 따뜻한 차가 담긴 컵을 들었다.

"그냥 살짝 놀란 건데요, 뭘."

"아무리 그래도 그렇지."

"재밌잖아요. 둘이 아옹다옹. 이거 계산은 선배가 하는 거죠? 고량주 한잔할래요?"

민서가 씨익 웃었다. 그녀의 왕자님을 보냈으니, 치고받으면서 올라오는 건 본인들 몫이다.

· *I like you* ·

통영에서 제일 큰 종합 병원. 아무것도 없는 길에 저 혼자 제 발에 걸려 넘어진 해주는 벌써 네 시간째 응급실에 방치되고 있었다.

"혼자 아프면 서럽다니까."

꼬리뼈 때문에 제대로 눕지도 못하고 응급실 구석진 곳에서 민서를 기다리며 엎드려 누워 있던 해주가 겨우 몸을 일으켰다.

벌써 시간은 자정을 가리키고 있었다. 아까 출발한다더니, 어디쯤 왔을지 궁금했다.

그런데 차도 없는 애가 누굴 데리고 온다는 걸까. 팔에 꽂은 주사를 따라 고개를 올렸다.

이거 되고 있긴 하는 건가. 링거를 다 맞으려면 몇 시간은 걸린다는 간호사 말은 아무래도 거짓말이다.

자연스레 인상을 쓰던 해주가 조용한 휴대폰으로 시선을 내렸다. 민서와 통화 중 들려오던 '다쳤대?' 하고 놀라 묻던 목소리는 분명 우진의 것이었다. 직장 동료인 둘이 같이 있는 것은 이상한 일이 아니다.

해주의 생각은 다른 쪽으로 향했다. 우진이 안다면, 권이한 그 남자도 지금쯤 알았을까. 그렇다면 지금쯤 걱정 정도는 하고 있지 않을까.

"무슨 기대를 하는 거야."

침대에 걸터앉은 해주가 두 다리를 교차시키며 작게 흔들었다. 자정이 지나자 응급실은 조금 한산해진 듯싶었다. 주변이 조용해지자 생각은 자연스레 이한을 향했다.

보지 않으면, 듣지 않으면 멀어질 거라 생각했던. 그렇게 해서라도 멀어지고 싶었던 남자, 권이한.

여행을 계기로 깨끗하게 잊으려고 했다. 잊는 방법 따위 모르지만,

137

잊어 보려고 했다. 그러나 이 상태로 여행은 더 무리였다. 서울에 올라가면 죽자 사자 이한을 피해 다녀야 하는 상황인데 자신이 없었다.

어떻게 잊어. 어떻게 안 보고 살아.

―그럼, 보고 싶지. 하나밖에 없는 딸인데. 엄마가 갈까?

"확 가 버릴까."

거기서는 잊을 수 있을까. 내가 원하는 것처럼, 정말 까맣게. 좋아했던 사실 마저 없었던 것처럼.

1년에 한 번씩 연례행사처럼 가족들은 언제 올 거냐며, 빨리 한국 생활을 정리하라는 듯 재촉하곤 했다. 캐나다에서 3년을 있었고, 떠나온 지 2년이 됐지만 언제나 그녀를 향한 그리움을 토했다.

그때마다 생각했다. 권이한, 그를. 내게는 마음도 여지도 없는 그를 생각하며 한국이 좋다고 말했던 지난 날. 지금의 해주에게는 그 결정을 뒤로하고 얻은 것이 없었다.

잊어야 한다. 이제는 정말 잊지 않을 이유도, 명분도 없었다.

해주가 낮게 웃었다. 우스운 생각이 스쳐 지나갔는데, 너무 말이 안되는 거라 입에 담기도 민망했다.

마치 정말 구세주처럼, 지금 내 앞에 그가 나타난다면.

"계속 좋아해 볼까."

좋다고 치대 볼까. 잊어보지 말아 볼까. 얼굴 안 보겠다고 했지만, 계속 좋다고 하면 좀 달라지지 않을까, 하는 그런 우스운 생각들.

"말도 안 돼."

해주가 낮게 중얼거렸다. 생각만으로도 얼마나 어처구니없는 일인지 안다. 좋아한다는 말에, 보지 않으면 그만이라던 남자를, 내가 무슨 수로.

얼마나 더 그렇게 앉아 있었는지 해주는 지나간 시간을 가늠하지 못했다. 발목을 감싼 압박 붕대가 새삼 불편하다 생각이 들어 고개를 숙여 살피는데, 갑자기 차악! 소리가 나더니 침대 주변을 가리고 있던 커튼이 사라졌다.

소란스러운 소음에 해주의 고개가 들렸다. 무섭다 생각할 정도로 어두운 눈동자와 시선이 부딪히고, 해주의 입술 사이로 옅은 신음이 터졌다. 그녀의 상태를 확인한 이한의 얼굴이 삽시간에 굳어졌다.

잠깐의 침묵. 아주 작게 벌어진 틈.

시트를 꼭 손에 쥔 채 해주가 고개를 돌려 그를 외면하자 탄식과 동시에 이한의 입술이 열렸다.

"주사는. 다 맞은 거야?"

이한은 대답도 않고 고개도 돌리지 않는 해주를 빤히 바라보다가 직접 남은 수액량을 확인했다. 3분의 1쯤 남은 양을 확인한 이한이 한산한 응급실을 둘러봤다. 누구 하나, 수액이 안 들어가고 있는 걸 알고 있는 간호사는 없어 보였다. 그의 표정이 삽시간에 굳어졌다.

"기다려. 사람 불러올게."

괜찮다는 말이 나오기도 전에 이한은 데스크로 향했다. 해주는 여전히 얼떨떨했다. 금방이라도 눈물 한 방울이 톡 흐를 것 같았다.

정말 그가 나타났다. 그녀가 무슨 생각을 했는지도 모르고.

당신이 정말 이렇게 나타나면.

나는 계속 좋아하고 싶잖아.

그러고 싶어지잖아.

해주가 두 손으로 얼굴을 쓸어내렸다. 이한을 본 가슴은 다시 쿵쿵, 뛰기 시작했다.

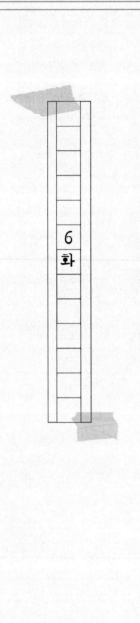

6
화

· I like you ·

흔들려요, 설레요

이한은 살기등등한 얼굴로 데스크 앞에 서 있었다. 굳은 표정의 그는 마치 응급실을 다 쓸어버릴 기세였다. 당직 중이던 간호사들은 잘생기고 훈훈한 남자를 발견하고 눈을 반짝거렸지만 그도 잠시였다.

심상치 않은 이한의 분위기에 간호사들이 서로 눈짓을 하자, 차트를 확인 중이던 의사가 먼저 그에게 다가가 물었다.

무슨 일이냐고, 친절하게 웃어 주면서. 마침 그녀를 봐준 담당의였다.

이한은 말없이 의사에게 턱짓으로 해주의 침대를 가리켰다. 워낙 날카롭게 생긴 인상인지라, 눈짓 하나만으로도 사람을 압도시켰다. 링겔을 확인한 의사는 중간에 막혀 제 기능을 상실한 주사를 확인하고 머쓱하게 웃었다.

말씀을 좀 해 주시지. 남자 의사가 어색하게 웃자 뒤에서 팔짱을 끼고 있던 이한이 미간을 좁혔다.

"이거 맞아야 하는 겁니까?"

"아, 네. 항생제라서요."

"그럼 신경을 써 줘야 했던 거 아닙니까?"

관리 소홀이란 책임을 묻는 목소리가 매섭기까지 했다. 의사가 '죄송합니다, 너무 바빠서'라는 무책임한 말로 짧게 변명했다.

이한은 매서운 눈빛으로 쏘아보다가 해주의 상태에 대해 물었고 의사는 교과서를 읊듯이 대답했다.

며칠 불편할 거다, 운동은 2주 정도 무리다, 밤마다 찜질해 주면 좋을 거다. 전부 들으나 마나 한 얘기들.

의사가 자리로 돌아가고 해주는 원망 어린 얼굴로 손등에 꽂힌 주사를 내려다봤다. 한 방울, 두 방울. 통 기미가 없다고는 생각했는데 정말로 막혀 있었을 줄이야.

"누워."

여긴 어떻게 왔냐, 흔한 질문 하나 던질 틈도 주지 않고 이한은 막무가내였다. 고집스레 앉아 있는 해주를 거의 밀듯이 침대 위에 눕히더니 목 끝까지 시트를 올려 주는 어울리지 않는 다정함을 보였다.

멀리서 봐야 다정함이지, 가까이서 보면 싫은 일 억지로 하는 티가 팍팍 났다.

싫은데 여기는 왜 왔대. 해주가 입술을 삐죽 내밀었다.

"입 안 넣어?"

구박은. 그냥 보고 무시할 것이지. 해주는 주삿바늘이 찔리지 않은 다른 팔을 들어 얼굴을 가렸다. 이번엔 팔 내리라는 구박은 들려오지 않았다.

"여기는 어떻게 왔어요?"

"어떻게 알았겠어, 박민서가 알려 줬지."

"······최민서겠죠."

"그게 중요해? 네가 다쳤는데?"

해주는 순간 울컥했다. 동시에 두근거렸다.

연애는 하기 싫다는 남자가, 왜 말로 여자를 녹이려 드는 건지 알다가도 모르겠다.

벌써부터 서울에 올라가면 그를 피해 다닐 걱정을 하고 있었는데,

갑자기 맞닥뜨리게 되니 놀라기도 했다.

왜 하필 이럴 때, 엉망일 때, 내가 조금이라도 예쁠 때는 그렇게 바라고 바랐어도 눈앞에 안 나타나 주더니.

내밀었던 입술을 오므리고 해주는 다시 팔을 내려 시트를 움켜쥐었다. 눈을 꼭 감은 채 머리끝까지 시트를 올려 전신을 가리자 민망하게도 발끝이 드러났다. 더더군다나 붕대를 감은 오른쪽 발목은 맨발이었다.

다시 걸어? 말아? 아씨, 왜 하필 맨발이어서!

그 순간 낮은 한숨 소리가 들렸다. 그녀의 것이 아닌, 그의 것이었고 사라락 소리가 나더니 시트 속에 맨발이 감춰졌다.

쥐구멍이 존재한다면 온몸을 토막 내서라도 숨고 싶을 지경이었다. 조금은 끔찍한 상상이겠지만.

"잘한다. 넘어지기나 하고."

"시비 걸지 말죠?"

"얼마나 덜렁댔으면."

"안 그랬거든요?"

"노트북은. 멀쩡하고?"

그녀가 이불을 휙 걷고 몸을 일으켰다. 혹시나 주삿바늘이 빠지진 않았을까, 살피는 건 이한의 몫이었다.

"지금 내 노트북 걱정돼서 온 거예요? 내 걱정이 아니라?"

"너는 걱정 안 돼? 네 노트북?"

"안 돼요! 설마 내가 백업도 안 할까 봐?"

"……그럼 다행이고."

"와, 진짜."

때릴 수도 없고, 거길 차 버릴 수도 없고. 도망이라도 가고 싶은데 하필 발목을 다쳐서 그럴 수도 없다. 해주는 신경질을 부리듯 이불 역할도 못 하는 시트를 걷어찼다.

다시 맨발이 드러나고 이한은 다시 시트를 덮어 줬다.

쓸데없는 배려. 이런 것도 다 원고 때문에 하는 거겠지. 원고 안 주 겠다고 할까 봐. 해주가 아랫입술을 짓이기듯이 깨물었다.

"가만히 있어."

"상관 말고 가요."

"주사 빠진다."

"아파. 그냥 뺄 거야."

"하나만 해. 투정을 부리든, 말을 놓든."

그는 들은 척도 하지 않고 다시 항생제가 잘 들어가고 있는지 확인 했다. 해주는 이 순간에도 거울을 보고 싶었다.

생각해 보니 아침에 화장한 이후로 거울 한번 보지 못했다. 얼마나 꾀죄죄할까. 심지어 아침에 등대를 보겠다며 산도 다녀왔다. 땀 자국도 그대로일 거고, 화장은 다 지워졌을 게 뻔했다.

관심도 주지 않는 눈앞의 남자 때문에 화장 걱정이라니.

모양 빠져, 공해주. 그것도 한참.

잊기로 했는데. 전부 잊어 볼까 했는데. 내 앞에 이런 식으로 나타나 면, 나타나 버리면 나보고 대체 어떡하라고.

"울지 마. 너 울면 나 감당 못 해."

일그러지는 해주의 표정을 말없이 바라보던 이한이 냉정히 말했다. 금방 흐를까 했던 눈물도 쏙 들어갈 만큼 차디찼다.

"웃겨, 내가 선배 앞에서 언제 울었다고."

"뇌가 없냐? 지난번에 기억 안 나?"

지난번. 좋아한다 말해 버렸던 그날.

"감당 못해. 그러니까 울지 마."

저 사람은 모른다. 지금 그 말이 얼마나 달콤한지, 얼마나 설레는지. 그러니까 나쁜 사람이다. 아무런 생각 없이 내뱉은 말들에 여자를 흔들 리게 하고, 설레게 하니까.

그녀가 그랬다.

무수히도 흔들렸고, 쉼 없이 혼자 설레였다. 세상에 남자는 그 하나

뿐인 것처럼 온 마음을 다해 좋아했었다.

아니, 공해주 너 바보야? 뇌가 없냐는 말 따위를 듣고 뭘 설레는 거야?

"널 안 보겠다고 한 건. 그래, 내 실수야."

그가 고개를 끄덕이며 말했다. 해주는 있는 힘을 다해 아랫입술을 깨물었다. 감당하기 싫다던 그의 앞에서 울 수는 없었으니까.

"네 마음이 정리될 때까지였어."

여전히 나를 여자로 볼 수 없다는 말.

"평생 안 보겠다고 한 건 아니야."

나는 당신에게 그저 아끼는 후배고, 아끼는 작가고, 아끼는 사람 중의 하나일 뿐이라는 것을 일깨워 준다.

그러면서 또다시 흔들린다. 왜인지, 그 말은 나를 계속 보고 싶다는 말을 대신하는 것 같아서.

해주는 깨물었던 입술을 풀었다. 빨간 피가 맺힌 것처럼 쓰라렸지만 거울이 없으니 확인할 수는 없었다. 아프니까, 아프다고 느낄 수밖에. 그녀는 애꿎은 주먹을 쥐었다.

왜 이렇게 다정하게 말하는데? 왜 평소처럼 얘기 안 하는데?

내가 애야? 왜 달래는 것처럼 얘기하는데?

못 알아들을까 봐? 눈치 없이 매달릴까 봐?

잊으라는 말보다 더 아프고 다정한 말들이 가슴을 마구 쑤셔 댔다.

"공해주."

저 낮고 달콤한 목소리로 불리는 이름이 좋았다.

"제발 부탁인데."

그의 곁에서 조금은 특별한 존재라 생각했다. 그래서 더 빠져들었던 과거 속의 공해주는, 권이한에게 속수무책으로 무너졌다.

"집에 가자, 이제."

자신이 없어진다.

과연 나는 당신을 잊을 수 있을까.

권이한을 언제부터 좋아했는지는 모른다.

도망치기 급급했던 선배가 대뜸 밥을 사 주고, 커피를 사 주고 시도 때도 없는 심부름을 시키며 학교 이곳저곳을 데리고 다녀도 '이 선배가 정말 미쳤나?' 생각만 들었지, 그 마음이 언제부터였는지를 들여다볼 여유가 없었다.

자연스럽게 그렇게 됐고, 어쩌다 보니까 여기까지 왔다.

무턱대고 시작해 버린 마음, 끝내지도 못하고 붙잡고 와 버렸다.

이렇게 끝을 향해 가면서도 질질 끌고 있는 지금처럼.

병원을 빠져나오고 묵었던 게스트 하우스에 들러 짐을 챙겨 차에 싣는 동안에도 해주는 말이 없었다.

이한의 시선이 힐긋 해주를 향했다. 지금 나랑 그걸 해 보자는 건가. 운전대를 잡은 그의 손에 힘이 들어갔다. 네 시간을 쉬지 않고 달려왔더니 고맙다는 말은커녕 인사치레 하나 듣지 못한 채 묵묵히 기사 역할을 수행 중이었다.

벌써 새벽 5시. 서울까지 두 시간 정도를 남겨 두고 이한은 휴게소로 차를 몰았다.

차를 세운 그가 옆을 돌아봤다. 피곤할 텐데도 졸지 않고 꼿꼿하게 버티는 해주의 머리부터 훑던 시선이 고집스레 다물린 입술을 끝으로 다시 앞을 향했다.

"내려. 뭐라도 마시게."

"싫어요."

"저녁도 안 먹었을 거 아니야."

"남 이사 먹든 말든."

옆에서 느껴지는 시선에도 해주는 고개를 돌리지 않았다. 이건 제 마음을 받아 주지 않았다고 부리는 투정이 아니다.

'네가 날 그런 마음으로 대하고 있다면 작가 공해주를 놓아서라도 너를 안 보겠다'는 권이한의 의지가, 생각이, 단념이 너무 쉬워서. 그게 너무 미워서 부리는 심술.

병원에서 타이르던 목소리는, 마치 제발 잊어달라고 다정히 달래는 것 같아 더 미워서 부리는 오기.

"너 지금 네가 애처럼 구는 건 알아?"

"뭐가요. 받아 달라고 사정하는 것도 아니고 징징거리는 것도 아니고 선배 잊으려고 발버둥 치는 거 동참 좀 해 달라는 거죠."

"……"

"더 할 말 있어요?"

둘의 시선이 짧은 거리를 두고 부딪쳤다. 곧장 해주의 시선이 앞을 향하고 둘은 약속이라도 한 듯 시선이 떨어졌다.

이한의 한숨 소리가 들리자 해주의 손끝이 떨려 왔다. 몸의 작은 부분 하나까지도 그에게 반응하고 있었다. 새벽 내내 운전하는 사람한테 커피 한 잔 바치지는 못할망정 몰아붙이고 있는 자신이 더욱이 싫어졌다.

"그때요."

그리고 결국 묻고 말았다. 무턱대고 제 마음이 시작됐을 때, 그는 어떤 마음이었는지.

"선배, 나한테 왜 그랬어요?"

이한은 여전히 해주를 보고 있었다. 해주의 시선이 들려지고 다시 그를 향했다.

뭘? 눈으로 물어 오는 그를 보며 해주가 아프게 깨물고 있던 아랫입술을 벌렸다. 그의 시선이 아주 잠깐 제 입술에 닿았다고, 착각했다.

"곁에 사람 둘 만한 성격 못되잖아요. 그런데 나한테만은 달랐어요."

"……달랐지."

의외로 이한은 쉽게 순응했다.

두 사람을 아는 이들에게 귀에 인이 박히도록 들어왔던 얘기였다. 그에 대해 어떠한 설명도 해명도 덧붙인 적이 없었다.

선후배가 조금 친하게 지낸다는데, 그게 왜 논란거리가 되나. 할 일들이 그렇게 없을까. 대충 생각하고 넘기고 잊어버렸다.

그녀의 말대로, 해주는 그가 곁에 두는 몇 안 되는 사람 중의 한 명이었다.

"커피 사 주고, 밥 사 주고, 도서관 끌고 다니고 막 친한 척도 했고."

"대체 언제적 얘기야?"

"대답해요. 왜 나한테 친한 척했어요? 과에 소문도 엄청 돌았던 거 알죠?"

"어감이 뭐 그래? 친한 척이 아니라 친해지는 중이었지."

"친해질 사이도 아닌데 그러면 친한 척이라고 하는 거예요."

누가 글쟁이 아니랄까 봐 말하는 것 하고는.

이한이 쓰게 웃으며 손가락으로 핸들 위를 짚었다. 원하는 대답을 해 줄 수 있었지만 하고 싶지 않았다.

쓸데없는 기대, 희망. 그런 걸 줄 수는 없으니까.

"네 글, 재미있어서."

"네?"

"너 나중에 글 쓰면 데려오고 싶어서."

망설임 없는 그의 대답에 해주가 잠시 할 말을 잃었다.

"나랑 계약해요."

"선배, 내 글 좋아하잖아요."

그 순간 머릿속이 강하게 울렸다. 캐나다에서 돌아와 다시는 저를 보지 않으려는 이한을 어떤 식으로 붙잡았는지 깨달았다.

"……나한테 영업했다는 거예요, 지금?"

"영업 중에 친해진 거지."

"결국 영업을 당했잖아요, 내가!"

문제는 권이한 당신의 의도는 불순했고, 내 의도는 순수했다는 거다.

무턱대고 시작해 버린 짝사랑의 결말이 이럴 줄도 모르고. 그 과정 중 당신은 나를 향한 진심이 단 1%도 없을 것이라는 것도 모르고.

아니, 정말 몰랐을까? 너 정말 몰랐어, 공해주?

글을 쓸 때마다 그를 떠올렸다. 오늘은 읽고 뭐라고 할까.

이한은 늘 그녀의 첫 독자가 됐다.

그가 자신의 글을 좋아한다는 것을 알고 한국에서 재회했을 때, 글을 빌미로 지난 3년을 묻어 두고자 했다.

그런데 몰랐다는 건 말이 안 되잖아. 지금까지 외면하고 있었을 뿐.

"차라도 사 올게. 있어."

억울해 죽을 것 같단 얼굴을 한 해주를 보고만 있던 이한이 나지막이 말하고선 차에서 내렸다.

한산한 주차장, 사람도 없이 덩그러니 불만 켜진 듯한 휴게소로 걸어가는 이한의 뒷모습을 빤히 보던 해주가 지그시 아랫입술을 깨물었다.

"차라리 물어보지 말걸."

고백했다가 차인 주제에 없는 자존심이라도 내세우자는 건가. 확인사살은 뭐하러 해.

저도 알 수 없는 제 속마음을 대답 없는 이에게 묻는 것을 반복하며 지루한 시간을 견뎠다.

이한이 돌아왔을 때 그의 손에는 따뜻한 커피와 유자차가 들려 있었다.

"마셔. 그리고 자. 서울까지 한참이야."

이한이 내미는 유자차를 받지도 않고 가만히 바라만 보던 해주의 눈이 그를 향했다. 그가 억지로 해주의 손에 따뜻한 차를 쥐여 주었다.

남들에게는 하지 않는 배려. 여자가 아닌 작가이기 때문에 볼 수 있었던 그의 모습들.

혹시나 했던 순간들이 있었다. 남들과 다른 대우를 받는 것 같아 우쭐했던 날 속에, 혹시나 하는 마음으로 그의 마음을 의심했던 적이 분명 존재했다. 의심은 의심이다. 자신은 그에게 여자였던 적이 단 한 번도 없었다.

알고 있었지만 눈으로, 입으로 확인해 버린 이 순간들은 더 아팠다.

그러니 끝을 말해야겠지, 이제.

"우리 언제부터 보지 말까요. 원고 넘기면, 그때부터 안 볼 수 있나?"

해주가 천천히 물었고 이한은 대답하지 않았다.

그녀는 몰랐다.

이 순간, 자신이 내뱉은 말을 주워 담고 싶을 정도로 후회하고 있는 그를.

침묵은 항상 오해를, 오해는 항상 불행을 안겨 온다는 것 또한 몰랐다.

"아까 그랬죠. 평생 보지 말자는 게 아니라, 내 마음이 정리될 때까지 보지 말자는 얘기였다고."

어떤 뜻으로 뱉은 말이었든 그녀는 상처 받았다. 쉬이 이별과 헤어짐을 얘기하는 그에게. 그는 마음의 짐을 덜고자 했던 말이겠지만, 그녀를 위한다는 명목 하에 뱉은 말일지언정, 결코 해서는 안 되는 말이었다.

그를 마음에 담았던 지난 감정들이.

"난 그렇게 못 해요. 지금까지는 버텼는데, 이제는 그렇게 안 돼요."

그를 떠올리는 것만으로도 행복했던 시간들이.

"가을 오기 전에 원고 넘길게요."

단 한 번 꺼내 보인 것만으로도 거절당한 진심이.

"그리고 다시는 보지 말아요."

할퀴고 할퀴어져 결국 상처 받았다.

"작가로도, 후배로도."

그런데 내가 당신을 어떻게 봐. 어떻게.

두 계절은 더 끌 것 같았던 해주가 단 두 달 안에 정리하겠다는 말을 해도 그는 대답 없이 시동을 걸었다. 알겠다는 건지, 아니면 모르고 싶다는 건지. 말하지 않으니 알 수 없었다.

해주는 정리를 했다. 이제 조금만 버티면, 그다음은 어떻게 또 흘러가겠지.

권이한이 없는 곳에서.

권이한을 볼 수 없는 곳에서.

그 순간을 기다리고 싶지 않으면서도 기다렸다.

· *I like you* ·

2주간의 짧았던 여정을 마무리하는 시간은 얼마 걸리지 않았다. 짐을 풀고 청소를 하고 목욕을 했다. 뜨거운 물에 푹 몸을 담갔다가 나오니 시큰한 발목의 통증도 가라앉는 듯싶었다.

며칠은 계속 통원 치료를 받아야 했으니 내일 병원부터 가 봐야 한다.

혼자 가기 싫은데, 누구를 부르지. 민서를 부를까.

침대에 몸을 눕힌 해주가 푹신한 이불 속에 온몸을 파묻었다. 쉬고 싶고, 잠들고 싶고, 그래서 아무런 생각도 안 하고 싶다.

물 흐르듯이 이렇게 시간을 보내고 나면 내 머릿속도 깨끗해지지 않을까. 권이한이라는 남자에 대한 털끝만큼의 미련도 사라지지는 않을까.

집 앞까지 데려다준 그에게 고맙다는 말을 전할까 말까 망설였다. 그가 운전석에서 내려 부축해 주려 하자 정신이 번뜩 들었다.

153

더 이상 기대지 말자. 아무것도 기대하지 말자.

혼자 갈 수 있다며, 데려다줘서 고맙다는 짧은 말을 뒤로하고 뒤뚱 뒤뚱 걸었다. 등에 닿는 따가운 시선은 애써 모른 척했다.

혼자 품은 짝사랑인데, 애처럼 짜증을 부리고 화를 내는 이유가 뭐냐고 물어도 해주는 할 말이 없다.

그녀도 알고 있다. 지금 자신의 행동이 얼마나 어처구니없는 행동인지. 사랑을 구걸하는 것도 아니고, 매달리는 것도 아니라고 하지만 해주의 행동은 충분히 자신을 바라보지 않는 상대에 대한 미련이 가득했다.

왜 당신은 나를 보지 않는 거냐고 짜증을 부리는 것도 맞다. 얼마나 상대에 대한 배려 없는 행동인지 알면서도 어쩔 수 없었다. 그녀가 그를 잊어 가는 방법 중의 하나였다.

잘해 주지나 말지. 아플 때 옆에 있어 주지나 말지. 뭘 먹든 신경이나 쓰지 말지. 내가 좋아하는 거, 싫어하는 거 기억이나 해 주지 말지.

그의 마음 어느 곳에도 자신이 없다는 걸 늘 일깨우면서도, 다른 이들에게는 전혀 하지 않는 행동들을 제게 하는 그를 보며 내내 설레던 시간들을 잊기 위한 그녀만의 방법.

권이한을 잊기 위해 무엇을 해야 할지 해주는 내내 생각했다.

쉽게 떠오르지 않아 억울한데도, 그의 얼굴은 점점 또렷해져만 갔다.

· I like you ·

해주가 어디에 있는지 알면, 걱정이라도 덜면 나아질 줄 알았던 기분은 전혀 그렇지 못했다.

요 며칠 잠을 제대로 자지 못한 게 첫 번째 이유고, 꿈속에서 나타나 괴롭히는 여자가 두 번째 이유였다. 그런데 그 여자가 하루 종일 머릿속을 뛰어다니니, 그건 세 번째 이유라 할 수 있다.

공해주.

그녀의 꿈을 꿨다. 어제와 오늘.

꿈을 꿔도 기억을 잘 못하는 습관이 있는데, 유난히 그녀가 나온 꿈만은 또렷했다.

단순히 해주가 꿈에 나온 게 문제는 아니었다. 문제라고 하면, 아무것도 걸치지 않은 알몸으로 자신의 침대에 나란히 누워 있는 모습이 꿈에 나왔다는 것이다.

무슨 행위를 한 것도 아니다. 그저 서로를 바라보면서, 하얀색 시트로 하체만 간신히 가린 채 누워 있는 모습이 계속 연출된다는 것이다. 그것도 이틀 연속.

기분이 괜찮을 리가 없었다. 이 미친 꿈을 뭐라고 설명해야 하는 건지 알 수가 없었다.

이해할 수 없는 건, 뭘 할 것도 아닌데 왜 꿈에 나오냐는 것. 꿈속에서 해주는 똘망똘망한 눈을 뜬 채, 알몸인 상체를 드러낸 모습으로 그만을 빤히 바라봤다. 아무 행위가 없었는데도 그 자체만으로도 야해서 미칠 지경이었다.

화장기 없는 말간 얼굴, 골반에 걸친 하얀색 시트, 옆으로 누워 있어 한쪽으로 기울어진 해주의 맨 가슴을 보자마자 그는 악몽에서 깨어나듯 잠에서 깼다.

평소 꿈 해몽 따위는 믿지 않는데, 인터넷으로 '나체 해몽'에 대해 검색했을 정도니까.

찾아본 꿈 해몽은 엉터리였다. 그저, 나체 해몽이라고 해서 성적인 의미와 연결 지을 것 없다는 비전문가적인 말에 강한 신뢰를 느꼈을 뿐이다. 오히려 다행이라고 생각은 했지만.

그래서 잠을 설쳤고, 기분이 가뜩이나 거지 같은 상태에서 받은 전화는 더 거지 같았다.

─그래? 너희 출판사에도 작가 필요하지 않아? 애 괜찮은데 글은 한번 보지 그래.

155

프리랜서 웹소설 작가로 활동 중인 대학 동기, 한도윤의 전화였다. 평소 친분이 두터운 편은 아니었지만, 같은 업종에 있는 사람으로서 종종 안부를 주고받을 때가 있었다. 하지만 오늘의 통화는 불필요한 내용이 가득했다.

회사 메일로 수없이 쏟아지는 투고 원고만 해도 열 건이 넘었다. 지금은 배부른 소리지만 예전에는 신인 작가들조차 거들떠보지 않던 출판사가 이제는 '공해주 작가' 라는 이름 덕분에 콧대를 세울 수 있게 됐다.

사무실을 옮긴 것도, 베스트셀러 출판사가 된 것도, 월세와 직원들 월급 걱정을 면하게 된 것도, 다양한 작가들을 영입할 수 있었던 것도 전부 공해주 덕분이었다.

너는 그렇게, 나한테 고마운 사람인데.

"좋아해요."

그저 고마운 사람으로 만족해 줄 수는 없을까.

이한은 사무실 소파에 기대앉아 피곤한지, 뒤로 목을 기댔다.

―어렵냐? 그냥 봐주는 것도 안 돼? 너 글은 기가 막히게 보잖아.

도윤이 성급하게 재차 물어 왔다. 글쟁이를 꿈꾸는 무수한 아마추어 작가들의 염원 아닌 염원도 감당하지 못할 지경인데, 그새 새로운 작가라. 한 손으로 얼굴을 쓸어내린 이한이 한숨을 삼켰다.

"별로 생각 없는데. 진행 중인 에세이랑 자서전도 있고."

―아. 정유원 작가 영입했다고 그랬나? 그 양반은 또 어떻게 영입했대. 출판사 키우기로 완전히 작정한 거야?

"뭐, 그래야지. 아직 멀었고."

―공해주 영입한 걸로는 만족이 안 돼? 아, 맞다. 해주는 잘 있냐?

네가 공해주 안부는 왜 궁금한데.

그가 미간 사이를 문지르며 차갑게 뱉어지려는 목소리를 삼켰다. 아는 지인이 글을 쓴다는 이유로 추천을 한다면서 이야기는 또 새고 있었다.

이한은 머릿속으로 한도윤에 대한 인상을 그려 나가기 시작했다.

가볍고, 또 가볍고, 한없이 가벼운. 가끔 술자리에서 만나면 해주에게 친한 척을 하며, 술에 취했다는 것을 빌미로 어깨에 척하니 팔을 올리거나, 집에 데려다주겠다는 등 말도 안 되는 수작질을 하고는 했다.

"급한 용건 아니면 끊자. 내가 나중에 전화할게."

다음에 해주랑 다 같이 술이나 한잔 마시자는 얘기가 튀어나오려 하자, 이한은 급하게 전화를 끊었다.

쓸데없이 예민해지고 신경이 날로 날카로워지고 있었다. 꿈에 나타나 벌거벗은 채 자신을 괴롭히는 공해주 때문이다.

인정하고 싶지 않지만 그도 알고 있었다.

서울에 있었으면 하던 해주의 존재가 제게 꽤 영향력을 발휘하고 있다는 걸.

기분이 영, 별로였다.

해주를 서울로 데리고 왔는데도 불구하고.

"오래됐어요. 선배가 상상하는 것보다 더."

"미친놈. 병신, 쓰레기 같은 새끼."

또다시 떠오른 꿈속 해주의 모습에 그가 괴로운 듯 한숨을 내쉬었다. 알몸이라니, 태어나서 공해주 알몸은 본 적도 없는데 왜 하필 네가, 내 꿈에 그런 모습으로.

이건 마치 공해주의 저주 같았다. 이틀 연속 꿈에 나왔으니, 행여나 또 꿈에 나올까 섣불리 잠도 들지 못했다.

그래도 잠은 자야 한다. 인간의 3대 욕구인 수면욕을, 공해주 때문에 망칠 수 없다. 가뜩이나 공해주 때문에 식욕도 망치고 있는데.

그는 억지로 휴대폰을 붙든 채, 다시 '나체 해몽'을 검색하고, 마음에 드는 꿈 해몽이 나올 때까지 눈이 빠져라 휴대폰만 들여다봤다.

그때, 노크한 재원이 대표실 안으로 들어왔다.

· *I like you* ·

공해주 작가의 도전, 첫 역사 소설 〈시대〉로 다시 하늘을 날아오르다.

헤드라인이 아주 거창했다. 보도 자료를 검토하는 이한이 만년필을 손에 쥐었다.

해주와 첫 계약을 하고, 출간했던 '엄마의 온도'라는 모녀의 성장 소설은 반년 간 꾸준하게 베스트셀러 순위를 유지했다. '엄마의 온도'가 대한민국 문학상을 수상하던 뜻 깊은 날, 해주는 그에게 만년필을 선물했다. 그의 이니셜이 새겨진.

이한의 시선이 만년필을 향했다가, 지금 당장 쓰레기통에 버려도 아깝지 않을 펜을 들어 보도 자료 중간 중간 문구를 추가하고, 불필요한 미사여구는 삭제했다.

"너무 길어. 지금 분량의 삼분의 일로 줄여."

아예 마지막 단락에는 과감하게 엑스자를 표시한 이한이 재원에게 자료를 다시 내밀었다.

"그리고 작가님 통화 연결됐습니다. 필요한 자료 챙겨 드릴까 했는데, 도서관 가서 직접 보신다고요."

해주를 집에 데려다 놓은 지 벌써 3일이 넘어간다. 그사이에 병원은 갔을까 싶어 휴대폰을 들었다가 다시 내려놓은 적이 수도 없었다.

"……병원 간다, 뭐 그런 소리는 안 하고?"

"네."

"알았어, 나가 봐."

평소보다 싸한 분위기를 풍기는 이한은 재원을 내보낸 후, 다시 휴대폰을 들었다. 이쯤 되면 엄살 피우는 목소리가 들려올 법도 한데 조용했다.

그 순간 휴대폰이 진동했다. 오라는 전화는 안 오고 웬 쓸데없는 전화였다.

"네, 저요."

—네 할아버지 숨넘어간다, 지금.

그런 것치고는 꽤 평화로운 목소리.

"멀쩡하신데요."

—집으로 오라고, 인석아! 정말 노인네 어떻게 되는 꼴 보고 싶어서 그래?

"목소리도 우렁차시고."

—배은망덕한 놈! 육시랄 놈! 네 할애비가 죽어야 속이 시원하지?

항상 듣는 욕. 이제는 새로울 것도 없다.

"저 바빠요."

—그놈의 코딱지만 한 출판사, 뭐 일이 그리 많다고!

흥분에 찬 목소리가 오늘따라 쉽게 물러설 것 같지 않았다. 할아버지를 안 본 지 얼마나 됐나, 날짜를 셈해 보던 이한은 그 날짜가 한 달을 넘어가자 포기의 한숨을 내쉬었다.

더 고민하지 않고 몸을 일으켰다. 본가인 평창동까지 단숨에 달리면 20분 안에 도착할 수 있었다. 하지만 무슨 놈의 도로 공사를 연중행사로 하는 건지, 이한은 꽉 막힌 도로 때문에 40분이나 걸려 평창동에 도착했다.

이한의 조부, 권성일 사장은 서울에서 이름난 땅 부자였다. 초등학교만 겨우 졸업한 학력으로, 열네 살 때부터 안 해 본 일이 없을 정도로 닥치는 대로 일만 했던 지난 세월. 중국집 배달부터 시작해 공사장 막일, 원양어선. 돈을 벌기 위해 할 수 있는 일은 다 했다.

성일이 성공하기 시작한 건 둘째 아들인 유택이 고등학교에 진학하고, 이한의 친부가 군에 있을 때였다.

악착같이 모은 돈으로 그는 땅을 샀다. 수도권이라 해도 시골 언저리에, 주변에는 논밭이라고는 없는 불모지 같은 땅이었는데 그 주변 일대가 개발되고, 그 위에 리조트가 들어서면서 성일은 하루아침에 벼락부자가 됐다.

돈이 돈을 부른다고 했던가. 성일은 그렇게 번 돈으로 땅을 사고, 건물을 짓고, 비싼 값에 되팔고, 상권을 만들기를 반복했다. 투자하는 땅마다 대박을 터트리고, 상권이 형성되고, 금싸라기 땅이 되니, 성일은 부동산 업계 사이에서 미다스의 손이라 불렸다.

과거, 돈도 없고 배운 것도 없어 천대받던 시절. 꼭 부자 동네로 이사 오리라 결심했던 성일은 돈방석에 앉기 무섭게 평창동에서 제일 큰 부지를 샀다.

멀쩡하고 지나치게 으리으리한 집을 허물고 새로운 집을 지은 건 어쩌면 당연한 수순이었다.

태어날 때부터 금수저, 아니 다이아몬드 수저를 입에 물고 태어난 이한은 평창동 본가가 싫었다. 끔찍했던 부모들의 잦은 싸움, 그리고 이혼. 당연히 좋은 기억이 있을 수 없었다.

"못된 놈."

우리나라에서 제일 솜씨 좋다는 정원사를 고용해 관리하는 정원을 한참 지나, 거실에 들어오니 성일은 거실 소파에 앉아 그림을 보고 있었다. 직접 방문한 큐레이터로 보이는 여자가 이한을 보고 말을 멈추자, 성일은 계속 하라는 듯이 손짓했다.

큐레이터의 설명이 계속됐다. '신인 작가가 그린 그림이지만 지금 뉴욕에서 막 발돋움을 하고 있는 작가라, 금방 유명세를 탈 것이다, 요즘은 동양화가 트렌드다'라는 대목에서 성일이 끌렸는지, 대금은 즉석에서 이뤄졌다.

이한은 심드렁한 얼굴로 그들을 바라봤다. 두툼한 봉투 속을 보니, 꽤나 비싼 그림일 것이다.

"이 그림, 가져가 걸어."

큐레이터가 돌아가자마자 성일은 가정부가 내온 차를 음미하며 말했다. 이한은 겨우 찻잎 정도에 kg당 100만원을 호가한다는 차를 빤히 내려다보다가 미간을 찌푸렸다.

"대체 어디예요?"

"네 코딱지만 한 출판사든, 집이든 어디든."

"필요 없어요. 할아버지나 하세요."

"이, 이! 버릇없는 녀석! 언제까지 그렇게 내놓은 자식처럼 살 거야!"

여든을 넘긴 나이에도 성일은 정정했다. 비싼 돈 들여 정기적으로 하는 건강 검진에, 최고급, 최상품만 따져 먹는 성질에, 몸에 좋다는 건 돈 가리지 않고 사 들이는 성미 덕분에 건강은 남부럽지 않을 정도였다.

이한은 찻잔을 힘 있게 움켜쥔 성일을 무심히 바라봤다.

"부르신 용건만 말씀하세요. 저 시간 없어요."

"못된 놈. 내 새끼 중에 제일 못된 녀석이야, 네가."

"설마요. 몇 번이나 새 살림 차리는 누구도 있는데."

"그 녀석은 못난 놈이고! 못나지도 않은 녀석이 못된 짓만 골라하는데 할애비 성질이 뻗쳐, 안 뻗쳐!"

또 상속 얘기를 하실 작정인가.

성일은 밖으로 나도는 큰아들과 사업 대신 글을 쓰는 업보를 선택한 작은아들 대신 재산 대부분을 이한에게 상속하고자 했다.

뜻이 밝혀지기 무섭게 나 몰라라 하던 부모들이 달려들기 시작했고, 이한은 모든 상속을 거부했다. 군에서 제대하자마자 벌어진 일들이었다.

역겹고 끔찍했다. 자식으로 대우한 적 없는 이들이, 부모로 대접받기를 원하면서 상속 액수에 침을 흘리는 모양새는 구토를 유발했다.

출판사가 두 번이 망해도 성일에게 손 벌려 본 적이 없었다. 성일의 표현을 빌리자면 코딱지만 한 아파트도, 출판사도 모두 성일의 도움 없이 그가 이루어 낸 것이었다.

"책인지 나부랭인지 그만 만들고 회사 들어와."

씩씩거리던 숨을 몰아쉬던 성일이 본격적인 용건을 말했다. 이한은 소파에 등을 기댔다.

"땅따먹기, 취미 없습니다."

"저, 저! 말하는 본새 하고는!"

"저 주시면 팔아넘길 거예요. 아주 헐값에."

몇 년 전에는 고아원에 기증할 거라는 헛소리를 하더니.

성일은 분노가 서린 얼굴로 하나뿐인 손자를 노려봤다. 큰아들 상택은 여자에 눈이 멀어 조강지처와 자식을 버리더니, 재혼과 이혼을 반복하다가 지금 사는 여자와 아들을 하나 낳고 살고 있다.

며느리도 마찬가지였다. 바람난 남편이 괘씸했는지, 똑같이 남자를 만들어 이혼을 했다. 아직 열넷밖에 되지 않은 손자를 두고 큰아들 내외는 그렇게 어리석은 선택을 했다.

며느리 역시 재혼을 해 아이를 낳았다는 소식을 들었을 때, 이한은 혼자였다. 이한에게는 모두가 죄인이었다. 성일은 기다려야 한다고 생각했다. 상처 받은 이한의 어린 시절이 회복될 때까지.

"작은아버지 주시든가요."

이한이 한숨을 섞어 가며 말했다. 소설가인 작은아들 유택은 같은 길을 걷고 있는 여자와 결혼해 조용한 시골에서 자식 하나 없이 지내고 있었다.

상택이 낳은 아들이 있었지만 얼굴도, 이름도 궁금하지 않았다.

간혹 상택이 먼저 전화를 걸거나 회사로 찾아와 돈을 요구하는 일이 비일비재했지만 무시했다. 이한을 버리고, 바깥으로 나돌기 시작한 아들은 더 이상 그에게 아들이 아니었다.

"자기 버는 것만으로도 차고 넘치는 녀석한테 뭣하러. 굴리는 땅이랑 건물 몇 개 넘기면 되겠지. 그러니 넌 회사 들어와. 맡아서 굴려."

"뭐 들으셨어요. 싫다니까요."

"대체 왜 싫다는 거야! 말을 해야 알지!"

"그러는 할아버지는 왜 싫다는 저한테 자꾸 회사를 들이미세요. 흥미도 없다는데."

"흥미야 만들면 되지. 남자로 태어나서 높은 자리에 앉아 보고 싶은 생각 없어?"

"네, 없습니다."

이한이 단호하게 대답하자 성일은 노기가 쇠한 얼굴을 삐뚤게 일그러뜨렸다. 저를 닮은 고집은 꺾을 틈이 없어 보였다.

성일은 큰 숨을 내쉬며 찻잔을 내려놨다. 맛도 멋도 모르던 시절에 비해 좋은 것만 보고, 좋은 것을 이루며 살아왔다. 이한이 태어났을 때부터 성일은 마음먹었다.

제 모든 것은, 이한의 것이 될 것이라고.

지금은 가족이 아니라지만 번듯한 손자를 낳아 준 큰며느리에게도, 다른 자식 낳아 키우는 큰아들에게도 최소한 이한에게 부모 노릇을 할 정도의 재산은 물려줄 셈이었다.

하지만 회사를 포함한 그 외의 모든 재산은 이한의 것이 되어야 했다.

"너, 글은 왜 안 쓰는 거냐."

친부가 아닌, 작은아버지를 닮아 글 쓰는 재주 하나는 탁월한 손자였다. 사업체를 물려줘야 하는데, 글을 쓴다고 하면 어쩌나 고민 고민을 했었는데, 손자는 의외로 출판 사업체를 꾸려나가기 시작했다.

자금 때문에 허덕이는 걸 보고 도와준다고 몇 번이나 말했더니 일언지하에 거절당한 적도 여러 번. 성일은 아직까지도 하나뿐인 손자의 고집을 꺾지 못했다.

"그냥 안 쓰는 거죠."

더 길게 설명하고 싶지 않다는 듯, 이한이 대답했다.

"회사 들어오고, 글 쓴다고 해도 뭐라 안 하마."

"전혀 구미가 안 당기는데요."

"그럼 어떻게 해야 구미가 당기겠냐. 말을 해."

"전문 경영인 들이세요. 지분은 작은아버지 주시고."

곧 죽어도 저는 못 받겠다는 소리다.

성일은 남의 떡으로 만들려고 지금까지 달려온 게 아니었다. 믿음직스러운 경영인을 찾는 것도 하늘의 별따기인데, 회사가 잘 굴러가라는 보장도 없다.

"네 출판사 건물부터 사 들일까? 간판 내려야 속이 시원하겠어?"

이한의 싸늘한 표정이 성일을 향했다.

"나 아니면 출판사 망한다면서요?"

"두 번 망했는데, 세 번이 대수겠어."

어차피 망하기 직전이라는 얘기는 못 하겠고, 이한은 고집을 조금 더 부려 본 다음에 몸을 일으켰다.

"두 번 망했는데, 세 번이 대수겠어요."

"저, 저, 썩을!"

"그러니까 유언장 고치세요. 저 할아버지 돈 안 받아요."

성일의 유언장에, 자신의 이름이 가장 큰 지분을 차지한 이후로 다시 찾아오고, 잊을 만하면 연락하는 친부모는 차마 입에 담고 싶지 않았다.

이한은 미련 없이 뒤를 돌아 큰 소리로 노발대발하는 성일의 집을 빠져나왔다. 정원을 지나, 계단을 내려오니 커다란 숨이 자연스레 터져 나왔다.

지독한 압박감이 느껴지는 본가에 올 때면 늘 이랬다. 답답하고, 아무 일이 없어도 화가 났다.

"너, 글은 왜 안 쓰는 거냐."

왜 안 쓰냐고? 그걸 몰라서 묻는 거야?

답답한지 목을 옥죄는 셔츠 단추를 풀어낸 이한이 빙, 차를 돌았다. 지독한 수면 부족과 갑자기 찾아온 울렁거림을 어떻게든 해결해야 했다.

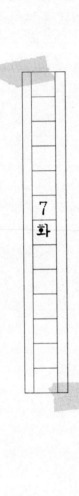

7
화

꼬셔 볼까

자주 오는 도서관 문헌정보실의 가장 구석진 자리. 명당을 꿰찬 해주는 필요한 책들을 바닥에 쌓아 놓고 양반다리를 한 채 앉았다. 기둥에 기대면 사람들이 잘 보이지 않아 집중하기엔 최고의 자리였다.

시대를 다루는 만큼 필요한 자료는 방대했다. 찾고, 또 찾고, 쉼 없이 찾아도 부족한 게 사료였다. 순수 소설에서 역사 소설로 범위를 넓히기 위해 그녀는 많은 애를 썼다.

그녀가 존경하는 소설가인 유택은 항상 이런 조언을 했었다. 과하면 아니 되나, 지나치게 부족해서도 안 되는, 역사와 사실에 치중한 너의 지식을 담아 보라고.

해주는 고증에 더 고증을 더해 빈틈없는 작품을 만들고 싶은 욕심에 새 작품을 집필하기 시작하면서 거의 도서관에서 살다시피 했다. 그러니 이한이 이 넓은 도서관에 자신을 찾아내는 건 식은 죽 먹기라는 것도 안다.

알지만, 알지만 설레는 걸 나보고 어떡하라고.

"뭘 그렇게 봐."

입고 있던 재킷을 벗고 긴 다리를 뻗은 채 옆에 앉은 이한을 물끄러미 바라보며 해주는 생각했다. 지금 이 남자가, 무얼 하자는 건가.

"신문사랑 유통사에 돌릴 보도 자료야."

빤히 닿는 해주의 시선을 느꼈는지 이한은 높게 쌓인 책 위로 파일 하나를 올려 뒀다. '개항기 형성 배경'이라는 두꺼운 책을 읽으며 메모를 하고 있던 해주는 파일은 확인하지 않고 그의 얼굴만을 응시했다.

이한은 눈을 감은 채 머리를 벽에 기댔다. 날카로운 턱 선과 콧날을 자랑이라도 할 셈인가. 해주가 툴툴거리며 파일을 손에 들었다.

정말, 정말 물어보고 싶지 않는데.

"선배."

묻지 않을 수 없었다.

"어디 아파요?"

빌어먹을 이 남자가 걱정을 하게 하니까.

감고 있던 눈을 뜬 이한이 살짝 고개를 돌렸다. 앉은 채인데도 내려 다봐야 하는 해주가 입을 비쭉 내민 채 제 걱정을 하고 있었다.

"넌. 병원은 다녀왔어?"

그가 발목 쪽을 흘겨보며 물었다.

"남 이사, 다녀오든 말든."

"그럼 나도 남 이사. 아프든 말든."

안색도 안 좋고, 기분 나쁜 일이 있었는지 표정 또한 좋지 못했다. 그런 기분으로, 대체 왜.

"……여기는 왜 왔어요?"

속삭이는 음성이 작았다. 구석진 곳이라, 인적도 드물어 누군가 들을 리 만무했지만 해주는 목소리를 키우지 않았다.

"이거 보여 주러."

"메일은 뒀다 뭐하게요."

"깜빡했네, 그걸."

이 사람이 지금 말장난을 하나. 한숨을 삼킨 해주는 그에게서 시선을 돌려 보고 있던 책을 다시 내려다봤다.

"그럼 기다려요. 난 읽던 거 마저 읽게."

"그러시든지."

평소 같았으면 30초도 안 돼서 읽을 A4 반 장 분량이 먼저가 아니냐고 잔소리를 할 그였는데, 오늘은 달랐다. 벽에 머리를 기대고 눈을 감은 그는 아무런 상관이 없다는 듯이 굴었다.

오기가 생긴 해주도 무릎을 세운 채 책에만 시선을 고정했다. 워낙 속독에 단련된 해주는 빠르게 책장을 넘겼다. 필요한 정보는 머릿속에 넣고, 책 이름과 페이지를 메모했다.

그것도 잠시. 미동도 않고 옆을 지키는 이한이 신경 쓰이는지, 해주는 틈틈이 고개를 돌려 그의 존재를 확인했다.

보지 말자고 할 때는 언제고, 그게 또 평생 보지 말자는 소리는 아니었다고 말도 안 되는 말을 할 때는 언제고, 왜 저렇게 앉아 있는 건지.

사람 신경 쓰이게.

책장을 넘기는 소리가 유난히 느려졌다. 1분에 세네 장씩 넘어가던 책은 이제 두 장이 채 넘어갈까 말까였다. 귀에 익은 소리가 띄엄띄엄해지자 눈을 감은 채로 두통을 진정시키던 이한이 감았던 눈을 떴다.

말간 눈과 마주치자, 새벽녘 꿈속에서 나타나 자신을 괴롭히던 해주가 떠올랐다. 오늘 꿈속의 그녀도, 저번 꿈들과 마찬가지였다. 발가벗은 채로, 자신의 침대에 누워, 눈에 보이는 건 그밖에 없다는 듯이 그만을 바라봤다.

정말 미칠 노릇이다.

"왜 그렇게 봐요?"

어깨를 움츠린 해주가 무릎을 더 세우며 물었다. 위험한 맹수한테 잡아먹히기 전, 나약한 동물과도 같은 모습이었다.

"내가 어떻게 봤는데."

"뭐랄까, 막."

"막?"

"……한 대 쥐어박고 싶은 얼굴?"

"그럼 쥐어박힐래?"

"아니요."

곧장 대답한 해주가 고개를 저었다. 옆태에 빤히 닿는 시선을 무시하고, 해주는 그가 가져온 파일을 손에 들었다. 오글거리는 헤드라인 아래, 그녀의 차기작을 설명하는 짧막한 문장 몇 개가 전부였다.

출간까지 넉넉잡아 반년은 남은 소설 보도 자료를 뭐 벌써 보여 주고 그러나. 내가 보도 자료를 뜯어 고치는 사람도 아닌데.

해주는 별말 없이 파일을 제자리에 내려놨다. 그의 시선은 계속 제게 머물렀지만, 그녀는 다시 책으로 고개를 떨궜다. 눈에 들어오는 글자가 한글인지, 알파벳인지 분간도 하기 어려울 정도가 돼서야 아무 소용도 없음을 깨달았다.

"공해주."

억지로 책장 하나를 넘겼을 때, 그윽한 이한의 목소리에 해주는 고개를 틀었다.

"너 밤에 무슨 꿈 안 꿔?"

꿈? 갑자기 무슨 꿈?

"나 원래 꿈 잘 안 꿔요. 깊게 잘 자서."

"아."

그가 작게 고개를 끄덕거렸다. 근데 뭔가 불만이라도 가득한 얼굴이다. 해주가 고개를 살짝 기울여, 아래에서 그의 얼굴을 올려다봤다. 안색이 안 좋다 했더니, 잠을 못 잔 걸까.

아니, 잠깐. 공해주 이제 네가 상관할 일은 아니지 않아? 걱정할 일도 아니지! 약해지려는 마음을 다잡은 해주가 아랫입술을 꾸욱 깨물었다. 이한은 보지 못했는지, 다시 고개를 정면으로 두며 높게 쌓은 책 중 가장 위에 있는 책을 펼쳐 후루룩 넘겨보았다.

"그럼 내가 미친놈이라는 거네."

"네?"

"빌어먹을. 뭐가 이래."

알 수 없는 욕을 중얼거리더니, 이한은 다시 책을 제자리에 올려놓으며 몸을 일으켰다. 그녀의 목이 그를 따라 쭉 위로 향했다.

"괜찮은 책 있으면 말해. 사서 보낼 테니까."

"여기, 공으로 왔어요?"

조심스러운 물음 끝이 살짝 흔들렸다. 혹시나, 정말 설마 하는 마음. 아니라고 확신하지만 단 1%의 확률이라는 게 있을지도 모르니까.

동요할 만한데도 이한은 전혀 흔들림 없는 얼굴로 그녀를 내려다봤다. 얼굴에서 시작된 시선이 몸을 훑고, 다친 발목을 향했다.

"병원 가라. 빌빌대지 말고."

그는 멀어져 갔다. 본래 용건이라는 파일은 그냥 두고, 공과 사 그 어떤 목적으로 왔는지도 명확한 대답을 내놓지 않은 채. 그녀의 마음을, 잔뜩 헷갈리게 만들어 놓고.

탈고도 안 한 작품 보도 자료를 확인해 달라 핑계거리를 들고 와, 이상한 표정으로 한참을 쳐다보고, 잔뜩 신경 쓰이게 만들어 놓고.

"아, 진짜. 나보고 어쩌라는 거야."

산처럼 쌓인 책 위에 이마를 박은 해주가 긴 숨을 내뱉었다. 아파 보이는 그를 붙잡고 물어보고 싶었다.

혹시, 나를 보러 온 건 아니냐고.

그 말만이 자꾸만 그녀 주변을 떠돌았다. 담을 수도, 토할 수도 없었다.

"미친놈."

눈을 뜨자마자 욕부터 튀어나왔다. 미친놈, 변태 새끼. 더한 욕이 떠오르지 않았다. 머릿속이 너무 새하얘져서.

아직은 캄캄한 새벽녘. 잠에서 깬 이유는 공해주 때문이었다. 문제는 알몸으로 가만히 누워만 있던 해주가 '뭔가'를 했다는 것이다.

그 뭔가가 기가 막혀 잠도 달아날 지경이었다. 온몸의 열기가 거꾸로 솟구쳤다. 몸을 일으켜 앉은 이한이 두 손으로 얼굴을 쓸어내렸다. 긴 한숨이 토해지고, 또 토해졌다. 알고 있는 욕이란 욕은 전부 제게 쏟아 주고 싶은 심정이었다.

온몸이 뜨거웠다. 요 며칠 짧게 나타났다 사라지던 해주도 견딜 수 없는데, 알몸으로 제 침대 위에 누워 있는 그녀도 더 이상 안 나타났으면 했는데.

그 혼자만이 또렷한 꿈속에서.

그녀는 몰라야 할 그 꿈속에서.

공해주와 키스를 했다.

그것도 열렬히. 아주 진하게. 적나라한 장면들이 연이어 떠올랐다. 내가 먼저 했던가? 아니, 공해주가 내 얼굴을 당겼던가? 젠장, 지금 그게 뭐가 중요해!

해주에게 '당분간'이라는 말을 빼먹고 보지 말자는 말을 전한 건 분명 자신이었다. 그래 놓고 이곳저곳 여행 다니며 자신을 피하기 바쁜 해주를 윽박질렀던 것도 자신이었다.

그런데 이제는 해주를 볼 자신이 없었다. 얼마 전 도서관에서 아무것도 모른다는 말간 눈과 마주하면 떠오르는 꿈속 영상들에 욕을 퍼붓기를 수십 번. 정말 미친놈이 되어 가는 것 같았다.

꿈속을 찾아오는 공해주 때문에.

"또라이 새끼."

주워 담기도 민망한 욕을 중얼거리며 이한이 침대에서 몸을 일으켰다. 시트가 사르르 내려가고, 골반에 걸친 트레이닝 바지를 내려다본 그가 하, 숨을 터트렸다.

섰다. 서 버렸다.

이건 공해주의 저주가 분명했다.

· I like you ·

174

"다 했다."

열 시간을 꼼짝 않고 책상 앞에 앉아 있던 해주가 자리에서 몸을 일으켰다.

찻잔과 마카롱을 담았던 트레이를 들고 주방으로 갔다. 거실의 커다란 창문을 가리고 있는 커튼을 양쪽으로 펼치자 끔찍할 정도로 따사로운 햇빛이 무작정 쏟아 들어왔다.

"아, 벌써 시간이."

해가 가장 높이 떠 있을 한낮의 오후. 시간을 확인한 해주는 이른 새벽부터 시작된 작업을 마무리하듯 기지개를 쫙 폈다.

여행지에서 돌아온 후, 원고에 속도를 더 올려야 했기 때문에 꽤 집중했는데 효과를 톡톡히 봤다. 도서관에서 확인한 자료들도 작업 속도를 올리는 데 도움이 됐다.

원고 작업 전에 디테일한 스토리 구성을 먼저 해 놓고 대략적인 줄거리 설정을 전부 마친 다음에 원고에 들어가기 때문에 더 빨리 하라면 할 수도 있었다.

그에게는 가을이 오기 전이라고 했지만, 남은 두 달을 한 달로 단축시킬 수도 있을 것이다. 그런데도 두 달이라고 확정 짓듯이 얘기해 버린 건.

"……한 달은 너무 짧지."

그 뒤는, 정말 못 보는 거잖아.

따뜻한 햇빛을 온몸으로 받아 내며 해주는 무릎을 세우고 자리에 주저앉았다. 커다란 창을 앞에 두고 앉아 있으니 노곤노곤 잠이 쏟아졌다. 지금 자면 밤에나 일어날 텐데, 그러면 신체리듬 또 무너지고, 그러니까 지금은 자면 안 되는데.

"여기, 공으로 왔어요?"

"병원 가라. 빌빌대지 말고."

175

해주가 감고 있던 눈을 떴다. 얼마 전 도서관을 찾아온 그의 의문스러운 행동이 자꾸만 떠올랐다.

"사람 헷갈리게."

왜 왔을까. 정말 보도 자료나 보여 주려고? 아니면, 설마 내 얼굴을 보려고?

세운 무릎에 턱을 괸 채 창 밖 높이 솟은 무수한 건물들을 무심히 바라보며 해주는 생각에 잠겼다. 그가 다녀간 후로, 자꾸만 떠오르는 의문.

왜 왔을까, 당신은.

첫 번째, 원고 안 줄까 봐? 그런 것치고는 원고 얘기를 한 번도 안 했잖아.

두 번째, 병원 갔나, 안 갔나 감시하려고? '남 이사'라고 하지 않았어? 아니, 그건 내가 먼저 말했나?

세 번째, 정말 보도 자료 보여 주려고? 언제부터 그걸 손수 보여 줬어? 매일 태블릿 들고 다니면서 시간 낭비하며 흘려보내는 건 제일 싫어하는 사람이?

그렇다면 네 번째.

"정말 나를 보려고."

또, 그렇다면 왜? 나를, 왜 봐야 하는데?

생각에 생각을 거듭하자 잠이 부족한 머리가 둥둥 울리기 시작했다. 해주가 다시 눈을 감았다. 안색이 별로 좋지 못했던 그의 얼굴이 떠올랐다.

그 순간, 휴대폰 벨이 울렸다. 아, 가지러 가기 귀찮은데. 그냥 저대로 끊어졌으면.

하지만 도서관을 찾아온 이한의 얼굴이 번뜩 떠오른 해주는 쏜살같이 작업실로 달려갔다. 어지럽게 놓인 자료들과 책들 사이로 시끄럽게 울리는 휴대폰이 보였다.

100% 이한일 것이라 확신한 해주의 표정이 실망으로 굳어진 건 아주

잠시 후였다.

잊겠다고 했으면서, 또 전화까지 기다리고 있는 꼴이라니.

"네, 팀장님."

—작가님. 별일 없으시죠? 안부차 전화드렸어요.

뻔질난 안부 전화가 또. 해주가 낮은 숨을 참았다. 그녀가 여행에 돌아온 후부터 부쩍 늘어난 안부 전화와 메시지가 유독 거슬렸다.

이한의 입김일까. 책상 위 마카롱 부스러기를 발견한 해주가 손으로 툭툭 쓸어냈다.

"별일은요. 없어요."

—아, 집에 계세요? 발목 다치셨다면서요? 병원은 다녀오셨고요?

연달아 세 번의 질문. 해주는 이때부터 이상하다고 생각했다.

"네. 집이에요. 발목은 괜찮아요. 붕대도 풀었고."

—그러시구나. 원고 작업에 지장은 없으시고요? 뭐 필요하신 거 있으시면 말씀하세요.

"그런데요, 팀장님."

—네, 작가님. 말씀하세요.

"혹시 권 대표님 옆에 있어요? 설마 이거 스피커폰인가?"

—대표님, 어, 지금, 어디 계시지. 사무실에는 안 계신데.

병원 갔다 왔냐고 잔소리할 인간이 또 있던가. 부스러기를 전부 치운 해주는 늘어지고 당황하는 재원의 목소리에 대강 상황을 파악했다. 이한이 시켰겠지, 병원 갔다 왔는지 확인하라고. 직접 확인할 용기는 없어서.

다시 생각나는 말. 또 그렇다면, 왜?

왜 직접 전화는 못 하겠는데?

—진짜예요, 작가님. 대표님 안 계세요.

"네, 뭐 그렇겠죠."

해주가 대강 대답했다. 머릿속은 자꾸만 그의 '달라진' 행동에만 집중됐다.

언제부터였지. 통영에 데리러 왔을 때? 그때는 딱히 달라진 점을 느끼지 못했다.

도서관? 별다른 용건 없이 찾아와, 자꾸만 사람을 이상하게 쳐다보다가, 꿈 안 꾸냐는 밑도 끝도 없는 질문만 던지다가, 결국 병원 가라는 잔소리로 마무리했던…….

부스러기가 없어지고 깨끗한 책상 위를 바라봤다. 행여나 그가 듣고 있을 거라는 미련 때문에 전화는 끊지 못하고 있는데, 그 순간 책상 위로 툭 하니 붉은 액체가 떨어졌다.

"아, 코피."

놀란 해주가 손으로 코를 막았다. 툭툭 떨어지던 코피가 손가락 사이를 흥건히 적셨다.

—코피요? 작가님 또 코피 나세요?

놀란 윤기의 목소리가 들려왔지만, 해주는 거기에 일일이 대답할 시간이 없었다. 책상 위를 더듬어 휴지를 집어 들고 급히 코를 막았다. 금방 휴지를 적실만큼 양이 상당했다.

"괜찮아요. 이만 끊을게요."

—작가님!

황급히 전화를 끊은 해주는 책과 자료에 피가 튈까, 급히 화장실로 향했다. 겨우 십 몇 초, 방치했을 뿐인데 턱 아랫부분과 티셔츠 목 부분까지 피에 젖어 있었다.

"너무 오랜만에 달렸나."

작업을 무리하게 하면, 혹 밤을 샐 때면, 컨디션 난조라도 오면 해주는 체질상 코피를 흘리고는 했다. 수험생 시절이나, 대학생 시절에는 아침마다 코피를 격일로 흘린 적도 많았다. 이번에는 꽤 오랜만이라 그런지 양이 꽤 많았다.

고개를 숙여 코피를 다 흘려내는데, 30분 가까이 흘렀다. 휴지로 틀어막아도 코피는 쉽게 멈추지 않았다. 부모님 성화 때문에 건강 검진을 받은 적도 여러 번. 그때마다 아무 이상 없다, 체질상 그렇다, 빈혈이 약간 있으니 철분제만 먹자는 말만 들었었다.

체질상 혹은 유전적이라는 말을 들을 때마다 기분이 상한 적은 없었다. 양아버지가 체질상 일교차가 심할 때, 혹은 추운 겨울마다 코피가 자주 나는 체질이라 마치 그걸 물려받은 것처럼 기뻤다. 코피 때문에 머리가 어지러우면서도 해주가 낮게 웃다가 거울을 확인했다. 동시에 한숨이 터져 나왔다.

"아, 이거 안 지워질 것 같은데."

피가 잔뜩 묻은 흰 티셔츠를 내려다보며 해주가 울상을 지었다. 얼굴의 반과 목 부근이 전부 젖어 있었다. 가열차게 세수를 하느라 티셔츠도 흠뻑 젖은 상태였다. 턱 부근의 물기를 손등으로 닦아 내던 해주는 그제야 물이 미지근하다는 걸 깨달았다.

"코피 날 때는 찬물로 세수하랬잖아. 한번 말할 때 좀 들으면 어디가 덧나냐?"

"아, 선배. 제가 할게요, 제가."

"고개 들지 말고, 숙이라니까. 아, 이리 내봐."

"제, 제가 한다니까요?"

"뭘 네가 해. 똑바로 잘하는 것도 없으면서."

"아니, 무슨! 너, 너무 가깝잖아요."

"뭐래. 나랑 내외 하냐?"

"또 알면 잔소리하겠네."

수건으로 젖은 옷을 대충 닦아낸 해주가 중얼거렸다. 아, 알겠구나. 전화 듣고 있었을 테니까. 휴대폰이 잠잠한 걸 보면 후처리는 걱정되지 않은 모양이었다.

다시 작업실로 향한 해주는 책상과 책에 묻은 핏자국을 닦아 냈다. 바닥에 흘린 핏자국도 꽤 많았다. 아끼는 책에 묻은 피를 바라보며 해주가 울상을 지었다. 자료들도 엉망이었다. 다시 프린트를 해야 할까.

딩동.

하얀 A4 용지에 묻은 핏자국을 바라보던 해주가 고개를 들었다. 연속해서 초인종 소리가 울렸다.

"올 사람이 없는데."

초인종 소리가 다시 연달아 울리고, 이제는 쾅쾅 문을 두드리는 소리까지 들렸다. 누군데, 이렇게 시끄럽게. 서둘러 현관으로 향한 해주는 누구냐 물어볼 새도 없이 문을 열었다.

그리고 그대로 얼어 버렸다.

심장이 쿵. 바로, 그런 순간이 제게 왔음을 온몸으로 실감해 버린 이때.

"뭐야, 너."

숨이 차는지 색색거리는 숨결, 붉어진 얼굴, 쏘아보는 눈.

전부 예전에 봤던 모습들 중의 일부일 뿐인데 다시 심장은 쿵. 뛰어온 게 분명한 눈앞의 남자보다, 얼굴이 더 달아오르고 있음이 느껴졌다.

"뭐, 뭐가요."

"너 꼴이 지금 뭐냐니까."

살짝 짜증 섞인 목소리도 그대로인데, 심장은 또 쿵. 힘없이 벌어진 해주의 입술에서 작은 숨이 흘러나왔다.

착각하고 싶었다. 저 좋은 대로 생각하는 버릇은 없지만, 이 순간 제착각이 현실이 됐으면 했다.

지금 이 순간 이한은 해담 출판사 권이한 대표가 아닌,

남자 권이한이라고.

착각하고 싶었다.

I like you

이한은 인상을 팍 썼다. 보이는 핏자국과 물에 젖어 비치는 옷 때문

180

에, 또 반응하는 몸 때문에 미칠 지경인데, 그걸 모르는 해주는 말간 얼굴로 자신을 뚫어져라 바라봤다.

젠장, 그만 좀 봐. 옷부터 갈아입을 수 없어?

멋대로 집에 쳐들어와 놓고 할 말은 아니라는 것을 깨달은 이한이 말을 삼켜 냈다. 세수를 한 게 아니라, 옷 입은 채로 샤워기 밑에라도 있었을까.

살짝 물에 젖은 얼굴과 머리카락. 젖은 옷 안에서 살짝 비치는, 분명해 보이는 핑크색 속옷. 하필 입은 옷도 하얀색이다.

너, 나 미치는 거 보려고 작정했어? 한 손으로 얼굴을 쓸어내린 이한은 다시 얼굴을 감싸듯 눈을 가렸다.

"일단 옷부터 갈아입어. 병원 가게."

"무슨 병원이에요, 코피 나는 거 하루 이틀도 아니고."

"긴말 안 해. 그냥 가."

"새벽부터 무리해서 그래요. 거의 멈췄어요. 별거 아니에요."

"너는, 진짜!"

다시 손을 내린 이한이 버럭 성을 냈다. 해주는 커다란 눈을 두어 번 깜빡거렸다. 표정이 말해 주고 있었다. 지금 이 남자가, 혹시 미친 건가.

"일단 옷부터 갈아입고 나와."

그래, 미친 짓이라는 걸 안다. 차로 20분은 걸릴 거리를 단 10분 만에 달려와 놓고, 짜증이란 짜증은 다 내고 있는 자신이 얼마나 어이없고 화가 날지 이상해 보일지도 안다.

무슨 정신으로 여기까지 달려왔더라. 일부러 재원에게 시켜 전화를 걸게 했는데, 병원을 갔는지 발목은 괜찮은지 확인만 해 보려고 했는데, 코피 때문에 전화가 끊어진 순간부터 제정신이 아니었다. 아마 속도위반 딱지 두 개는 너끈히 끊었을 것이다.

"지금…… 정말 이상해요. 선배도 알죠?"

알아, 안다니까. 알아서 더 미치겠는 건 네가 아니라 나야. 넌 꿈도 안 꾼다며? 난 그 빌어먹을 꿈을 요즘 매일 꾸고 있어.

이한이 커다란 숨을 삼켰다. 속이 부글부글 끓어 댔다. 요즘 내가 얼마나 자고 있더라. 이건 다 부족한 잠 때문에 예민해진 탓이다.

"옷 갈아입어."

옷에 묻은 핏자국을 보니 꽤 많은 양을 흘렸다. 병원에 가자고 졸라 봤자 고집을 부릴 테니, 그냥 무작정 끌고 갈 생각이었다.

해주는 뒤를 돌아 방으로 가지 않고 한 걸음 더 가까이 다가왔다. 이한이 흠칫거렸다.

"선배. 무슨 일 있어요?"

그걸 몰라서 물어? 너 때문에 내가 시속 몇을 밟았는지나 알아?

"안색은 선배가 더 안 좋은데. 아파요?"

아픈 건 내가 아니라 너잖아. 코피는 왜 흘려대? 컨디션 조절 잘하라고 했어, 안 했어?

"귀가 왜 이렇게 빨개요?"

내 귀가 무슨…….

해주가 손을 올렸다. 이한은 본능적으로 알았다. 그녀가 제 귀를 만지려고 한다는 것을.

놀란 이한이 한 걸음 물러선 채로 그녀의 손목을 붙잡았다. 공중에서 불꽃이 튀기듯, 시선들이 마주쳤다. 해주는 놀랐고, 이한은 침착하려고 애썼다.

그녀와 단둘일 때마다 드는 이 미친 꿈들 때문에 이한은 늘 평정심을 유지하려고 노력해야 했다.

"빨리 갈아입어. 집에 얼음은 있어?"

다시 손목을 놔주고, 얼음처럼 굳어진 해주를 일부러 지나친 이한은 주방으로 향했다. 달그락거리는 소리가 들렸지만 해주는 가만히 멈춰 서 있었다.

해주는 조심스레 그가 붙잡았던 손을 들어 가슴 위에 올렸다. 연달아 쿵쿵 뛰어 대는 심장 소리의 속도가 전보다 빨라졌다. 잊으려고 작정했던 짝사랑의 부피가 조금 더 커지기 시작했다.

"……착각."

공이 아닌 '사' 로. 출판사 대표가 아닌 '남자' 로. 아닐 거라고 생각
하지만 한번 드는 생각은 도중에 멈출 줄 몰랐다.

정말, 착각일까? 단순히 소속 작가가 미친 듯이 걱정이 돼서 달려왔
을까?

해주의 시선이 주방 쪽을 향했다. 아랫입술을 천천히 깨물며 그녀가
웃음을 참았다.

간질, 그리고 또 간질. 그 순간의 해주는 짝사랑을 포기할 이유를 잊
어버렸다.

· *I like you* ·

뒷목에 얼음주머니를 대고 병원 응급실을 찾은 해주는 단순 빈혈약
을 처방받았다. 체질상의 문제라는 것을 듣는데 또 돈을 쓴 셈이다. 만
성 코피 때문에 오는 빈혈이야 당연한 수순 같은 건데, 그는 꽤 심각한
일을 마주한 사람 같았다.

"봐요. 체질이라니까."

"세상에 그딴 체질이 어디 있어."

"여기요."

"병원 다른데 가 봐야 하는 거 아니야?"

안전벨트를 매는데 이한이 험상궂게 중얼거렸다. 동네에서 가장 큰
병원을 와 놓고 다른 데라니. 해주가 지겹다는 듯이 한숨을 내쉬었다.

"코피 때문에 병원 온 적만 열 번도 넘어요. 내가 이것 때문에 팔자
에도 없는 건강 검진을 몇 번이나 받았는데."

"빈혈이라잖아. 약은 먹고 있는 거야?"

손에 들린 약봉투는 정말 눈에 안 보이는 걸까. 해주는 가방에 처방
약을 구겨 넣었다. 동시에 차가 병원 야외 주차장을 빠져 나가 도로에

진입했다.

"처음 본 것도 아니면서 왜 이렇게 심각하게 굴어요?"

"아니니까 문제인 거잖아."

"별 문제 없이 살았어요, 그동안에도."

"갑자기 빈혈로 쓰러지면. 쓰러져서 책상 모서리나 날카로운 곳에 머리라도 부딪히면. 너 그대로 즉사야. 알긴 알아?"

말한 대로 이루어지는 세상이라면 분명 무서운 말이겠지만, 해주는 웃음부터 났다. 아니, 실은 아까부터 웃고 싶어 죽을 지경이었다.

온몸 그대로 자신을 걱정하는 그의 서툰 표현이 나쁘지 않았다, 아니 오히려 좋았다. 좋다는 말로 부족할 정도로.

"그렇게 죽으면 되게 허무하겠다, 그죠."

"야."

"나 회사에 책상 하나만 만들어 줘요."

폭탄선언. 선전 포고. 해주는 머리를 어깨 뒤로 넘기며 말했다.

차 안에서 치렁치렁 긴 머리를 만지면 '네가 치울 거냐? 머리 만지지 마'라고 말버릇처럼 내뱉던 이한의 목소리가 들려오지 않자, 창밖을 향했던 해주의 시선이 운전석을 향했다.

뭐지, 또 귀가 빨개졌네.

"놀랐어요?"

"회사에 자리는 왜."

잠깐 굳어졌던 이한이 느리게 물었고, 해주는 무덤덤하니 말했다.

"보지 말자고 했잖아요."

그가 인상을 팍 구겼다. 해주는 볼만하다고 생각했다. 귓불은 왜 빨개지고, 사실을 얘기하는데 표정은 왜 저러는지 알 것 같았으니까.

"그 얘기 좀 안 할 수 없나?"

"이제 와서 주워 담고 싶어요?"

"내 말 뜻은……."

"내가 선배를 다 잊으면, 그때 다시 보자는 말이었다고요? 전에 설명했잖아요, 알아들었어요."

"……."

"그러면 소설부터 빨리 마무리해야 하는데 속도가 영 안나요. 집에서 작업하면 늘어지는 것 같아서. 선배 때문에 내가 자꾸 미루는 것 같기도 하고."

해주는 특히 캐릭터 분석과 설정에 능했다. 에피소드 하나하나에 캐릭터의 성질이 그대로 묻어나왔다. 그가 그녀의 장기라 뽑는 것 중의 하나였다. 뛰어난 관찰과 분석력. 해주는 지금 그의 모든 것을 관찰하고 있었다.

땀이 차 쥐었다 펴기를 반복하는 손, 마르는 입술, 자꾸만 왼쪽을 향하는 시선, 불안정한 목소리의 끝처리.

그는 불편해하고 있었다. 자신과 있는 지금 이 순간을.

"가을 오기 전까지 마무리한다며."

"빨리 해야 선배 그만 보죠. 그래야 빨리 잊고."

해주가 태연히 말했다. 여우 같은 시커먼 속내를 들키지는 않을까, 한 3분 정도 고민은 했지만 그녀는 쉽게 결정을 내렸다.

"그러니까 선배도 도와줘요. 책임 있잖아."

거절할 수 없다. 반대할 명분도 이유도 없다. '자신을 잊기 위해서'라고 둘러대는데 무슨 말을 덧붙일까. 그가 거절하지 않을 거라고 확신했다.

"괜찮겠어?"

"뭘요. 선배 매일 보는 거?"

그는 대답 없이 목을 죄는 셔츠의 가장 윗 단추를 풀어냈다. 긍정의 반응이라 수긍한 해주는 팔짱을 끼며 뒷목을 주물럭거렸다.

꽤나 여유로워 보이는 행동이라, 이한은 마치 이것도 꿈의 연장선인가 했다. 그러면 반가워야 했다. 지금의 해주는 적어도 나체는 아니니까.

하지만 저런 무덤덤한 얼굴로 말하니 오히려 이한이 되물을 지경이

185

었다.

너, 나 좋아한다고 하지 않았어?

"혹시 알아요. 매일 보면 있던 정 다 떨어질지."

심드렁하니 대답한 해주가 살짝 그를 흘겼다. 혹시 두 번째 단추는 풀지 않을까, 흑심 가득한 얼굴로 바라보는데 이한은 가만히 운전에만 집중했다.

아니, 그런 것처럼 보이려고 애쓰는 듯했다.

"선배도 편하고 좋죠. 코피 났다고 달려오는 것 보다는."

"야, 이건."

"회의실도 좋고 남는 책상 줘도 좋고. 아, 탕비실은 커피밖에 없죠? 내가 차 좀 사 놔야겠다."

이한은 대답 대신 속력을 높였다. 탕비실에 갖다 놓을 간식 리스트를 중얼거리며 해주는 웃음을 꾹 참았다.

오랜만에, 그와 함께 있는 시간이 즐거워지기 시작했다.

—뭘 한다고?

목소리가 배는 커진 민서가 다시 되묻자, 해주는 씨익 장난스럽게 웃었다.

몰래 창문으로 내다본 결과 그는 아직도 밖에 있었다. 떠나지도 못하고, 들어오지도 못하고, 그렇게 주춤거리며.

"연애."

—……대체 누구랑?

"누구겠어?"

—이한 선배 얘기하는 거야? 차였다고 하지 않았어?

"그랬지. 그런데."

행여나 그가 차 밖으로 나와 이 모습을 볼까 싶어 해주는 창문에서

186

멀찌감치 떨어져 커튼을 쳤다. 좌라락, 거리는 소리가 원래 이렇게 좋았었나.

"내가 꼬시려고."

—누구, 권이한을?

"응. 그냥 꼬실래. 확 자빠뜨리든가."

—남자 자빠뜨리는 법은 알고 말하는 거야?

20대의 대부분을 짝사랑으로 보낸 해주의 연애사를 속속들이 알고 있는 민서이기에 할 수 있는 이야기였다.

"모르면 공부하지, 뭐."

—그건 경험이 가장 중요한 분야 같은데.

"몰라, 내가 작정하고 꼬시면 지도 넘어오겠지."

오만과 편견의 제인 오스틴은 이렇게 말했다.

사랑에 대한 여자의 열정은, 전기 작가의 열정을 훨씬 뛰어넘는다고.

해주는 얼마 남지 않은 시간, 온 마음을 다해 열정을 보여 주기로 다짐했다.

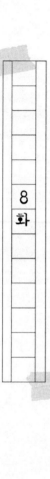

8
화

스킨십의 정의

"……여기?"

"네. 회의실은 탕비실 옆이라 시끄러워서 집필에 방해가 될 것 같고."

이건 옳은 말.

"저희 자리 중에 하나를 드리는 건, 아무래도 편집 팀 사무실 자체가 소통이 많아서 그것도 방해되실 거고요."

구구절절 다시 옳은 말.

"마케팅 팀이나, 디자인 팀 쪽에 자리가 있긴 한데 작가님이랑 일면 식도 없고요. 심지어 거긴 편집 팀 아래층이잖아요."

반대할 이유조차 없는, 옳은 말.

"탕비실 테이블을 작가님이 쓰시는 건 말도 안 되고요. 직원들도 불편해할 겁니다."

그러니까, 내 후배니까 네가 감당해라 이건가.

윤기의 말이 끝나자 그 뒤에 서 있던 편집 팀 직원들이 고개를 끄덕거렸다. 작가가 출판사에 출퇴근을 하겠다고 하니, 떨떠름할 것이라 생각했는데 무슨 이유인지 그들의 얼굴에는 생기가 가득했다.

내 사무실에 떠밀어 놓고, 뭐 이렇게 싱글벙글이야.

"편집 팀에 뭐 좋은 일 있어?"

"공 작가님 출근하시는 게 좋은 일이죠."

희정이 활짝 웃으며 대답했다. 이한은 표정을 구길 수밖에 없었다.

"왜?"

"그야……."

대표님 기분 안 좋을 때마다 공 작가님이 실드 쳐 줄 거 아니에요. 희정은 차마 사실대로 말은 못하고 말끝을 흐렸다.

그야? 이한이 눈썹을 삐죽거리자 재원이 번쩍 손을 들고 나섰다.

"공 작가님 완전 해피바이러스잖아요. 오시면 사무실 분위기도 좋아질 거고, 같이 일하면 저희도 영광이고요. 해담 출판사 VIP신데요."

능청 떠느라 바쁜 재원의 말에도 이한의 표정은 풀어지지 않았다.

얼마 전 함께 일하던 번역가가 출판사에 상주하며 출퇴근을 한 적이 있었다. 흔한 일은 아니지만, 또 아예 없어야 하는 일도 아니었다. 해주의 자리를 만들라면, 만들 수는 있는데 그 자리가 '어디'인지가 관건이라 이한도 내내 생각이 많았다.

그의 결론은 편집 팀 팀장과 한 사무실을 쓰고, 그 자리를 해주에게 주는 것이었는데, 어느새 해주의 자리가 만들어져 있었다. 마치 기다렸다는 듯이.

나를 잊겠다고, 나를 매일 보려는 녀석인데 과연 괜찮을까.

"가서 일들 봐."

이한이 대표실 안으로 들어가고, 편집 팀 직원들은 우르르 탕비실로 향했다. 시야에서 이한이 사라진 것을 확인한 편집 팀이 동시에 안도의 숨을 내쉬자, 윤기는 빙그레 웃었다.

"두 분 붙여 놓는 거, 잘한 걸까요?"

"잘한 거야. 공 작가님도 좋아하실걸."

"작가님은 왜 갑자기 출판사로 출근하신다고 그런 걸까요? 작가님 작업실이 훨씬 좋은데."

막내 윤서를 시작으로 재원, 희정이 차례로 입을 열었다.

모두가 궁금한 일. 추측만으로도 상상 가능한 일. 당연히 대답하는 이는 없었다.

"대표님 요즘 예민하신데 오신다니까 좋긴 좋아요."

"맞아, 나도 자기 생각에 동감."

희정과 윤서가 연달아 걱정 어린 목소리를 내뱉었다. 전후 사정은 잘 모르지만, 어찌됐든 해담 출판사 편집 팀 사람들에게 해주의 출근 소식은 반가운 것이었다.

홀로 입을 다물고 있던 재원은 허리 뒤로 팔을 뻗어 몰래몰래 메시지를 써 내려갔다. 재원은 윤기에게 감언이설로, 해주의 책상을 대표실에 밀어 넣은 역할을 톡톡히 한 장본인으로 임무를 완료한 소식을 서둘러 알렸다.

〈작가님. 말씀대로 했습니다!〉

답장은 금방 날아왔다. 손으로 동그라미를 그리고 있는 귀여운 이모티콘 하나.

재원은 웃음을 삼키며 모른 척 팀원들의 얘기 속에 끼어들었다.

· I like you ·

해주가 출판사에 출근을 시작하면서 탕비실은 꽤 큰 변화를 맞았다.

매일 아침 사 들고 오는 마카롱과 초콜렛은 당연하고, 커피를 못 먹는 그녀가 즐겨 마시는 이름 모를 차들이 한쪽 찻장을 가득 채웠다. 직접 집에서 차를 내려 마실 때 쓰는 다기와 도구들까지 들고 와 버리니, 아래층 다른 부서 직원들도 찾아와 구경하기에 이르렀다.

해주는 통 크게 놀았다. 뭐하러 위층까지 불편하게 오시냐며 편집 팀 탕비실에 놓는 간식과 다기와 찻잔, 차들까지 종류별로 아래층에 갖다 났다.

이한은 거슬리기 짝이 없었다. 일을 하러 왔다면서, 내 사무실을 자기 작업실로 쓰겠다던 녀석이, 탕비실에서 하하호호 떠들어 대는 소리가 가관도 아니었다. 중간에 회의실이 껴 있기 때문에 크게 떠들지 않는 한 절대 들릴 수 없는 거리인데도, 해주만 나갔다 하면 저렇게 되기 십상이었다.

"저것들은 일은 안 하고."

이한에게 보고 중이던 윤기는 웃음을 꾹 참았다. 누가 봐도 이상해진 이한은 요즘 들어 큰 변화를 맞고 있었다. 사무실이 변하는 것보다 더 급속도로, 빠르게.

"그래도 사무실 분위기는 더 좋아진 것 같습니다."

"……나만 있었을 때는 엉망이었냐?"

처음 출판사를 차리고, 대차게 망했을 때부터 함께였던 윤기는 누구보다 더 빠르게 이한의 변화를 알아차렸다. 뭐가 변했다고 콕 집어 말할 수는 없겠지만, 하나는 알 수 있었다.

해주와 관련된 일이라면 지나치게 반응한다는 것.

윤기는 대답 없이 옅게 웃었다. 결재 서류에 사인을 마친 이한이 결재 파일을 다시 내밀었다.

"그냥 평균이었죠. 적당히 무겁고, 적당히 가볍고, 적당히 일만 하는."

"회사에 나와서 일만 해야지, 그럼 뭘 또 해."

"그래도 사기라는 게 있으니까요. 사무실 같이 쓰는 건 안 불편하십니까?"

이한은 대답 없이 한숨을 삼켰다. 창가 쪽에 그와 대각선 방향으로 책상을 만들어 줬더니 해주는 책상에 앉아 있는 일이 없었다. 이한의 시선이 가장 잘 보이는 가운데 소파에 자리를 잡더니, 앉았다가 누웠다가 노트북을 갖고 현란한 모양새를 갖추며 작업을 했다.

"지저분해."

"아, 뭐."

윤기는 주먹 쥔 손으로 웃음을 막았다.

깔끔하고 청결한 이한의 공간에서 지저분한 곳이라면 딱 한 곳 있었다. 사무실 가운데를 차지하는 직사각형의 테이블과, 그 앞 소파였다.

일인용, 삼인용 소파가 다양하게 널려 있는데도 해주의 짐은 없는 곳이 없었다. 가방, 온갖 사료를 찾는데 쓰는 책들과 자료들, 노트북과 노트북 거치대, 블루투스 키보드만 세 개가 넘었고, 영상 자료를 찾을 때 쓰는 태블릿도 따로 있었다.

그중 가장 많은 부피를 차지하는 건 간식들이었다. 그걸 한군데 모아 놓으면 상관이 없는데, 왜 앉을 곳도 없게 너저분하게 만들어 놓는 건지. 그것도 하필 제일 잘 보이는 자리에 앉아서.

"쟤는 여기 먹으러 온대? 뭘 저렇게 먹어?"

"덕분에 직원들 분위기도 좋아졌잖아요. 신 주임은 벌써 2kg나 쪘답니다."

"단 게 뭐가 맛있다고."

"가끔 먹으면 괜찮습니다. 적당히 기분도 좋아지고."

해주는 편집 팀 사람들을 자기편으로 만들려는 목적을 달성했다. 이한은 윤기를 물끄러미 올려다보다가 손짓했다. 이만 듣기 싫으니 나가라는 뜻이었다.

윤기가 밖으로 나가고, 홀로 남은 그는 지저분한 소파와 테이블을 빤히 바라봤다. 바닥에 널브러진 자료들이 눈에 거슬렸다.

설마, 이게 나한테, 복수를 하고 있나.

"이것 좀 먹을래요?"

탕비실 쪽이 조용해진다 싶더니 해주는 금방 대표실로 기어들어 와 소파에 자리를 잡았다. 다디단 마카롱을 가득 담은 접시가 눈에 띄었다.

처음에는 색색별로 화려하게 담은 게 뭔가 싶었다. 해주가 작업할 때마다 입에 달고 사는 디저트라는 걸 알았고, 이한은 몸에도 안 좋은 걸 왜 입에 달고 사냐는 잔소리부터 내뱉었다.

"싫어."

"말 좀 예쁘게 하면 덧나요?"

"싫다는 의사 표현이 안 예쁠 건 뭐 있는데?"

"그냥 좋게 거절하라는 뜻이죠. 그게 이해가 안 돼요?"

"어. 싫어."

이한은 말없이 시선을 돌려 데스크톱 화면을 뚫어져라 바라봤다. 한창 진행 중인 프로모션에 대한 보고 상황이 팀 공용 메일에 올라와 있었다. 의미 없이 메일을 클릭한 그의 눈이 바쁘게 화면을 쫓았다. 옆에 닿는 빤한 시선은 누구의 것인지 묻지 않아도 알 수 있었다.

요즘 이한은 죽을 맛이었다. 벌써 열흘, 해주에게 사무실 한편을 작업실로 내어 준 이후로 매일 지옥을 경험하는 중이었다.

그녀는 지치지도 않고 매일 이한의 꿈을 찾아왔다. 새벽에 망할 꿈 때문에 깨어나는 건 이제 당연지사, 그다음 억지로 선잠이라도 자려고 노력하면 그나마 6시쯤 눈을 떴다. 꿈속에서 해주는 한번 진도를 빼더니, 그 진도를 계속해서 유지 중이었다.

그러니까, 계속 키스를 한다는 거다.

그것도 아주 진하게.

빌어먹을 꿈속에서.

사춘기 절정이었던 중학생 때도 안 했던 짓을, 서른이 넘어서야 하고 있다니.

매일 밤마다 그런 해주를 보는데, 눈을 뜨고 출근하면 사무실에도 해주가 있다. 하루 스물네 시간뿐인 그의 하루 속에서, 그녀가 지배하지 않는 시간이 없을 정도였다.

"살 빠졌어요? 아니면 잠 못 잤어요?"

소파에 양반다리를 하고, 그 위에 쿠션, 쿠션 위에는 노트북까지 장착한 해주가 빤히 보던 시선을 거두며 물었다. 이한은 모른다고 대답했다. 하나 마나 한 대답이었다.

"하여튼. 사람이 말을 좀 예쁘게 해야 하는데."

해주가 작게 투덜거렸다. 동시에 키보드 위에서 움직이는 소리가 현란해졌다. 생각을 길게 하면서도, 쓰는 건 또 빠른 해주였다. 노트북 앞에 앉아서는 생각하는 것보단 쓰는 것에 치중하기 때문에, 그녀가 앞에 앉았다는 건 작업에 집중하겠다는 뜻이었다.

그런 해주를 흘겨본 이한은 집중하느라 삐죽 튀어나온 붉은 입술을 발견하고 후, 한숨을 내뱉었다.

오늘 새벽에는 저 입술이, 내 입술을 어떻게 뜯어먹었더라.

이한이 소리 나게 몸을 일으켰다. 마카롱 하나를 손에 들어 입으로 가져가던 해주가 그를 올려다봤다. 언뜻 입술 모양을 연상케 하는 분홍색 마카롱을 문 채로 해주가 동그란 눈을 크게 떴다.

"어디 가게요?"

"파주."

더는 못 보겠다, 더는 여기 못 있겠다, 더는 공해주와 한 공간에서는 무리다.

이한이 간단히 짐을 챙겨 사무실을 나섰다. 해주가 마카롱 반을 베어 물고 소리치듯이 물었다.

"창고에? 직접요?"

"어."

쾅, 소리 나게 대표실 문이 닫혔다. 저런 싸가지 없는 대답이라니. 해주는 나머지 반 조각을 입에 밀어 넣으며 씨익 웃었다.

"달다."

오늘따라 더 단 건, 기분 탓일까.

· *I like you* ·

스킨십이란, 피부의 상호 접촉에 의한 애정의 교류.

"선배 여기 점 있었어요?"

"뭐 하냐?"

"신기해서요. 점이 살짝 갈색인 것 같은데."

"치워. 손독 올라."

"손독은 무슨. 나 손 씻었거든요? 탕비실에 세정제 사다 놓은 사람도 난데, 무슨."

"함부로 만지지 말라는 소리야."

"와, 무슨 천연기념물도 아니고 웃겨."

만져 보자. 만져서 반응하게 하자.

그녀는 자신에게 반응하기 시작하는 그를 보며 하루하루가 즐거웠다. 가끔 귓불이 빨개지고, 가끔 자신을 빤히 보고, 가끔 가까이 다가가면 급히 피하고, 가끔 자신과 좁은 사무실에 둘이 남는 것을 두려워하고.

그녀는 몰랐다. 이한이 이토록 티가 많이 나는 남자라니.

"어, 선배 여기 뭐 묻었어요."

함께 쓰는 대표실 안에서 단 한마디도 걸지 못하게 하던 이한을 탕비실에서 만나자, 해주는 기회를 놓치지 않았다. 커피를 내리던 이한은 그녀가 가리킨 뺨 쪽을 쓰다듬었다.

"아니, 거기 말고."

손쉽게 손을 뻗은 해주가 이한의 오른쪽 뺨 위를 엄지손가락으로 살짝, 쓰다듬었다. 조금은 느리게, 충분히 그가 당황하도록.

순간 이한과 가까이 눈이 마주쳤다. 해주는 싱긋 웃었고, 당황한 이한은 고개를 뒤로 물렸다.

"이거."

엄지손가락에 묻은 검은색 티끌을 보여 주며 해주는 뒤를 돌아 개수대에 물을 틀고, 손을 씻었다. 군더더기 없는 깔끔한 행동. 중간에 커피 머신기를 끈 이한은 급하게 대표실로 돌아갔다. 귓불이 빨개진 흔적을 발견한 해주가 엷게 웃다 그를 따라 들어갔다.

출판사에 출근하기 시작한 지 이제 2주. 그의 사무실은 곧 자신의 작업실이기도 했다.

데스크톱에 시선을 둔 채 바빠 보이는 이한을 슬쩍 보고 해주도 소파에 자리를 잡았다. 출판사로 출퇴근을 시작하니, 작업 시간이 딱 정해져 있어 속도가 굉장히 빨라졌다.

해주는 1년에 단 한 번의 출간을 목표로 하고 있었다. 올해도 마찬가지였다. 12개월 동안 구상을 6개월 하면, 6개월은 또 쓰는데 바쳤다. 쓰는 기간 동안 완성된 시놉시스 내용이나 틀이 크게 달라진 적은 없었다.

말 그대로 구상은 이미 마친 상태. 시놉시스대로 디테일한 묘사와 대사만 들어가 준다면, 가을이 오기 전보다 훨씬 빨리 완성된 원고를 보일 수 있을 것이다. 해주는 고민했다. 이 원고가 완성되기 전, 과연 저 남자는 제게 넘어올 것인지.

"……뭐? 스킨십?"

"응. 일단 막 만져 보려고."

"네가 막 만지면, 선배는 막 가만히 있겠어? 도망가지 않을까?"

"누가 덮친대? 그냥 진짜 말 그대로 스킨십이라니까?"

"너 설마 그게 다르다고 생각하는 건 아니지?"

확실히 다르다. 내가 원하는 건 은근한 접촉 정도. 저 남자가 내게 반응하는 그 찰나를 놓치지 않으려는 것뿐.

해주는 남자를 꼬시는 방법을 몰랐다. 해 본 적이 없으니, 알 수도 없었다. 간혹 팬들이 로맨스 소설을 써 달라고 하지만 진한 연애 경험도 없는 그녀에게는 쥐약이었다.

이한의 눈 밖을 한시도 벗어나지 않을 생각이었다. 그는 달라졌다. 그녀는 알 수 있었다. 그와 함께 있던 수많은 시간들을 떠올리고, 기억하고, 추억하다 보면 답은 금방 나왔다.

그는 변했다. 분명, 내게 좋은 의미로.

그녀가 엷게 웃었다. 계속 눈앞에 알짱거리다 보면, 계속 거슬리게 굴어 보면 빛을 볼 날이 있겠지 생각했다.

해주가 두 팔을 위로 올려 기지개를 쭉 폈다. 거의 외우다시피한 시 놉시스를 펼쳐 놓고 백색이 거의 대부분인 한글 창에 집중했다.

겉표지 샘플들을 확인하던 이한의 시선이 사무실 한가운데를 향했다. 키보드 소리가 끊임없이 울렸다. 뻔질나게 돌아다니며 원고는 내팽 겨 둔 것 같지만, 한 번 앉으면 꽤 집중하는 그녀였다. 쓰는 속도도 빨 랐다.

완성된 시놉시스를 보건대, 출근까지 마음먹고 쓰는 걸 보면 늦어도 다음 달까지는 완성된 원고를 받아 볼 수 있을 듯싶었다.

정말 나를 안 볼 작정인지. 아니면 내 말대로, 잠시 잠깐이라 생각하 는 건지.

그는 불안해하는 자신을 깨닫고 하, 소리 나게 웃었다. 빨리 쓴다고 하면 좋아할 일이지, 싫어할 이유가 전혀 없다. 이중적이라고 욕을 들 어도 할 말이 없었다. 싫다고 한 주제에, 울려 버린 주제에, 잊어 보겠 다고 발버둥 치는 애를 도와주지는 못할망정.

꽤 컸던 그의 웃음소리도 듣지 못한 해주가 책을 뒤적거리다가 메모 를 하고, 다시 키보드 위에서 쉴 새 없이 손을 움직였다.

그 모습을 전부 눈에 담으며 이한은 고개를 저었다. 잘된 일이다. 해 주가 원고만 빨리 써서 넘겨준다면 사무실에도 나오지 않을 거고, 둘은 원래대로 돌아갈 수 있는 기회를 얻는다. 여자가 아닌, 아끼는 후배로 되돌아올 시기가 언제인지는 장담할 수 없지만 아무것도 변하지 않을 것이다.

그는 상상했다. 탈고 후, 적어도 몇 달 후 조금은 후련해진 얼굴로 제 앞에 나타나 전혀 설렘 없는 미소로 자신을 보는 그녀를. 완전히 마음속에서 자신을 지워 버린 그녀를.

그러면 빌어먹을 그 꿈도, 더 이상은 안 꾸겠지.

아까 탕비실에서 마주치고, 아무렇지 않게 제 뺨에 손을 올리며 가까이 다가오던 해주를 내려다보는 그 순간. 정말 그녀의 입술 밖에는 보이지 않았다. 지난 밤, 새벽 3시쯤. 그가 물고 뜯었던 그 입술.

그는 요즘 꿈에서 도망 다니기 위해 별짓을 다하고 있었다. 매일 아침 하는 수영도 한 시간을 더 늘렸고, 밤에 다닐 헬스장 정기권도 끊었다. 밤중에 책을 보는 시간이 길어졌고, 야식을 먹거나 술을 먹는 일도 부쩍 많아졌다. 침대가 아닌 소파에서 잠을 자는 일도 허다해졌다.

하지만 잠을 자는 시간이 줄어들었을 뿐, 그의 꿈속은 온통 그녀가 차지했다. 더 이상 진도가 나간다면 무서워질 지경이었다.

정신과 상담을 한번 받아 볼까. 이한이 진지하게 고민하는 사이, 휴대폰이 울렸다. 전화였다. 액정에 뜨는 이름을 보고 험악하게 인상이 구겨진 이한이 무음으로 되돌리고 액정이 보이지 않게 아예 뒤집어 놓았다. 적어도 점심시간까지는 집중할 수 있겠다 싶었다.

· *I like you* ·

"커피 마실까요? 제가 쏠게요."

점심을 먹고 식당을 나서자마자 해주가 경쾌하게 얘기했다. 커피도 못 마시는 주제에. 계산한 카드와 영수증을 지갑에 넣으며 이한이 속으로 투덜거렸다. 대체 이게 왜 투덜거릴 일인지 자신도 모르겠지만.

"출판사 옆 건물 카페 가 보셨어요? 한 달 전에 새로 생겼잖아요. 거기 마카롱도 엄청 예쁘고 필링도 푸짐해요."

"작가님 요즘 거기만 가시는 것 같던데?"

"아, 저도 전에 작가님이랑 둘이 갔었어요."

윤서와 희정, 재원이 차례차례 말을 이었다. 이왕 나온 김에 디자인 팀과 마케팅 팀 커피도 사 가자고 해주가 통 크게 말했다.

출판사에 매일 출퇴근하는 작가가 얼마나 불편할지 안다며 해주는 곧잘 탕비실에 간식을 채워 넣고, 이렇게 자기 지갑을 여는 일도 허다했다. 자기가 환장하게 좋아하는 디저트 카페로 데려가면서 말이다.

"와, 인테리어 예쁘다."

희정의 찬사와 함께 편집 팀 직원들과 해주가 우르르 카페 안으로 들어갔다. 매장은 크고 테이블 개수도 많았다. 카페를 둘러본 이한이 자신을 바라보던 해주와 눈이 마주쳤다.

설마, 나를 보고 있었나? 왜? 당황했지만 일부러 티를 내지 않으려, 해주가 다른 말을 내뱉었다.

"선배는 선배 돈으로 사 먹어요. 내가 후배잖아."

이한이 눈썹을 찌푸렸다. 네가 신세지고 있는 작업실이, 내 개인 사무실인 건 아냐고 치사한 한마디를 날리려는데 해주는 쌩하니 뒤돌아 카운터 쪽으로 향했다.

윤기가 해주와 자신을 번갈아 보다 웃음을 짓는 것도 보지 못하고.

"작가님, 또 오셨네요?"

"네. 제가 너무 자주 오죠."

팀원들이 메뉴를 고민하는 사이, 계산대 앞에 선 해주가 사장으로 보이는 남자와 살갑게 말을 나눴다. 해주가 카페 사장인 남자와 친해진 건, 단순히 며칠 새에 만든 단골 카페라는 이유뿐만은 아니었다.

최서준이라는 이름을 갖고 있는 남자는 해주의 팬이었다. 카운터 가장 가까이 있는 작은 선반에는 그녀의 소설이 출간 년도 순서로 정렬돼 있었다. 그걸 본 해주가 혼자 반가워하는데 서준이 알은척을 해 왔다. 혹시, 공해주 작가님이 아니냐고.

그때부터 해주는 카페의 단골이 됐고, 팬이라고 자신을 소개한 서준과 인사를 나누는 사이가 됐다.

"매상 올려 주시고 팬한테 얼굴도 보여 주시니까 반갑죠, 저야."

다음 출간 기념 사인회 때 맨 처음으로 사인을 받겠다던 서준이 하얀 이를 드러내며 웃었다.

"아침에 사 가신 마들렌은 어떠셨어요?"

"맛있었어요. 내일 아침에 구우시면 제 것 좀 빼 주세요."

오늘 아침 사갔던, 몇 개 안 되던 마들렌에 대한 아쉬움을 표현하며 해주가 입맛을 다셨다. 곁에 서 있던 윤서와 희정이 맛있었다며 맞장구를 쳤다. 함께 마들렌을 나눠 먹었던 둘은 잘생긴 서준의 얼굴에 시선을 뺏겼다가, 그와 살갑게 말을 나누는 해주를 부럽다는 듯이 번갈아봤다.

"아, 주문하세요. 제가 커피 맛있게 타 드릴게요. 작가님은 커피 안 드시죠?"

심지어 취향까지. 정말 팬인가 봐요, 하고 뒤에서 누군가 속삭이는 말이 들렸다. 윤서나, 희정일 것이다. 해주는 팀원들이 각자 메뉴를 고르는 것을 지켜보다가 이한을 돌아봤다. 장난으로 선배 커피는 선배가 사라고 얘기했지만 진짜 그럴 생각은 없었다.

"선배는, 뭐⋯⋯."

오만상을 찌푸리고 있는 이한만 아니었다면, 분명 뭘 마실 거냐고 물어볼 수 있었을 거다.

그런데, 무슨.

"그새 누구한테 맞았어요? 표정이 왜 그래요?"

"내가 뭘."

"설마 내가 커피 안 사 준다고 해서 삐졌어요?"

"내가 너냐?"

그 말을 끝으로 이한은 몸을 되돌려 카페를 나섰다.

설마, 진짜 삐진 건가. 해주가 고개를 갸웃거리며 다시 카운터 앞에 정면으로 섰다. 팀원들이 각자 주문을 마치자, 서준은 여전히 싱글거리는 얼굴로 그녀와 부드럽게 시선을 마주쳤다.

"딸기 라테랑, 아이스 아메리카노 샷 추가 해 주세요."

서준이 카드를 받고 여섯 개의 쿠폰을 찍다가, 다시 네 개를 더 찍어 열 개를 꽉 채워 줬다. 순식간에 공짜 쿠폰이 만들어졌다. 존경하는 작가님을 위한 그만의 서비스였다.

"다음에 사인 받을 책 준비할게요. 또 오세요."

카드와 쿠폰을 건넨 서준이 여름과 어울리는 싱그러운 미소로 화답했다. 해주도 부담 없이 마주 웃었다.

"봤어요? 카페 한쪽에 책 진열됐는데, 작가님 책 다 있어요."

"나도 봤어요. 등단할 때 내신 단편집부터 최근 우리 것까지."

"작가님 마카롱 맛있다고 자주 사 오시더니 그새 친해지셨어요. 남자, 잘생겼던데."

희정과 재원, 윤서가 입을 모아 시끄럽게들 떠들어 댔다. 제몫의 딸기 라테와 그의 몫인 커피를 들고 해주는 궁금해 죽으려고 하는 편집팀을 뒤로하고 대표실로 향했다. 아까 돌아설 때 험악하다 표현해도 충분할 그의 표정이 걸려 답지 않게 노크까지 하면서.

"왜 그냥 가요. 커피 들고 가야지."

설마 아직도 뚱해 있는 건 아니겠지. 캐리어에 담긴 커피를 꺼내 책상 앞으로 다가가던 해주가 중간에 멈춰 섰다.

책상 앞에 서 있는 남자의 뒷모습은 그가 아니었다. 손님인가? 다시 한걸음을 떼는데 멋진 신사복을 차려입은 남자가 뒤를 돌았다.

남자가 아닌, 나이 지긋한 노인이었다. 한눈에 봐도 고급스러워 보이는 지팡이를 바닥에 짚고 있는 할아버지의 머리부터, 발끝까지 그녀의 시선이 천천히 아래로 향했다.

할아버지치고는 등도 굽지 않았고 머리도 검었다. 무엇보다 고풍스러워 보이는 저 지팡이. 손잡이에 정묘하게 세공된 장식, 옻칠된 스틱 몸체. 저런 걸 갖고 다니는 사람이 있긴 있구나. 드라마 보면 회장님 같은 분들이나…….

"너."

무례하다 생각될 정도로 눈앞의 노인을 관찰하던 해주가 미간을 좁혔다. 너라니, 아무리 나이 많은 사람이 갑인 대한민국 사회라지만.

"저요?"

"어딜 함부로 들어와?"

"그건 제가 아니라 어르신 같은데요. 여기 어떻게 오셨어요?"

"대표라는 게 위아래도 없이 교육을 시키나 보군. 이래서야, 원. 무슨 큰일을 하겠다고."

가장 윗사람의 사무실에 멋대로 들어온 것부터가 잘못이라는 말이다. 해주는 왠지 친근해 보이는 말투에 지팡이를 바닥에 한번 거칠게 휘두르는 노인을 뚫어져라 관찰했다.

어디선가 본 듯한 느낌은 기분 탓일까. 그 순간 뭘 그리 보느냐고, 노인의 지팡이가 그녀를 삿대질하듯이 가리켰다.

"어디서 어른을! 그리 버르장머리 없이!"

거리가 멀어 지팡이에 머리나 어깨를 맞을 일은 없었지만 그래도 겁은 났다. 해주가 어깨를 움찔하는데, 해주와 노인 사이에 넓은 어깨가 끼어들었다.

그였다.

"이제는 사람도 패세요?"

건조하지만, 지겹다는 투가 가득한 목소리. 해주가 아랫입술을 깨물었다. 노인의 벌게졌던 얼굴이 순식간에 평온을 되찾았다.

"패긴. 던져도 안 닿을 거리다, 이놈아."

"휘두르는 모양새가 그게 아니던데요. 폭행 미수로 신고해, 뭘 그러고 서 있어."

이한이 해주를 돌아보며 말했다. 해주는 그제서야 깨달았다. 어디서 본 듯한 노인의 얼굴을, 이한이 빼다 닮았다는 것을.

"……진심이에요?"

"어. 한 천만 원 쯤 뜯어내. 돈 못 줘서 환장하신 분이야."

성일의 얼굴에 다시 노기가 돋기 시작했다. 이한은 잡고 있던 지팡이를 놔주고 해주를 완전히 가리고 섰다. 호기심을 못 참은 그녀가 고개를 빼꼼 내밀며 성일과 눈이 마주치는 바람에 무용지물이 됐지만.

"할애비 전화는 아예 무시하기로 작정한 것 같고."

"……"

"너, 네 회사랍시고 살림 차린 게야?"

저기, 저는 그저 커피를 전달하려고 했을 뿐인데.

해주는 손에 들린 커피를 다시 캐리어에 넣었다. 조용히 뒤돌아 여기를 나가면 그만이라고 생각했는데, 낮은 이한의 목소리가 다시 툭 튀어나왔다.

"말씀 저급해요. 그건 안 고쳐집니까?"

"저급한 생각을 들게 하니 이 모양이지!"

"속옷이 굴러다녀요, 이불이 있어요. 어떻게 살림을 차렸다고 생각하는지."

"그럼 왜 저것이 네 사무실에 막 들어와!"

저기요, 저는 분명 노크했습니다만?

"출판사 매출 반 이상을 책임지는 작가예요. 할아버지보다 여기 들어올 자격, 백배는 더 많아요."

자신에 대한 남다른 평가를 간접적으로 듣게 된 해주는 괜히 어깨가 으쓱했다. 해주의 입꼬리가 슬쩍 올라가는데, 그 순간 자신을 노려보는 성일과 눈이 마주쳤다. 성일의 부리부리한 눈이 가늘어지고 해주는 쓰윽 시선을 피했다.

"왜 오셨어요."

한숨이 섞인 목소리. 지겨워하는 투가 한가득인 말이 끝나기 무섭게 노기를 충전한 눈이 그를 향했다.

"그림 가져왔다. 하도 안 가져가니, 늙은 노인네가 와야지."

"필요 없다니까요."

"그냥 걸어! 돈값 하는 그림이니까."

해주의 시선이 그제야 한쪽에 종이로 포장된 사각형의 그림에 닿았다. 얼마나 비싼 그림이어야, 저렇게 이중 삼중으로 포장이 돼 있는 건지.

"돈 쳐바른 그림이라도 걸어야, 이놈의 구멍가게 크기라도 키우지."

성일이 지팡이에 두 손을 짚으며 중얼거렸다. 구멍가게라니, 해주의 눈썹이 삐죽 산을 그렸다. 아무리 두 번 망했다고는 하지만 현재 해담 출판사는 작은 규모에도 불구하고 꽤 괜찮은 매출을 올리고 있었다.

부수를 보장하는 기성 작가들의 유입도 꾸준히 늘고, 독자들의 평가 역시 좋은 쪽이었다. 그러니, 다른 출판사를 알아봐도 좋다는 말을 하는 거지. 다시 떠올려지는 음성에 해주가 홀로 인상을 썼다.

"구멍가게 아닙니다. 무시하지 마세요."

"그딴 게 알게 뭐야. 규모 보면 꼬라지 나오지. 여지껏 이 짓거리 하겠다고 내가 내민 자리를 발로 차?"

자리를 내밀어? 발로 차? 처음 듣는 얘기에 해주의 귀가 쫑긋거렸다. 아무래도 이한은 자신의 존재를 잊은 듯했다.

"회사 들어와. 회사 들어오고, 여기는 월급 사장 앉혀서 관리해. 나도 이 정도면 많이 양보한 거다."

최후의 수단을 선포하는 사람인 양, 의지가 대단했다. 해주는 존경하는 스승인 유택의 아버지이자, 자신의 존재를 까맣게 잊은 게 분명한 이한의 조부인 성일을 힐긋힐긋 살폈다. 비싼 그림과 고급 지팡이의 시세가 대충 그려졌다.

"꿈 깨세요. 안 들어가요."

"대체 어떻게 해야 할애비 말을 들을 거냐!"

"할아버지는 어떻게 해야 제 말을 들으실 건데요."

"내가 왜 네 말을 들어! 망할 놈, 천하에 은혜도 모르는 놈!"

이 정도 되면 올가미가 따로 없다. 이한이 지친 한숨과 함께 한 손으로 얼굴을 쓸어내렸다. 뒤에서 가만히 상황을 방관하고 있던 해주는 숨소리라도 새어 나갈까 입을 다물었다.

대단한 부자 할아버지가 있다는 건 알았다. 강의실 앞에서 유택과 이한이 나란히 서서 상속 어쩌고 하는 얘기를 들은 기억이 있다.

그가 거부한다는 것도. 회사로 들어오라니, 설마 낙하산 사장 이런 걸까. 요즘 그런 설정은 유치해서 드라마에서도 기피하는 건데.

해주는 조용히 고개를 저었다. 그의 고집이 절대 꺾이지 않을 거라는 건, 누구보다 그녀가 잘 알았다. 어렵게 차린 출판사가 두 번이나 망해도, 할아버지에게 손 한번 빌리지 않은 그다. 뭐든 자기 힘으로 해낼 사람이다. 실제로, 그러고 있고.

"저 일해야 해요. 가세요, 그만."

이한은 자꾸만 제 뒤에서 벗어나 성일을 힐긋대는 해주를 가리기 위해 옆으로 한 걸음을 옮겼다.

성일은 그 모습을 지켜보다 지팡이를 바닥에 한번 굴리더니, 그대로 옆을 지나쳐갔다. 걸을 때마다 바닥이 쾅쾅 울리는 듯 온몸으로 화를 내고 있었다.

막 문 앞에 선 성일은 나란히 선 둘을 홱 돌아봤다.

"거기, 자네."

설마, 나 부르는 건가?

"저요?"

"그래, 이거 자네가 가져가 걸어."

동시에 이한은 한숨을 내쉬었다. 해주는 영문을 몰라 기싸움 중인 둘을 번갈아볼 뿐.

"저 그림 잘 모르는데."

"그림을 지식으로 거나. 돈값으로 거는 거지."

다시 짙어지는 한숨. 해주는 이한을 한번 돌아보다가, 저를 뚫어져라 보고 있는 성일을 향해 고개를 끄덕였다.

고래 싸움에, 새우등 터지는 격이 바로 지금인 걸까.

"여기 걸게요. 그러면 되는 거죠?"

"시간 나면 저 버릇없는 놈 뒤통수나 쳐 주든가."

그 말을 끝으로 성일은 구멍가게라고 취급한 해당 출판사를 나섰다. 블라인드가 내려진 유리 벽면에 붙어 안의 상황을 엿보던 편집 팀 직원들은 꽁지 달린 생쥐처럼 제 자리를 찾아갔다.

아담하지만, 깔끔한 사무실 내부를 한번 둘러본 성일은 끄응, 신음하며 건물을 나섰다. 검은색 세단의 뒷좌석 문을 열고 기사가 그를 향해 고개를 숙였다.

"고얀 놈."

하얀색 외관의 건물을 한번 올려다본 성일이 차에 올라탔다. 부드럽게 출발한 차가 작은 도로를 벗어나 큰 차도에 들어섰다.

성일은 곧장 이한의 등 뒤에 서서 시도 때도 없이 고개를 빼꼼 내밀던 해주를 떠올렸다.

손자 녀석에게 여자가 있을 줄은 몰랐다. 휘두르는 지팡이를 막아서더니, 마주서 있던 내내 해주를 가리느라 용을 쓰던 이한을 떠올린 성일이 기가 차다는 듯이 웃었다.

"원, 여자는 평생 안 만날 줄 알았더니."

그가 혀를 찼다. 망할 놈, 중얼거리는 목소리가 끊이지 않았다.

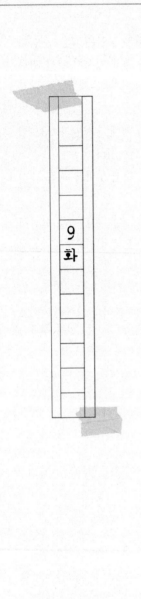

어쩌다 너는

"할아버지가 완전 터프하시네요."

얼음이 절반쯤 녹은 커피를 내밀며 해주가 입을 열었다.

"꼬장꼬장한 노인네야."

"20년은 더 사시겠던데요."

"아마도. 건강 검진에 목숨 거시는 분이니까."

그가 커피를 받기 무섭게 그림 앞으로 다가간 해주가 쫙 소리 나게 포장을 벗겨 냈다.

터프는 너한테 어울리는 말 같은데. 손에 들린 기분 나쁜 커피를 내려다보며 이한이 눈썹을 구겼다. 얼떨결에 받기는 했는데, 마시고 싶지는 않았다.

"매상 올려 주시고 팬한테 얼굴도 보여 주시니까 반갑죠, 저야."

길게 늘어지던 입술. 반가워하는 눈꼬리. 이한이 커피를 제 책상 위에 내려놓았다. 포장을 벗기는 소리가 더 거칠어졌다. 그의 눈썹이 구부정해졌다.

213

출판사를 오가며 출근한 지 얼마나 됐다고 그새 친해졌을까. 아침마다 여직원들 간식이라고 사 들고 오던 마카롱 박스에 적힌 상표와 카페 이름이 정확하게 일치함을 떠올린 이한이 인상을 구겼다.

아까 대화를 들어보니, 하루에 두 번은 기본으로 가는 모양이었다.

무슨 카페 죽순이도 아니고, 그럴 거면 카페에 가서 일을 하지 왜 남의 사무실에 개인 작업실을 차려? 그의 머릿속에 낯선 남자와 마주 보고 웃으며 수다를 늘어놓던 해주가 떠나지 않았다.

이한은 생각하면 생각할수록 커피가 마시기 싫어졌다. 그녀가 보는 앞에서, 그녀가 사다 준 커피를 쓰레기통에 처박을 수 없어 아쉬울 뿐이었다.

그사이 완전히 그림 포장을 벗긴 해주가 와아, 감탄을 내뱉었다.

"엄청 비싼 것 같은데."

덥석 받겠다고 한 5분 전을 떠올리며 해주가 그를 돌아봤다.

"어떡하죠? 괜히 받았다."

"여기 걸겠다며."

"걸어도 돼요?"

"안 돼. 부정 타."

그가 자리를 빙 돌아 책상 앞에 자리를 잡았다. 그도 모르게 퉁명스러운 목소리가 곧장 튀어나왔다. 어쩔 수 없었다. 기분이 좋지 않은 건 사실이니까.

"기분 나쁜 일 있었어요? 그새?"

해주가 다가와 물었다. 이한은 대답 없이 물끄러미 서 있는 그녀를 올려다봤다. 우습다는 걸 안다. 말도 안 되는 간섭과 투정이라는 것도 안다.

고작 이름과 직업, 얼굴밖에 모르는 남자와 너무 격의 없이 지내는 것 아니냐고 속에 있는 말을 전부 꺼내 놓고 싶었다.

너 때문에 나는 밤마다 수치스러운 꿈도 꾸는데, 왜 너는 잘 모르는 남자랑 웃고 있냐고.

원래부터 잘 웃는 그녀다. 음식을 가져다주는 종업원에게도, 합평 때 자신을 물 먹인 동기들에게도, 무섭게 따라다니며 상처를 후벼 파는 질문이나 해 대던 남자 선배에게도. 마치 웃는 게 습관이고 버릇 같은 그녀였다. 그런 해주가 카페 사장과 웃으며 대화를 나눈다고 해서 큰 문제가 될 수는 없었다.

그는 한숨을 삼켰다. 이 감정이 무엇인지를 너무나 잘 알고 있다.

생소한 감정이지만, 정의를 내리기 어렵지 않았다. 인정하고 싶지 않아, 회피하고 싶을 뿐.

그러니까 나는 왜.

"선배?"

너에게 이런 시시껄렁한 질투를.

"내가 뭐 잘못했어요?"

쏟아 붓고 있나.

"너, 나 얼마나 잊었어?"

치졸하게도 마음이 그랬다. 확인하고 싶고, 확인받고 싶었다.

나를 좋아한다던 너는, 나를 잊어 보겠다던 너는, 얼마나 흘러가고 있나. 어디까지 가고 있나.

웃는 것만으로도 주변을 환하게 하던 카페의 그 녀석과 네가 서로 마주 보고 웃는 모습을 본 후로 마음이 그랬다.

사소한 질투. 그래, 이건. 질투가 확실했다.

생각지도 못했던 질문을 받은 해주가 멍하니 시선을 흘렸다.

"……그건 왜요?"

"궁금해서. 물어보면 안 돼?"

"안 하던 질문을 하니까 그러죠."

"대답이나 해."

이런 질문은, 설마 일부러 하는 건가. 마른침을 삼킨 해주가 힐긋 그의 커피로 향했다. 이미 반쯤 녹은 얼음 때문에 커피 홀더가 흥건히 젖어 있었다.

해주는 생각을 정리했다. 갑자기 나타난 할아버지 때문에 저런 걸물을 리는 없고, 무언가 심경의 변화가 생겼다면 그 이유는.

"작가님, 또 오셨네요?"

해주가 고개를 갸웃거렸다. 그의 기분이 급강하한 이유가, 약혼녀도 있다는 자신의 팬 서준이라는 것에 강함 심중에 쏠렸다.
말이 안 되는 것 같으면서도, 말이 되는 것 같은 이 묘한 기분.
이 남자가, 지금 질투를 하나. 그녀의 입술 끝이 살며시 올라갔다.
"뭐, 반쯤?"
"반이면 반이지, 반쯤은 뭐냐."
허무함을 느낀 목소리가 곧장 튀어나왔다.
"그냥 그렇다는 거죠. 왜, 그게 그렇게 기다려져요?"
좋아지는 기분을 일부러 감추려, 해주가 툴툴거렸다. 이한의 표정은 알 수 없었다. 확실히, 반쯤 잊었다니 좋아하는 표정은 아닌 듯한데. 또 아주 싫어하는 표정은 아닌 것 같고. 참 알 수 없는 남자임에는 틀림이 없다.
"얼마나 걸릴 것 같은데?"
나를 다 잊기까지. 함축된 질문을 용케도 알아들은 해주는 늦지 않게 대답했다.
"모르죠, 나야."
방금 전 그보다 더 알 수 없는 표정으로.
"마음이, 어떻게 뜻대로 되나."
이한의 한쪽 눈썹이 위로 향했다. 반듯했을 때보다 항상 모양을 만들고 있을 때가 많은 그를 보며 해주는 더는 할 말이 없다는 듯 입을 다물었다.
동시에 노크 소리가 들려왔다. 문이 열리고, 윤서가 빼꼼 고개만 내밀었다.

"서훈 의원님 자서전 일로, 대필 작가님 오셨어요."

오후에 잡힌 미팅 약속을 떠올린 이한이 알겠다 고개를 끄덕였다. 윤서가 나가고 이한이 미팅에 필요한 자료를 챙기는 동안 해주는 그의 앞에서 떠나지 않았다.

더 볼일이 남았냐는 얼굴로 그가 쳐다보자 해주는 옅게 웃으며 고개를 저었다. 작게 지어진 웃음에, 어쩌면 그냥 지나쳐도 무방할 웃음에, 그는 전혀 느껴 본 적 없는 감정을 느껴야 했다.

내 앞에서, 네가 이렇게 쓸쓸하게 웃었던 적이 있었나.

"다녀와요. 난 다시 집중해야겠네."

그녀가 노트북 앞에 자리를 잡았다. 오전에 썼던 분량을 다시 읽어 보는 눈빛이 짙어졌다. 이한은 꾸역꾸역 삼켜 내던 한숨을 조용히 내쉬었다. 가슴이 답답하고, 어딘가에 크게 터트리고는 싶은데, 그 감정의 정체를 알 수가 없어 화가 났다.

난데없이 출판사로 찾아온 할아버지 때문인지, 카페에서 만난 잘 웃는 그 녀석 때문인지, 그것도 아니면. 밤마다 꿈으로 찾아오는 주제에 아무것도 모른다는 얼굴로 매일 내 눈 앞을 어지럽게 하는 공해주 때문인지.

그가 몸을 일으켰다. 뒤이어 들리는 키보드 소리를 무시하고 이한은 사무실을 나섰다. 그의 머릿속을 끊임없이 괴롭히는 목소리가 다시 상념처럼 떠돌았다.

"마음이, 어떻게 뜻대로 되나."

뜻대로 되고 있다는 건지, 아니면 여전히 못 잊고 있다는 건지. 반쯤 잊었다면서, 그건 또 무슨 소리인 건지.

회의실 앞에 선 이한이 지금껏 참고 있던 한숨을 내뱉었다.

"대체 뭐라는 거야."

알 것 같은데, 인정하고 싶지 않은 마음이 자꾸만 주변을 서성거렸다.

지금도, 아까도.

그리고 스스로에게 버거운 질문을 던지기 시작했다.

공해주를 밀어낼 때는 언제고.

권이한 넌, 대체 뭘 원하는 거냐고.

· *I like you* ·

"그러면 결혼은 언제쯤 해요?"

"내년 겨울쯤 하려고요. 간신히 허락 받았죠."

"우와, 축하할 일이네요."

"약혼녀도 작가님 팬이에요. 제가 자주 본다고 자랑했어요."

해주가 실실 웃었다. 서준은 약혼녀 집에 있는 해주의 책을 보고 팬이 됐다는 이야기를 하며 책상에 다섯 권의 소설을 차곡차곡 쌓았다.

지금까지 그녀가 출간한 소설이었다. 옆에는 그녀가 간간히 참여한 단편집들도 있었다.

"내가 되게 대단한 사람이 된 것 같네요."

"저희한테는 대단한 사람 맞는데."

와, 이런 립서비스까지. 해주는 엷게 웃으며 책을 펼쳤다. 출판사로 가려면 그녀의 출근길에서는 서준의 카페를 꼭 지나야 했다.

여름날. 야외 자리는 항상 인기가 많았고, 야외에 있는 손님들이 가자마자 자리를 정리하던 서준이 불쑥 그녀의 앞을 가로막았다. 시원한 커피 한 잔과 다디단 마카롱을 대접하겠다던 그는 기어이 목적을 이뤄 냈다.

"약혼녀분 책에도 사인 해 드릴 수 있는데."

"아, 그러면 안 돼요. 제가 자랑을 못 하잖아요."

서준이 장난스럽게 웃었다. 그 말속에 약혼녀에 대한 애정이 묻어나와 그녀 역시 기분이 좋아져 빠른 속도로 사인을 완성해 갔다. '엄마의 온도'를 집어 든 해주의 입가가 자연스레 기울어졌다. 해담 출판사, 그와 처음으로 일한 작품이었다.

"작가님 소설 중에 다들 '열하'를 최고로 뽑던데, 저는 '엄마의 온도'가 좋더라고요. 약혼녀도 그 말 했어요."

"상을 받아서 그런가."

칭찬에 약한 해주가 어색하게 웃었다.

"그것도 좋지만, 뭐랄까. 글에서 느껴져요. 작가님이 행복해하는 게."

"정확히 서른다섯 번 고쳐 쓴 거예요. 함부로 다루면 안 돼요."

"정말 나랑 계약할 거야?"

"한다고 했잖아요, 나는."

"……했지."

"계약금은 안 받아요. 그런데 두 번이나 망했다면서 책 낼 돈은 있어요?"

황당해하는 이한에게 돌연 두툼한 종이 뭉치를 내밀었던 기억이 떠올랐다. 그 후로 해담 출판사는 몸집을 키울 수 있었다. 그녀 역시 상을 받고 명성을 얻었다.

그만큼 이룬 게 많은 작품이었다. 중간에 캐릭터 설정을 가지고 이한과 서로 삿대질을 하며 싸워 대고, 마지막 문장을 두고도 한 시간을 씨름했었다.

인쇄소에 넘기자마자 문장을 수정하고 싶다며 갑자기 새벽 중에 출판사를 뒤집어 놓은 적도 있었는데, 그게 바로 '엄마의 온도'라는 작품이었다.

"다 했어요."

"감사합니다. 이건 제 마음이요."

서준이 기분 좋게 웃으며 마카롱 열 개를 포장한 상자를 내밀었다. 해주가 살짝 감탄하며 안을 들여다봤다. 말차, 초코브라우니, 티라미수, 딸기, 카라멜, 요거트. 알록달록하게 진열된 마카롱이 눈을 사로잡았다.

"어, 이런 거 받아도 돼요?"

"그럼요. 염치 불고하고 사인도 부탁드렸는데."

"제 팬이라는데 당연히 해 드려야죠. 이건 제가 계산할게요."

"대신 자주 와 주세요. 그러시면 되죠."

아무리 팬이라지만 부담스러운 건 부담스러운 거다. 해주는 고개를 저으며 몸을 일으켰다. 반도 안 마신 아이스 밀크티를 손에 들며 그녀는 재차 거절했다.

"전 이거면 돼요. 진짜예요."

"그러면 얘들은 주인 잃는 거예요. 한번 냉장고 밖으로 나왔던 건 다시 안 팔 거든요. 거절당한 걸 서비스로 내놓기도 조금 그렇고."

이 정도 거절했는데도 돌아오는 태도가 강경했다. 해주가 잠시 말끝을 흐리자 서준은 이때다 싶어 밀어붙였다.

"받아 주실 거죠?"

결국 어쩔 수 없다는 듯이 웃었다.

"다음부터는 안 받을 거예요."

"정 그러시면 제 약혼녀 책에도 사인 좀 부탁드릴게요."

"자랑 못 하니까 안 된다면서요?"

"삐질까 봐요. 결혼 안 해 주면 어떡해요."

해주는 얼굴도 이름도 모르는 서준의 약혼녀가 부러워졌다. 사랑받고 싶고, 연애하고 싶게 만드는 남자다. 그러다 문득 서준의 존재로 질투를 하던 이한이 떠올랐다. 기분이 말랑해졌다.

짧게 인사를 나눈 해주가 카페를 나왔다. 다음번에는 확실히 계산을 해야지. 얼굴 위에 번진 미소를 지우지 않은 채 출판사 건물로 향했다.

"어? 선배!"

1층 주차장에 서 있는 이한을 발견한 해주가 눈을 동그랗게 떴다. 분명 제 목소리를 들었을 거라 생각했는데, 이한은 차에 올라탔다. 그 기세가 워낙 차가워 붙잡을 수도 없었다.

뻘쭘하게 서 있던 해주가 주춤거리는 사이 차가 주차장을 빠져나갔다. 그녀의 옆을 쌩하니.

바로 옆을 지나갔는데. 그런데 인사는 왜 안 하는데?

저를 못 봤을 리가 없다. 말이 안 된다. 해주는 도로를 빠져나가는 이한의 차와 어느새 야외 손님을 응대하고 있는 서준을 번갈아 봤다. 눈이 마주친 서준이 손을 흔들자 그녀는 어색하게 웃으며 건물 안으로 들어섰다.

"봤나."

봤다. 확실하다. 올 시간이 지났는데도 자신이 안 오니까 걱정을 했을 수도 있고, 카페에 커피를 사러 가는 길일 수도 있고, 잠깐 산책 겸 카페 앞을 지나갔을 수도 있고.

그런데 표정은 왜 저래. 꼭 누구 패러 가는 사람처럼?

"어? 작가님 오셨어요?"

사무실로 들어서기 무섭게 탕비실 쪽에서 나오는 희정과 마주쳤다. 해주는 마카롱 박스를 희정의 손에 쥐여 줬다.

"이건 웬 거예요?"

"그냥 생겼어요. 대표님은 어디 가는 길인가 봐요?"

"대표님이요? 나가시는 거 못 봤는데?"

희정이 대표실 쪽을 쳐다보며 말했다. 방금 전에 차타고 나가던데요, 내 인사도 무시하고. 해주는 속말을 삼켜 내고선 목을 긁적거렸다. 희정은 입술을 삐죽거리며 휴대폰을 손에 들었다.

"10분 있으면 정 작가님 오시기로 했는데, 어디를 가신 거야."

일정까지 무시할 정도로 열이 받았다는 건데. 희정이 종종 걸음으로 자리로 돌아가는 걸 지켜보며 해주는 슬그머니 입술을 올렸다.

온몸으로 느껴지는 그의 사소한 질투가 영 나쁘지 않았다.

· I like you ·

"왜 안 오는 거야."

지나가는 길에 들렀다던 정유원 작가를 혼자 상대하던 희정이 불쌍해, 같이 몇 마디 나눈다는 게 한 시간을 쓴 해주가 대표실로 돌아와 시간을 확인했다.

들어올 때가 한참 지났는데. 카페에서 나보고 나간 게 아니라 정말 볼일 있어서 나간 건가.

고개를 갸웃거린 그녀가 휴대폰을 손에 들었다. 신호음은 길지 않았다.

—왜.

아, 이토록 퉁명스러운 목소리라니.

"어디예요?"

—서점.

뜬금없게 서점?

—필요한 책 있어서. 왜.

"사거리 큰 서점 갔어요?"

—알면 끊어.

삐졌어, 이건 확실히 삐진 거야.

툭 하고 끊어진 전화가 매정하기 짝이 없다. 평소 같았으면 한 시간 내내 욕을 해도 모자라겠지만, 이한의 투정이 어디서 나왔는지 그 배경을 알기에 웃음밖에 안 나왔다.

약혼녀가 있고, 예쁜 사랑 중인 걸 알면 어떤 표정을 지을까. 노트북을 켜자마자 가방을 챙긴 해주는 출판사를 나와 서점으로 향했다.

서점은 평일 오전이라 그런지 꽤나 한산했다. 몇 없는 사람들 중 유독 키가 큰 이한을 찾아내는 건 쉬운 일이었다.

소설 코너에 있는 이한을 발견하고 다가간 해주는 책에 빠져 있는 그의 옆으로 가까이 다가갔다. 뭘 읽나 했더니, 작년에 해담에서 출간한 '열하'였다.

"안 지켜워요?"

익숙한 문장과 익숙한 대사. 그의 어깨 너머로 장면을 훑어본 해주의 목소리에 이한이 고개를 틀었다. 살짝 커지던 그의 눈동자는 다시 제자리를 찾았다. 싱겁게도.

"내 소설을 나보다 더 많이 읽는 것 같아."

주변에 읽던 책들 중 아무거나 고른 해주가 바닥에 주저앉았다. 한숨 소리가 들리고, 탄식 비슷한 소리도 들리더니 그가 맞은편에 앉았다.

무릎을 세운 채 앉은 그와 다르게 양반다리를 하고 앉은 해주는 씨익 웃으며 책을 펼쳤다. 대각선으로 앉은 방향에서 그의 시선이 느껴졌지만, 그녀는 빼곡한 활자를 바라보았다.

"갑자기 서점은 왜 왔어요?"

"……그냥, 머리 좀 식히러."

"나 왜 늦었는지는 안 물어요?"

벌써 첫 장을 넘긴 해주가 그의 대답이 들려오기도 전에 두 번째 장을 넘겼다. 막 고른 책치고는 나쁘지 않았다.

"땡땡이라도 치나 했다."

한참 후에 들려온 대답 속에 간간히 한숨이 섞여 있었다. 왜 그러는지 알 것 같지만, 확신할 수는 없어 참을성 있게 다음 질문을 기다렸다.

하지만 들려오는 소리는 그의 목소리가 아닌 책장이 넘어가는 소리가 전부였다. 해주는 고개를 들었다. 여전히 그의 손에 들린 책은 '열하' 였다.

"옆 카페에 있었어요. 사인 부탁 받아서."

"아아."

"예전부터 계속 사인해 준다고 말만 했는데 오늘 기회가 됐어요. 지금 준비 중인 소설 나오면, 사인회 맨 첫줄에 서 있겠다고 하더라고요. 친절하고, 커피도 맛있어서 단골 됐어요."

길어지는 듯한 설명에 이한이 미간을 좁혔다. 해주는 얼른 다시 책으로 고개를 내렸다.

"……왜 설명하는데?"

"그냥. 궁금해하는 것 같아서."

빤히 닿는 시선이 부담스러워 얼굴이 터질 정도였지만 해주는 티내지 않았다. 흔들리는 그의 마음을 엿봤고, 다가가는 것조차 어려운 남자에게 끌리는 마음을 감추지 않기로 했다.

아, 나 원래 이렇게 뻔뻔했나. 세상 모든 여배우들을 존경하게 된 순간, 막 첫 챕터를 마친 해주가 책을 덮었다.

그의 시선은 '열하'가 아닌, 해주에게 닿아 있었고, 그녀는 태연하게 미소 지었다. 이한이 질투하는 게 좋다. 그래서 서준에게 임자가 있다는 사실은 살짝 묻어 두기로 했다.

"이 작가 괜찮네. 연락 한번 해 봐요."

흔들려라, 흔들려. 내가 넘어뜨리면 단번에 무너지도록.

해주가 책을 내밀어도 이한은 가만히 있었다. 그녀의 머릿속이 어디까지 상상의 나래를 펼치는지 알 수 없었다. 그저 답을 찾아내려는 사람처럼 해주의 얼굴만 바라봤다.

"이제 갈까요?"

어깨까지 으쓱이며 연기를 마친 그녀가 몸을 일으켰다. 같은 작가의 책을 찾아내려는 손길이 책들 사이를 지나갔다. 그 순간 불쑥 튀어나온 그의 팔에 의해, 놀란 해주가 숨을 참았다. 그녀의 손이 지나갔던 자리 어딘가에 그의 깨끗하고, 하얀 손이 자리 잡았다.

충분히 옆으로 비켜설 수 있음에도 그녀는 그러지 못했고, 그 역시 꽤 오랜 순간을 머물렀다. 작가 이름순으로 정렬된 소설책 여러 권을 한꺼번에 집은 이한이 한걸음 뒤로 물러섰다.

"먼저 나가 있어."

계산대 쪽으로 향하는 그를 바라보며 해주는 참고 있던 숨을 길게 내쉬었다.

"아, 왜 긴장하고 그래."

그녀는 보지 못했다.

언젠가처럼 그의 귓불이 붉게 달아올랐음을.

I like you

서점에서의 일 때문인지, 하루 종일 긴장한 상태로 그를 살피던 해주가 막 퇴근하려는 참이었다.

집에 가져갈 자료들을 추리고, 노트북을 챙기는 사이 편집 팀 팀원들에게 붙들렸고, 술은 없고 영화만 있는 '영화의 날' 회식 날이라며 근처 영화관으로 끌려온 지도 벌써 10여 분.

영화관에 와서 들뜬 팀원들 사이로 상영 중인 영화를 살펴보던 해주가 작은 탄식을 터트렸다.

"러브레터네. 한여름에."

'오겡끼데스까' 라는 대사로 유명한 일본 영화가 재상영 중이었다. 그녀의 중얼거림을 들은 윤서가 곧장 알은체했다.

"작가님 그거 보시게요? 저희는 이거 보려고 하는데."

팀원들이 보는 영화는 상영관을 거의 휩쓸다시피 하고 있는 유명 히어로 영화였다. 히어로물이나 액션 영화와는 영 거리가 먼 해주는 더 고민하지 않았다.

"네. 끝나는 시간은 엇비슷한데요?"

"좋아, 그럼 작가님은 러브레터. 대표님은 뭐 보실래요?"

두 걸음쯤 뒤에서 물러나 있는 이한을 향해 윤서가 물었다. 그는 꿔다 놓은 보릿자루마냥 일행과 동떨어져 서 있었다. 해주는 은근한 기대를 품으며 심드렁한 표정의 그를 보았다.

눈이 마주쳤다고 생각한 순간, 엉뚱한 곳에서 목소리가 들려왔다.

"작가님, 또 보네요."

뒤를 돌아본 해주가 작게 신음했다. 앞치마를 벗은 서준이 꽤 가벼운 차림으로 반갑게 웃고 있었다.

"영화 보러 오셨어요?"

"네. 출판사 회식이요."

"아, 술 대신 영화. 좋네요, 취지."

매점 앞으로 몰려간 직원들을 빼고 곁에는 이한과 윤서만 남아 있었다. 서준이 고개만 살짝 숙이며 그녀 뒤에 선 둘에게 인사를 대신하자, 윤서 역시 어색하게 웃으며 인사를 받았다. 눈치껏 뒤에 선 이한을 힐 긋거리며.

"뭐 보실 거예요? 저는 러브레터 예매했는데."

"아, 네. 저도요."

"진짜요? 저 혼자 보러 왔는데 잘됐네요."

조금 전보다 더 진한 웃음으로 서준이 말했다. 해주가 어색하게 웃으며 뒤를 돌아봤다. 그녀의 예상대로, 냉한 그의 얼굴이 시야에 들어왔다.

"대표님은 뭐 보실 거예요? 혹시 러브레터 보실 거면……."

얼떨결에 사이에 낀 윤서가 조심스레 묻는데, 휴대폰 벨 소리가 울렸다.

누구 거지? 윤서가 주위를 두리번거렸다. 이한은 나란히 선 서준과 해주를 번갈아 보다가 바지 주머니에서 휴대폰을 꺼냈다. 액정을 확인한 그의 미간이 단번에 구겨졌다.

잠깐 전화를 받고 오겠다며, 그는 열 걸음 정도 떨어진 곳으로 향했다.

"저분이 대표님이에요? 되게 젊으시네."

"아, 네."

"별로 안 좋은 소식인가 봐요."

구석진 자리에서 통화 중인 그를 보며 서준이 살갑게 말을 걸어왔다. 온통 그에게 신경이 쏠린 해주는 대충 대답을 얼버무렸다.

그녀의 시선이 향하는 곳을 눈치챈 서준의 질문은 짧아지고, 돌연 침묵이 찾아왔다.

"아, 뭐라고 하셨죠?"

갑자기 찾아온 침묵에 정신을 차린 해주가 되물었다. 어느새 통화를 마친 이한이 다가오고 있음을 확인한 서준이 엷게 웃었다. 그리고 조금 더 큰 목소리로 말했다.

"러브레터 보실 거면 같이 보자고요."

"약혼녀분한테 혼나는 거 아니에요?"

"원래 같이 보려고 했는데 바람 맞았어요. 워낙 바쁘신 분이라."

"아아, 연상?"

서준의 입술이 불만으로 일그러지는 걸 본 해주는 확신했다.

"어떻게 아셨어요?"

"느낌이 그래요. 왠지 연상 만날 것 같아요."

"저도 느낌 받은 거 있는데."

해주가 고개를 갸웃거렸다.

"작가님, 저분 좋아하시죠."

"네?"

방금, 뭐가 어떻게 된 거지? 당황한 해주의 입술이 멍하니 벌어졌다.

"티 엄청 났어요."

"조금 없어 보이나요?"

"전혀요. 저도 지금 여자 친구한테 그랬어요, 몇 년을 계속."

행복해 죽을 것 같은 약혼녀와의 사랑에 그런 일이 있었나. 해주는 대답 대신 짧게 웃기만 했다. 방금 전까지 구석 자리에 있었던 이한은 어느새 가까이에 다가와 있었다.

무슨 일이냐, 물어보려던 입술이 금방 다물어졌다. 마치 그의 표정이, 그렇게 부탁하는 것 같았다.

"나는 급한 일이 생겨서 이만 가 봐야 할 것 같은데."

"네? 진짜요?"

"영화 보고 시간들 되면 저녁들도 먹어. 여기 카드."

윤서에게 카드를 통째로 맡긴 이한이 드디어 해주에게 시선을 주었다. 기다렸다는 듯 그녀가 물었다.

"가게요?"

"어. 보고 가라."

"아, 저기."

빠르게 멀어지는 이한을 바라보며 해주가 한숨을 내쉬었다. 무슨 안 좋은 일이 있는 건 아닐까요, 중얼거리는 윤서에게 해주는 어떠한 대답도 해 주지 못했다. 아는 게 없어서 더 속상한 건 그녀였다.

"뭐야. 무슨 일이야."

해주는 방금 전, 아주 잠깐 제 얼굴에 머물던 그의 눈빛을 떠올렸다. 따라가고 싶지만, 무슨 일인지 알고 싶지만, 그가 싫어할 것이다. 그러니 참아야 한다.

그가 싫어하는 일은, 그를 좋아하는 것 말고는 하고 싶지 않다.

그렇게 시야에서 사라지고 있는 이한을, 한참이나 바라봤다.

· I like you ·

"더 멋있어졌네, 우리 아들은?"

이혼하고 한국에 돌아올 계획이라는 메시지를 무시한 기억이 몇 달 전.

이한은 무심하게 자신을 낳았다는 여자를 바라봤다. 여전히 아름답고, 여전히 우아하고, 여전히 탐욕스러웠다.

"너 커피만 마시는 거 알고 미리 시켜 놨어. 오는데 덥지는 않았어?"

얼음이 반쯤 녹은 아이스 아메리카노를 무심히 쳐다본 이한의 시선이 여자를 향했다.

이유영. 젊은 날에 아버지 성택을 만나 사랑에 빠졌고, 그를 낳았다. 두 사람의 불같은 사랑은 그의 사춘기 시절 시들해졌다. 이혼과 위자료를 언급하는 부부 싸움을 지켜보며 자란 그는 일찍부터 부모에게 바라는 것이 없었다.

당연히 자식에게 갖는 애정, 사랑, 그를 포함한 다른 감정들 역시 받은 적이 없으니, 자연스럽게 자식이 부모에게 갖는 신뢰, 존경, 믿음도 없었다.

마치 처음부터 존재하지 않았던 것처럼.

"얘는. 엄마가 왔는데 대답도 안 하고. 엄마 이혼했다는 소식은 들었어? 미주랑 같이 들어왔어. 오늘 데리고 나올까 했는데, 너 싫어할까 봐. 다음에 같이 식사나 하자. 여동생 보고 싶지?"

사진으로도 본 적 없는 이부동생을 언급하는 유영의 입꼬리가 만족스럽게 기울어졌다. 이한은 인자한 어머니를 흉내 내는 유영의 앞에서 버텨 내는 법을 알았다. 참고, 견디다 보면 끝이 온다. 그 끝에 유영은 늘 붉은 얼굴로 짜증을 냈었다.

"넌 엄마가 어쩌다 한국에 왔는지 궁금하지도 않아?"

가족이 아니니 궁금할 이유도 당연히 없다. 이한이 묻지도 않고, 대답도 않자 유영은 그럴 줄 알았다는 듯 먼저 입을 열었다.

"그이 사업이 잘 안됐어. 결국 부도 처리 났고, 뭐 그래도 원래 부자였던 사람이니 몇 달은 더 버틸 줄 알았더니 그것도 아니야. 그러다가 사이도 틀어지고, 멀어진 거지. 지금은 친구 사업 돕고 있는데, 도통 아이 키울 정신이 없어 보여서 미주는 엄마가 맡았어. 그래도 엄마가 키우는 게 맞지."

"미쳤어? 지금 이한이 데리고 나가라는 거야, 나보고?"

"그럼. 애를 엄마가 키우지, 누가 키워!"

"돈줄은 당신이 쥐고 있잖아! 이 집에서 커야 아버님 유산도 물려받을 거 아니야. 당신 머리가 그렇게 안 돌아가?"

이혼을 결정하고, 그의 거취 문제로 밤마다 목소리를 높이며 싸워 가던 부모를 기억한다. 이한이 낮게 비웃었다. 어차피 바란 적도 없었다. 그들이 자신에게 부모인 적이 없듯이, 그는 그들에게 자식이 아니었다.

결국 돈 때문에 두 번째 이혼을 한 유영은, 제 엄마라고 주장하겠지만.

"네 아버지랑은 연락하니?"

대답도, 질문도 없는 이한이 낯설지 않다는 듯 유영이 물었다.

"하겠어?"

그의 첫 대답이었다.

"왜. 그년이랑 사는 재미에 푹 빠졌나 보지?"

두 번째 남편과 이혼한 유영은 세 번째 아내와 사는 성택을 질투하듯이 말했다. 기가 찰 노릇이다. 대체 이제 와서 뭘 바라는 건지. 아니, 여자가 바라는 게 무엇인지는 안다. 그래서 더 이루고 싶지 않고, 그래서 더 도망가고 싶다.

"걔는. 잘 큰대?"

얼굴도 모르는 동생만 둘. 사이좋게 아빠 쪽에서 남동생, 엄마 쪽에서 여동생. 그는 자신의 처지를 비관하듯이 쓰게 웃다가 얼음이 거의 녹아 버린 싱거운 커피를 들이켰다.

"몰라."

"흐음, 정말 연락 안 하나 보네."

"용건만 해."

"네 할아버지는 여전히 정정하시니?"

기대한 적은 없다. 열넷에 이혼하고, 몇 년에 한 번 정도 잊을 때마다 연락이 오는 부모에게서 '네가 잘 지냈는지 걱정이 되더라'라는 따뜻한 말을 들을 거라고.

"뭐."

"오래도 사시네. 상속 얘기는 더 안 하셔? 너 대학 때도 얘기 나온 적 있었는데, 어째 그 뒤로는 잠잠하네."

단도직입적으로 꺼낸 돈 얘기에 그래도 민망은 했는지, 여자가 잠깐 그의 시선을 피했다. 십몇 년을 함께 살았던 시아버지에 대한 생각은 천박하기 그지없었다.

"하면."

"그래? 얼마나, 언제쯤 주신다니? 아예 미리 상속 지분 달라고 하지 그래. 그 큰 회사 하며, 네 할아버지 갖고 있는 빌딩이 몇이고 땅이 얼만데."

"그걸 내가 왜 받아. 할아버지 돈인데."

이한이 싸늘하게 유영을 쏘아봤다. 억지로 하던 존대가 반말로 바뀌고, 분위기도 급변했다.

"할아버지 돈이니까 네가 받아야지, 그러면 누가 받아?"

"왜. 그럼 친모 자격으로 유언장에 당신 이름이라도 생길까 봐?"

이미 유언장에 유영과 성택의 앞으로 몇 개의 건물이 놓여 있음을 알지만 이한은 모른 척 굴었다. 여자가 모를 거라 생각되지 않는다. 돈 냄새 하나는 기가 막히게 맡는 여자니까. 성일의 선택에 대해서도 관여할 바가 아니라고 생각했다. 마음에는 들지 않지만, 핏줄을 중요시 여기는 할아버지의 선택이다.

"내가 설마 그걸 바라겠니? 내 아들이 받을 권리, 당연하게 엄마인 내가 조금 알겠다는데 그게 이렇게 발끈할 일이야?"

"안 받아. 받으면 사회 환원 하겠다고 협박했어. 그러니까 그 유산 내가 받을 일도 없고, 당신, 그리고 당신이 낳은 딸한테 돌아갈 일도 없어."

유영의 얼굴이 울긋불긋하게 변했다. 하지만 어제 오늘 일도 아니라는 듯 가볍게 웃음으로 넘겼다.

"넌 엄마한테 무슨 그런 말을."

"꿈 깨라는 소리였는데, 아시겠어요?"

하지만 상대는 권이한이다. 열넷에 친부모에게 버림받아, 애정이라고는 받아 본 적 없는. 돈으로 환산할 수 있는 애정을 바라는 친모를 내치고만 싶은.

이한이 몸을 일으켰다. 결국 돈이 목적이었던 숱한 전화와 지금의 만남, 기억 속에서 끄집어내라면 그러고만 싶은 그는 자신을 부르는 목소리에도 뒤돌아보지 않았다. 끝에 '네 동생' 어쩌고 한 것 같은데, 알바 아니었다. 그는 더 냉정해졌다. 자신한테 동생 따위 있을 리가.

"얘, 이한아!"

자신을 따라오는 여자를 외면하고, 차에 올랐다. 어디로 가는지도 모르고 차를 출발시킨 이한은 끊임없이 달렸다.

부모님의 이혼으로 받은 상처, 치유할 수 없는 외로움, 그래서 만들어지는 불신. 끝도 없이 퍼져 오는 저열함. 모두 이겨 냈다고 생각했다.

아무런 상관도 없는 사람들, 고작 피로만 얽힌 사람들, 그저 낳아 준 사람들. 그것이 전부인 관계 때문에 괴로워하지도, 고통 받지도 말자고 다짐했다.

하지만.

"좋아해요, 선배."

끼이익, 소리를 내며 차가 한강변에 멈췄다. 부들거리는 손을 핸들에서 뗀 이한은 시동을 끄고, 운전석에 머리를 기댔다.

머리끝까지 뻗친 화는 쉽게 가시지 않았다. 기대한 것도 없는데, 실망은 또 왜 하나. 전부 부질없었다.

어차피 이렇게 살 수밖에 없는데.

"좋아한다, 고백하고 말 거 아니고 난 선배랑 뭘 하고 싶어서 고백한 거예요."

"뭘 할 건데, 나랑."

"연애죠, 당연히."

엉망으로 살아왔기 때문에 당연한 연애 따위가, 절대 안 되는 놈인데.

어떻게 너는.

"내가 좋다는 거야."

글을 쓰지 않는 이유도, 사랑에 헛된 기대를 걸지 않는 이유도, 그래서 사랑하는 사람을 만들지 않는 이유도 이렇게 개판 같은데.

사랑은 어차피 망가지는 것. 버려지거나, 버리게 되는 것.

그러니, 하지 말아야 하는 것.

그에게 사랑이란 바로 그런 것이었다.

사랑을 못 해서 글을 쓸 수도 없는데, 이런 내가 너한테 마음을 줄 수 있을까.

이한이 뜨거운 숨을 터트렸다. 어지럽고, 복잡하고, 아무것도 설명할 수가 없는데 딱 하나. 응어리진 감정의 덩어리 속에서 하나만은 알 수 있었다.

지금 당장 해주가, 공해주가 보고 싶었다.

왜? 공해주를 좋아해서? 이렇게 갑자기?

단지 꿈에 공해주가 나와서, 공해주가 나를 좋아한다고 하니까?

이제 날 잊겠다고, 더는 못 볼 수도 있어서?

떠오르는 이유들은 하나같이 멍청했고, 아둔한 것들이었다. 말이 되지 않는다. 후배로, 작가로, 그저 아끼는 동생으로만 봤던 해주를 갑자기 마음에 담았을 리 없다. 일시적인 착각. 꿈이 가져온 작은 혼동. 그런 것에 불과해야 했다.

그래, 그게 맞는 건데…….

"미친."

그저 동생에 불과했나. 그저 후배, 작가일 뿐이었다.

이한은 머리를 흔들었다. 제 앞에서 엉엉 울던 그녀의 모습과 유난히도 밝게 웃던 모습이 겹쳐졌다.

이 세상 유일하게 나를 다른 방식으로 마음에 담은 사람, 제 상처를 알고도 태연하게 자기 상처를 꺼내 보여 주던 사람, 비슷한 상처를 가졌음에도 그와는 다르게 이겨 내고, 굳건히 견뎌 낸 사람.

해주는 달라야 했다. 어떤 방식으로든 곁에 두는 것 자체에 '여자' 라는 의미를 부여하지 않았다. 그는 무의식적으로 계속 기피했었다. 공해주가 여자임을, 해주가 여자가 될 수 있음을.

온갖 트라우마 덩어리에 시달리며 사랑이란 감정을 부정하고 불신했다. 그녀의 글을 아끼면서, 동시에 그녀를 아꼈다. 그녀가 여자여서는 안 되는 이유를 수십 가지는 댈 수 있었다.

그런데.

"마음이, 어떻게 뜻대로 되나."

나는 왜 네 마음이 뜻대로 되지 않았으면 싶고.

"옆 카페에 있었어요. 사인 부탁 받아서."

시시껄렁한 질투를 일삼으며 카페 사장과 나란히 서 있는 너를 계속 상상하고.

"지금…… 정말 이상해요. 선배도 알죠?"

고작 코피를 쏟았다는 네가 걱정돼 속도위반까지 해 가며 너에게 달려가고.

"어, 선배 여기 뭐 묻었어요."

가까이 다가오려는 네가 겁나 자꾸만 피하려 들고.

"그리고 다시는 보지 말아요."

네 입장에서 충분히 할 수 있던 그 말이, 왜 사형 선고처럼 들렸을까.

고작 공해주인데, 공해주 넌 예전과 다르지 않은 공해주일 뿐인데.

이한은 낮게 웃었다. 끝내 인정하고 싶지 않은 감정들이 제 존재를 드러내고 있었다. 끝의 끝까지 부정할 수만 있다면 그랬을 것이다. 그 상대가 공해주이기 때문에. 공해주라는 이유 하나만으로 머리가 터질 지경이었으니까.

"미치겠네, 진짜."

너는 어쩌다, 내 안에 이렇게 들어와 버렸을까.

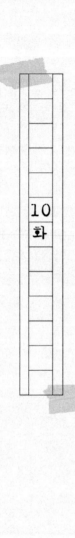

10
화

· I like you ·

그저 입맞춤

"대체 어느 대목에서 질투를 느꼈다는 거야?"

"내가 말한 대목, 전부."

"그 남자한테 약혼녀 있다는 건 선배가 모르고?"

"몰라. 내가 말 안 했거든."

초롱초롱하게 빛나는 해주의 눈동자를 보며 민서는 고개를 끄덕거렸다. 빈 잔에 따뜻한 사케를 따라 주고, 앞접시에 해동된 참치 뱃살을 놔주는데도 해주는 온통 머릿속에 권이한, 한 사람만을 떠올렸다.

"아닌 것 같아?"

"맞는 것 같기도 한데."

"한데?"

"이한 선배 캐릭터랑 영 안 맞아서 말이지. 너는 그래라, 나는 내 갈길 간다. 마이웨이 혼자 사는 인생인데. 그 선배가 질투라……."

쌍방인 건 진작 눈치채고 있었다만. 민서가 참치 뱃살을 집어 입에쏙 넣었다. 입에서 녹는다는 표현이 딱 맞았다. 고소하면서도 기름진맛이 아주 좋았다.

"근데, 그게 다야?"

"뭐가?"

"질투랑 작은 신체 접촉. 그게 다냐고."

"그게 다라니, 얼마나 대단한 성과인데."

"한국 돌아와서 진즉 그랬으면 애가 벌써 돌잔치를 하겠다, 이것아."

캐나다에서 3년을 방황했다는 친구가 안타까워 바로 고백이라도 해 보라고 종용했지만 해주는 말을 듣지 않았다. 지금 옆에 있는 것만으로도 믿어지지지 않는다고, 로맨틱하게 표현하던 해주는 친구의 돌직구에 사케 한 잔을 단숨에 비웠다.

"내가 뭐 찐한 연애를 해 봤어야 알지."

"그래, 남자 꼬시는 것도 경험인데."

"넌 해 봤어?"

"너보다는 경험 있지 않겠니?"

해주는 말없이 빈잔에 사케를 따르고, 민서의 잔을 채웠다. 짠, 소리를 내며 부딪친 잔이 각자의 입으로 향했다.

술은 금방 바닥을 드러냈다. 중간에 회사에서 업무 때문에 전화가 온 민서가 자리를 비울 때도 해주는 묵묵히, 술을 비웠다.

내일 아침부터 회의가 잡혔다는 민서가 자제를 할 때도 해주는 그러지 않았다. 정확히 사케와 소주가 각각 두 병씩 동나자 해주는 볼이 붉어진 채로 턱을 들었다.

순간 민서는 웃음을 터트렸다. 동시에 반토만 난 혀 짧은 소리가 들려왔다.

"권이한 불러 줘."

"진짜?"

"응, 말하고 싶어. 좋아한다고."

"그 남자 약혼자 있는 거 모른다며. 조금 더 써먹어 보지?"

"그러다 도망가면 어떡해. 괴롭히는 거 하루면 족해."

"착해 빠져서는."

전술도 없고, 전략도 없고 그저 직진.

한국 돌아오자마자 이랬으면 애 하나가 아니라, 애 둘은 낳았을지도.

둘을 닮은 조카를 떠올려 본 민서가 손에 휴대폰을 들었다. 직접 이한에게 전화를 걸었던 게 언제였던가, 그녀는 셈했다.

"진짜 전화해?"

"응, 해. 나 취했다고."

"그러면 바로 올까?"

"······안 오면 내가 가야지."

적당히 취한 해주는 귀여워진다. 지금의 해주는 취했다. 이한도 그것을 모르지 않는다.

민서는 똑바로 앉아 있는 것도 버거워 보이는 친구를 지켜보다가 결심했다.

그녀의 직진을 따라가기로.

· *I like you* ·

짐짝처럼 해주를 업고 있던 이한은 뒷좌석을 살폈다. 오늘 낮 서점에서 해주와 함께 고른 책이 한가득이었다.

그의 생각을 눈치챈 민서가 먼저 조수석 문을 열자, 이한은 해주를 조수석에 실었다. 술집에서 차까지 고작 2, 3분. 벌써 숨이 거칠었다.

"너도 타. 책은 한쪽으로 옮길게."

"저 해주랑 반대 방향이에요."

"조금 돌지, 뭐."

"아니에요, 해주부터 데려다주세요."

민서는 양손을 흔들며 거절하자, 이한도 재차 권유하지 않았다.

"그래, 고맙다."

"뭐가요?"

"뭐?"

"제 친구 제가 부탁드리는 건데 제가 더 고맙죠."

민서가 얄궂게 웃었다. 순간 머리 한 대를 얻어맞은 사람마냥 이한은 멍해졌다. 차 키를 손에 쥔 그가 주먹을 쥐더니 술 냄새를 향수처럼 풍기는 해주와 눈앞의 민서를 번갈아 봤다.

공해주는 내 친구니 멀대 같이 키만 큰 당신이 고마워할 일은 아니다, 당신이 공해주의 연인이 아닌 이상.

이한은 기가 막혔다. 말로 폭행을 당한 기분이 지금일까.

"너 지금 나 먹이냐?"

"제가 선배님을요? 에이, 설마요."

민서는 강하게 부정하다가 원래부터 날카로운 인상을 가진 그가 더 날카로워지기 전에 자리를 피했다.

후배가 떠나간 자리를 바라보던 이한은 잠든 해주를 보다가 편의점으로 향했다. 숙취 해소제와 물, 그녀가 술 마실 때마다 찾는 면발이 얇은 컵라면과 참치마요네즈 삼각김밥까지 산 그는 편의점 아르바이트생의 얼굴이 발그레해지는 것도 모르고 차로 돌아왔다.

"술 냄새가 아주 진동을 하네."

탈탈 털어 마신 듯한 빈병들을 떠올리며 이한은 손을 뻗어 안전벨트를 매주었다. 창가에 고개를 돌리고 있던 해주가 뒤척였다.

버튼에 벨트를 꽂아 넣는데 마음대로 잘 되지 않아 이한이 버벅거렸다. 힘으로 어떻게 해 보려는데, 정수리 위로 훅 바람이 불어왔다. 따뜻하고, 고요했다. 운전석 쪽으로 고개를 돌린 것뿐인데, 이한이 벨트 때문에 그녀에게 가까이 닿아 있어 둘 사이의 거리는 완전히 좁혀졌다.

조금만 더 다가가면 꿈속에서 그를 지독히도 괴롭히던 입술이 있었다. 핑크빛이고, 적당히 두껍고, 미치게 촉촉한.

권이한, 이 변태 새끼야. 촉촉한지는 네가 어떻게 알아.

힘으로 벨트를 욱여넣은 이한은 자리로 돌아왔다. 이상했다. 역한 술 냄새가 나야 정상일 텐데 가까이 다가간 해주에게서는 술 냄새보다는 은은한 살 냄새가 짙게 느껴졌다. 본능적으로 아랫배가 뜨거워지며 그녀에게 반응하기 시작했다.

새벽, 익숙한 침대 위, 꿈속 어디선가, 내 얼굴 위를 배회하던 네 손길이 눈앞에 놓인 사람처럼.

그녀가 출판사에 출근한 후로 이한은 몇 번이나 자신과의 싸움을 벌였다. 시도 때도 없이 반응하는 빌어먹을 몸뚱아리부터, 그녀를 따라 움직이는 시선, 일의 능률은 당연히 떨어졌다. 사방이 막힌 공간에서 해주와 단둘이라는 생각은 틈만 나면 그를 미치게 했다.

오늘은 그 정점을 찍었다. 낯선 남자랑 시시덕거리는 모습을 보니 정말 도는 줄 알았다. 영화관에서 우연처럼 만났을 때는 기분이 바닥까지 가라앉았다. 마치 우연이 둘을 운명으로 묶는 것 같았다. 둘 사이에 놓인 우연이란 두 음절을 지워 버리고 싶었다.

전화만 오지 않았다면, 권이한 넌 영화를 봤을까.

그는 하나 마나 한 질문을 던져 놓고 시동을 컸다. 해주의 오피스텔까지는 딱 20분이 걸렸다. 창문을 살짝 내려 찬 바람을 쐬게 하니, 그녀의 자세는 한결 편안해졌다.

이한은 신호에 걸리자 해주의 뺨에 손등을 가져다 댔다. 뜨겁다. 술기운 때문이겠거니, 생각하지만 속이 편하지는 않았다. 사 온 물병을 꺼내 해주의 뺨에 갖다 대자 살포시 올라가는 입꼬리가 보였다.

젠장, 젠장, 젠장.

그가 미간을 좁히며 손을 떼려 하자 해주는 얼른 그의 손 위로 자신의 손을 겹쳤다. 물병이 주는 차가운 느낌과 그의 따뜻한 체온이 한곳에서 느껴졌다.

"왜요, 계속 해 주지."

"넌 손 없냐?"

말이 곱게 나갈 리가 없다. 이한은 손을 털어 내고 핸들을 잡았다. 신호가 바뀌며 옆에서 쳇, 하는 귀여운 소리가 들렸다.

"방금 전에는 해 줬으면서."

"자는 척은 왜 해. 그렇게 할 일이 없어?"

"취했다고 해야 데리러 올 거잖아요."

가감 없이 내뱉어진 해주의 말에 놀란 이한이 숨을 들이켰다. 얘가 왜 이러나, 정말 취했나. 전신에 솟구치는 열기를 겨우 억누르며 이한이 입을 열었다.

"속은, 괜찮아?"

답지 않게 다정한 물음은 시커먼 속내를 감추려는 의도가 다분했지만 해주는 눈치채지 못했다.

"내 이름의 '주' 말이야. 나는 처음에 그게 술 주(酒)자인 줄 알았다니까? 우리 딸은 나중에 언제 엄마랑 술 한잔할 거야?"

톤이 약간 올라간 목소리. 확실히 취하긴 했지만, 적당히 취한 상태. 이한은 그 정도 술에는 끄떡없다는 말을 알아듣고, 천천히 액셀을 밟았다.

"엄마의 온도 117페이지, 첫 문장."

"역시."

직접 누룩으로 담근 과일 막걸리를 앞에 두고 엄마와 딸은 술에 대한 진솔한 얘기를 터놓는다. 미성년자인 딸은 술을 마시면 조금 더 귀여워지고, 조금 더 어려지고, 조금 더 떼를 쓰는 엄마를 보며 느낀다.

우리 엄마는 술을 마시면 달나라의 별이 되는구나. 익숙하지만 낯설고, 가깝지만 멀고, 눈앞에 있지만 만지면 뜨거울 것 같은.

해주가 옅게 웃었다.

"우리 한잔 더 할까요?"

"들어가 잠이나 자."

"안 졸린데."

"난 졸려."

"체, 엄청 비싸게 구네."

해주는 말없이 그가 사 온 것들을 뒤적거렸다. 숙취 해소제를 꺼내 마시고, 제 취향에 딱 맞은 컵라면과 삼각김밥을 발견했을 때는 남자가 사랑스러워졌다.

술기운에 몽롱해지고, 어지러우면서도 그가 보고 싶었다. 영화관에서 헤어질 때 좋지 못했던 그의 얼굴이 공기처럼 떠다녔다.

무슨 일일까, 혼자 있으면 힘들지 않을까 걱정이 됐다. 혼자 있는 걸 좋아하는 남자라지만, 함께 있어 주고 싶었다. 곁에서 누군가가 주는 따스함이 무엇인지 알게 하고 싶었다.

효과 빠른 숙취 해소제 덕분에 점점 맑아지는 정신을 느끼며 해주는 조수석에 머리를 기댔다. 어느새 낯익은 동네가 눈에 들어왔다. 시간이 없다. 하고 싶은 말이 있어 그를 불렀으니, 그 말은 해야 했다.

"무슨 일 있었어요?"

"별로."

"화났어요?"

"아니."

"표정 안 좋은데."

"입 다물고 내려."

"좋아해요."

브레이크에서 발을 떼기 무섭게 툭 하니 들려오는 고백. 이한이 고개를 틀었다. 취했다고는 믿겨지지 않을 만큼 또렷한 눈동자가 보이더니, 물에 젖은 입술이 보였다.

얼마나 됐는지 모르겠다. 공해주의 입술만 보이게 된 지.

"못 들었어요?"

"들었어."

"근데 왜 반응이 없어요?"

"너 취했잖아. 제정신 아니겠지."

"아닌데, 나 말짱한데."

확실히 해주가 취해 인사 불성한 모습을 본 적은 없다. 이한은 생각했다. 그간 해주의 행동. 다시 듣게 된 고백. 말 한마디, 한마디에 전부 반응하는 제 심장, 여러 가지를 한꺼번에.

그녀는 분명.

"나 잊겠다며."

"그랬죠."

"그런데 지금 네 행동……."

"포기가 안 돼요. 할 수 있을 줄 알았는데, 못 하겠어요."

이해가 안 된다는 그의 뻔한 말을 잘라 낸 해주가 말을 이었다.

"선배는 내 20대 전부예요. 전부를 잃고 살 자신이 없어서 그래. 그러니까 선배도 책임져요. 내가 이렇게까지 없이 구는 건, 선배 탓도 있어요."

이한의 입술이 힘없이 벌어졌다. 세상에, 이런 고백을 받고 멀쩡한 남자가 과연 있기나 할까.

입안이 마르고, 속은 타고, 그녀를 만지고 싶어 손은 안달이 났다. 그런데도 이한은 참았다. 자기가 전부라는 여자를 두고 할 수 있는 생각이란 어처구니없을 정도로 빈약했다.

어차피, 사랑은 망가지는 것.

어차피, 관계란 망가지는 것.

고로 우리는 망가지게 될 텐데, 너는 왜 자꾸만…….

그는 차라리 해주가 기억 못 하기를 바랐다. 그냥 너는 지금 많이 취한 상태고, 너를 보고 싶어 했던 나는 네가 취했다는 말에 한달음에 달려왔지만, 그건 네가 취해서였을 뿐이고.

그러니까 우리는 여전히 그저 대학 선후배일 관계뿐이라고.

애써 부정하고 외면한다. 생각하지 않는다. 생각하기 시작하면 멈출 수 없게 될 테니.

"가족 어쩌고 하지 마요. 나 선배 가족사 다 알고, 짱짱한 할아버지도 뵀고. 나한테 그런 건 이제 안 통해요."

행여나 취했다고 그가 오해할까 해주는 더 진지한 표정으로 말했다. 진심은, 정말로 진심일 때 제일 아름다운 거니까. 이한에게도 그 진심이 통하기를 바랐다.

그런데 절대 익숙해지지 않는 게 있다. 바로 붙박이처럼 닿아 있는 시선. 해주는 괜히 손에 쥔 봉지를 부스럭거렸다.

"언제까지 그렇게 보기만 할 건데요? 액션을 취할 거면 좀 하든가."

"무슨 액션."

막 잠에서 깬 듯한 잠긴 목소리. 섹시하다고 생각하는 동시에 해주는 마른 입술을 깨물었다. 그의 시선이, 어디에 닿는지도 모르고.

"뭐, 꼭 말을 해야 하나."

"……."

"그런 거 있잖아요, 왜. 나는 고백을 했고, 선배는 고백을 받았고. 그러니까, 저기."

"……."

"아니, 차라리 그렇게 보지를 말든가."

그렇게 보면 오해한다고요. 내가 이 말을 해야 알겠어요?

해주가 답답한 속내를 터트리지도 못하고 어쩌지도 못하는 얼굴로 그를 보았다. 그윽한 눈매에서, 빠져들 것만 같은 깊은 눈동자와 마주치자 얼어 버렸다.

숨 막힐 듯 조여 오는 공기 속에서도 그는 변함없이 그녀를 바라봤다. 언제부터였는지 정확히 알 수는 없지만 해주는 매일매일 확신했다.

"선배."

언젠가부터 자신을 예쁘다는 듯이 바라봐 주는 그를 보면서. 속절없이 흔들리는 그를 마음껏 흔들어 보자 작정하면서.

"내가 지금부터 무슨 액션을 취할 건데."

우리는 이제 달라질 수 있다고.

"놀라지 말아요."

그의 한쪽 눈썹이 미세한 움직임을 보였다. 해주는 망설이지 않고 손을 뻗어 그의 목을 잡았다.

처음으로 남자 멱살을 잡아 보는 그 순간, 두 입술이 닿았다.

작은 접촉. 키스라고 부를 수도 없는, 그저 입맞춤.

해주는 서서히 입술을 뗐다. 감히 잡고 있던 멱살을 놓고 씨익 웃었다.

"내일 봐요."

그저 입맞춤 한 번에 사정없이 흔들리는 남자. 해주는 그를 보며 다짐했다.

"선배."

당신을, 다시는 놓치지 않겠다고.

· *I like you* ·

키스, 키스, 그리고 또 키스.

"미친……."

지난밤의 저주가 분명한 꿈에서 깬 이한은 욕부터 내뱉었다.

이제는 익숙한 일이다. 해주의 꿈을 꾸고 아침을 여는 것도, 열이 오른 자신의 것을 확인하고 욕을 하는 것도, 찬물로 모든 기운을 씻어 내리는 것도.

같은 꿈을 몇 밤째 계속. 꿈속에서 해주의 존재는 갈수록 짙어졌다. 진짜 정신병원을 가야겠다. 무슨 중독증에 걸린 사람마냥 그녀의 꿈을 꿔 대고 있었다. 여자에 환장한 미친놈이 된 기분. 이대로 방치하다가는, 정말로 꿈에서 일을 벌일 판이다.

찬물 아래에 한참을 서 있다가, 몸을 닦고 옷을 걸쳐 입었다. 젖은 머리를 수건으로 털며 거울 앞에 선 그의 눈에 입술이 가장 먼저 눈에 들어왔다.

이 입술에 해주의 입술이 닿았었다. 아니, 스쳤었다. 아주 찰나와도 같은 순간에.

"놀라지 말아요."

젠장, 그건 보통 남자가 하는 대사잖아.

매일 아침 기분 나쁘게 시작하는 것도 정도껏이다. 이젠 스트레스를 지나쳐 생활의 피해가 될 정도다.

좋으면 좋다고 표현하는 공해주의 직진이 무서웠다. 사랑을 믿지 않는데, 자꾸만 사랑을 하자고 꿈속에서도, 현실에서도 다가오는 공해주의 마음이 무서웠다.

10년 가까이 알았던 후배한테 입술까지 뺏긴 마당에 무슨 결정이든 내리긴 내려야 했다. 그래야, 이 미친 꿈도 그만 꾸지 않을까.

이한은 거친 한숨을 몇 번이나 내쉬고서 방을 나섰다. 이른 아침인데도 거실이 환했다.

"벌써 일어났냐?"

그가 혼자 살 때만 해도 실용 가치가 없던 주방은 우진이 차지한 지 오래였다. 출근 준비를 마친 우진은 매일 아침 그랬던 것처럼 구운 식빵과 뜨거운 커피로 아침을 먹는 중이었다.

"너도 줘?"

"커피만."

세입자는 먹던 식빵을 입안에 욱여넣고 머신기 앞으로 향했다. 이한의 취향대로 진한 커피를 내리자, 원두 향이 진동을 했다.

"어제 늦었더라?"

"마누라냐. 그런 거 묻지 마."

"공해주, 취했었다며?"

해주를 집에 데려다 놓은 지 일곱 시간도 채 되지 않았다. 우진이 알고 있다면 범인은 빤했다. 이한이 커피 잔을 들었다.

"걔랑 사귀냐?"

"누구."

"박민서."

"……농담이지? 최민서야."

"알 게 뭐야."

평소보다 더 예민하고 까칠한 이한의 반응에 우진은 눈을 가늘게 떴다.

"하긴, 너야 온통 공해주뿐이지."

능글맞은 목소리에 이한의 미간이 사납게 찌푸려졌다. 한 번도 해주의 고백을 입 밖으로 언급한 적이 없었다. 고로 우진은 몰라야 맞다. 아니면 또 박민서인지, 최민서인지 걔 입을 통해 들은 걸까. 그는 일단 모르쇠로 대했다.

"돌았냐?"

"해주가 글은 얼마나 썼는지, 밥은 먹었는지, 몸은 괜찮은지, 해주한테 고민 있는 건 아닌지, 해주가 세 번 연달아 한숨이라도 쉬는 날엔 뭐 마려운 강아지마냥 전전긍긍."

"야."

"아니라고는 못 하겠지?"

정확히 뭐 마려운 강아지마냥 굴었던 적은 없다고 말하고 싶었지만 이한은 참았다. 온통 주관적인 생각을 덧붙일 우진의 입가가 기분 나쁘게 기울어졌다. 예상은 적중했다.

아, 이 새끼 진짜 알고 있네.

"너희 출판사 작가니까."

그가 내뱉을 뻔한 대답을 우진이 대신하며 고개를 끄덕거렸다.

"미친놈. 어느 출판사 대표가 자기 작가를 그런 식으로 대해? 너 공해주 식성, 습관, 체질 이런 거 죄다 외우지? 그게 정상이냐?"

얘들이 요즘 진짜 왜 이러지. 어젯밤에는 민서가 엿을 먹이더니, 아침 댓바람부터는 우진이 칼을 휘두르기 바빴다. 그를 제외하고 모두가 한마음으로 말하는 것 같았다.

넌 공해주의 연인이 되어야만 해.

어느 정도 미지근해진 커피를 단숨에 마신 이한이 컵을 내려놨다.

"그래서 뭐. 어쩌라고."

"어쩌긴. 사귈 거 아니면 놔주라는 거지."

"……내가 걔를 잡고 있었냐?"

"가지 말라고 붙잡아야만 잡는 건가. 자꾸 눈앞에 얼쩡거리기만 해도 잡는 거지."

"너 대체 뭘 어디까지 아는 거야?"

자기도 몰랐던 공해주의 진심을 애들은 진즉 알았던 걸까. 대체 언제부터? 이한의 표정은 마치 가시밭길을 걷는 사람처럼 불안해졌다.

우진은 식빵 위에 딸기잼을 덧발랐다. 달아도, 너무 달아 보인다고 이한은 잠시 생각했다.

"언제부터라고 묻는 거야?"

"어."

"글쎄다. 해주 졸업식 때였나."

"뭐?"

"너 한정원이랑 그때 싸웠잖아. 데이트할 시간도 없이 바쁘다던 애가 망한 주제에 겁나 큰 꽃다발 들고 후배 졸업식, 그것도 공해주 졸업식에 와서 한정원은 빡치고, 넌 걔를 이해 못 했고."

갑자기 등장한 '한정원'이란 이름에도 이한은 거부 반응 없이 '공해주 졸업식'이라는 단어에 꽂혀 반응했다.

"그거, 공해주가 다 듣고 있었어. 네가 준 꽃다발 들고 몰래 숨어서."

"……."

"울더라, 애가 혼자. 그때 알았지. 말도 없이 캐나다 갔던 이유도 왠지 알 것 같았고."

식빵을 크게 베어 문 우진이 손을 털었다. 부스러기가 식탁 위로 떨어지는데도 이한은 평소처럼 깨끗하게 좀 먹으라는 둥 잔소리를 내뱉지 않았다.

그걸 왜 이제야 얘기하냐고 따진다 한들, 그때의 자신은 뭘 할 수 있었을까.

"근데 공해주는 왜 그렇게 끼고 다녔어? 한정원이랑은 왜 사귄 거고? 차라리 그럴 거면 공해주랑 사귀지, 한정원은 무슨 죄로."

"너 나가."

아, 한정원 얘기를 너무 많이 했나. 차갑게 굳어지는 얼굴에 우진이 어색하게 웃었다. 태세 변환은 빨리 이루어졌다. 절친한 대학 동기에서 집주인과 세입자로.

"이 친구, 또 왜 이러시나."

"아니면 월세 내. 이백."

"야, 무슨 직장인한테 월 이백.이 쉬운 줄 알아?"

"그럼 보증금 오천에 월세 백."

"야, 네가 도선생이냐? 도둑놈?"

"그럼 나가든가."

차갑게 항변을 막아 낸 이한은 집을 나섰다. 이를 갈며 식빵을 해치운 우진은 그가 비운 컵을 개수대에 넣으며 한참을 투덜거렸다.

"악마 같은 새끼. 알려 줘도 지랄이야."

· *I like you* ·

"안녕하세요."

아침부터 출근길이 참 다채로웠다. 집에서는 우진이 괴롭히고, 출근 전에 들른 헬스장에서는 가슴을 반이나 드러내고 운동하던 여자가 육중한 가슴을 들이밀며 아침 식사를 하자고 추근거리더니, 회사 앞에서는 기분 나쁜 녀석과의 조우가 기다리고 있었다.

"커피 한잔하고 가세요. 제가 살게요."

"이미 마셨습니다."

"아, 그러시구나. 작가님은 출근하셨어요. 방금 전에 지나가셨거든요."

작가님. 모두가 해주를 그렇게 부른다. 그런데도 이한은 거슬렸다. 친근해 보이는 그 말투 자체가.

"그렇습니까."

"네. 무슨 좋은 일 있는지, 기분 좋아 보이시던데. 어제 새벽에 글이 아주 잘 써졌다고 하시더라고요."

가만히 듣고만 있던 이한은 입안에서 혀를 굴렸다. 공해주의 기분을 서준에게 듣게 된 지금을 뭐라고 설명해야 할까.

"다행이네요."

서준은 잘못한 게 없다. 이한도 아주 잘 알고 있었다. 잘못이 있다면 하필 출판사 옆 건물에 개업을 했다는 것. 사글사글하게 웃는 그를 이대로 지나치려는데, 서준은 퍽 기분이 좋아 보이지 않는 이한을 붙잡았다.

그것도 해주에게 디저트를 챙겨 주겠다는 이유로.

"아까는 거절하셨는데 글 쓰실 때 단 것 많이 드시잖아요."

속이 아릴 정도로 달달한 마카롱과 쿠키를 달고 사는 해주가 거절을 했단다. 이한은 그것조차 기분이 나빴다.

바로 어제 낮이었다. 카페 안에서 서로 받아라, 받지 않겠다 실랑이를 벌이던 둘을 떠올리니 기분이 상했다.

아, 나 점점 유치해지네.

"그냥 직접 주시죠."

"아, 그래도……."

"바빠서요."

사글사글하게 웃는 서준을 무시하고 이한은 그대로 출판사 건물로 향했다. 사내놈이 뭘 저렇게 웃어. 실실, 시도 때도 없이.

마케팅 팀과 디자인 팀이 있는 층을 지나 계단을 오른 이한은 곧장 편집 팀 사무실을 가로질렀다.

각각 인사를 해 오는 직원들에게 고개를 숙여 보이고는 대표실 문을 벌컥 열었다. 이미 서준에게 안부를 전해 들은 해주가 소파에 양반다리를 한 채 노트북을 노려보고 있었다.

"어, 왔어요?"

분명 노트북을 잡아먹을 것처럼 보던 눈빛이 환해졌다. 이한은 무심한 얼굴로 자리로 걸어갔다. 자기 슬리퍼까지 사다 놓은 해주는 슬리퍼를 질질 끌며 그의 앞으로 다가왔다.

컴퓨터를 켜고 괜히 섞여 있는 파일을 뒤적거리며 그는 얼굴을 들지 않았다. 눈이 마주치면 물을 것 같았다.

너, 졸업식 때 울었어? 나 때문에?

"바쁜 척 그만하고 얼굴 좀 보여 주죠. 나 줄 거 있는데."

의미 없이 파일만 들추던 이한이 하, 숨을 터트리며 고개를 들었다. 패기 좋게 들이대기로 작정한 이상 후진은 없고 오로지 직진만 존재하는 해주의 입가에 방긋한 미소가 번졌다.

"요즘 잠 못 자죠? 커피 줄이고, 이거 마시면 괜찮을 거예요."

작은 쇼핑백에 담긴 건 그녀가 수집하는 차 중의 한 종류였다. 카페인에 취약한 해주는 커피 대신 온갖 차 종류를 섭렵했다. 다기를 직접 사 들여 차를 내려 마실 정도로 모르는 차가 없었다.

대학 다닐 때 매일 핫초코만 사 먹여 단 것만 먹는 줄 알았더니, 처음 그녀가 주는 차를 마시고 무슨 이런 걸 마시냐고 타박을 했던 적도 여러 번.

이제야 깨달았다. 그녀는 이렇게 몇 번이나 자신에게 신호를 보내왔다.

눈에 자신을 담고, 가슴에 자신을 품고, 온 마음으로 표현했다. 당신을 좋아한다고. 내가 그것을 몰랐을 뿐.

이한이 한숨을 삼켰다.

"가져가. 어차피 버려."

"잠 못 자서 퀭한 얼굴로 그만 다니고, 제발 말 좀 들어요."

내가 잠 못 자는 게 누구 때문인데. 병 주고 약 주냐, 지금?

이한은 동그란 원형 통에 담긴 여러 가지 차 종류를 내려다봤다. 보기만 해도 쓴 맛이 느껴졌다. 선배가 마시는 커피도 엄청 쓰거든요? 속으로 투덜거리니, 속에서도 그녀의 목소리가 들려왔다.

고개를 든 이한은 뿌듯한 얼굴로 미소 짓는 해주의 얼굴을 빤히 내려다봤다.

어젯밤에는 겁도 없이 남자 입에 입을 맞추고 달아나더니, 오늘 새벽은 남의 입술을 아주 뭉개 버린 주제에 웃기는 또 잘 웃는다.

얄미웠다. 고백을 한 것도 너고, 겁 없이 다가오는 것도 너고, 주체 못 하겠는 마음을 표현하는 것도 전부 너인데.

왜 괴로운 건 내 마음이고, 내 몸인지.

"……또 그렇게 본다."

얼굴 위를 샅샅이 살피는 뜨거운 시선에 못 이겨 해주가 목을 긁적 거렸다. 얼굴의 아래쪽부터 시작으로, 입술 위에 오래 닿았던 시선이 코를 지나 눈 위에서 느껴졌다. 눈동자를 세심하게 살피는 듯한 시선이 부담스러워 모른 척하는데, 이한이 고개를 기울였다.

"너."

"네?"

"원래 눈이 그렇게 축축해?"

"축, 뭐요?"

분명 분위기는 로맨스를 타고 있다고 생각했는데, 코미디였나.

해주는 기가 막혀 웃었다. 눈 주위를 괜히 어루만지며.

"……촉촉이겠죠."

"이거나, 저거나."

"어, 다르고 아, 다른 게 한국말이에요. 하고 싶은 말을 꼭 그렇게 돌 려서 해요?"

마치 자신도 모르는 제 마음을 다 알고 있는 것처럼 말하는 해주를, 이한은 빤히 바라봤다. 더는 뚫을 곳도 없었다.

"내가 하고 싶은 말이 뭔데."

"네가 달라 보인다, 네가 예뻐 보인다, 뭐 그런?"

해주의 양 검지가 입술 끝을 따라 올라갔다. 스마일을 유도하는 행 동을 보며 이한은 반대편으로 고개를 기울였다.

"삽질 참 정성스럽게 하네."

"말을 해도 꼭."

사랑스러웠던 입술 끝이 다시 내려가고, 어깨가 가라앉았지만 이한

은 아쉬워하지 않았다. 보이지 않는 입술 안쪽에 힘이 들어갔다. 그녀
는 볼 수 없어 다행이었다.

"너 술 마시지 마."

"왜요?"

"술 마시고 아무 남자한테 들이댈까 봐 그런다."

아무 남자라니, 그리고 이 남자가?

해주가 눈을 부릅떴다.

"취해서 그런 거 아니거든요?"

"아니면."

"당연히 선배라서 그랬죠!"

당당함을 지나쳐 경쾌하기까지 한 외침에 이한은 잠시 숨이 멎는 것
같았다. 그가 주먹을 말아쥐고 두 손을 바지 주머니에 넣었다. 전해지
는 떨림을 그녀는 모를 것이다.

"그러니까 마시지 마. 또 그럴까 무서우니까."

"할 말이, 설마 그게 다예요?"

"어."

"다시 생각해 보죠? 그것 말고 있을 텐데?"

너한테 흔들린다, 네가 좋아졌다, 네가 자꾸만 보고 싶다 등등등! 그
런 말들 있잖아요!

삽질 취급을 당할까 봐 차마 하고 싶은 말은 뒤로 꾹 삼킨 채 해주는
보채듯 물었다. 조금 전의 뜨거웠던 시선은 어디로 가고, 무덤덤한 얼
굴로 변한 이한은 그녀를 지나쳐 갔다.

해주가 글을 쓸 때, 그러니까 이한의 공간에 함부로 침범해 둘만 있
게 되는 상황을 피하려 드는 그의 태도가 너무나도 눈에 띄었다. 벌써
몇 번이나 느꼈고, 이미 알고 있던 사실이고, 그가 피하는 이유 또한 잘
알고 있지만 그래도 섭섭한 건 사실이었다.

자리로 돌아간 해주는 온통 하얀색이 전부인 한글 창을 노려봤다.
아무것도 쓰지 못하고, 그가 오기만을 기다렸던 몇 십 분의 시간이 찰

나처럼 스쳐 지나갔다.

"비싸게도 군다."

그런다고 내가 뭐, 포기할 줄 알고?

"어림도 없어."

한편, 그녀와 둘만인 공간을 도망쳐 화장실로 피신 온 이한은 세면
대 앞에서 뜨거운 숨을 내뱉었다.

"네가 달라 보인다, 네가 예뻐 보인다, 뭐 그런?"

"당연히 선배라서 그랬죠!"

큰일이었다. 이젠, 공해주가 예뻐 보이기까지 시작했다.

아니 어쩌면, 예전부터.

11
화

적어도 지금은

민족의 설움을 대변하는 듯 칼바람이 매서웠다. 영은 자주색 코트를 여미고 화려하고 짙은 색의 모자를 눌러쓰는 척 주변을 둘러봤다. 둥근 기둥 뒤에서 낯익은 인기척이 느껴졌다. 리본과 새 깃털로 장식된 모자를 쓰고, 영은 몸을 일으켰다. 여우 털로 만들었다는 목도리를 가볍게 두르자 몇 남자들의 시선이 느껴졌다.

오늘은 이만, 이것으로 족해.

화려한 음악과, 일본어와 조선말이 간간히 섞인 목소리들 사이로 참을 수 없는 단어들이 들려왔다. 미개한 조선인들, 일본 천왕의 영광이라는 단어를 듣는 것을 마지막으로, 영은 조용히 도박장을 빠져나왔다.

자박자박. 눈길을 덮는 발자국 소리가 뒤따라왔다. 본능적인 느낌으로 영은 뒷간 냄새가 진동하는 건물과 건물 사이를 지나가, 좁은 길로 들어섰다. 인적이 사라진 숲길 가운데에 섰을 때, 걸음을 멈췄다.

일본에서 이름난다는 친일파 화가에게 접근하라는 명령이 내려온 지 고작 나흘. 화가가 다니는 도박장을 몇 번 오갔을 뿐인데, 뭘 벌써 확인하시려고. 영이 코웃음을 쳤다.

"머리, 잘랐구나."

물어 오는 목소리가 단조롭다. 영은 싱긋 웃으며 뒤를 돌았다.

"단발이 유행이잖아요."

"유행을 따라가나?"

"모던걸 흉내를 내라고 하실 때는 언제고."

여성들의 단발은, 사회주의 운동을 하는 여자들의 투사적 의지가 담겨 있다고 했다. 남자는 그걸 꼬집는 듯했지만 영은 모른 척했다. 사회주의 따위, 민족주의 따위, 내가 알게 뭐라고.

그녀는 길을 잃었다. 태어나고 자란 곳이 조직 속이었고, 그 속에서 그녀는 살인귀로 길러졌다. 조직의 수장이라는 눈앞의 남자가 그녀를 그렇게 키웠다. 목에 걸린 현상금 때문에 남자는 같은 곳에 하루 이상 머무르는 법이 없었다. 이렇게 보는 것도 1년 만이었다.

"결정을 해야 한다."

조직이 나눠진다. 수백 개의 독립운동조직이 있고, 수만 명의 독립운동가가 존재하기에 없을 수는 없을 일. 이념이 나눠지고, 사상이 갈라지며 그들은 결국 이별한다. 한때 한마음으로 하나의 목표를 향해 달려 왔던 시절을 외면하는 건 어쩌면 당연했다.

하지만 영은 태어나 스스로 무언가를 택해 본 적이 없었다.

늘 선택 받았고, 늘 선택 당했다.

"여기도 끔찍한 감옥인데, 거긴 평안할까요."

"그늘마저 암울한 이 땅에서 평안함을 원하나?"

"그럼 안 돼요?"

"가소롭고, 분에 넘치는 일이지."

"그래서 피할 수도 있는 거죠."

"회피를 선택했나? 이 땅의 아이들이 이대로 살아가도 좋다는 거야?"

첫 살인을 할 때도, 그녀는 선택한 적이 없었다.

회피고, 도망이고, 모른 척이고, 무시고, 그 어떤 것도 자의로 한 적 없었다. 단 한 번도 살아 있음에 감사함을 느끼게 해 준 적이 없던 이 땅을 위해, 나는 왜 선택해야 하는 건데.

영이 깊게 눈을 감았다 떴다. 눈앞의 남자는 그대로였다.

비어 버린 선택지 또한 그대로였다.

시대의 아픔을 써 내는 일은 알면 알수록 고통이었다.

100년도 안 된 일이라 사료와 영상 자료들도 방대했다. 그 많은 것들을 보고, 머릿속에 채워 넣고, 구성에 필요한 정보를 정리하는 일 곳곳에서 죄스러움이 느껴졌다.

이 땅을 지키기 위해 희생된 수많은 이들을 지켜보는 영광조차.

독립군의 딸로 태어나 도망만 다니던 유년 시절을 겪은 여자가, 아무런 의지 없이 당연한 의무처럼 독립을 외치던 여자가 스스로 나라란 무엇인지, 독립이란 무엇인지, 투쟁과 승리, 그리고 애국과 애민이란 무엇인지를 깨달아 가는 과정 속에 해주는 늘 함께였다. 작년에 구상을 시작했을 때부터 그랬다.

영은 결국 자살을 시도한다. 갈라지는 민족의 이념 속에서 선택해야 하는 방향을 잃고, 살아온 터전과 의지를 모두 잃는 순간 한 남자를 만나게 된다.

따뜻하고, 아련하고, 뜨거운 기억을 선물하는 남자.

그는 영을 사랑하지만, 영은 남자를 사랑하지 않는다. 그 끝에 그녀는 어떤 선택을 할까.

첫 시놉시스를 내밀었을 때, 이한은 무심한 얼굴로 전혀 어울리지 않는 단어를 입에 담았다. 사랑 이야기냐고.

해주는 고개를 저었다. 어쩔 수 없이 독립 운동에 가담해 살인귀로 길러진 여자가 스스로 독립을 투쟁하며 얻어 내는 진정한 승리를 담아 낼 거라고.

"아, 미치겠네."

두 시간을 내리 키보드 위에서 움직이지 않던 손을 내린 해주는 얼굴을 감쌌다.

자연스레 터진 눈물은 쉬이 그쳐지지 않았다. 쉬지 않고 모니터를 보던 눈가가 파르르 떨렸다. 큰 숨을 토해 내고, 코를 훌쩍이며 해주는 머릿속에 남은 잔상들을 지워 나갔다.

코끝이 빨개진 해주가 테이블 위를 더듬거렸다. 휴지를 손에 들고 눈 주위를 박박 닦아 내던 그녀는 눈앞에 보이는 인영에 번쩍 고개를 들었다.

저녁 약속이 있다고 퇴근한 이한이 어느 샌가 맞은편 소파에 긴 다리를 불편하게 뻗은 채 잠들어 있었다. 밖이 어둡고 조용한 걸 보니 편집 팀도 모두 퇴근을 한 듯싶었다.

퇴근한 사람이 여기는 왜 왔지? 잠은 왜 여기서 자?

해주가 미간을 찌푸렸다. 책을 읽다 잠들었는지 펼쳐져 있는 책으로 얼굴을 가린 채, 긴 팔을 그녀 쪽으로 뻗고 있었다.

소리가 나지 않게 노트북을 내려놓은 해주가 코를 훌쩍이며 몸을 일으켰다. 누운 그의 앞으로 다가가 테이블 위에 엉덩이를 걸쳐 앉자, 괜히 그의 얼굴이 보고 싶어졌다.

책을 들출까, 그러면 깨지 않을까?

장난과도 같았던 기습 키스는 일주일 전. 이한은 취중에 벌어진 어처구니없는 행동이라고 생각하는 건지, 그 후로 아무 말이 없었지만 해주는 알고 있었다.

아니, 예전부터 깨달았던 것들을 다시 확신했다.

그의 마음이 점점 제게 기울어지고 있음을.

그래서 부단히도 그를 따라다녔다. 전보다 더 적극적으로 그에게 마음을 표현했다.

지난 일주일간, 날마다 통화를 하던 민서는 그녀를 향해 명언을 남겼다.

참 열심히도 치댄다며.

"생각나서 샀어요. 선배 넥타이 몇 개 없잖아요."

"……너 요즘 뭐 하냐?"

"네? 뭐가요?"

관심 있는 남자에게 마음을 표현하고 싶은 여자가 퍼주는 선물 공세
는 기본.

"그만 봐라. 뚫어진다."
"어? 알고 있었어요, 내가 보고 있는 거?"
"내가 장님이냐?"
"쳇, 그럼 같이 좀 봐주지. 눈에 금박이라도 붙여 놨나."

세상에, 내가 이렇게 뻔뻔하고 저돌적이고 직진밖에 모르는 여자였
던가를 깨닫게 하는 멘트는 물론이고.

"나 저녁 좀 사 줘요."
"바빠."
"바빠도 밥은 먹을 거 아니야. 글이 영 진도가 안 나간단 말이에요."
"……너 진짜."
"사 줄 거죠? 우리 양꼬치 먹어요, 양꼬치!"

글을 핑계로 저녁을 얻어먹는 고단수 수법까지 써가며 일부러 그와
의 시간을 만들어 냈다. 확신이 있으니 행동했고, 그러니 다가갔다.
그의 마음이 오는 길 끝에 자신이 있음을 분명하게 알고 있었다.
조심스럽게 손을 뻗은 해주는 그의 얼굴을 가리고 있던 책을 거뒀
다. 얇은 단편 소설이었는데 얼마 전 서점에서 그녀가 추천한 작가의
첫 작품이었다.
해주는 뿌듯한 얼굴로 잠든 그를 바라봤다.
"이런 말은 참 잘 들어요."
정작 내가 듣고 싶은 말은 더럽게도 안 해 주면서.
해주는 조용히 테이블에 책을 내려놓고, 마음껏 잠든 그의 얼굴을

감상했다.

불면증인 것 같아 아끼는 차까지 내어 준 게 며칠 전인데도, 그는 여전히 잠을 못자는 듯했다. 무슨 일이라도 있는 거냐 묻고 싶었다. 가뜩이나 인상도 날카로운데 얼굴이 날마다 까칠해져서는 갈수록 뾰족뾰족해졌다.

답답하겠다 싶어 해주가 손을 뻗었다. 하나만 풀려 있는 제일 윗단추 아래, 딱 하나를 더 풀면 편하겠다 싶었다.

그녀는 몰랐다. 단추 푸는 소리가 이토록 클 줄은.

"어, 나는……."

지그시 떠진 눈이 살짝 감겼다가, 다시 떠졌다. 그리고 천천히 눈이 감겼다.

잠든 걸까? 완전히? 얼굴 앞에 손바닥을 쫙 펼쳐 흔들며 해주는 그가 깊은 수면 상태임을 확인했다. 다행이라는 안도감은 둘째 치고, 다물어진 입술이 눈에 들어왔다.

무슨 남자 입술이.

"죄다 핑크빛이야."

내 눈이 핑크빛이라 그런 건가. 각질 하나 없는 입술에 시선을 고정한 해주가 천천히 단추에서 위로 손을 뻗었다.

닿을 듯 말 듯 손과 입술 사이가 아슬아슬했다. 당돌하게 입술로 밀어붙였던 어느 날 밤이 떠오르니, 다시 욕심이 났다.

한 번만 더 느껴 보고 싶다. 아주 짧아도 좋으니까, 딱 한 번만 더.

분명 결정과 고민 사이에 있다고 생각했는데, 이미 입술은 닿아 있었다.

따뜻해. 좋아. 오래도록, 가능하면 평생 이러고 있고 싶어.

무의식에 감았던 눈을 떴다. 있어서는 안 될 일이 일어났다. 반쯤 뜬 그의 눈이 그녀를 똑바로 직시하고 있었다.

놀란 해주가 몸을 뒤로 물리는데, 손목이 붙잡혔다.

그리고 순식간에, 정말 거짓말처럼.

입술이 부딪혔다.

"서, 선배……."

몇 번을 불러 봤자 요지부동이었다. 조급하고, 거칠었다. 붙잡힌 손목에 힘이 실렸다. 막 잠에서 깨어난 사람이라고는 믿어지지 않았다. 뒷목을 감싸는 온기에 해주의 긴장감도 차츰 풀렸다.

불규칙한 호흡으로 그녀의 입술이 벌어지고, 아랫입술을 깨물던 그의 혀가 입술 사이로 밀고 들어왔다. 서툴다 생각할 수 있는 성급한 밀어붙임이 계속 이어졌다.

혀와 혀가 얽혀 들었다. 마치 원래가 서로의 한 몸이었던 것처럼.

해주는 주춤거렸고, 이한은 매달렸다.

앉아 있지도, 서 있지도 않은 어정쩡한 포즈에 힘들어할 즈음 그가 그녀의 허리를 잡아당겼다. 순간 소파 위에 누워 있던 그가 그녀를 아래에 두었다. 그 찰나에도 그는 입술을 떨어트리지 않았다.

그는 여전히 야하고 느린 행위로 계속 해주를 탐하며, 끝의 끝까지 그녀를 몰고 갔다. 아낌없이 저를 탐하는 몸짓에 그녀는 망설임을 멈췄다. 손목이 자유로워진 해주는 그가 허리를 잡아 당기는 것과 동시에 이한의 목을 감쌌다. 키스가 더욱 깊어졌다.

입천장에 그의 혀가 닿고, 치열 위로 그의 숨결이 지나갔다. 달래듯 쓸어내리는 숨결은 믿기지 않겠지만 그의 것이었다.

그녀는 난생 처음 받는 자극에 아무 생각도 할 수 없었다. 그가 갑자기 왜 이러는지, 피하기 급급했던 사람이 무슨 심경의 변화를 겪었는지, 길고 긴 이 키스가 끝난 후에 그는 어떤 태도를 취할 것인지 고민할 수 없었다. 집어삼켜진다는 느낌이 어떤 것인지 알 것 같은 행위가 계속 됐다.

이한이 잠시 입술을 뗐다. 반쯤 눈을 뜬 흐릿한 눈동자가 해주의 입술 위를 훑다가, 혀를 내밀어 그 사이를 야릇하게 핥았다.

온몸이 저릴 만큼 야하고, 애절했다. 다시 입술이 벌어지고 키스, 또 키스.

입술이 닿고 혀가 문질러졌다. 달콤한 숨결은 언제 그랬냐는 듯 다시 하나가 됐다. 그의 혀가 해주의 혀끝을 건드리다가 삼킬 듯이 달려들었다. 몰아붙이고, 또 몰아붙였다.

모두가 퇴근하고 빈 사무실에 찾아온 침묵, 들리는 건 야릇한 신음, 옷깃이 스치는 소리가 전부였다.

이제 매달리는 건 이한뿐만이 아니었다. 지금 이 순간이 끝나는 것을 두려워하는 해주 역시 그에게 온몸으로 매달렸다. 서툴고, 어색하게 그를 따라가며 같이 혀를 얽었다.

호흡이 달려 숨이 턱 하고 막히는 느낌에 해주가 뒷목을 감싸던 손을 내려 그의 가슴을 살며시 밀어냈다. 그가 멀어지고, 턱과 목 사이에 뜨거운 숨결이 내려왔다. 핥고, 깨물고, 다시 핥고, 살결을 빨아들이는 행위가 이어졌다.

"선배, 자, 잠깐."

그녀는 멈출 생각이 없었다. 다만, 티셔츠 속으로 들어오는 손이 없었다면 그랬을 것이다.

그 순간 이한이 번쩍 고개를 들었다. 흐릿했던 눈동자가 선명해지고, 크기가 커졌다.

"너, 이거 꿈⋯⋯."

그가 뭐라 중얼거리다가 말을 멈추었다.

꿈? 선배 설마 꿈 꿨어요? 대체 어떤 여자랑 이런 걸 하는 꿈을 꿨길래!

뜨거운 숨을 내뱉느라 헐떡이는 해주가 미간을 팍 구겼다.

"⋯⋯꿈 아니거든요."

못마땅한 얼굴로 묻지도 않는 그를 향해 해주가 대답했다. 그녀를 내려다보는 눈에는 절망 비슷한 것이 느껴졌다.

아, 역시.

해주는 상체를 일으키는 이한을 보며 잠깐 실망했지만 내색하지는 않았다. 그녀 역시 그를 따라 몸을 일으켰다. 엉덩이를 뒤로 물리고, 그가 입을 맞췄던 목을 만지작거렸다. 작은 욕지거리가 들려왔다. 그의 목소리였다.

아무리 그래도 욕은 하지 말지.

고개를 들자 시선이 마주쳤다. 차게 식어 버린 시간이 엉망이 된 해주를 훑어 내렸다. 그가 한손으로 얼굴을 쓸어내렸다. 한숨 소리 비슷한 것도 함께 들려왔다.

실망하지 않으려 했지만, 해주는 실망했고 섭섭했다. 그의 의지가 아닐 것이라 대충 예상은 했어도, 현실은 아니기를 바랐으니까.

"선배."

"미안."

사과도 안 했으면 했는데.

"미안해. 먼저 갈게."

바라지 않는 사과를 받아 버린 해주는 그를 잡지 않았다. 사무실 문이 닫히는 소리가 유난히 컸다. 헝클어진 머리칼을 정리하고, 옷매무새를 쓸어내리며 해주가 입술을 깨물었다.

"누가 잡아먹나, 도망은."

해주는 여전히 뜨거운 입술과 목 언저리를 어루만졌다. 아직도 입술이 얼얼했다. 잡아먹힐 뻔한 건 난데, 자기가 도망은 왜 가? 내가 뭐, 여기서 더 진도 빼자고 했어?

"나는 그냥 딱."

잠깐, 뽀뽀만 해 볼까 했던 건데.

어디서부터 잘못된 건지 차츰 기억을 짚어 가던 해주가 두 손으로 뺨을 감쌌다. 조명이 센 것도, 에어컨이 꺼진 것도 아닌데도 뺨이 붉게 달아올랐다.

이유는 당연했다. 점차 마음을 열고 있는 상대와 나눈 키스. 그녀는 현실이었지만, 그에게는 꿈속이라는 차이가 있긴 했다.

대체 어떤 여자랑 꿈속에서 그런 진한 키스를 한 거야. 알아낼 수도 없는 그의 꿈속 여자를 향해 질투를 퍼붓는 것도 잠시. 해주는 주변을 둘러봤다.

순식간에 혼자가 된 사무실에서 더는 작업을 할 수 없었다. 노트북과 가방을 챙기는데, 테이블 한쪽에 올려놓은 작은 쇼핑백이 보였다. 정갈하게 포장된 도시락이었다. 누가 사 왔는지, 그리고 이 도시락의 주인이 누구인지 알아챈 해주는 웃지 않을 수 없었다. 멋대로 키스하고 도망간 남자라 해도.

쇼핑백을 챙긴 해주가 밖으로 나왔다. 손거울로 퉁퉁 부은 입술을 확인하고, 그의 입술이 닿았던 목을 살폈다. 그녀가 나지막한 웃음을 터트렸다.

"이래 놓고 왜 자기가 도망을 가."

이런 게 키스 마크라는 건가. 해주는 호기심 어린 시선으로 붉은 자국 위를 어루만졌다.

친구들은 한창 연애할 즈음부터, 이한에게 푹 빠져 있던 해주에게 과거라고 할 만한 연애사는 없었다. 백일 이상 남자 친구를 사귀어 본 적도 없었고, 열렬하게 좋아해 본 상대도 이한이 처음이었다. 스킨십 자체도 경험이 많지 않았다.

그녀의 20대는 정말, 이한뿐이었으니까.

그런데 권이한, 그 남자는.

"왜 이렇게 잘해."

연애 오래 한 티를 꼭 이렇게 내지. 해주가 팔짱을 낀 채 툴툴거렸다. 얼굴도 모르는 그의 꿈속 여인에게 향했던 질투가, 눈 돌아갈 만큼 예뻤던 그의 과거 연인에게 옮겨 갔다.

참 별의별 생각을 다 하게 만드는 키스다. 원래 키스가 이런 건가? 아, 해 본지가 워낙 오래 돼서. 그런데 대체 꿈속에서 누구랑 이걸 한 거야.

"혼잣말 주제가 뭐예요?"

아쉬움 반, 들뜨는 마음 반. 그 속에 담긴 작은 질투까지. 길 잃은 감정 덩어리를 안은 채 앞만 보고 있던 해주의 앞으로 서준이 나타났다.

아침에 커피를 살 때 보고, 딱 열두 시간 만이었다.

"제가 혼잣말했어요?"

"네. 저기 앞에서부터."

설마 들린 건 아니겠지. 분명 키스라는 단어가 세 번은 나왔을 텐데.

해주가 어색하게 웃자 서준은 약 20분 전, 이 앞을 지나가던 이한을 떠올렸다. 그의 입가에 뭉근한 미소가 떠올랐다.

"저 여기서 맥주 마실 건데."

그가 카페 밖 야외 테이블을 가리켰다. 그러고 보니 클로즈 팻말을 단 카페 안은 이미 마감 시간이 지난 뒤였다.

"같이 드실래요?"

· *I like you* ·

"기사님. 저 내리겠습니다."

미친 사람처럼 출판사를 뛰쳐나와, 택시를 잡아타긴 했는데 문제는 거기서부터 시작됐다. 아무도 없는 빈 사무실에 혼자 남겨진 해주가 떠올랐다.

덧붙여 그가 만들어 놓은 그녀의 상태도.

헐떡거리는 숨결을 다시 집어 삼킬 뻔했던 걸 참고 억누르다 못해 도망쳐 나온 사무실에 다시 갈 수밖에 없었다.

돈을 지불하고 택시에서 내린 이한은 얼마 가지도 않은 거리를 되돌아갔다. 찬 바람에 술기운이 조금 가셨으면 했는데, 열대야라고 떠들어 댄 기상청의 예보가 맞았는지 밤바람은 후덥지근했다.

작은아버지 유택이 출간 계약 때문에 오랜만에 서울에 올라왔다. 해주도 불러 같이 밥을 먹자는 유택에게 글 쓰는데 방해하고 싶지 않다고 핑계를 대놓고, 그는 저녁 식사 자리가 끝나자마자 회사로 길을 돌렸다.

약간의 반주를 걸쳤기 때문에 운전을 할 수도 없어 대리를 불러야 했다. 대리를 기다리는 동안, 유택 내외를 배웅하고 저녁을 먹은 한식당에서 간단한 저녁거리를 포장했다. 그때까지는 그저 순조롭기만 했다.

사무실에 도착하자마자 이한은 밥부터 먹일 생각이었다. 하지만 문이 열리는 것도, 자신이 맞은편에 앉는 것도, 책을 펼쳐 읽는 것도 눈치채지 못할 정도로 글에 집중하며 한 번도 노트북 위로 시선을 들지 않는 그녀 때문에 그럴 수도 없었다.

예민함이 특성인 다른 작가들에 비해 해주는 둔했다. 잘 넘어지고, 잘 덤벙거리고, 잘 잃어버렸다. 그가 조용하게 움직인 탓도 있었지만, 키도 덩치도 큰 자신이 눈에 안 보일 정도라니. 때때로 그녀의 둔함을 논할 때마다 해주는 변명했다.

그건 둔한 게 아니라, 집중력이 월등한 것이라고.

그녀의 키보드 소리를 배경 삼으며 책을 들었다. 어떤 장면을 쓰는 걸까. 내심 설레고 기대됐다. 이미 받아 본 구성안이 있어 그가 모르는 내용이 없을 텐데도, 수많은 장면들을 어떤 문장으로 완성해 나갈지 기대가 몰려왔다.

언제 잠이 들었는지 기억은 없었다. 해주가 한번 연락해 보라던 작가의 글을 읽다가 잠에 들었다. 불면증이라고 해도 과언이 아닐 만큼, 요즘 꿈속의 해주 때문에 부쩍 잠이 부족한 그였다.

그는 해주를 앞에 두고 잠들었고, 해주의 꿈을 꿨고, 이번에도 해주와 키스를 했다. 누가 먼저였는지도 모르게, 성급하게 혀를 섞었다. 물론 꿈속의 해주는 알몸이었다. 잠깐 눈을 떴을 때도 눈앞에 해주가 있었다. 그녀가 꿈속처럼 옷을 벗고 있었는지, 입고 있었는지 살필 겨를이 없었다.

당연히, 꿈이라고 생각했으니까.

입을 맞췄다. 세상에 둘만 남은 것처럼 키스를 했다. 그녀의 의사 따위는 전혀 상관없는, 오로지 그의 착각과 욕심, 본능만이 존재했다. 꿈속이라 착각했던 게 어처구니없을 정도로 기억은 선명했다.

헐떡거리는 숨결, 달아오른 얼굴, 헝클어진 머리와 옷자락, 뽀얀 살결 위로 만들어 낸 자국, 불어 터진 입술, 축축이 아니라 촉촉해진 눈가.

온갖 미사여구를 덧붙여도 그는 미친놈이었다. 미친 게 맞았다. 저를 좋아한다 온 마음으로 표현하는 여자에게 해서는 안 될, 추잡한 짓이었다.

"개자식."

꾸준히 제 마음속에 노크하는 여자에게, 해서는 안 될 짓을 하고서 도망이라니.

그가 걸음을 서둘렀다. 명백한 해결 방안은 없었다. 그녀에게 돌아가 변명 아닌 변명을 늘어놓고 뺨이라도 얻어맞고 싶은 심정이지만 해주는 그러지 않을 것이다.

그러면 뭘 할까. 변명 아니면 뭘 해. 순간 네가 여자로 보였다고? 키스하고 싶어서 참을 수 없었다고? 내가 요즘 밤마다 야한 꿈을 꾸는데, 그 꿈에 네가 나오고, 나는 오늘 꿈과 현실속의 너를 착각한 것뿐이라고?

인정한다. 이제는 인정할 수밖에 없었다.

공해주가 좋다. 좋아 미치겠다.

사랑을 할까 말까 망설여지는 것은 물론, 공해주가 예뻐 보이기 시작했다. 평생 해 본 적 없는 고민을 그녀가 하게 했다.

그저 그녀의 글을 좋아한다고 생각했다. 그런데 아니었다. 글을 쓰는 그녀 역시 마음에 담아 버렸다.

모두가 다 아는 이 쉬운 감정을, 바보처럼 끝까지 부정했었다.

처음 네 글을 읽고 네 글에 반했을 때. 담담히 내 앞에서 파양 얘기를 꺼내 놓았을 때. 너와 시간을 보내며, 네 글을 읽는 첫 독자가 되기를 내내 기다렸을 때. 불현듯 네가 사라졌을 때. 그리고 다시 돌아와 내 눈앞에 나타났을 때.

결국 전부 사랑이었던 걸까.

난 눈 뜬 장님처럼 내 마음도, 네 마음도 모른 채 너를 옆에 뒀던 걸까.

알 수 없다. 지나간 시간은 다시 돌이킬 수 없고, 지나간 감정은 깨달음만으로 충족되지는 않는다. 후회라면 후회일 것이다. 도대체 언제 어디서부터 시작된 감정인지는 알 수 없으나, 하나만은 분명했다.

적어도 지금은. 지금만큼은.

그는 '가족'이라는 매개체로 사랑을 증오하고 혐오했다. 애정이라는 걸 받아 볼까 했던 미친 생각으로 시작한 정원과의 연애도 마찬가지였다.

끝은 잔인했다. 그가 아닌, 상대에게.

울면서 매달리던 정원의 마지막 말을 기억했다.

"날 만지는 것도 어려워하는 너한테, 나 좀 봐달라고, 나 좀 만져 달라고 애정을 구걸하는 게 얼마나 병신 같은지 알아? 내가 그런 너를! 몇 년이나 기다렸는지 알아?"

"넌, 죽을 때까지 사랑 따위 모를 거야. 그랬으면 좋겠어. 네가 끝까지 불행했으면 좋겠어."

이한과 정원은 감정의 시작점부터 달랐다. 사랑이 아닌, 한낱 '기대'라는 걸 했었다. 부모의 애정 따위 모르고 자란 제게 무조건적으로 다가오는 애정이 무서우면서도 기대됐다.

나도 사랑 같은 걸 할 수 있는 놈인 걸까.

하지만 끝은 처참하고 추잡했다. 기대만 하고, 노력을 하지 않았던 자신 때문에 정원도 망가졌었다.

"안 궁금해? 내가 그 남자들이랑 뭐 했는지."

"한정원."

"키스도 했어. 잠도 잤어. 좋았어. 따뜻했고, 사랑받는 것 같았어. 너한테

서 못 느껴 본 감정들 다 느껴 봤어. 그러니까 더 억울해 미치겠는 거야. 왜 나는 이런 연애밖에 못 하나, 왜 나는 이렇게 바닥을 기는 연애만 하나."

"정원아."

"그런데 넌 화도 안 나지? 내가 불쌍하기만 하지? 그게 사랑이야? 우리가 사랑해서 만나는 거야? 아니, 네가 날 사랑하기는 해?"

"……."

"바닥이야, 전부 바닥이라고. 딴 남자랑 잤다는 얘기 하는 나나, 이런 얘기 듣고도 화도 안 내는 너나 전부 밑바닥이야. 알아?"

울면서 끝내고 싶지만 끝낼 수 없다 얘기하는 정원을 보며 깨달았다.

사랑 따위를 괜히 바랐다. 너의 애정을 받아 보겠다고 괜히 너를 망가뜨렸다. 자책하며 다시는 돌이킬 수 없는 관계라면 시작도 하지 않겠다고 다짐했었다. 무너져 가는 정원을 보며 그리 생각했다.

공해주를 그렇게 만들 수는 없었다. 사랑이라는 그늘 안에 그녀를 가두고, 외롭게 만들고 싶지 않았다.

나는 그런 것밖에는 모르는 놈이니까. 사랑이 안 되는 놈한테, 사랑을 요구하는 그녀가 그만했으면 싶었다.

수백 번 흔들리고, 수백 번 참아 내고, 수백 번 견뎌 낸 시간을 비웃듯 내린 결론이었다.

그러니 공해주, 적당히 했어야지. 내가 너를 좋아하게 만들면 어쩌자는 거야.

출판사 근처에 다다른 이한이 걸음을 멈췄다. 낯익은 목소리가 들려와 고개를 돌아보니 카페 야외 테이블에 서준과 마주 앉아 있는 여자가 보였다.

그를 들뜨게도 하고, 무너지게도 하는.

해주였다.

"진짜요? 해 주실래요?"

"그럼요. 맥줏값은 해야죠."

서준이 약혼녀가 사인 받은 책을 너무 부러워한다고 말을 하자마자 그녀는 제안했다. 어려울 것도 없었다.

해주의 말이 끝나기 무섭게 서준은 카페 안으로 들어갔다. 그는 안쪽에서 주섬주섬 뭔가를 챙겨 오더니, 작은 상자 하나를 통째로 들고 왔다. 전부 그녀의 책이었다.

"약혼녀 책이에요. 사인 받으려고 갖다 놨었어요."

"그럼 일찍 말을 하죠."

"호시탐탐 기회를 엿봤죠."

시리즈 50권짜리도 아니고, 겨우 다섯 권에 생색내는 것도 민망한데 이렇게 띄워 줄 것까지야.

알아서 사인을 해 주겠다고 나서는 스타일은 절대 아니지만, 그녀는 기분이 좋았다. 꿈만 꿨던 상대와의 야릇했던 키스도, 맛있는 디저트와 맥주를 제공하는 자신의 팬도, 무덥지만 야외의 밤바람도 한몫을 했다.

서준의 책에 사인했던 것처럼 해주는 책을 꺼내 맨 앞장을 펼쳤다. 몇 번이나 읽었는지 책은 변색되었고, 표지에 상처도 많았다. 그녀는 괜히 기분이 더 좋아졌다.

"약혼녀분 성함이 어떻게 돼요?"

"아, 이름."

"네. 이름이요."

사인을 하려면 이름을 알아야 하는데, 웬일인지 서준은 대답을 망설였다. 그녀가 빤히 바라만 보자, 그는 어색하게 웃다가 입을 열었다.

"정원이요. 한정원."

"네, 한정……원."

이름을 적으려던 해주가 손짓을 멈췄다. 흔한 이름이다. 발에 채일

만큼 흔한 성에, 평범한 이름. 그러니까 동명이인일 수도 있다.

그리고 그의 약혼녀는 놀라울 정도로 자신의 팬이라고 했다. 그녀가 아는 정원은 철천지원수라면 원수였지, 제 팬이 됐을 리가 없다.

"흔한 이름이죠."

해주가 고개를 들었다. 서서히 입꼬리를 올려 웃는 서준을 마주 보다가, 찜찜한 기분으로 사인을 완성했다. 남은 책들에 사인을 하기까지 시간은 얼마 걸리지 않았다.

2분쯤 지났을까. 다시금 서준의 목소리가 들려왔다.

"감사해요. 약혼녀가 좋아할 거예요."

"……네. 다행이네요."

"작가님을 정말 좋아하거든요. 꼭 알아주셨으면 좋겠어요."

가득 담은 진심이 느껴지는 말. 아닐 거다. 아니어야 한다. 그런데도 확인하고 싶어졌다.

친필 사인 본을 자랑했더니 부러워서 책을 뺏으려 했다는 약혼녀가, 너무너무 좋아해서 결혼하고 싶었는데 얼마 전에야 겨우 프러포즈를 받아 줬다는 약혼녀가, 오랜 시간 매달린 뒤에야 그를 봐줬다는 약혼녀가 혹 제가 아는 사람인지.

고작 이름 하나 같을 뿐인데도 이미 그녀의 마음은 기울고 있었다.

"실례되는 질문 하나 할게요."

"얼마든지요."

"약혼녀분, 혹시……."

"공해주."

어느 대학, 어느 학과를 졸업했는지만 물어보려고 했다. 갑작스레 끼어든 음성만 아니었다면.

그녀의 입이 다물어지고, 고개가 반대편으로 향했다. 언제 돌아왔는지 모를 이한이 고작 다섯 걸음을 사이에 두고 서 있었다.

해주는 전부 잊어버렸다. 그와의 키스, 그가 만졌던 손, 그가 내뱉은 숨결. 그녀의 생각은 오로지, 우리들 사이에 다시 나타날지도 모르는 정원에게 향해 있었다.

"나와."

아, 나 방금 전까지.

"안 나와?"

정말 무지 행복했는데.

선배랑 가까워진 것 같아서. 우리 사이가 정말 예전과는 다른 것 같아서.

해주가 허탈한 표정으로 작은 숨을 내뱉었다. 서준은 날카롭게 자신을 경계하는 이한과 울 것 같은 얼굴의 해주를 번갈아 보다가 곧 후회했다. 의도하지는 않았는데, 상황이 복잡해졌음을 느꼈다.

"진짜 말 안 듣네."

사정을 모르는 이한의 눈에 둘은 그저 야심한 시간에 맥주 한 잔을 기울이며 데이트를 즐기는 남녀였다. 그는 단숨에 거리를 좁혔다. 손목을 잡아 일으키자 그녀는 힘없이 끌려왔다.

"먼저 가 보죠."

"서준 씨."

경계 어린 이한의 목소리와 나긋한 목소리가 겹쳐졌다. 해주는 본능적으로 알았다. 목소리의 주인공이 누구인지를.

아, 정말 망할 놈의 타이밍.

"아, 정원 씨."

"밖에서 뭐 해? 더운데."

또각거리는 구두 소리는 얼마 들리지 않았다. 해주는 고개를 들어 눈앞의 여자를 확인하고 굳어지는 이한의 얼굴을 소리 없이 바라보았다.

캐나다에서 돌아와 이한의 곁에 있는 내내 정원의 흔적을 발견한 적은 없었다. 그만큼 그에게 옅어진 존재라고 생각했다.

그런데 그게 아닌 걸까. 이 사람도 평범한 사람들처럼 헤어질 때 아프고, 헤어진 후에 후회라는 걸 했을까.

해주는 서준이 원망스러웠다. 이한에게 정원을 보이게 한 그가 갑자기 미워졌다.

"다 같이 있었구나. 몰랐네."

정원이 어색하게 웃으며 가까이 다가왔다. 해주는 제 손목을 잡은 그의 악력이 다시금 강해지는 것을 느꼈다. 아프도록 잡힌 손목이 저려 왔다.

"권이한, 오랜만이다. 해주도."

여전히 예쁘고, 여전히 싱그러운 정원이 웃으면서 인사를 건네 왔다. 그가 커다란 꽃다발을 들고 찾아왔던 졸업식, 그때 이후로 정원을 만난 건 처음이었다.

해주가 그에게 손목을 붙잡힌 채로 작게 고개를 숙였다가 들었다.

"졸업하고 처음 보지? 잘 지냈어?"

"네."

"서준 씨 카페 자주 온다는 얘기는 들었어. 얼굴 좋아 보인다."

이한을 앞에 두고도 정원은 해주를 향한 말만 내뱉었다. 정원은 나란히 선 이한과 해주의 굳은 얼굴을 보다가 그들의 뒤에 선 서준에게로 시선을 돌렸다. 약혼자가 쓰게 웃으며 어깨를 으쓱였다.

"반가웠다. 먼저 갈게."

어쩌지도 못하는 해주를 먼저 이끈 건 이한이었다. 차갑게 일갈하고 정원을 지나친 이한은 잡고 있던 해주의 손목을 꼭 붙들었다. 그의 빠른 걸음걸이를 따라가느라 해주는 거의 뛸 듯이 걸어야 했다.

그 뒷모습을 지켜보던 정원의 곁으로 서준이 가까이 다가왔다.

"빨리 왔네요."

"응. 그런데 쟤들 반응 왜 저래? 서준 씨, 내 얘기 안 했어?"

서준은 언제나 그랬던 것처럼 그녀의 가방을 대신 들어 주었다. 그들이 사라진 방향에 시선을 주던 정원이 그를 돌아봤다.

"얘기할 틈이 없었어요. 자연스럽게 정원 씨 책에 사인 받으면서 얘기하려고 했는데, 이 타이밍에 둘이나 나타날 줄은 몰랐죠."

"아……."

"신경 쓰여요?"

그녀의 숄더백에서 운동화를 꺼내 정원의 앞에 내려놓으며 서준이 물었다. 신경 쓰이면 쫓아가도 좋다는 뜻이 내포된 걸까. 정원은 그를 빤히 바라보다가 단단한 서준의 팔에 기댄 채 운동화로 갈아 신었다.

"살 것 같다."

"신경 쓰이냐니까."

정원이 화제를 돌리자 서준은 재촉했다. 그녀는 몸을 빙 돌려 그를 마주 봤다. 구두에서 내려오니 키 차이가 벌어져 그를 올려다봐야 했다. 피식 웃으며 정원이 말했다.

"신경 쓰이면 뭐, 따라가라고?"

"……갈 거예요?"

"서준 씨 매력 없어졌다. 무작정 들이대는 게 매력이었는데."

"그건!"

"저길 내가 왜 껴. 이미 충분히 복잡해 보이는데. 근데 맥주 남았어?"

테이블 앞으로 간 정원이 방금 전까지 해주가 마시던 맥주를 흔들어 보다가 한쪽에 쌓인 책을 발견했다. 그녀의 책이었다. 심플하고 간단해서 더 매력적인 해주의 사인을 보니 웃음이 났다.

사인도 공해주 너답구나. 행여나 사인이 번질까 조심스럽게 책을 덮은 정원이 옆에 놓인 도시락을 발견했다. 메뉴를 보니 서준의 취향은 아니었다.

"신경 안 쓰이는 척하는 건 아니죠?"

두고 간 건가, 생각하는데 다시 서준이 물어 왔다. 몇 번을 확인시켜 줘도, 몇 번을 불안해할 그를 안다. 해바라기처럼 그를 그냥 그 자리에 둔 건 정원의 오랜 선택이었다.

"서준 씨 카페 개업했을 때, 언젠가 이렇게 만나게 될 거라고 예상했었어. 만나 보니 뭐, 별거 없네."

"정원 씨."

"사인 받아 준 보답으로 야식은 내가 쏠게. 주문은 서준 씨가 해. 맞다, 그리고 나 서준 씨 집에서 자고 갈래. 너무 피곤해서 내일 반차 냈는데, 집까지는 못 가겠어."

품에 책을 가득 안은 정원이 카페 안으로 들어갔다. 그 어느 때보다도 편안해진 얼굴로. 하지만 서준은 아니었던 모양인지 뒤에서 그녀를 껴안았다.

"없어 보이는 건 아는데, 정원 씨 너무 편해 보여서. 오히려 그런 척하는 것 같아요."

자신의 어깨 위에 얼굴을 묻고 불안감을 내비치는 그의 손을 마주 잡으며 정원은 웃었다. 그의 불안이 그저 귀엽기만 해서.

"나 이한이랑 헤어질 때 되게 나쁜 말 많이 했거든. 그래서 조금 미안했는데."

정원이 뒤를 돌며 서준의 허리를 마주 안았다. 그는 쉽게 그녀에게 안겨 오며, 또 그녀를 안았다.

"괜찮아 보여서. 해주랑 좋아 보여서."

그의 어깨에서 얼굴을 든 정원이 씨익 웃었다.

"적어도 내 저주는 안 먹힌 것 같아 다행이라고 생각했어. 됐지?"

생각하는 것도, 행동도 전부 예쁜 여자가 무슨 저주를 했을까. 궁금증을 뒤로한 서준이 가까워진 그녀에게 입을 맞추려 하자, 정원은 저녁 식사 후 양치질을 빼먹은 걸 기억하고 얼굴을 뒤로 뺐다.

"안 돼. 야식 먼저. 나 배고파."

"치사하게."

"치사해도 안 돼. 야식이 먼저야."

고픈 배를 달래기 위해 정원은 한참을 사랑하는 이에게 칭얼거렸다.

· *I like you* ·

"아파요."

"……."

"아프다니까!"

왜 저녁에 술을 마셔서, 왜 운전을 못해서, 왜 너한테 키스를 해서, 왜 또 네 꿈을 꿔서, 왜 너를 두고 그냥 나와서, 왜 널 데려다주지 못해서.

수없이 붙는 '왜'를 외면하지 못하고 이한은 앞만 보고 걸었다. 해주가 뿌리치지 않았다면 분명 그랬을 것이다.

"봐요. 부었잖아요."

어두워서 보이지 않을 텐데도, 해주는 괜히 그에게 잡혀 있던 손목을 보여 주며 말했다. 두려운 상황들이 그녀를 코너로 몰고 있었다. 수비가 너무 강력했다.

권이한과 한정원. 이 남자도 나를 막는데, 과거의 여자까지 나타나 나를 막으면 어떡해야 하나. 해주가 입술을 깨물었다.

"카페 사장님한테 약혼녀 있는 건 알았어요. 프러포즈 받아 줘서 너무 좋다고, 약혼녀가 내 팬이라 해서 사인해 준다는 거, 오늘 해 주고 있었는데."

"……."

"나도 방금 알았어요. 그 약혼녀가 정원 선배인 거."

일부러 서준의 약혼녀에 대해 말하지 않았던 건 아니지만, 상황이 이렇게 되니 그녀가 감춘 모양새가 됐다. 어느 것부터 설명해야 하나, 머리를 굴렸지만 해주도 혼란스럽긴 마찬가지였다. 그리고 불안했다.

"놀랐어요?"

눈앞의 아무 말도 하지 않는 남자 때문에.

"놀랐겠지, 나도 놀랐는데."

그래도 무슨 말이라도 해 줬으면. 내가 이렇게 불안한데.

"헤어지고 처음 만난 거예요? 난 졸업하고 처음 본 거라."

그러고 보니 정확히 둘이 언제 헤어졌는지도 몰랐다. 얼마 만에 다시 만난 걸까. 정원 선배는 반가워하는 것 같았는데, 그도 그럴까. 하지 않아도 될 질문을 한 해주가 말끝을 흐렸다. 그 사이를 이한이 파고들었다.

"너 그 남자 잘 알아?"

처음 질문을 듣고는 견제한다고 생각했다. 옛 연인의 약혼자에 대해. 하지만 느낌이 이상했다. 견제라기보다 화를 내고 있는 느낌? 물끄러미 그를 올려다보던 해주가 고개를 저었다.

"한정원 약혼자라는 것 빼고, 카페 사장인 것 빼고, 네 팬인 것 빼고 뭘 알고 있는데."

"……어, 없어요."

"그럼 조심했어야지. 잘 모르는 남자랑 이 늦은 시간에, 그것도 둘이."

화를 억누르지 못한 목소리 끝이 갈라지고, 빨라진 말에 짜증이 섞여 있다. 해주는 묵묵히 그런 그를 바라봤다.

"생각이 있어, 없어?"

평소보다 표정도, 목소리도 좋지 않았다. 그가 진심으로 화를 내는 게 느껴졌다. 그럴 때의 해주는 항상 서운해하거나, 섭섭해하느라 바빴다. 웃음이 나올 뻔한 적은 단 한 번도 없었다.

"너 지금 웃냐?"

"아니, 이상하잖아요."

"뭐가."

"카페 사장님 약혼녀가 정원 선배라니까요?"

그녀는 자꾸만 나오려는 웃음을 참지 않고, 걸어온 방향을 가리켰다. 혹시 그가 잘못 본 건 아닐까, 일깨워 주며.

"그게 뭐."

그런데 이 반응은 뭐랄까, 너무 평화롭잖아.

"알고 있었어요?"

"미쳤냐?"

"방금 정원 선배 봤는데도, 지금 나한테 이러는 거예요?"

"자꾸 뭐라고……."

"아무렇지도 않아요?"

"대체 언제적 얘기를 하는 거야."

"그럼 우리 왜 안 사귀어요?"

"……."

"키스도 했는데."

것도 두 번. 해주가 손을 들어 살짝 브이를 그렸다. 그의 말문이 턱 하고 막혔다. 해주는 웃고, 이한은 굳었다.

"몇 년 만에 만난 전 여자 친구는 안중에도 없고, 내가 잘 모르는 남자랑 이 밤에 단둘이 있던 게 그렇게 신경 쓰이면서, 왜 안 사귀냐고요."

"……너는 진짜."

"이것 봐. 또 귀 빨개지는 거."

당황한 그가 탄식을 터트려도, 해주는 여유만만이었다.

이한은 기가 차서 웃었다. 멋대로 키스한 주제에 홀로 두고 갔다고 화를 내고, 원망할 줄 알았던 그녀는 잘 알지도 못하는 남자와 둘이서 술잔을 기울이다가, 이제는 예쁘게 웃으며 사랑스러운 말을 내뱉는다.

우리는 왜 아직 그대로냐고.

다가가지도 못하는 남자에게 다가올 수 있는 기회를 백번이고 천 번이고 만들어 주는 여자. 이한에게 해주는 그런 여자였다.

머릿속이 하얘졌다. 해주를 보기 전까지 들었던 망설임은 씻은 듯이 사라졌다. 어차피 처참한 끝을 함께할 거라면 시작도 하지 말아야 한다는 생각 따위 저 멀리 사라진 뒤였다.

너는 나를 좋다 하고, 나도 네가 좋은데.

"공해주."

"네."

"······하아, 공해주 너 진짜."

한숨, 그리고 이어지는 이름. 해주는 제 이름이 좋았다. 특히 그가 부르는 공해주가.

"너는 대체 내가 왜 좋냐."

"좋은데 이유가 어디 있어요? 그냥 좋으면 좋은 거지."

해주가 발끝을 올리며 그의 얼굴 앞에 환하게 웃는 제 얼굴을 들이밀었다.

그 모습에 하마터면 그녀의 시나리오대로 행동할 뻔했다. 입술을 내리고, 품에 안아서 그대로 숨결을 다시 뺏고, 또 뺏을 뻔했다.

그게 오늘이어서는 안 된다. 술도 마시지 않고, 정원을 만나지도 않고, 온전한 감정 그대로를 볼 수 있는 날이어야 한다.

이한은 홀린 눈으로 해주를 내려다봤다.

"아, 맞다. 도시락 놓고 왔다!"

놓고 온 도시락을 떠올린 해주가 탄식하듯 중얼거렸다. 그러든가 말든가, 이한은 그녀의 정수리에 그대로 손을 올렸다.

"뭐야, 기름겨요."

정수리만 붙잡혔을 뿐인데 꼼짝도 못하게 된 해주가 발을 동동 굴렀다. 그 순간 이한의 손등 위로 툭, 물방울이 떨어졌다. 소나기였다.

비가 온다는 얘기는 없었는데. 그녀가 낮게 중얼거리는 사이, 빗줄기는 점점 더 강해졌다. 그는 망설이지 않고 도로 쪽으로 손을 뻗었다. 얼마 지나지 않아 빈 차 표시등을 켠 택시 한 대가 매끈하게 다가왔다.

"일단 오늘은 들어가."

"들어가요? 왜요? 아니, 이대로 들어가면 어떡해요, 흐름 끊어지게!"

흐름이라니, 대체 무슨 흐름. 이한은 숨을 들이쉬면서 그녀가 말하는 흐름에 대해 생각했다.

설마 얘가 나랑 같은 생각을 하나. 키스에서 이어지는 뭐 그런 야한 흐름?

이한이 한숨을 터트렸다. 얼마 전에 코피를 터트린 그녀가 비에 맞아 골골대는 모습은 보고 싶지는 않았다.

"술 마셨잖아."

"그깟 맥주 몇 캔 가지고!"

"비도 오고."

"비는 피하면 되죠! 사방이 막힌, 뭐 그런 데서!"

"진심이야?"

"네! 완전! 정말! 무조건!"

"시끄러워. 끼 부리지 마."

정작 달려들면 무서워하는 주제에. 택시에 그녀를 태우고, 기사에게 주소를 말하며 현금을 내민 이한이 뒤로 물러섰다.

창을 내린 해주가 입술을 삐죽 내밀었다. 이한은 순간 귀여워 웃음이 터질 뻔했다.

"잊지 말아요. 선배가 오늘 나한테 한 짓."

안 잊어. 그걸 어떻게 잊어.

이한은 그녀를 무시하고 기사에게 잘 부탁한다는 인사를 건넸다. 계획 없이 차에 홀로 탄 해주는 아쉬워 죽을 맛이었다.

분위기 좋았는데, 조금만 더 같이 있으면 좀 좋을까.

"쳇, 확실한 대답을 들었어야 했는데."

참아지지 않는 미소를 얼굴에 그리며 그녀가 뒤를 돌아봤다. 그 자리에 그대로 서서, 이한이 자신을 보고 있었다.

기분 좋은 예감이 들었다.

앞으로도 계속 그는 저럴 것이다.

그게 찢어지게 좋겠지, 나는.

"손님. 전화 오는데요?"

그에게 정신이 팔려 벨 소리도 듣지 못한 해주는 기사의 언질에 휴대폰을 확인했다. 오빠의 번호였다.

지금 캐나다가 몇 시지? 대충 셈하며 그녀가 전화를 받았다.

"응, 오빠."

전화를 받는 내내 그녀의 눈길은 자꾸만 뒤를 향했다.

빗속에 서 있던 이한의 모습이 콩보다 더 작아졌는데도, 해주는 그를 보며 웃었다.

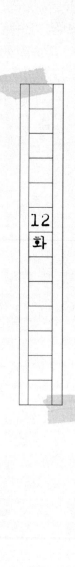

너는 오늘 그 남자의 고백을 받았어

―캐나다? 언제?

"모레. 갑자기 결정됐어. 엄마 생일에는 다 같이 켈로나로 휴가 간대. 예전부터 엄마가 가고 싶다고 노래 부르던 곳이거든. 그전에 갔다 오려고."

―그래도 3일만 있다가 오는 건 너무 아쉽지 않아? 열 시간은 넘게 가야 하는데.

"어쩔 수 없지. 칼럼 연재도 있고."

지금 한창 분위기 좋은데 텀을 두는 것도 조금 아쉽고.

해주가 속내를 감췄다. 불효녀라고 해도 어쩔 수 없다. 엄마는 이해할 것이다. 딸의 사랑을 위해서라면.

민서와 통화를 마무리하고 간단하게 짐을 챙긴 뒤 마저 주방을 둘러봤다. 캐나다 현지에서 구하기 힘든 식재료를 새언니한테 급하게 주문받아 아침부터 마트에 다녀왔더니 벌써부터 힘에 부쳤다.

필요한 짐도 쌌고, 전자 여행 비자도 발급받았다. 엄마 생신 선물은 면세점에서 사는 게 좋겠지. 생각을 갈무리하고 외출 준비를 서둘렀다. 내일 출국인 만큼 오늘은 쉬는 게 좋겠지만 그래도 이한의 얼굴을 봐야 했다.

어제 마무리 못 한 얘기도 하고, 캐나다 간다는 얘기도 하고, 단풍국에서 뭐 사다 줄 것은 없나 물어도 보고.

그를 만날 생각에 신이 난 해주는 출판사에 들어서자마자 이한을 찾았다. 하지만 무슨 일인지 그는 보이지 않았다. 팀장 윤기는 외근 중이었고, 여직원들은 탕비실에 모여 점심시간을 누리고 있었다. 그 사이 시무룩해져 있는 해주의 곁으로 재원이 다가왔다.

"대표님, 편찮으시대요."

70대 할아버지도 아니고, 편찮다는 표현은 좀 아니지 않나. 해주가 미간을 좁혔다.

"어디가요?"

"감기라던데요?"

"아, 어제 비⋯⋯."

내 말 좀 듣지. 비는 같이 피하면 된다니까.

해주가 아쉬움에 작은 한숨을 터트렸다. 이러면 출판사까지 온 이유가 없어진다.

"많이 아프대요?"

"글쎄요. 일단 팀장님이 대표님이랑 통화했는데 회사 안 나오실 정도면 많이 아프신 거 아닐까요?"

"그렇죠, 그 성격에 결근할 정도면."

비를 많이 맞았나. 아니, 바로 택시 타서 간 거 아니었나? 깔끔한 성격에 비 맞으면서 걸어 다녔을 리도 없는데. 병원은 다녀왔을까, 약도 안 먹고 잠만 자는 거 아니야?

솟구치는 그의 걱정에 해주가 이를 깨무는 사이 재원이 조심스럽게 거리를 좁혀 왔다.

"그런데 작가님."

"네?"

"대표님이랑 잘되고 있는 거 맞아요?"

해담 출판사에 자리를 만들 때부터 재원에게 은근한 도움을 받아 오던 해주는 그의 물음에 빙그레 미소 지었다. 긍정도 부정도 아니지만, 환히 밝아지는 얼굴이 긍정이 아니면 무엇이랴. 재원은 다시 거리를 벌렸다.

"그래 보여요?"

"아니, 카페 사장님이랑도 잘 지내시는 것 같아서."

"아. 그 사장님, 약혼녀 있어요."

"진짜요?"

"네. 그것도 무지 예쁜. 그럼 저 오늘 이만 들어갈게요. 맞다, 그리고 나 집에 일이 있어서 내일 출국해요. 한 3일 다녀올 건데, 팀장님한테 좀 전해 줘요."

"그럼 다음 주에 나오시겠네요?"

"뭐, 아마도요."

출근한 지 10분 만에 퇴근을 결정한 그녀가 향한 곳은 당연히 집이 아니었다. 집에 외부인 들이는 걸 극도로 싫어하는 그 덕분에 몇 번 와 보지도 못한 이한의 아파트였다.

약국에서 감기약과 각종 비타민을 사고, 죽집에서 죽을 포장하고, 마트에서 배와 도라지, 대추와 인삼을 구매했다. 캐나다 가는 짐보다 더 많아 보이는 쇼핑백을 양손에 들고 팔꿈치로 초인종을 눌렀다.

문은 생각보다 빨리 열렸다. 그런데 보이는 얼굴이 그리운 님이 아니라 잠깐 실망했다.

"야, 너무 대놓고 실망하는 거 아니냐? 나 서운하게."

해주가 어색하게 웃었다. 전세 계약 기간이 어긋나 갈 곳이 없어진 우진이 그의 아파트에 기거 중이라는 것은 알았지만, 출근하고도 남았을 시간이라 당연히 없을 줄 알았다.

민서와 다르게 우진은 진즉에 제 마음을 눈치채고 있었던지라, 별로 민망할 것도 없는데 괜한 부끄러움에 어깨가 움츠러들었다.

"에이, 제가 언제요."

"틀렸어. 너 다 뽀록났어."

"출근 안 했어요?"

"출장이라 조금 늦어도 돼. 이거 들면 되냐?"

한 짐 가득 들고 있는 그녀의 손에서 쇼핑백을 뺏어 든 우진이 먼저 거실로 향했다. 조용한 집 안을 대충 둘러보다가 그를 따라 들어선 해주는 이한의 방 쪽을 살폈다. 주방에 짐을 두고 온 우진이 재킷을 챙겨 입으며 다가왔다.

"잠든 지 조금 됐어. 죽어도 병원은 안 가겠단다."

"많이 아파요?"

"비 맞은 생쥐 꼴을 하고 와서는 몸살 걸린 거지, 뭐. 저 자식 요새 밤잠도 계속 설치고 얼굴도 안 좋았어. 그 몸으로 아침에 수영 다니고, 밤마다 조깅 나가고 아주 미친놈이 따로 없었지. 그렇게 몸을 혹사하니까 병난 거야."

잠을 못 자는 건 알았는데 그게 병날 정도였나. 그런 사람이 운동은 왜 또 그렇게 해? 해주가 입술을 비죽 내밀었다.

"넌 뭐, 내일 캐나다 간다며?"

그럼 얼굴만 보고 이것만 끓여 놓고 가야 하나, 고민하는데 우진이 물어 왔다. 그녀의 눈이 커지는 것도 모르고 그는 거실 테이블에 놓인 지갑과 휴대폰을 챙겨 들었다.

"왜, 뭐 그렇게 봐?"

"선배, 민서랑 사귀어요?"

"뭐?"

"아니, 내가 민서한테 그 얘기한지 세 시간밖에 안 됐는데 그걸 어떻게 알아요? 그것도 이제 출근하는 사람이?"

"그게 그렇게 되냐?"

우진이 고개를 갸웃거렸다. 시도 때도 없이 연락을 주고받는 사이가 아니라면 절대 알 수 없는 해주의 일을 알고 있는 것도 황당한데, 심플한 그의 반응은 더 어이가 없었다. 그는 별거 아니라는 듯이 피식 웃다가 몸을 돌려 현관으로 향했다.

해주는 똑똑히 들었다. 그가 돌아선 순간 '그런가 보지, 뭐'라고 중얼거리는 것을.

와, 이 배신자들.

"간호 잘해라. 덮치지는 말고."

"더, 덮치긴 누가요!"

"나중에 밥이나 먹자."

담백한 인사를 남긴 우진은 그렇게 회사로 사라졌다. 그녀가 원하는 바였다. 이 넓은 집에 그와 단둘이 남는 것.

해주는 조용히 방문을 열어 곤히 잠든 그를 멀리서 바라봤다. 맨날 치켜뜨는 눈도 감고, 사람 속 박박 긁는 소리만 하던 입도 다물고 있으니 천사가 따로 없었다.

"진짜 확 덮쳐?"

짝사랑에 빌빌거릴 때만 하더라도 상상할 수조차 없는 일. 요즘 들어 과감해진 자신을 돌아보게 된다. 해주는 조심스레 방문을 닫고 주방으로 향했다.

할 일이 많았다. 하필 내일 출국이라 오늘 안에 그가 괜찮아지는 걸 확인해야 한다는 사명감에 부지런히 움직였다.

먼저 포장해 온 죽을 덜어 데우고, 나머지 죽은 그가 나중에 데워 먹을 수 있도록 통에 옮겼다. 그리고 주방을 다 뒤져 제일 큰 냄비를 찾은 다음 마트에서 사 온 배를 반으로 갈랐다. 그다음으로 물을 충분히 받은 냄비에 배와 도라지, 인삼과 대추를 한꺼번에 넣었다. 감기에는 도라지 배즙이 최고라며, 어렸을 때부터 엄마가 끓여 주던 것이었다.

하루 종일 물 대신 마시면 그래도 살아나기는 했다. 두 시간은 푹 끓여야 하는데, 언제쯤 일어나려나.

남은 배를 썰어 허기를 달래던 해주는 식탁 한쪽에 곱게 진열돼 있는 차를 보고 싱긋 웃었다. 불면증에 좋다며 얼마 전 제가 선물한 것이었다. 쓰다고 안 마실 것 같더라니.

조금은 양이 줄어든 찻잎을 확인한 해주가 정수기로 뜨거운 물을 받았다. 차라도 마시면서 그를 기다릴 참이었다.

차를 끓인 그녀는 거실에서 한참을 빈둥거리다가 다시 침실을 확인했다. 세상모르고 잠든 그는 좀처럼 일어날 줄 몰랐다.

"선배. 나 선배 서재 좀 구경할게요."

당연히 들려오는 대답은 없었다.

"허락 받았어요, 나는."

그 사실을 알면서도 허락이라 주장하며 침실 맞은편의 작은 서재로 향했다. 처음 집에 왔을 때 구경하다 만 서재는 작지만 벽면 전부가 책장으로 돼 있고, 가운데 공간에 2인용 패브릭 소파가 놓인 구조였다.

소파가 아닌, 소파 아래 깔린 푹신푹신한 러그 위에 주저앉은 해주가 벽면을 삥 둘러봤다.

"안 읽는 게 없네."

소설이나 시집은 물론이고, 다양한 인문학 서적부터 전문 서적까지. 마치 작은 서점 하나를 통째로 옮겨 온 듯했다. 그것도 소설 부문에서는 가나다순 정렬이라니.

"와, 나도 이렇게 안 하는데."

책장 두 개를 차지한 소설책들을 천천히 살피던 해주는 어딘가에 시선이 박혀 꼼짝도 하지 못했다. 문이 열리면 바로 보이는 정가운데, 액자 하나가 진열돼 있고 꽉꽉 들어찬 다른 책장들과 다르게 조금 여유 공간이 있어 눈에 띄긴 했다.

그리고 뒤늦게 깨달았다.

처음 등단 소식을 알았을 때, 그에게 해 준 사인이 액자에 곱게 끼워져 있는 것을.

그 옆으로 진열된 책은 전부 해주의 소설이라는 것을.

"치, 누가 내 열성 팬 아니랄까 봐."

그녀는 마치 뭔가에 홀린 듯 제 소설이 실린 신춘문예집을 꺼내들었다. 아무것도 인쇄되어 있지 않은 첫 장이 찢겨져 있었다. 그에게 사인을 해 준 그 자리였다.

의식을 빼앗긴 사람처럼 해주는 한 장, 한 장을 넘겼다. 사르륵, 바람이 느껴질 정도로 빠르게 책장을 넘긴 해주는 책 중간쯤에 실린 제 단편 소설을 확인했다.

책으로 겨우 스물두 장짜리 소설이지만, 이걸 쓰는데 그녀는 3개월이 걸렸다. 온몸이 녹아내릴 정도로 노력했던 첫 작품.

추억에 잠겨 책을 읽어 가던 해주는 맨 끝 마침표 아래에 작은 공백을 두고 적힌 낯선 글귀를 발견했다.

나도 네가 자랑스럽다, 공해주.

정성 가득한 필체는 분명 그의 것이었다. 검은 만년필로 멋스럽게 쓰인 글귀가 가슴을 두드렸다.

와, 사람을 이렇게 감동시키나.

간질간질한 기운이 온몸에 퍼졌다. 살포시 웃은 해주는 책장 위에 입을 맞췄다. 이한이라고 생각하면서.

그때, 뒤에서 바스락 거리는 소리가 났다.

"뭐 하냐?"

화들짝 놀란 해주가 급하게 뒤를 돌아봤다. 들고 있던 신춘문예집은 등 뒤로 감춘 채.

"어, 일어났어요?"

손질 안 된 머리, 편한 티셔츠와 트레이닝 바지 차림을 한 그의 모습은 처음이었다. 방금 제가 한 짓에 대한 부끄러움보다, 풀어진 그의 모습을 보고 반응하는 두근거림이 더 컸다.

어느새 이한은 코앞까지 다가왔다.

"뭐 했냐고."

"뭐, 안 했는데?"

"했는데?"

"그냥 구경만."

"뒤에 그거 뭔데."

그가 턱끝으로 등 뒤를 가리키자 해주는 대답 없이 고개만 저었다.

"배고프죠. 몸은 괜찮아요? 내가 죽 사 왔는데."

"……."

"아니, 다 큰 남자가 몸살이 뭐예요. 하필 정원 선배 만난 다음 날 아프면 내가 오해할 거라고는 생각 못 하나?"

횡설수설, 안 해도 될 말을 굳이 입 밖으로 꺼낸 해주가 아랫입술을 깨물었다.

아. 마지막 말은 하지 말걸. 후회하는데 정수리 위에서 그의 목소리가 들려왔다.

"공해주."

이 남자는 왜 아플 때조차 목소리가 섹시한 걸까.

"까분다."

이한은 1m쯤 떨어져 있는 거리를 단숨에 좁혔다. 놀란 해주가 뒷걸음질 치자 그녀의 등 뒤로 긴 팔을 이용해 해주가 손에 들고 있던 책을 뺏어들었다. 그의 예상대로였다.

"아, 진짜 놀랐잖아요."

목부터 얼굴까지 순식간에 달아오른 해주를 가까이에서 내려다보던 이한은 거리를 다시 물리지 않았다. 그의 어깨에 이마가 닿을 정도로 간격이 좁아지자 해주는 숨 쉬는 것을 참아야 했다.

살짝 비켜서기만 한 채 이한은 그녀가 숨기고자 했던 페이지를 펼쳤다. 해주가 남긴 깜찍한 입술 자국에 그는 웃음이 났다.

"그냥, 내 책이 있길래……."

"예쁘네."

"……."

"입술."

이한의 입술이 바로 귓가 근처에 있었다. 정말 말 그대로 숨이 멎었

다는 표현이 딱 맞았다. 해주는 놀랐다. 그가 너무 가까이 있어서 놀란
건지, 난생처음 그의 입에서 예쁘다는 말을 들어서 놀란 건지 자각할
수 없었다.

"저기, 너무 가까운데."

"싫어?"

싫을 리가. 좋아 죽겠어서 어쩔 줄 모르는 거 안 보이나? 몸살이라던
그의 열기가 그대로 전해져 해주는 정신을 잃을 지경이었다.

"대답 안 하면……."

"아니! 안 싫어요."

자유로워진 두 손으로 해주는 이한의 티셔츠 옷깃을 쥐었다. 그가
멀어지지 않았으면 해서. 이한의 시선이 제 옷을 붙든 손으로 향했다.

그가 팔을 뻗어 책장에 책을 꽂았다. 느리고, 느린 행동으로 그의 손
은 마치 제자리를 찾아가듯 해주의 두 손을 덮었다. 그 순간 그녀의 고
개가 들렸다. 가까운 거리에서 눈이 마주치고, 그의 시선은 더 아래로
향했다.

입술, 핑크빛, 단둘뿐인 지금, 어제의 키스, 네 목에 새겨진 키스 마
크, 그리고 오늘, 지나간 너의 무수한 고백들.

"열……나는 것 같아요."

"어제 비를 맞아서."

호랑이 굴에 굴러 들어온 나약한 다람쥐처럼 애처롭게 어깨를 떠는
그녀를 보며 이한은 웃음을 참았다. 지금 누가 누굴 걱정하는 걸까. 내
가 널 잡아먹을 것처럼 보고 있는데.

"그러게, 왜 비를 맞아요."

"너 때문에."

가늘게 뜬 그의 눈은 여전히 해주의 입술에 가 있었다. 새벽 내내 괴
롭히던 열이 다시 오르는 느낌이었다. 이한은 솔직해지기로 했다. 지금
이 순간만큼은. 뭐, 핑계 삼을 것도 있고.

"안 그러면 너 쫓아갈 것 같아서."

"······쫓아오죠. 얼마든지 잡혀 줄 수 있었는데."

몸을 차게 식혀야 했다. 그래야 술도 깨고, 그래야 너를 안고 싶고, 너에게 키스하고 싶고, 너와 밤이 지새도록 함께하고 싶은 마음을 조금씩 무너뜨릴 수 있을 것 같았다.

"그래. 그럴걸 그랬다."

이한의 고개가 서서히 기울어졌다. 입술과 입술 사이의 틈에 고작 손가락 하나 들어갈 정도가 됐을 때, 해주는 눈을 감았고 그는 작게 웃었다.

그 순간 기가 막힌 타이밍으로 초인종이 울렸다. 어긋난 이한의 입술이 한숨을 토할 때, 해주는 눈을 떴다.

"타이밍 엿같네."

이하 동문. 같은 생각이었지만 해주는 이를 악물며 웃음을 참았다. 그가 이 순간을 아쉬워한다는 게 이렇게 좋을 줄이야.

초인종은 눈치 없이 한 번 더 울렸다.

"우진 선배면 쫓아 버려요."

"어, 그럴 거야."

그는 해주의 손을 힘주어 한 번 더 잡아 주고 서재를 나섰다. 해주는 그를 따라 문가로 다가갔다. 만약 초인종을 누른 상대가 정말 우진이라면 민서에게 바로 차 버리라고 할 생각이었다.

하지만 들려오는 목소리는 여성의 것이었다.

"아들, 너 엄마 언제까지 세워 둘 거야?"

그의 어머니였다.

"뭘 그렇게 보니? 엄마가 아들 집 알 수도 있는 거지, 뭐."

차가운 아들의 시선을 견디다 못한 유영은 한 손에 든 보자기와 반대쪽 손에 든 장바구니를 들고 무작정 안으로 들어섰다.

이런 것도 보면 들어 주고 좀 그래야지, 잔소리가 이어졌다.

"집에 있는 건 어떻게 알았는데."

"출판사 전화해 봤다. 어떤 여직원이 엄마라니까 술술 대답해 주던데?"

"설마 주소도 알려 줬어?"

"그건 뭐."

싸 온 반찬과 마트에서 장을 본 찌갯거리를 식탁 위에 내려놓으며 유영은 대답을 망설였다. 팔짱을 낀 채 이한은 주방 벽에 기대섰다.

"그래, 미행 좀 했다. 저번에 너 퇴근할 때 좀 따라붙었어. 그러게 진즉 집을 알려 주면 좋았잖아. 아플 때 엄마가 간호도 해 주고, 반찬도 해다 주고 얼마나 좋아?"

유영이 식탁 위에 그의 우편물을 내려놓으며 말했다.

사춘기 때도 하지 않던 엄마 노릇. 바란 적도 없었다. 재혼한 남편이 알거지가 되고, 본인도 빈털터리가 되고 보니 아쉬워서 하는 노릇이라면 더더욱.

"그런데 이건 뭐니? 배랑 도라지랑. 너 이런 것도 직접 끓여 먹어? 죽도 직접 만든 거니?"

가스레인지에 올라가 있는 커다란 냄비를 확인한 유영이 물어 왔다. 이한은 서재에 있는 해주의 존재를 떠올리고, 무작정 유영의 손목을 잡아당겼다.

"어머, 얘, 아파! 아프다니까?"

"가."

"얘는 이제 온 사람한테 차 한 잔 못 줄망정. 너 병원은 다녀온 거야? 열 있는 건 아니고?"

"가라고."

"가긴 어딜 가, 아프다며! 아픈 아들 수발 좀 들러 왔더니만 자꾸 엄마 이렇게 홀대할 거야?"

"제발 좀!"

주방과 멀지 않은 서재에서, 그녀가 다 듣고 있을 것을 알지만 이한은 참을 수 없었다. 억지로 쥐고 있던 손목을 경멸하듯 뿌리치고, 겁을 먹은 듯 어깨를 움츠리는 유영을 내려다봤다.

분노는 좀처럼 사라지지 않았다. 그래, 내가 언제부터 착한 아들이었고, 언제부터 우리가 살가운 모자 사이였다고.

"뭐 하는 짓이야. 당신이 여기를 왜 와."

"엄마가 아들 집에도 못 오니?"

보통의 엄마, 보통의 아들이 아니니 하는 말이다. 치밀어 오르는 분노를 참지 못해 그대로 터트렸다.

"원하는 게 뭔데. 생활비 모자라? 정말 위자료 못 받았어?"

"너는 무슨 말을 그렇게……"

"돈, 돈, 돈! 당신이 돈 말고 원하는 게 뭐가 있는데!"

결혼을 했을 때도, 이혼을 하면서도, 아들을 홀로 두고 떠나면서도 그녀는 돈밖에 몰랐다. 혼자 남은 아들이 어떤 상처를 견뎌, 어떤 길을 가는지 전혀 관심을 두지 않았다. 결국에 돈 때문에 이혼하고, 돈 때문에 버린 아들을 다시 찾아온 여자다.

이한이 차게 웃자, 유영은 아들에게 한걸음 가까이 다가갔다.

"이한아. 엄마가 미안해."

가식적인 미소와 함께 그녀가 말했다. 아무것도 믿지 못하는 아들을 향해.

"엄마는 그냥 네 아빠를 안 사랑한 거야. 널 버린 게 아니야. 네 아빠가 다른 여자랑 그러는 것 보면서, 엄마 얼마나 외로웠는지 몰라. 엄마도 그 사람 사랑했어. 사랑해서 이혼하고 그 남자한테 갔어. 그래서 네 여동생도 낳았어."

아니, 이건 아니잖아. 이러면 안 되는 거잖아.

"엄마도 사랑하는 사람이랑 살 권리가 있었어, 널 사랑 안 한 게 아니야. 지금은 이혼했지만 그 남자 덕분에 엄마도 결국 위로받았고."

당신은, 어쩜 나한테 끝까지.

"엄마."

"응, 그래."

힘없이 풀어진 목소리에 유영은 한껏 입꼬리를 올렸다. 마치 아들이 제 모든 과오를 용서했다고 착각한 사람처럼.

커다란 보석이 유난히 반짝거리는 반지가 거슬린다고 생각했는데, 어느새 반지를 낀 손이 이한의 뺨을 쓸어내렸다.

우리 아들, 하고 속삭이는 목소리가 끔찍해 이한은 곧장 뿌리쳤다.

"아니잖아, 그 남자."

"뭐······?"

"봤어, 몇 번이나. 그 남자랑 안방에 있는 거."

"이, 이한아."

"학교에서 돌아오는 길에 대문 앞에서 마주친 적도 있어. 그 남자가 나한테 인사도 했어. 네가 이한이니, 잘생겼구나."

"저기, 그건."

"근데 재혼한다고 소개했던 남자, 그 남자 아니었잖아."

끔찍했다. 아들의 하교 시간 따위는 잊고, 빈집에서 낯선 남자와 음탕하게 몸을 섞는 엄마를 보는 건. 아무도 듣지 않는다고 생각했는지 유영의 교성은 날카로웠고, 그 위에 올라탄 남자의 알몸은 마치 헐떡이는 짐승 같았다. 숨을 거두기 직전, 마지막 교미를 하는. 욕망밖에 모르는 남녀였다.

중학생인 그는 충격 받을 수밖에 없었다. 처음은 두 번이 되고, 두 번은 세 번이 됐다. 느린 걸음으로 집 앞에 도착했을 때 남자가 콧노래를 흥얼거리며 밖으로 나왔다. 중학생치고는 건장한 이한의 몸을 훑어내리며 남자는 말을 걸어왔다.

네가 이한이니. 그 치욕스러운 순간을 견디지 못해 이한은 집 안으로 뛰어들어 갔다.

유영은 욕실에서 가운을 걸친 채 나왔다. 그리고 말을 건넸다. 이제 오니? 간식 먹어야지? 남자와 마주칠 때보다 더 끔찍했다.

밤마다 악몽을 꾸고, 부모가 목소리를 높이며 다투는 소리를 듣고, 그 사이에 끼어든 할아버지의 격양된 분노를 함께 느꼈다. 결국 부모는 이혼했고, 이한은 점점 무뎌져 갔다. 그들의 거짓된 사랑 놀음에.

아버지가 먼저 재혼을 했다. 집에 몇 번 인사를 왔었지만 이한은 알은체도 하지 않았다. 새엄마라는 이의 얼굴 따위 기억도 하지 못한다. 몇 달 후, 약속이나 한 것처럼 새아빠가 생겼다. 엄마가 둘이고, 아빠 역시 둘이었다.

학교 앞으로 무작정 찾아온 유영이 그를 차에 태우고 새아빠라는 남자를 소개했다. 이한은 그를 보는 순간 땅이 꺼지는 줄 알았다.

눈이 빨갛도록 충혈이 돼서는 남자를 노려보았다. 엄마와 진탕하게 몸을 섞던 이가 맞는지 확인하기 위해서. 아니, 그 남자가 맞았으면 해서. 꼭 그 남자여야 했으니까.

그러면 차라리 유영이 다른 남자를 사랑했다는 거짓된 명분 정도는 줄 수 있지 않을까 해서.

하지만 아니었다. 유영은 그저 다른 남자들과 문란하게 놀아난 여자에 불과했다.

"알겠어? 당신이 나한테 얼마나 끔찍한 존재인지."

"……."

"당장 나가. 내 집에서."

이한은 유영에게 등을 돌린 채 숨을 씩씩거렸다. 뒤에서 움직임이 느껴지지 않자, 정말 끌어내야 하나 생각하는데 그녀의 목소리가 들렸다.

"반찬 좀 해 오고, 냉장고 채울 것 좀 사 왔어. 챙겨 먹어."

현관문이 열렸다 닫히기까지 그리 오래 걸리지 않았다. 한 손으로 얼굴을 쓸어내린 이한은 다시 등을 돌렸다.

유영이 가지고 온 반찬들을 꺼내 개수대에 쏟고, 마트에서 사 왔다는 과일과 고깃덩어리를 쓰레기통에 넣었다. 거친 숨소리가 나고, 미처 쓰레기통에 들어가지 못한 과일이 바닥에 굴러다녔다.

거실 쪽으로 굴러가던 사과 한쪽이 툭, 누군가의 발에 채였다.

그는 이제야 깨달았다.

자신이 혼자가 아니었다는 것을.

"봐. 정 떨어질 거라고 했잖아."

그리 넓은 집도 아니고, 거실과 서재는 침실보다 가깝다. 듣고 싶지 않아도, 들었을 게 분명했다. 힘없이 뱉어지는 목소리에 해주는 사과를 손에 들어 식탁 위에 내려놨다.

엉망이 된 주방이 한눈에 들어왔다. 싱크대에 두 팔을 뻗어 기댄 채 거친 숨을 몰아쉬는 그의 곁으로 가까이 다가갔다. 그리고 그의 손 위에 제 손을 올렸다.

"……그런 얘기를 왜 지금 해요?"

"정 떨어지라고."

언젠가 그가 말했었다. 고백하는 자신에게, 정 떨어지라며 가족사를 털어놓은 날.

"아니요. 막 더 애틋해져요."

손을 잡아 주는 것만으로는 부족했다. 뭐든 위로가 되고 싶어 해주는 무작정 두 팔을 뻗어 그의 품에 안겼다.

있는 힘껏 끌어안아 주는 그는 없지만, 그저 눈앞에 이한이 있는 것만으로도 만족했다. 그의 숨을 느끼고, 그의 따뜻함을 느껴, 그에게 위로를 전해 주고 싶었다.

"짠해요. 그렇게 쏟아 내는 선배 마음도 안 좋을 텐데."

"……."

"내 가족사는 뭐 얼마나 평화롭다고. 나는 파양도 당했었는데. 사업 틀어지고, 할머니 아픈 게 나 때문이라면서 온종일 밥 한 끼 안 준 적도 있어요."

아무것도 아닌 게 아니겠지만, 아무것도 아니라고 말해 주고 싶었다. 한 걸음 물러나 잠시 거리를 벌린 채 해주는 웃어 보였다.

그는 내내 시선을 피했다. 무슨 생각을 하는지, 어떤 결정을 하고 있는지 알 것 같았다. 이제 딱 한 걸음 남짓한 간격을 그가 더 이상 좁히지 않을 것 같은 느낌. 해주는 불안함에 그의 팔을 붙잡았다.

"선배."

"오늘은 그냥 가."

해주가 고개를 저었다.

"안 갈래요."

"택시 불러 줄게. 가."

"싫어, 안 가요."

"공해주."

"무슨 생각하는데요, 왜 갑자기 가래요."

해주가 칭얼거리듯이 말했다. 그의 시선 아래에서, 멀어지려는 그의 눈을 붙잡기 위해서.

"나 다 알아요. 선배, 나 좋아하잖아. 나 이제 그 마음 알아, 안다고. 그런데 왜 갑자기 가래요. 어제는 쫓아오고 싶었다고 했으면서. 이런 건 나한테 아무 문제도 아니라니까?"

"내가 문제잖아, 내가!"

참다못한 그가 소리쳤다. 불안해하는 해주가 아닌, 이 순간에도 그녀를 잡고만 싶은 자신에게 하는 말이었다.

욕심을 누르고, 열망을 참아 보고, 손길을 거둔다. 그가 할 수 있는 최대한의 배려였다. 욕심내서는 안 될 여자를 잠시 욕심냈던 벌을 받는 걸까.

알고 있단다. 제 마음을. 있는 힘껏 참아 보다가 결국 어젯밤에야 인정해 버린 마음을, 그녀는 이미 알고 있단다.

"네 말이 맞아."

이한이 숨을 토했다. 해주는 여전히 그를 붙잡고 놓아 주지 않았다.

"그래, 나 너 좋아."

그는 드디어 시선을 맞추고 얘기했다. 좋아야 하는데, 미쳐 날뛰어야 하는데도 해주는 두려웠다. 빨갛게 충혈된 눈이 무엇을 참는지, 무엇을 버리려 하는지 알아 버렸다.

"맞아, 나 너 좋아해."

다시 한번 토해지는 체념, 인정, 그리고 진실.

"근데 너는 내가 좋아? 내가 어떻게 좋아. 방금 못 봤어? 저런 여자가 내 엄마인데, 내가 아직도 좋아? 끔찍하지는 않아? 저 화살이 너한테 향하진 않을까 겁나진 않냐고."

그는 화를 내고 있었다. 그녀가 아닌 스스로에게.

욕심을 버리지 못하고 마음을 표현해 버린 스스로에게.

해주가 알아 버릴 만큼, 참지 못한 스스로에게.

"사랑, 그딴 거 모르고 믿지도 않고 너한테 말하는 지금 이 순간도 나는 후회해. 아마 죽을 때까지 후회할 거야. 그런 내가 어떻게 좋아. 너 같은 애가…… 나 같은 병신을 왜 좋아해!"

세상에, 이런 바보가 또 있을까.

"왜 좋아하겠어."

눈을 맞대고 입술을 부딪쳤던 지난밤. 좋은 데는 이유가 없다던 말을 잊은 걸까.

"권이한이니까 좋아하는 거지."

아름다운 동화책을 읽는 듯 조용하게 읊조리는 목소리는 또다시 욕심을 일깨웠다.

그게 미치도록 짜증이 나서 이한은 웃어 버렸다. 동시에 아프도록 충혈된 눈에서는 눈물이 떨어졌다. 눈물을 알아차릴 수 없을 만큼 이한은 이 순간이 버거웠다.

버리고만 싶은 유영의 실재를 알게 된 해주, 그런 그녀를 좋아하게 된 자신.

그럼에도 지치지도 않고 다가오는 너.

"……알았어요, 그만 갈게요."

해주는 불안함에 떨리는 눈동자에서 떨어지는 눈물의 의미를 이해할 수 없었다. 좋으면 좋은 거고, 아니면 아닌 건데 당신 엄마를 왜 갖다 붙이냐고 대꾸해 주고 싶었지만 입을 다물었다.

"오늘은 혼자 있고 싶어 하니까 가는 거예요. 다음에는 가라고 해도 안 갈 거야."

고백하면서도 후회하고 있다는 남자를, 좋아한다면서도 우는 남자를, 여전히 모르겠지만 좋아하니까. 포기하지 않을 거니까.

"도라지배즙 끓인 거예요. 감기에 좋다니까 물 대신 마셔요. 내가 요리는 못해서 죽은 사 왔어요. 꼭 챙겨 먹고."

"……."

"갈게요."

그가 잡아 주기를 바랐지만 과한 욕심이었다.

해주는 느리게 등을 돌려 그의 집을 나섰다. 엘리베이터를 두 번이나 보내고, 세 번째에 올라타면서도, 평소보다 배는 천천히 걸으며 기다렸다.

이한이 잡아 주기를. 자신을 잡으러 와 주기를.

한참을 걷고 나서야 해주는 결국 혼자가 됐음을 깨달았다. 그녀의 눈시울이 붉어졌다. 처음 보는 이한의 눈물이 잊히지 않았다.

"그 여자는 뭐야. 남의 남자한테 왜 상처 줘."

두 눈을 박박 닦아 냈다. 울 이유가 없었다.

좋아한다는데, 결국 그 말까지 들었는데, 네가 울 일이 뭐가 있어.

네가 20대를 바쳐 좋아했던 남자가, 이제 널 좋아한다는데.

너는 오늘 그 남자에게 고백을 받았어.

너는 오늘 그 남자를 안았어.

너는 오늘 그 남자의 손도 잡았어.

너는 오늘 그 남자의 서재에서 함께했던 기억을 찾아냈어.

너는 오늘 그 기억 속에 네 입술을 남겼어.

너는 오늘 그 남자의…….

오늘 하루, 자신이 행복해야 할 이유 열 가지를 새기며 그녀는 앞으로 나아갔다.

· I like you ·

"이렇게 또 보네. 잠깐 시간 좀 내줄래?"

집 주소를 말했어야 했는데, 여기를 왜 다시 왔지. 택시는 집이 아닌 출판사 앞에서 멈췄다. 저도 모르게 출판사 이름을 말한 걸까.

요금을 지불하고 택시에서 내린 해주는 다시 등을 돌렸다. 버스 정류장 쪽으로 향하려는데, 우연히 서준의 카페에서 앞치마 차림으로 나오는 정원과 마주쳤다.

검은색 앞치마가 이렇게 잘 어울리는 것도 쉽지 않을 텐데, 태가 좋아서 그런가. 말없이 생각만 하던 해주는 그녀를 따라 카페로 들어섰다.

카운터 쪽을 확인하던 해주가 잠시 망설였다. 서준은 없었다.

"디저트 재료가 떨어져서 잠깐 마트에 갔어. 나는 회사 반차 냈고. 뭐 마실래? 커피 안 마시지?"

"그냥 물 주셔도 돼요."

"오늘 수박 되게 신선해. 갈아 줄게, 잠깐만."

정원은 원래 모두에게 친절한 사람이었다.

예쁘고, 머리도 좋은데 설마 성격까지 좋겠냐고. 이한에 대한 짝사랑을 깨닫고, 그의 옆을 차지한 정원을 보면서 해주는 한때 그녀를 깎아내리고 싶었던 적이 있었다.

하지만 정원은 해주를 싫어할 명분이 분명한데도 그러지 않았다. 물론, 속은 곪고 있었는지도 모르지만.

간간히 이한과 나란히 선 자신을 보며 굳어지던 그녀의 얼굴을 기억한다. 그럼에도 끝내 이한에게 웃어 보이던 입술도.

자신의 졸업식에도 그랬다. 화려한 꽃다발을 사 들고 온 이한과 그가 나타날 줄 몰랐던 정원의 다툼을 보며 남몰래 얼마나 숨죽여 울었는지 모른다.

"바쁘다며, 만날 시간 없다며! 그런데 너 왜 여기 있어? 정말 나는 안중에도 없어? 너한테 나는 고작 그런 사람이야? 내가 널 사랑한다고 했지, 내가 널 기다린다고 했지, 다른 여자 보라고 한 적은 없잖아!"

"한정원."

"왜! 왜 항상 해주야! 네 곁에 있는 사람이 왜 내가 아닌, 해주냐고! 내가 왜 이런 감정을 느껴야 하는데!"

알고 있겠지, 정원 선배는 내가 누굴 좋아했는지.

숨긴다고 했지만 그녀는 알았을 것이다. 쿡쿡 어딘가를 마구 찌르는 옛 기억을 떠올리는데, 수박 주스가 눈에 들어왔다. 눈앞에 정원이 자리를 잡았다.

"가끔 도와서 만들 줄 아는 메뉴가 꽤 돼. 맛있을 거야."

"잘 먹겠습니다."

"어제는 놀랐지? 나는 서준 씨가 말한 줄 알았어."

정원이 자연스럽게 어제 일을 꺼냈다. 해주는 고개를 저었다.

"괜찮아요."

"처음엔 나도 많이 놀랐어. 카페가 해담 출판사 옆 건물이라는 말 듣고 언제든 마주치겠거니 했고, 그때 괜히 오해 만들기 싫어서 서준 씨한테 다 얘기했거든. 이한이 얘기."

미소 짓는 얼굴이 꽤 편해 보였다. 해주는 대답 없이 고개를 끄덕거렸다.

이한을 얼마나 좋아했는지, 좋아한 만큼 그의 옆에서 얼마나 외로웠을지 잘 알기에 그녀가 이렇게 편하게 웃기까지 꽤 힘들지 않았을까 추측했다.

"이한이랑은 어때? 진전 있어?"

질문은 무심한 듯 자연스럽게 날아왔다. 그의 전 여자 친구에게 듣는 질문의 주제로 적당한가, 잠시 고민이 필요했다.

"미안해할 필요 없어. 나도 새로운 사람 만났고, 결혼도 할 거야. 곧 상견례거든."

"아, 축하드려요."

"그러니까. 나는 결혼까지 하는데 너희는 아직도 그러는 거야?"

대학 선후배로 지내면서 정원과 만난 적은 많지만 둘이서 얘기를 나누거나, 함께 시간을 보낸 적은 없었다. 그래서 이 상황이 불편하고, 껄끄럽고, 어색하기만 했다.

혹시 내 사과를 바라는 걸까. 그래도 나는 아무것도 못해 보고, 그저 지켜만 보다가 몇 년이나 떠나 있기까지 했는데.

"권이한이 나랑 헤어진 얘기, 했어?"

해주는 고개를 가로저었다. 건너건너 소문으로만 들었을 뿐, 그에게서 지나가는 말로도 들은 적이 없었다.

"언제 헤어졌는지도?"

"네."

정원은 그럴 줄 알았다는 듯이 웃었다.

"헤어진 지는 꽤 됐어. 너 졸업하고 몇 달 안 돼서. 아마 너 캐나다로 이민 갔다는 소문 돌 즈음이었어."

그녀의 예상보다 훨씬 이른 시기였다. 해주는 괜스레 제 입술을 깨물었다. 역시 마음이 편하지 않았다.

"나는 제쳐 두고 매일 네 걱정, 네 생각, 네 얘기. 같은 하늘 아래, 네가 없는데도 자꾸만 신경이 쓰였어. 네가 있을 때도 줄곧 불안했는데, 네가 없으니까 더 불안해지는 거 있지."

"……"

"헤어지면서 내가 부탁했어. 당분간 비밀로 해 달라고. 알았다고 하더라. 막 저주도 퍼부었어. 너는 절대 행복하게 살지 말라고, 평생 불행하라고, 너는 사랑 따위 평생 모를 거라고."

이한과 정원 사이에 어떤 일이 있었는지 해주는 알고 있는 게 없었다. 자신의 존재로 정원이 불안해했다는 것 말고는.

"그런데 해가 바뀌어도 권이한은 내 마음 속에 그대로더라. 헤어졌는데도 참 멍청하게 굴었어. 술에 진탕 취한 날이면 전화해서 계속 울고, 데리러 와 달라 떼쓰고, 막 화도 내고. 그러다 서준 씨를 만났어. 네 팬이잖아, 그 사람. 나도 네 소설 좋아했으니까 네 얘길 하다가 친해졌지."

"……."

"마음은 여전히 권이한인데 그냥 만났어. 만나니까 편하고, 좋았어. 나를 좋아해 주는 사람을 만나는 게 이렇게 행복한 건지 몰라서, 빨리 그 사람을 사랑하고 싶었어. 물론 지금, 서준 씨 너무 사랑하고."

사랑을 인정하고, 편해진 얼굴이 유한 미소를 보였다. 정원은 무심코 바로 옆 책장에 꽂혀 있는 그녀의 소설책 한 권을 꺼내들었다.

"해주야. 난 네가 질투 났어. 권이한이 좋아하는 네 능력이, 네 재주가, 네 재능이 정말 샘났어."

메모를 하고, 줄을 긋고, 몇 번을 다시 읽어 표지 끝이 헤진 책 위를 정원은 몇 번이고 쓸어내렸다.

"그게 사랑으로 변할까 봐, 늘 불안했지."

"……저도요."

해주가 다물고 있던 입술을 열었다. 잠긴 목소리에 정원이 응? 하고 되물었다.

"내 글만 좋아하는 선배가 싫었어요. 내 재능만, 내 재주만 탐내는 선배가 미웠어요. 선배랑 데이트도 하고, 손도 잡고, 당연하게 옆에 서는 정원 선배가 부러웠어요."

정원은 작게 웃었다. 부러워해서는 안 될 것을 부러워하는 안타까움. 해주가 자신을 부러워할 이유는 없었다.

"우리, 실은 너 때문에 헤어진 거 아니야. 나 때문이지."

정원이 구슬프게 웃으며 얘기를 꺼내 놓았다.

"과에 소문났더라. 내가 다른 남자 만나서 헤어진 거라고."

결국 둘의 사이가 멀어져서 이별한 것이 왜 그렇게 소문이 났을까. 해주가 이해할 수 없단 얼굴로 자신을 보자 정원은 어깨를 으쓱였다.

"아주 틀린 건 또 아니야. 나 권이한 만나면서 다른 남자 만난 적 있어. 두 번."

뭐라고?

"나 좀 봐달라고 오기 좀 부렸지. 일부러 그 남자들 만난 것도 흘렸어. 사진도 보여 주고, 뭘 했는지 다 말했어. 손잡는 것도 어렵고, 키스하는 것도 버거운 너와 다르게 이 남자가 나를 어떻게 바라봤는지, 나를 어떻게 안았는지. 근데 역시 권이한은 화도 안 내고, 별 반응도 없더라."

"근데 재혼한다고 소개했던 남자, 그 남자 아니었잖아."

"알겠어? 당신이 나한테 얼마나 끔찍한 존재인지."

정원은 알까. 그에게 어떤 상처가 있는지. 표정을 보니 모르는 듯싶었다. 그저 아련하고, 아픈 추억을 회상하는 얼굴이었다.

해주는 무릎 위에 놓인 두 손에 힘을 주었다.

"원래 헤어지는 게 정상이잖아, 보통. 근데 나는 내가 잘못한 주제에 매달리고 붙잡았어. 두 번째도 마찬가지였고, 사귈 때도 그랬어. 나한테 아무 감정 없는 애를 무작정 졸랐지. 이미 망가진 우리 사이를, 혼자 계속 붙잡은 채 질질 끌고 놓지 못했어."

"……"

"원래 그러면 안 되는 거잖아. 아무리 나를 외롭게 했어도, 아무리 나를 지치게 했어도 다른 남자 만나면 안 되는 거잖아."

정원의 표정 속에서 해주는 그리움을 찾아내려고 했다. 그것도 잠시, 그녀는 책 표지 뒤에 서준이 남긴 메모를 보며 사랑스럽게 웃었다. 해주가 남긴 사인 뒷장에 적힌 글귀는 서준의 편지였다.

"나는 걔를 사랑했고, 걔는 나를 사랑하고 싶어 했어."

사랑해요, 서준의 글귀에 정원은 따뜻한 얼굴로 말을 이었다.

"그건 분명해. 나를 사랑하려고 노력했다는 거. 근데 사랑까지는 못했지. 그래서 수없이 떠봤어. 너한테 공해주는 뭐냐고. 그런 거 있잖아, 괜히 확인받고 싶은 거."

"······그래서요?"

"공해주는 자기한테 여자 아니라고 매번 얘기했어. 있지, 나는 딱 알겠더라. 네 얘기를 할 때면 그 애 눈빛이 너무 반짝거리고, 표정에 생기가 도는 거야. 언젠가는 네 글을 좋아하는 마음이, 너를 좋아할 거라고 생각했지."

그 시절 그들의 연애가 얼마나 아팠는지, 정원의 담담한 목소리를 들으며 해주는 얼음이 녹아 물기가 어린 컵을 말없이 바라보았다.

그녀가 한 행동이 어떤 명분과 전제를 줘도 용서받지 못할 짓이라는 걸 안다. 부모님의 이혼과 반복되는 재혼으로 상처 받은 이한이라면 더더욱이 그랬다.

그는 무슨 마음이었을까. 얼마나 외로웠을까.

"봐. 정 떨어질 거라고 했잖아."

그에게 달려가고 싶었다. 하지만 오늘은 혼자 두어야겠지. 해주는 오늘 뿐이라고 다짐했다. 앞으로의 모든 나날은 그와 함께할 것이다.

"죄송해요."

"네가 사과를 왜 해. 다른 사람을 만나려면 나는 제대로 헤어졌어야 했고, 걔는 나를 너무 배려했던 거지. 둘의 잘못이야."

여자 친구가 있는 남자를 좋아했다. 그 사실만으로도 정원은 해주를 비난할 수 있지만 그러지 않았다.

"미안하면 결혼식 올래?"

정원이 밝게 웃었다. 예쁜 여자가, 예쁘게 웃으니 주변이 다 환해지는 느낌에 해주는 그녀를 따라 웃었다. 이한의 상처에 대해 얘기해 줄까 망설였던 마음이 사라졌다. 결혼을 앞두고 행복해하는 그녀에게 옛 상처를 들쑤시는 일은 하고 싶지 않았다.

"그건 아닌 것 같아요."

"아쉽네. 공해주 작가님을 초대할 수 있었는데."

왜 자신에게 과거의 얘기를 털어놓은 건지, 정원의 의도를 알 것 같았지만 해주는 굳이 확인하지 않고 자리에서 일어났다.

다음에 또 보자는, 안 해도 될 말로 마무리하는 정원을 보다 돌아섰다.

얼마 가지 못해 양손 가득 짐을 갖고 오는 서준과 마주쳤다. 짧은 눈인사만 하고 지나친 해주는 열 걸음도 가지 못하고 뒤를 돌아봤다.

카페 앞, 서로를 보며 행복하게 웃고 있는 서준과 정원이 보였다.

사랑에 빠진 연인의 모습이 꽤 아름답다고 생각했다.

· I like you ·

그래, 나 너 좋아

머리가 깨질 듯이 아파 왔다. 눈을 뜨자마자 든 생각은 해주의 꿈을 꾸지 않았다는 사실이었다.

뭘까, 그토록 바라던 건데 뭔가 허전한 이 느낌은.

몇 주간 욕을 내뱉으며 일어났던 아침이 환해졌는데 기분은 또 저조했다. 이유를 모르겠다. 들쑥날쑥하는 게 요즘 마음이라 그는 그렇게 쉽게 단정지었다.

주방으로 향한 이한은 찬물을 급하게 비워 냈다. 그의 시선이 거실로 향했다. 소파 아래 굴러 떨어진 휴대폰에 흘깃 눈이 옮겨 갔다. 저게 왜 저기 있지, 잠시 생각하다가 낮은 신음을 토했다.

어제 해주가 돌아간 직후, 어디론가 던진 기억은 있는데 주운 기억은 없었다.

"망가졌네."

전화했을 텐데, 분명.

휴대폰을 주워 든 이한이 쓰게 웃었다. 메시지도 보내고, 전화도 했을 해주가 안절부절못하는 모습이 얼굴에 선했다. 대리석 바닥에 모서리가 부딪힌 건지, 오른쪽 모서리를 기준으로 액정이 깨져 있었다.

켜지지도 않는 휴대폰을 보며 이한은 출근 전에 고치고 가야 하는지 고민했다. 바로 출근하면 해주를 볼 테니, 해주를 데리고 수리점에 갈까. 그러다 자조적으로 웃었다.

어제 그렇게 돌려보낼 때는 언제고, 이제 와서는 또 같이 있을 궁리를 한다. 한심하기 그지없다.

해주가 안아 주던 울림이, 손을 감싸 주던 체온이, 서툴지만 진심을 전하던 위로가 그리웠다.

그녀를 보낸 뒤 매순간 후회했다. 그렇게 보내면 안 되는 건데, 같이 있어 달라 매달리고 붙잡아야 했는데.

언제부터인지 모르겠다. 분명 공해주는 후배고, 동생이고, 작가였을 뿐인데. 어느새 마음에 이렇게나 크게 차지해 버린 건지 모르겠다.

"공해주."

그가 낮게 그녀의 이름을 읊조렸다.

청아한 여름날의 꿈처럼 짓는 미소가 그립다. 보고 싶으면 보고 싶다, 좋아하면 좋아한다 솔직하게 내뱉는 입술이 그립다. 내내 감춰 왔을 커다란 마음이 그립다. 보잘 것 없는 내 진심보다, 감내하기 힘든 너의 과분한 진심이 그립다.

나는 네가 그립다.

어제 너를 그리 보내 놓고, 숱한 날들 속에 너를 내내 보내 놓고.

나는 네가 그리워 죽을 것만 같다.

열은 내렸지만 아직 몸이 가뿐하지는 않았다. 해주를 만나고, 그녀가 병원에 가라 하면 가고, 집에 오자고 하면 와야겠다고 마음먹은 이한이 욕실로 향했다.

온수에 몸을 씻고 출근 준비를 서둘렀다. 그녀가 제 걱정을 얼마나 했을지, 그 생각에 마음이 급해졌지만 평소보다 옷차림에 신경 썼다.

해주가 무슨 옷을 좋아했던가, 떠올리며 옷과 시계를 골랐다. 막 집을 나섰을 때 인터폰이 울렸다.

꼭 이럴 때만 일이 겹치지.

이한이 다시 걸음을 되돌려 인터폰 호출기를 눌렀다.

—경비실입니다. 계십니까?

"네. 무슨 일입니까."

—아니, 저기 같이 사는 분한테 연락이 왔어요. 전화가 안 되신다고. 어디 아프다고 들었는데 괜찮으세요?

같이 사는 분이라, 우진을 말하는 것이다. 휴대폰이 먹통이라고 경비실까지 호출했다는 건가.

"별일 없습니다."

—아, 그럼 직접 전화 한 통 해 주셔야 할 것 같은데요.

그건 곤란했다. 휴대폰은 망가졌고, 집에는 유선 전화기를 두지 않았다. 경비실로 내려갈 테니, 전화 한 통만 빌리겠다 말하고 이한은 곧장 집을 나섰다.

오고 갈 때만 인사하던 아파트 경비원은 나이 지긋한 어르신이었다. 꾸벅 고개를 숙인 이한은 경비원이 건네는 휴대폰을 받고 한참을 고민했다. 휴대폰 전화번호부에 저장해 놓은 우진의 번호를 알 턱이 없었다. 해주 번호는 아는데, 해주한테 전화를 걸까.

"아, 번호는 내가 받아 놨어요."

이한은 살짝 고개를 숙이고는 경비원이 메모해 놓은 우진의 번호로 전화를 걸었다.

뒤늦게야 시간을 확인한 이한은 출근 시간에서 한참을 벗어났다는 걸 깨달았다.

—네.

"나. 왜 전화했는데."

—권이한? 이 번호 뭐냐?

급하게 찾았다는 사람치고 목소리가 꽤 안정적이다. 이한은 미간을 찌푸렸다.

"휴대폰 고장 났어. 급한 일 있어?"

—아니, 내가 급한 일이 아니고. 공해주가 너 전화 안 된다고 어디

아픈 거 아니냐고 계속 칭얼대잖아. 별일 없을 거라고 그렇게 타일렀는데도 경비실로 전화 한 번만 해 보라고 해서.

똑똑하기도 해라, 공해주. 이한의 입술이 미세하게 곡선을 그렸다. 차를 회사에 놓고 왔으니, 대중교통보다는 택시를 타야 할 것 같았다. 그래야 한시라도 빨리 그녀를 볼 수 있을 테니.

—네가 걔한테 전화 한 번만. 아니다, 곧 비행기 탈 거라 전화 안 되나? 걔, 몇 시 비행기냐?

막 전화를 끊으려던 이한이 표정을 굳혔다. 비행기? 무슨 비행기? 속으로 생각했다고 들었는데 곧장 우진의 대답이 날아왔다. 알아차리기도 전에 입 밖으로 물음을 꺼냈다는 걸 깨달았다.

—뭐야. 얘기 못 들었어? 공해주 오늘 캐나다 가잖아. 아까 통화할 때 출발한다고 했던 것 같은데. 그게 집에서 출발한다는 소리인지, 비행기가 출발한다는…….

멍하니 정신을 뺏긴 사이 전화가 끊어졌다. 아니, 휴대폰 전원이 꺼졌다는 걸 깨닫자 옆에 서 있던 경비원이 어이쿠 소리를 냈다.

"배터리가 나갔네. 내가 꼭 이 밥 주는 걸 까먹어서 말이야."

"……."

"청년, 정말 괜찮아요?"

"아, 네. 감사합니다."

새하얗게 질린 이한은 경비실을 빠져나갔다. 아파트 정문 쪽으로 달려가는 이한을 보며 경비원은 충전기에 휴대폰을 연결했다.

"신수도 훤한데, 달리기도 잘하는구먼."

· *I like you* ·

"진짜요? 괜찮은 거 맞아요?"

—그래, 직접 통화했다니까. 뭔 일인지 중간에 전화는 끊어졌는데 경비실 연결해서 직접 목소리 들었어. 몸살 좀 앓을 수도 있는 거지, 뭘

그렇게 난리야.

막 리무진 버스에 오른 해주는 아침부터 전화가 안 되는 이한 때문에 졸였던 마음을 그제야 가라앉혔다.

전화는 안 받지, 공항 갈 시간은 이미 지났지, 도움을 청할 곳이라고는 우진 밖에 없었다. 해주가 안도의 숨을 내뱉었다.

"민서가 아픈데 연락 안 된다고 생각해 봐요. 눈앞이 하얘지지."

―멀쩡한 애를 왜 건드려, 출장 온 사람 괴롭히니까 좋냐?

평일 오전인데도 버스에는 사람이 꽤 많았다. 원하는 자리를 찾아 앉은 해주가 작게 속닥거렸다.

"선배 휴대폰 언제 고친대요? 바로 고친대요? 캐나다 도착해서 전화 걸면 받겠죠?"

―내가 어떻게 알아, 중간에 끊어졌다니까. 너 언제 출발하는데?

이런 성의 없는 선배 같으니라고. 이런 선배도 친구라고! 우리 선배 집에 공짜로 얹혀사는 주제에! 해주가 입술을 샐쭉거렸다.

"11시 비행기요. 지금 버스 탔어요."

―그럼 곧 전화 오겠지. 야, 나 회의 들어가 봐야 해. 잘 갔다 와라. 빵빵한 선물 기대할게.

하나뿐인 친구가 사경을 헤맬지도 모르는 상황이었는데 회의가 대수고, 출장이 대수야?

의자에 푹 늘어져 앉은 해주는 끊겨진 전화를 멍하니 바라봤다.

휴대폰이 고장이라니, 비행기 타기 전에 목소리는 들을 수 있을까? 그때까지 안 받으면 직전에 출판사로 연락해 봐야지.

"갑자기 가기 싫어지네."

오늘 가고, 이틀 머무른 다음 돌아오니까 넉넉잡아 나흘은 얼굴을 못 본다.

어제 자고 있을 때 사진이나 몰래 찍어올걸. 아쉬운 마음에 휴대폰 갤러리를 뒤졌다. 그를 스무 살 때부터 알았는데, 어떻게 된 게 제대로 된 사진 한 장 없었다.

하긴, 카메라 앞에 서는 걸 본 적도 없는데. 휴대폰에 카메라 기능이 있는 건 아나?

해주는 잠을 자지도 않고 휴대폰만 꾹 쥔 채 버스에서 시간을 보냈다. 그의 목소리를 듣고 싶고, 그가 보고 싶고, 그에게 달려가고 싶었다. 시간이 꽤 흐르고, 인천 공항 표지판이 보이자 체념했다.

어제 정원을 만난 여파가 꽤 컸다. 몰랐던 그들의 이야기를 알게 되면서 해주는 어제 그를 혼자 두지 말았어야 했다는 결론을 내렸다.

새벽에라도 달려가고 싶은 마음을 꾹꾹 참고, 아침에 눈을 뜨자마자 전화를 걸었건만 꺼져 있다는 안내 음성만 들릴 뿐. 그리운 이의 목소리는 들을 수 없었다.

다음에는 절대 혼자 두지 말아야지. 가라고 해도 무조건 붙어 있어야지. 아니, 그냥 확 협박이라도 할까? 이번에도 가라고 하면 다음에 영영 안 온다고? 그럼 꿈쩍은 할까?

"그래, 나 너 좋아."

꽤 달고, 꽤 좋고, 꽤 설렐 것이라 여겼던 순간, 그는 꼭 울 것 같았다. 실제로 울기도 했고.

해주가 씁쓸하게 웃었다. 다음에 그 말, 다시 해 달라고 해야지. 세상에서 제일 행복하다는 얼굴로 말해 달라고 떼써야지. 안 해 주겠다고 하면, 해 줄 때까지 집에 안 갈 거라고 협박해야지.

어느새 버스가 멈춰 섰다. 작년 캐나다에 갔을 때를 제외하면 꽤 오랜만에 온 공항이었다. 사람들로 바글거리는 공항을 가로지르며 곧장 출국장으로 향했다.

밥도 못 먹고 비행기 타야겠네. 기내식은 또 언제 주더라. 평소라면 두세 시간 전에 공항에 도착했겠지만 오늘은 통화가 안 되는 이한 때문에 한 시간 전에야 도착한 것이었다.

"항공사 카운터가······."

3층 출국장에 도착한 해주가 길게 늘어선 줄을 살펴보며 항공사를 발견했다. 줄이 꽤 긴 걸 보니, 이른 여름휴가를 보내려는 사람들이 많은 듯싶었다.

아, 조금 일찍 올 걸 그랬나. 시간이 촉박한 걸 느낀 해주가 카운터 쪽으로 걸음을 옮겼다. 그 순간, 누군가 팔을 잡아당겼다.

"어, 선배?"

붙잡힌 팔이 아프다고 느끼기도 전에, 해주는 이한을 올려다봤다. 거친 숨을 몰아쉬는 그의 흐트러진 모습에 당황한 것도 잠시였다.

"괜찮아요? 다 나았어요?"

"너······."

"아니, 근데 여기는 어떻게 왔어요? 나 여기 있는 거 어떻게 알고? 우진 선배가 얘기했어요?"

반갑고, 신기하고, 놀랍고, 얼굴을 보아서 그저 좋은 마음에 해주가 신이 나 물었다. 목소리는 듣고 비행기 탈 수 있을까, 열 시간이 넘는 비행을 선배 목소리 없이 버틸 수 있을까 했던 걱정이 싹 물러났다.

뒤늦게야 팔에 가해져 오는 힘을 느끼고 해주가 아, 신음을 내뱉었다.

어디 도망갈 곳도 없는데, 해주가 없어질까 있는 힘을 다해 붙잡고 있던 이한이 순간 손에 힘을 풀었다. 그렇다고 완전히 놓을 수는 없어 그의 손은 아래로 내려가 그녀의 손에서 캐리어를 빼앗고, 다른 손으로 해주의 손을 붙잡았다.

"내가 너 좋다고 했잖아."

다급한 목소리에 힘이 실렸다. 서툴고 어색한 말을 내뱉는 아이 같다고 해주는 생각했다.

"그런데 너 어디 가."

"어디 가긴요. 내가 가긴 어디를 간다고······."

날이 선 그의 목소리에 당황한 해주가 얼버무렸다.

"좋다고 했는데 왜 가. 어딜 가는데!"

그는 그녀의 말이 들리지 않는지 소리쳤다. 티켓팅 때문에 줄을 서 있던 사람들도, 지나다니던 여행객들도 그들을 잠시 돌아봤다.

해주는 아이처럼 성급하게 몰아붙이는 그를 보며 웃음을 꾹 참았다.

이 남자가 이렇게 또 감동을 주네. 바로 오해를 풀어 줘야 맞지만 어제도 그제도 자신을 돌려보내느라 바빴던 그를 조금은 골려 주고 싶어 해주는 카운터 쪽을 가리켰다.

"캐나다요."

"뭐?"

"우선 체크인부터 하고 얘기해요."

해주는 그의 손에서 캐리어를 다시 가져가려고 했다. 하지만 붙잡힌 손이 당겨지고, 이한은 에스컬레이터 쪽으로 향했다.

그녀는 한 시간도 채 안 남은 비행기 시간을 떠올리고 그의 손을 붙잡았다. 해주가 멈춰 서자 이한은 오히려 화가 났다. 그걸 못 참고 이대로 돌아갈 거면서 왜 좋아한다고 했나, 왜 다가왔나. 그가 뒤돌아 해주를 마주 봤다.

"갈 거야?"

"가야죠. 티켓 끊었는데."

이한이 오해하고 있다는 걸 알지만, 이렇게 화를 낼 줄은 또 몰랐다. 그의 기세가 무섭기까지 했다.

빨리 말할 걸 그랬나?

"내가 너 좋다고, 좋아 죽겠다고 했는데도 간다고?"

엄밀히 말해 좋아 죽겠다는 말은 안 했다고 짚어 주고 싶어 해주가 입술을 들썩거리는데, 그는 그녀에게 말할 시간 따위 주지 않았다.

이한은 급하게 해주의 손을 잡아당겼다. 절대 풀지 않겠다는 듯 깍지를 끼워 잡는데, 순간 얼 뻔했다.

권이한과 손깍지라니. 이거 꿈은 아니겠지?

"그럼 내가 어떻게 해야 안 가는데."

이한이 성마른 목소리로 설득했다.

세상에 목표가 마치 나를 잡는 것 하나인 사람처럼.

"말해, 그렇게 할 테니까. 네가 하라는 대로 다 할 테니까."

지금 당신에게 가장 중요한 건 마치 나인 것처럼.

"묻잖아, 어떻게 해야 안 갈 거냐고!"

투정도, 화도 그저 사랑스러운 남자가 마치 나밖에 모르는 것처럼.

"공해줘. 너 정말 갈 거야?"

내가 전부일지도 모른다는 생각을 들게 하는데.

"해줘야……."

내가 어떻게 당신과 떨어질 수 있을까.

해주가 싱긋 웃으며 그와 잡은 손을 흔들었다.

"선배."

한 번도 이런 걸 물어볼 수 있을 거라고 생각한 적 없었는데.

"나 좋아해요?"

무슨 대답을 듣게 될까, 두렵고 무서운 것보다는 이 순간 자신이 그에게 예뻐 보였으면 하는 마음만 가득해서 들떠 버렸다. 예쁘게 보이면, 조금 더 예쁘게 말해 줄까 싶어서.

"어."

하지만 투박한 대답.

"그래."

너무나 그다운 대답.

"나 너 좋아."

대답 속에 담긴 마음만은 예뻤다. 그의 예쁜 마음에 예쁘게 보답하기 위해 그녀는 결심했다.

"기다려요."

앞으로는 그가 혼자이기를 원할 때마다, 절대 혼자 두지 않을 것이라고.

"티켓 취소하고 올 테니까."

"다행이에요. 급하게 예약한 거라 수수료 별로 안 물어서."

티켓을 환불하고 해주는 곧장 배가 고프다고 칭얼댔다. 예상보다, 생각보다 너무 쉽게 티켓을 취소하는 해주가 얼떨떨해 이한은 좀처럼 제대로 된 판단이 서지 않았다.

지금만 안 간다는 건가? 아예 안 간다는 건가? 나중에 다시 갈 거니까, 가서 안 올 거니까 나중에 가도 된다는 건가?

해주는 대답 없이 샌드위치와 커피를 주문했다. 물론 제몫의 생과일 주스도 빠트리지 않았다.

"아픈데 커피는 좀 그런가? 주스로 바꿔 올까요?"

그럴 것 없다. 누구 때문에 카페인이 절실하니까.

이한은 해주를 노려보며 그녀 손에 들린 커피를 빼앗아 들었다. 샌드위치 포장을 벗기는 해주는 콧노래까지 흥얼거렸다.

뭐가 좋다고, 나 때문에 수수료까지 물어냈으면서.

"안 먹을 거예요?"

"너 안 가?"

좋아하는 베이컨 샌드위치를 크게 한입 베어 문 해주가 눈을 동그랗게 떴다. 이한은 미간을 찌푸렸다. 그녀의 입에서 다음에 갈 거라는 대답이 나올까 봐.

"다음에 가야죠."

근데 이게 보자보자 하니까.

"간다고?"

"그럼 안 가요?"

"당연하지."

"왜요?"

"내가 여기 있잖아."

"……조금 감동이긴 한데, 내 가족은 캐나다에 있어요."

그래서 더 불안했다. 네가 좋아하는 가족이 캐나다에 있으니까, 네가 거기서 영영 돌아오지 않을까 봐. 어제 그렇게 보낸 게 마지막일까 봐.

다섯 해 전, 이한은 비슷한 걸 경험했다.

해주가 캐나다에 가는 줄도 몰랐고, 오랫동안 안 올 줄도 몰랐다. 무려 3년 동안 해주의 부재를 겪었다. 다시는 겪고 싶지 않았다.

"그러니까 거길 꼭 가야 해?"

네가 애야? 너 혼자서 여기 살면 되잖아. 지난 2년 동안 그랬잖아. 내가 널 좋아한다는데, 너는 다시 어디를 가려는 건데.

이한은 혼자서 속앓이를 겪었다. 긴 문장을 줄이고 줄여 짧게 물었더니, 해주는 웃기만 했다. 이젠 그저 웃는 것만으로도 예뻐 보여 큰일이었다.

"당연히 가야죠."

"야, 공해주."

"엄마 생신에는 못 갔으니까, 아빠 생신에는 꼭 가려고요."

"그러니까…… 잠깐만. 뭐?"

"그때는 잡으러 오면 안 돼요. 배웅이라면 또 모를까."

장난스럽게 올라가는 입꼬리가 얄밉기 그지없다. 맛도 없어 보이는 샌드위치를 꼭꼭 씹어 먹는 해주를 빤히 바라보며 이한은 몇 가지의 정황들을 차례로 떠올렸다.

"오늘은 혼자 있고 싶어 하니까 가는 거예요. 다음에는 가라고 해도 안 갈 거야."

"뭐야. 얘기 못 들었어? 공해주 오늘 캐나다 가잖아."

너는 가지 않는다 했고, 친구 녀석은 네가 캐나다를 간다고 했다. 며칠 후에 다시 돌아온다는 말만 빼먹었을 뿐.

경비 아저씨의 배터리가 1%만 더 있었다면 이렇게 미친 듯이 달려오지는 않았을 텐데.

아니, 그래도 달려왔을 거다. 단 며칠이라도, 너를 그대로 보낼 수는 없으니까.

이한이 한숨 같은 웃음을 내뱉었다.

"……꼴 우스워졌네."

"대체 어디서 그런 오해가 생긴 거예요?"

"말하자면 길고, 말하기도 싫고."

해주가 가지 않을 거라는 사실에 희열을 느끼다가도, 근 한 시간 동안 미친놈처럼 뛰어다녔던 자신이 한심하기 그지없었다.

"내가 갈까 봐 그렇게 무서웠어요?"

"당한 전적이 있잖아."

캐나다로 몰래 떠났던 사건을 꺼내면 할 말이 없다. 해주는 괜히 그의 눈길을 피하며 마저 샌드위치를 해치웠다.

한 시간 전, 우진과 통화를 하고 정신없이 택시를 잡아탔다. 인천 공항이요. 빨리 좀 가 주세요. 다급해 보이는 목소리에 택시 기사는 제한 속도의 적정선을 밟아 주며 공항 앞에 그를 내려 주었고, 이한은 혹시나 떠났을지 모르는 캐나다 오타와행 비행기를 찾느라 혈안이 돼 있었다. 출국 시간을 확인하고, 항공사 카운터 쪽을 이 잡듯이 뒤져 해주를 찾았다.

그녀를 발견했을 때, 아직 해주가 한국에 있다는 안도감, 좋아한다 말할 수 있는 해방감이 동시에 밀려들었다. 아마 평생토록 그 감정은 잊지 못할 것이다.

이한이 한 손으로 얼굴을 쓸어내렸다. 어제 고되게 앓았던 몸은 한 시간 동안 겪은 감정의 격통 속에서 완전히 나아진 듯싶었다.

"며칠 일정이었어?"

"나흘 뒤 한국 땅 밟는 일정이었죠."

이러면 더 할 말이 없다. 나흘이라니.

"오고 가는 시간 빼면 이틀 정도밖에 못 머무르죠. 더 길게 있고 싶지는 않았어요."

의미심장한 말에 이한이 해주를 마주 봤다.

"선배 도망갈까 봐."

얘는 원래부터 이런 말을 잘했었나. 아니면 변한 건가.

"나도 몰랐어요. 내가 이런 오글거리는 말도 잘하는 애인 줄."

이제는 독심술까지?

"근데 어떡해. 말 안 하면 선배가 내 마음 모르잖아요."

부끄럽다는 듯 시선을 내려 주스에 꽂힌 스트로를 만지작거리는 손길이 아련하기까지 하다. 이한은 괜히 화끈거리는 귓불을 어루만지다가 몸을 일으켰다. 해주의 고개가 따라 들렸다.

"가자."

"지금요?"

"어."

한 손으로는 그녀의 캐리어를, 한 손으로는 그녀의 손을 붙잡고 카페를 나선 이한은 점점 더 사람이 많아지는 공항 안을 빠져나왔다. 뭐가 이렇게 급하냐고 뒤에서 해주가 뭐라 하는 소리가 들렸지만 상관없었다. 뭐가 급하냐니, 그걸 몰라서 묻는 건가.

"아, 젠장."

공항 게이트를 빠져나온 이한은 별안간 한숨을 내쉬었다. 왜 그러냐는 듯 해주가 고개를 기울였다.

"차를 안 가져왔어."

"당연하죠. 선배, 그제 술 마신 다음에 대리 불러서 회사 왔잖아요."

짚어 주지 않아도 기억하고 있다. 방금 전 너 잡겠다고 택시비로 몇만 원을 썼으니까.

이한은 뭐가 그리 좋은지 실실 웃는 해주를 내려다보다가 택시를 잡았다.

"회사에 급한 일 있어요?"

트렁크에 캐리어를 싣고 뒷좌석에 나란히 올라타자마자 해주가 물었다. 이한은 무시하고, 기사에게 해주의 오피스텔 겸 작업실 주소를 읊었다. 그의 아파트보다 차로 10분 정도 더 빨리 도착할 수 있는 곳이었다.

"내 작업실 가요, 지금?"

"어."

"왜요?"

"묻지 마. 괴로워."

"뭐가요? 나 쫓아온 거 창피해서?"

그는 대답 없이 이를 악물다가, 해주의 손을 잡고 있는 손에 살짝 힘을 풀었다. 아. 아쉬워하는 그녀의 신음이 들리기도 전에 손가락 사이사이에 제 손가락을 얽어 깍지를 꼈다.

흐뭇하게 웃는 웃음소리가 들려 고개를 돌리고 싶지만, 이한은 당장 기사님을 앞에 두고 키스를 할 수는 없단 생각에 꾹 참았다.

"선배."

돌아보지 마. 돌아보지 마. 권이한, 너 못 참잖아.

"귀 빨개졌어요."

젠장.

· *I like you* ·

"청소 안 했는데."

택시에서 내리고, 오피스텔 앞에 도착하고 나니 해주는 불현듯 엉망으로 만들어 놓은 거실과 침실이 떠올랐다.

그뿐인가? 작업실도 청소를 안 한 지 너무 오래됐다. 좋은 것만 보여 줘도 모자랄 지금 이 시기에 난장판인 집을 보여 주다니.

해주가 그와 시선을 마주치고 고개를 저었다. 하지만 상대는 이한이었다. 별 기대도, 생각도 없는.

"집들이 왔냐? 빨리 비밀번호 눌러."

"아, 우리 집은 왜 왔는데요."

"빨리."

"혹시 화장실 급해요?"

"공해주."

어떻게 해서든 그를 집 안에 들이고 싶지 않은 마음이 굴뚝같은데. 이한을 이길 수는 없었다.

"더럽다고 욕하면 안 돼요."

"언제는 안 그랬다고."

짤막하게 덧붙이는 한마디가 이렇게 얄미울 수가. 해주가 그를 작게 노려보다가 비밀번호를 눌렀다. 현관문이 열리고 그 틈으로 들어가려던 해주를 앞세우고 이한은 활짝 문을 벌렸다.

"앗, 잠깐."

그는 단숨에 좁은 현관문을 차지하고 그녀를 뒤에서 안았다. 신발도 벗지 못한 해주를 번쩍 안아 든 이한은 하얀 신발장 위에 그녀를 앉혔다. 양쪽으로 둔 화분이 떨어질 듯 아슬아슬했지만 이한은 눈앞의 해주만을 보았다.

"뭐, 뭐예요. 갑자기."

"싫어?"

물었으면서, 그는 대답을 듣지 않고 입술을 부딪쳐 왔다. 당황해서 벌어진 입술 사이를 진하게 핥은 이한은 정말 잡아먹을 것처럼 그녀에게 키스했다.

벌어진 다리 사이에 자리를 잡고 신발장 위에 손을 지탱한 채 입술만을 대고, 바쁘게 혀를 얽었다.

그녀는 그가 너무 멀다고 생각했다. 주춤거리던 팔을 뻗어 이한의 목을 잡아당기자 허리춤에 그의 손길이 느껴졌다. 그는 뭔가를 참고 억누르듯 더는 손을 위로 뻗지 않았다. 벌린 입술 사이로 그의 숨결이 곳곳에서 느껴졌다.

여지없이 느껴지는 흥분감에 해주도, 이한도 더는 숨을 쉬기 어려울
지경이 됐을 때, 입술이 떨어졌다.

진득하게 얽혔던 입술이 멀어지고, 옷깃이 스치는 야릇한 소리만이
그들 사이를 감돌았다.

"설마 이거 하려고……."

"키스하려고 호텔을 잡을 수는 없잖아."

몇 번이나 택시를 세우고, 너와 둘만 있을 수 있는 공간에 들어갈 뻔
했다고. 가령 호텔 같은. 이한은 덧붙여 설명하지 않았고, 해주는 그 속
에 담긴 뜻을 알아챘다.

하아, 거칠게 몰아쉬던 숨을 진정시킨 해주가 고개를 들었다.

"호텔은 안 되고, 작업실은 돼요?"

"공간이 주는 안도감이 있지."

"무슨 뜻?"

"오늘은 키스만 할 거라는 뜻."

다시 입술이 부딪혔다. 분명 손잡는 것도 어렵고, 키스하는 것도 버
거워 하는 남자라고 들었는데. 하지만 그게 무슨 상관이냐는 듯 해주는
웃으며, 기쁘게 그를 반겼다.

얽혀 든 입술이 뜨거워지기 직전, 그가 물었다.

"어떻게 알았어?"

"뭘요?"

"내가 너 좋아하는 거."

이제는 좋아한다는 말도 막 한다. 평생 못 들을 거라 생각했던 말인
데, 대체 이 남자가 내 심장을 어쩌려고.

콧등을 마주 댄 그의 입술이 부드럽게 휘어지자 해주도 따라 웃었
다. 자꾸만 웃음이 났다. 정말 미친 것처럼.

연애가 원래 이런 거였나? 해 본 지가 까마득해서.

아니. 권이한과 연애라니, 그걸 상상이나 했어?

"선배 귀가 자꾸 빨개져서요."

곡선을 그리는 입술 사이로 다시금 숨결이 드나들기 시작할 때, 남은 건 그저 서로가 사랑스러운 연인뿐이었다.

내가 좋아하는 사람이 나를 좋아할 때

캐나다행이 무산됐는데도 이한은 해주를 출판사로 출근하지 못하게 했다. 해주는 수긍했고, 장장 나흘 동안이나 집 붙박이로 지내야 했다.

앓았던 사람이라고는 믿어지지 않을 정도로 몸이 가벼워진 이한은 해주와의 연애 첫날, 장장 두 시간에 걸친 키스 타임에 그녀가 기절하기 직전에야 해주를 놔주었다.

아프다고 했던 사람이, 키스 힘들다던 사람이. 알 수 없는 말을 중얼거린 해주를 침대에 눕혀 주고, 배가 고프다던 그녀를 위해 치킨을 시키고, 엉망이 된 오피스텔을 청소했다.

해주는 꼼짝도 하지 않았다. 아무래도 양기가 전부 빨린 것 같다면서 소파 위에 널브러져 있었고, 청소를 못했을 뿐 원래 이렇게 안 산다고 바쁘게 입술만 중얼거렸다.

어제도 출판사에서 퇴근하자마자 해주를 만났다. 뭘 하고 싶냐 물었더니 서점 데이트가 하고 싶다고, 늘 하던 것인데 뭐 새로울 게 있냐고 물었지만 그녀는 다르다고 했다.

출판사 직원들이 볼까, 회사 근처를 피해 서울의 큰 대형 서점을 찾았다. 서점에서 시간을 보내다, 한강변에 나란히 앉아 각자 읽은 소설에 대해 토론을 벌였다. 가볍게 저녁을 먹고, 산책을 하고, 다음에 볼 심야 영화를 골랐다.

모두 다 평소 해주와 하던 것들이었다. 새로울 것도 없었지만 편했다. 편했지만 설레였다. 손잡는 걸로도 얼굴을 붉히는 해주 때문에 웃음이 계속 나왔다. 너무 실없어 보일까 봐, 너무 그답지 않은 일이라서 몇 번을 참고 억눌렀는지 모른다.

그런데도 달라진 점이 하나 있다면.

"요즘은 잘 자나 보다?"

해주의 꿈을 꾸지 않는다는 것. 더는 침대 위에서 알몸의 해주를 보지 않아도 된다는 것.

수면 시간은 늘었고, 죄책감은 줄었다. 이보다 더 다행인 일이 또 있을까. 뭐, 마치 약속이나 한 듯이 끊겨진 꿈이 아쉬울 때가 가끔은 있다.

가령 공해주가 작업을 핑계로 만나 주지 않을 때. 하지만 만질 수도, 안을 수도 없는 꿈속의 공해주보다는 실재하는 공해주가 훨씬 좋았으니 아쉬움도 그만이었다.

"권이한 얼굴이 폈네, 아주."

방에서 나온 이한은 주방을 차지한 우진을 보며 먹음직스럽게 구워진 식빵을 입에 물었다. 혼자 살았던 녀석이 꼬박꼬박 아침까지 잘 챙겨 먹는다. 그것도 남의 집 주방에서.

"오늘은 공해주 안 만나?"

그의 앞으로 직접 간 토마토 주스와 달걀프라이까지 대령한 우진이 장난스레 물었다. 이한은 대답할 가치를 못 느낀다 생각하며 토마토 주스를 단숨에 비웠다. 달걀프라이는 건너뛰었다. 반숙은 취향이 아니니까.

"너 집 구해."

해주를 만난다는 대답 대신 내뱉어진 말에 우진은 또 월세 어쩌고 들먹일 작정이냐며 우스갯소리로 말했다. 하지만 그는 진지하게 식빵을 해치웠다. 농담이 아니라는 뜻이었다.

"뭐? 야, 나 전셋집 들어가려면 좀 남았다니까."

"호텔을 가든, 본가를 가든."

"치사하게. 너 연애하는 거 이렇게 티 내냐?"

"어. 넌 네 여자 친구 집에 들어가 살든가."

"야, 그게 말이 되냐."

길어지려는 우진의 말을 뒤로한 그는 '방 빼' 선언과 함께 회사로 향했다.

중간에 커피를 산다는 걸 깜빡한 이한은 주차장에 차를 세우고 자주 다니는 길 건너 카페에서 진한 아메리카노를 샀다. 커피 맛도 괜찮고, '방 빼' 선언도 했다. 가는 길에 회사 옆 건물에서 나오는 정원을 마주치지 않았다면 꽤 괜찮은 아침이었을 것이다.

"와, 치사하게. 너 내 약혼자 카페 바로 옆에 두고."

알바생이 걸치던 앞치마를 두르고 나타난 정원은 그가 들고 있는 커피를 노려보며 말했다. 그 말투가 너무나 친근해 이한은 잠시 당황했다.

"나 휴가 쓰는 중인데, 마침 여기 알바생이 몸이 안 좋아서."

오픈 준비 중인지 화분을 밖으로 꺼내 놓던 정원은 묻지도 않은 사정을 늘어놓았다. 이한은 고개만 끄덕거렸다. 정원이 왜 이럴까, 하는 생각보다는 '이걸 해주가 보면 안 되는데'라는 생각부터 들었다.

"잠깐 들어와. 해주, 마카롱 좋아한다며? 챙겨 줄게."

여기 사람들은 왜 그 입에 단 걸 못 넣어 줘서 안달인지. 그가 잠시 망설이는 사이, 정원은 이미 카페 안으로 사라졌다. 어쩔 수 없이 다른 카페 커피를 손에 든 채 그녀를 따라 안으로 들어섰다.

서준은 없었고, 정원이 행방을 알려 줬다. 알바생이 몸이 많이 안 좋아서 병원에 데려다주고 오느라 늦을 거라고. 그는 또 고개만 끄덕였다. 동시에 좋은 남자를 만났구나, 작은 안도감도 들었지만 굳이 티는 내지 않았다.

"해주가 내 책에 사인을 다 해 준 거 있지? 고마워서 한턱 낼까 하는데 다행이다. 방금 구운 거라 맛있을 거야."

물론 내가 구운 건 아니지만. 정원이 말을 덧붙였다. 이한은 정원과 마주하고 있는 지금이 불편하기 짝이 없었다.

아, 괜히 들어왔다. 공해주 얼굴이나 빨리 보러 갈걸.

"너 나랑 되게 내외한다? 설마 마지막에 내가 너한테 한 말 때문에 그래?"

평생 사랑도 못하고 불행하게 살 거라는 저주를 다시 언급한 정원이 밝게 물었다. 그와 헤어지고 몇 년을 방황했던 과거의 그녀가 아니었다. 잊을 때 되면 술에 취해 전화하고, 악을 쓰고, 다시 만나달라고 떼를 쓰던 모습과는 많이 달랐다.

이한은 포장케이스를 건네는 그녀를 향해 엷게 웃었다.

"좋아 보인다."

"좋지. 그럼 너는 안 좋아?"

좋다. 그런 말을 너한테 굳이 할 필요를 못 느끼지만.

그의 침묵을 긍정으로 받아들인 정원은 아침에 들어온 생딸기를 사각사각 으깨는 것과 동시에 입을 열었다.

"이럴 줄 알았으면 너 진즉 놔 줄걸. 네가 캐나다라도 가서 해주 잡아 오게."

헤어졌지만, 헤어지지 않은 것처럼 굴었던 지난날을 떠올리며 정원은 쓰게 웃었다. 잘게 으깨진 딸기 위에 우유를 부으니 순식간에 생딸기 우유가 완성됐다.

"카페 사장이랑 만나니까 별걸 다 만들어. 이것도 해주 갖다 줘."

"계산할게."

"아냐, 사인 너무 고마워서 주는 거라고 전해 줘."

이한은 마지못해 음료까지 받아 들고는 해주를 떠올렸다. 좋아할 것이다. 맛있다고 하겠지. 그런데 정원이 만들어 준 거라고 말을 해야 하나? 해야겠지?

"해주랑 잘 지내. 나처럼 후회할 일은 만들지 말고."

이한은 미안했다는 말 대신 침묵했고, 아픈 얼굴 대신 작게 웃어 보였다.

"너 웃는 거 진짜 몇 년 만에 본다. 그것도 해주 덕분일 거야. 맞지?"

해주 때문에 좋고, 해주 때문에 웃는다. 그 말은 정원이 아닌 해주의 앞에서 그녀에게 하고 싶은 말이었다. 이한이 대답을 하지 않자 정원은 그럴 줄 알았다는 듯 작게 웃었다.

카페에서 나온 이한은 바로 회사로 향했다. 탕비실 쪽에서 수다 소리가 들리는 걸 보니 해주가 또 잔뜩 먹을 걸 사 온 게 분명했다. 출판사 사람들은 해주가 어제 캐나다에서 돌아온 줄 알고 있으니 반가울 만도 했다. 아니, 그래도 나보다 더 반갑지는 않을 텐데.

"대표님 오셨어요?"

샌드위치를 입에 물며 탕비실에서 나온 윤기가 그를 발견했다. 그는 넌지시 눈으로 안쪽을 향해 물었다.

"작가님이 아침을 사 오셔서 팀원들이랑 나눠 먹고 있어요. 좀 갖다 드릴까요?"

"아니. 공 작가는?"

"안에요. 기합이 잔뜩 들어가셨던데요? 무슨 좋은 일 있으신가 봐요."

좋은 일 있지. 나한테도, 걔한테도.

"아침들 편하게 먹어. 회의는 30분 미뤄도 되니까."

"예? 시간을요?"

"그렇게 해."

늘 시간을 칼같이 지키던 이한의 배려였다. 놀란 윤기가 이러지도 저러지도 못하고 있는데 이한은 그러거나 말거나 해주가 있을 대표실로 향했다.

해주는 안에 있었다. 뚱한 표정으로 늘 앉았던 소파 위에 양반다리를 하고, 팔짱까지 낀 채로. 이한은 직감했다. 그녀가 봤다는 것을.

"이러려고 나 회사 못 오게 했죠? 정원 선배랑 막, 어? 막!"

그는 대꾸 대신 해주의 곁에 가까이 앉았다. 그녀의 손에는 생딸기 우유를, 테이블에는 마카롱을 내려놓자 해주가 눈을 크게 떴다.

"너 주래. 사인 덕분이라나."

"진짜 웃기는 언니야. 왜 남의 남자한테 말을 걸어?"

말은 그렇게 하면서도 우유는 꽤 맛있었는지 표정이 만족스러워 보였다. 해주의 나른한 미소를 지켜보며 이한은 소파에 팔을 기대고 그 위에 머리를 얹었다. 옆으로 앉은 채 그녀를 보니, 앞에 앉은 것보다 한결 가까이 보였다. 아침부터 저 단 게 들어가는지, 해주는 순식간에 마카롱 두 개를 해치웠다.

"역시. 여기 마카롱이 맛있어요."

어쭈.

"그래서 또 가게?"

"이미 단골인데요?"

"내 앞에서 거기 간다는 소리가 나와?"

못마땅하게 일그러지는 표정을 무시하고 해주는 말차 마카롱을 입에 물었다. 벌써 세 개째. 이한은 보는 것만으로도 너무 달아서 속이 쓰릴 지경이었다.

"그 카페에서 예전 여자 친구랑 해후를 즐기다 온 사람이 할 소리는 아니죠."

"쓸데없는 소리."

"무슨 말 했어요, 둘이?"

"좋아 보인다. 계산할게."

"그게 끝?"

"아마."

"와, 아니 먹을 걸 이만큼 얻어와 놓고 고맙다는 말도 안 했어요?"

"나중에 할게."

"나중에 또 만난다는 소리……!"

그녀의 눈이 커지고, 목소리는 입속으로 삼켜졌다. 짧게 짧게만 대답하던 이한의 입술이 닿았기 때문에.

이한은 잔뜩 손에 간식거리를 쥔 그녀가 불안해하든 말든 상관없이 굴었다. 다디단 것을 잔뜩 머금은 해주의 입술을 벌리고, 혀를 밀어 넣고, 그 안을 헤집으며 잔뜩 단맛을 느꼈다.

"대체 이걸 무슨 맛으로 먹냐."

입술을 뗀 그가 한 첫마디는 저랬다. 입가에 묻은 마카롱 가루를 손가락으로 닦아 내는 표정이 구겨져 있었다. 참나, 여자 친구랑 키스하고 나서 저런 표정이라니.

"또 할까?"

그리고 뭐? 또 해?

"싫어요. 안 해."

"왜."

"표정을 봐요. 또 하고 싶나."

"또 하고 싶은 표정인데."

"그걸 누가 믿어요?"

"나만 믿으면 돼."

그는 막무가내였다. 키스도 막무가내인 사람답게. 자꾸만 몸을 붙여 오는 그를 온몸으로 느끼며 해주는 왜 이렇게 키스가 달지, 하는 생각뿐이었다.

마카롱이 달아서일까, 딸기가 달아서일까, 아니면 그가 달아서일까.

"여기 회사거든요."

"알아."

그래. 권이한이 달아서였다.

I like you

그는 일을 참 많이 하는 대표였다. 자고로 감투 자리에 앉으면 늦게 출근하고 일찍 퇴근하는 법이거늘. 이한은 모든 일에 솔선수범이었고 편집 팀의 일은 모두 그를 거쳐 최종 결정되는 게 다반사였으며, 매주 마감 날짜에 허덕이는 편집 팀은 그 때문에 일이 많아지기도 했다.

작가를 데려오는 것도, 신인을 발굴하는 것도 잘했다. 이한은 해담 출판사가 성장할 수 있던 배경이 8할은 공해주라고 했지만 해주의 생각은 달랐다.

글에 대한 이한의 열정이 아니라면 해담 출판사도, 자신의 글도 이렇게 성공할 수 없었다. 해담 출판사와 꾸준한 계약 이후 두터운 팬층이 생긴 것도 사실이니까.

하지만 회사에서 얼마 못 보면 그게 무슨 소용이냐고.

해주는 스페이스 바를 꾹 눌러 두 시간동안 쓴 분량을 모두 지웠다. 마음에 안 든다. 단 한 글자도. 이렇게 미련 없이 지울 수 있다는 건 시간이 남아돌기 때문이라는 것도 알지만, 쉬운 선택은 아니다.

노트북을 닫고 주변을 둘러봤다.

쌓인 책들, 어지럽게 놓인 자료들, 그 위를 굴러다니는 펜, 옆에 잔뜩 쌓아 놓은 간식들. 모두 제 물건으로 꽉 차 있었다.

나 원래 이렇게 더러운 애였나? 그가 보고 무슨 생각을 했을까 싶어 해주는 찬찬히 물건을 정리했다. 책을 정갈하게 쌓고, 자료를 한곳에 모으고, 펜을 필통에 집어넣고, 노트북은 가방에 넣었다. 쓰레기통에 버릴 것까지 치우고 나니 다시 집으로 가져가야 할 짐만 한가득이었다.

"아주 이사를 왔었네."

처음 출판사에 출근하기 시작할 때, 대단한 포부를 갖고 있었다.

권이한을 꼬시고 말겠다, 권이한을 내 남자로 만들고 말겠다고.

되도 않는 스킨십을 시도하고, 계속 추근덕거리고, 시도 때도 없이 불쑥불쑥 보이고. 그 와중에도 글은 잘만 썼다. 집중도도 높았고, 두 시간을 내리 글만 쓴 적도 많았다. 그가 없어도, 있어도 그의 공간이 주는 안정감만으로도 글을 쓸 수 있었다.

이제는 아니었다. 권이한 금단 증상. 권이한을 볼 수 있는 곳에서 권이한을 많이 볼 수 없다는 사실. 30분 동안 내 입술을 물고 뜯고 별짓을 다 하던 남자를 찾습니다! 플래카드를 걸 수도 없고 이건 진짜.

"다시 이사 가야지, 뭐."

원 없이 볼 수 있고 만질 수 있는 그가 사무실을 비울 때마다 울적해지니, 더 이상 여기 있을 수는 없었다. 지난 나흘 동안 출판사를 비웠고, 저녁때마다 그의 얼굴을 봤는데도 이 모양이다.

오늘 하루를 이런 식으로 버리고 말았다. 고작 딱 하루, 그가 눈코 뜰 새 없이 바빴을 뿐인데 해주는 글에 대한 불안을 느꼈다. 공간을 분리한다면 나아질 것이라는 생각에 그녀가 서둘렀다.

짐을 다 싼 해주는 산 하나를 남겨 두고 한숨을 내쉬었다.

이걸 다 어떻게 들고 가지? 구세주는 금방 나타났다. 벌컥 사무실 문을 열고 나타난 이한이 눈을 크게 떴다. 해주가 씨익 웃었다.

"바쁜 일 끝났어요?"

"대충."

아래층에서 마케팅 팀과 편집 팀 회의에 두 시간을 쏟고 오는 길이었다. 두 팔 벌려 환영은 못할망정, 짐은 왜 싸고 있는 건데.

"그럼 나 좀 데려다줘요. 도저히 이 상태로는 택시 못 타요."

"어디 가는데?"

"집에요. 이제 집에서 쓰려고요."

"왜?"

"왜긴요. 이제 안 와도 되니까."

"뭐?"

순간 목소리가 높아졌다. 들어올 때도 마음대로, 나갈 때도 마음대로가 따로 없다.

아니, 그런데 누구 마음대로? 갑자기 왜 그러는 건데? 책은 다 책장에 박아 두고 노트북은 뺐고 간식은 채워 두고 또 뭘 해야 하지?

이한이 빠르게 머리를 굴리는데 노크 소리가 들렸다. 윤기였다.

"작가님. 저 잠깐 일정 때문에 드릴 말씀 있는데."

"네. 나갈게요."

윤기가 전할 말은 이한도 알고 있었다. 그녀는 눈을 찡그리며 책을
차에 옮겨 놓으라 말하고서는 윤기를 따라 사라졌다. 나가기 전 살짝
손을 잡아 주고, 손가락으로 입술을 꾹 찍어 누르는 깜찍한 행동은 당
연한 과정이었다.

해주가 만진 입술 사이로 하, 소리를 내며 웃던 이한은 재원을 시켜
빈 상자를 꺼내 왔다. 그 안에 차곡차곡 책을 쌓으니, 재원이 제가 하겠
다고 나섰지만 이한은 그를 자리로 돌려보냈다. 책도 쌓고, 자료도 파
일에 넣어 다시 정리하던 이한이 문득 불만을 터트렸다.

"이게 근데. 내가 노예도 아니고."

해주는 이제 겨우 손가락만으로도 이한을 부릴 수 있었다.

"내가 왜 멀쩡한 집 두고 출판사를 왔다 갔다 했겠어요. 차도 없는
데. 그것도 이 폭염 경보 속에서."

우리나라 날씨 진짜 이상해. 그녀는 에어컨 온도를 낮추며 덧붙였다.
자기가 뱉은 말이 무엇이었는지 잊은 사람처럼.

이한은 꽉 막힌 도로를 한번, 그녀를 한번 돌아보았다. 해주가 콧노
래를 흥얼거렸다.

"빨리 해야 선배 그만 보죠. 그래야 빨리 잊고."
"혹시 알아요. 매일 보면 있던 정 다 떨어질지."

여우, 아니 구미호가 따로 없지. 그러니까 그게 다 공해주의 큰 그림
이었다는 거지? 기가 막혀 웃지도 울지도 못하는 이한을 돌아본 해주
가 그의 입꼬리를 살살 어루만졌다.

"놀랐어요?"
"황당해서 그래."
"뭐가요?"

348

"겨우 그런 거에 휘말린 내가."

만약 휘말려서 후회한다는 말투였다면 해주는 운전하는 그의 멱살을 잡았을지도 모른다. 그게 아니라 천만다행일 뿐.

"겨우 그런 거라니. 선배 눈앞에서 알짱대려고 내가 얼마나 노력했는데."

"그래서 카페 사장한테 약혼녀 있다는 것도 얘기 안 하고?"

"그건⋯⋯."

"당한 내가 등신인지, 숨긴 네가 또라이인지."

해주가 인상을 팍 구겼다. 그런데 이 남자가! 내가 아무리 그걸 숨겼기로서니!

"여자 친구한테 또라이가 뭐예요, 또라이가? 할 말이 따로 있⋯⋯."

그녀가 말을 멈추고 거치대에서 충전 중인 그의 휴대폰을 노려봤다.

"설마."

"뭐가?"

"아니죠?"

"뭐라는 거야."

해주는 냅다 그의 휴대폰을 들었다. 귀찮다는 이유로 비밀번호도, 패턴도 없는 휴대폰은 뒤지기 편리했다. 원하는 것을 찾아낸 해주가 기가막히고 코가 막히는 얼굴로 그를 노려보았다.

"왜."

하라는 대로 차에 짐 싣고, 집까지 데려다주는데 뭐가 또 문제냐는 뜻이 함축된 한 글자. 이한이 무심히 되물었다. 정말 뭐가 잘못됐는지 모르겠다는 얼굴로.

"내 이름 아직도 안 바꿨어요?"

"무슨 이름?"

"휴대폰에 저장된 이름이요! 이게 뭐예요!"

여자 친구 된 지, 연애한 지, 벌써 며칠이나 됐는데! 해주가 운전하는 그의 앞으로 험악하게 휴대폰을 들이밀었다. 곁눈질로 확인한 액정

에는 전화번호부가 있었다. 정확히는 공해주의 번호, '잘 쓰는 또라이'
라고 저장된.

"바꿀 거야."

"누구 마음대로."

"그럼 이대로 둔다고요? 계속?"

"어. 난 마음에 들어."

"여자 친구를 또라이라고 하는 게?"

"잘 어울리는데, 왜."

사랑을 받고 싶은 건지, 미움을 받고 싶은 건지 모를 남자의 대답에
해주가 그를 쏘아보며 수정 버튼을 눌렀다.

그 찰나.

"그럼 그거라고 하자."

그거? 그게 뭔데? 해주가 눈을 동그랗게 떴다. 무슨 말인지 반대편
을 곁눈질하다가, 아랫입술을 혀로 쓸다가, 눈을 마주치지 않는 모양새
가 수상했다.

"그게 뭔데요?"

"그거 있잖아."

"그러니까 그게 뭔데요."

"넌 왜 말귀를 못 알아먹냐."

"알아먹게 설명을 해야 알아먹지, 지금 장난해요?"

"아, 그거."

"그러니까 그거 뭐!"

이한의 짜증에 해주도 덩달아 성이 나서는 버럭 소리쳤다. 데시벨이
높아지겠다 싶었던 그의 목소리는 중간에 멈췄다가 작은 호흡과 함께
작아졌다. 그는 잘 들리지 않을 정도의 소리로 입을 열었다.

"……칭."

"네?"

"애칭, 그딴 거 있잖아."

헐, 대박. 해주가 손에서 스르르 휴대폰을 놓쳤다.

너무 놀라서? 너무 감격해서? 너무 감동해서? 너무 행복해서? 다 아니었다. 웃음을 꾹 참기 위해 아랫입술을 사정없이 깨문 해주가 큭큭거렸다. 굳이 돌아보지 않아도 알 수 있는 모습에 이한은 인상을 팍 썼다.

"웃지 마. 웃으면 가드레일 박아 버릴 거야."

"아니, 웃기니까, 크흡, 무슨 애칭이 또라이예요."

좋은데 좋다고 말은 못하고 해주는 떨어진 휴대폰을 주워 들었다. 먼지라도 묻었을까 고이고이 닦아 주는 것도 잊지 않았다.

괜히 말했어, 젠장. 뭐라 작게 욕을 하는 것도 같은데 해주는 들어도 그만, 듣지 않아도 그만이었다.

이미 들은 걸 어떡해, 애칭이라는 단어를. 좋아한다는 말도 그렇게 오래 걸렸던 남자가, 애칭이라는 말을 이렇게 쉽게 할 줄 알았겠어? 아니, 나는 애칭이 뭐라고 이게 이렇게 좋은 거야?

"좋았어. 애칭 허락할게요."

"퍽이나."

그는 시큰둥했지만 해주는 대단한 성과라도 얻은 듯 휴대폰 위를 솔솔 닦았다. 타이밍 좋게 휴대폰이 울렸다.

전화 왔어요, 하고 말을 건네려던 해주의 입술이 굳어졌다. 그녀의 손에서 휴대폰이 툭 털어졌다.

"너 인세 많다고 자랑하냐? 내 휴대폰 사 주게?"

"하, 할아버지."

"뭐?"

"전화요. 할아버지."

기운 쌩쌩하던 성일을 떠올리던 해주가 입을 쩍, 하고 벌렸다. 얼른 휴대폰을 주워 그의 손에 쥐여 주려는데, 아차차 그는 운전 중이었다.

어쩌지? 어쩌면 좋지?

"뭘 고민해. 안 받으면 돼."

"아니, 어떻게 그래요."

351

"괜찮아."

이런 일이야 하루 이틀이 아니라는 듯 그가 대답했다. 아무리 그래도 어른 전화를. 내심 마음에 걸려 휴대폰을 쥐고 만지작거리는데 끊겨진 전화는 다시 울렸다. 성일이었다.

"받아요, 얼른."

"나 블루투스 없어."

"이어폰도요?"

"어."

"어디 아프셔서 전화한 거면 어쩌려고요."

"꾀병이면 모를까, 진짜 아프시면 전화도 안 해. 자존심 상한다나, 뭐라나."

세상에, 어떻게 그런 발상을. 처음 봤을 때도 평범한 어르신은 아니라고 생각했지만. 그 와중에도 전화는 끊겨지고, 걸려 오기를 반복했다. 해주도 더는 양보할 수 없었다.

"아, 그럼 스피커 폰 켤까요?"

싫다고 대답하기도 전에 해주는 막무가내로 통화 버튼을 눌렀다. 스피커 버튼을 누르고, 거치대에 꽂기까지 단 3초도 걸리지 않았다.

—염병할 놈. 뭐 대단한 일 한다고 이제야 전화를 처받아?

걸걸한 목소리에 해주가 웃음을 참았다. 살짝 그녀를 흘겨본 이한은 퉁명스럽게 말했다.

"집으로 갈게요. 가서 얘기해요."

—30분 내로 튀어와. 저녁이나 같이 하게.

"무리입니다, 무슨 30분……."

—1분이라도 늦기만 해! 네 출판사 건물부터 사 들일 테니까!

"매번 같은 협박, 질리지도 않으세요?"

—질린다, 이 배은망덕한 녀석아! 할애비가 전화하기 전에는 곧 죽어도 얼굴 안 비치는 녀석이 뭐 자랑이라고 약속 시간을 정해!

노기 쩌렁한 목소리가 남긴 기운은 대단했다. 휴대폰이 파삭 소리를 내며 부서질 것 같은 성량에 해주가 감탄하는 사이, 이한이 앞머리를 헝클어트렸다. 일이 마음대로 되지 않을 때마다 그가 하는 습관 같은 것이었다.

"그냥 이따 밤에⋯⋯."

그 순간 잠잠하던 해주의 휴대폰이 울렸다. 깜짝 놀란 그녀는 번호도 확인하지 않고 종료 버튼을 급하게 눌렀다.

순간의 적막, 잠깐의 침묵. 한결 누그러든 성일이 그 사이를 파고들었다.

―지금 같이 있는 놈도 데리고 오고.

놈이라니, 놈은 아닌데.

―안 데리고 오면 네 출판사 동네 싹 다 밀어버릴 테니 그렇게 알아!

· I like you ·

"와, 선배."

한껏 목을 들어도 3층 지붕이 보이지 않을 위용에 감탄하던 해주가 그를 보며 엄지손가락을 치켜세웠다.

저택의 정원은 마치 한 폭의 그림 같았다. 유명 미술관이나, 서울 근교에 위치한 고급 레스토랑의 정원을 그대로 옮겨 놓은 듯한 고즈넉한 분위기까지. 정원을 이리저리 둘러보느라 바쁜 해주의 옆으로 이한이 다가왔다.

"진짜 괜찮겠어?"

"그럼요."

"안 와도 되는데."

"진짜 건물 사시면 어떡해요. 그러고도 남으실 것 같은데."

"망할 노인네."

이한이 뒷목을 쓰다듬었다. 질린 표정의 그를 보며 그녀가 풋 웃음을 터트렸다.

"저 괜찮아요. 할아버지 재밌어요."

"재미는 얼어 죽을. 지팡이로 또 때릴 것 같으면 너도 뭐 던져. 손에 잡히는 거 아무거나."

"……나한테 대체 뭘 가르치는 거예요?"

이한은 대답 없이 해주의 손을 잡아끌었다. 몸의 다섯 배는 넘을 것 같은 현관문을 지나, 드디어 거실에 입성한 해주는 지팡이를 짚고 선 성일을 발견하고 꾸벅 허리를 숙였다가 들었다.

"안녕하세요."

돌아오는 인사는 당연히 없었다. 머리부터 발끝까지 느리게 훑어내리는 노골적인 관찰의 시선이 느껴졌지만 기분은 나쁘지 않아 해주는 그대로 두었다. 마치 자신이 올 것을 미리 예감이라도 한 듯한 얼굴에는 당황스러움도 없었다.

"뭘 그렇게 보세요. 변태도 아니고."

옆에 서 있던 이한이 넓은 어깨와 등으로 해주를 가렸다. 성일의 얼굴이 바로 일그러졌다.

"저, 저! 할애비한테 말본새 하고는!"

"먼저 잘못하신 거예요."

"내가 이 녀석아! 손주 며느릿감 좀 자세히 보겠다는데! 그게 그렇게 불만이냐! 어?!"

넉넉잡아 1, 2년 안에 성대에 문제가 생겨도 이상하지 않을 엄청난 목소리에 해주는 기가 죽었다가, 간지러운 단어 하나에 입꼬리를 씨익 올렸다. 당황해서 '손주 며느리는 무슨' 하고 중얼거리는 그의 뒤에서 얼굴을 빼꼼 내민 해주가 환히 웃었다.

"안녕하세요. 손주 며느릿감 공해주입니다."

이한은 기가 찬 웃음을, 동시에 성일은 티 나지 않게 얼굴이 폈다. 이마 주름은 가지런해지고, 번뜩 뜨였던 눈은 가라앉으니 이제껏 보던 성일이 아니었다.

"들어와. 저녁이나 먹게."

그것도 저런 무심하지만, 나긋한 목소리라니. 이한은 항상 싸우느라 바빴던 성일의 색다른 모습에 적응이 안 됐다.

반면에 해주는 다른 모양인지, 그가 나고 자랐던 집에서 그의 손을 끌어당겨 주방으로 인도했다.

"먹자."

이한의 옆에 자리를 잡은 해주는 다시 감탄했다. 높은 대문에, 고급스러운 정원에, 호텔 라운지를 옮겨 놓은 것 같은 거실에, 이제는 호텔 코스 요리인가?

가운데 놓인 전골을 보며 이게 뭔가 싶어 뚫어져라 바라보는데 그 위로 성일의 목소리가 떨어졌다.

"어복쟁반이라고, 평양에서 유명한 요리지."

성일은 직접 전골 요리를 덜어 그녀에게 전해 주었다. 손주를 건너 뛴 배려였다. 앞접시에 담긴 고기와 각종 채소를 바라보다가 성일이 젓가락을 든 것을 확인한 해주는 고기를 집어 먹었다. 식감도 향도 처음 먹어 보는 맛이었다. 그녀를 빤히 보고 있던 성일이 툭 대답했다.

"우설이라고, 소 혓바닥……."

"푸읍!"

그녀가 먹고 있던 것을 뱉어 냈다. 소 가슴살이 대부분인데 그중에서도 그걸 집어 먹느냐고 이한이 옆에서 뭐라 하며 휴지를 건넸다.

"우설도 못 먹는단 말이야?"

"못 먹는 여자들 많아요. 애가 먹을 수 있는 걸 주셔야죠."

내장 고기를 다 빼고, 다시 살코기로 채워 주며 이한은 오히려 성일을 타박했다. 성일은 살갑게 여자를 챙기는 손주를 보며 작은 병에 담긴 술을 따랐다.

"그래서, 올해 나이는?"

손주 며느릿감을 자세히 살펴봤으니 이제는 취조 차례였다. 휴지로 막 입가를 정리하던 해주가 대답했다.

"스물아홉입니다."

"저 팔푼이보다 세 살 어리구만. 부모님은?"

"아, 캐나다에 계십니다. 오빠 내외랑 같이 지내고 계세요."

"그럼 자네는."

캐나다라는 단어를 듣고 성일이 미간을 좁혔다.

"자네도 가야 하나? 그 캐나다에? 내 손주 녀석 두고?"

"어, 저기……."

해주가 이한의 눈치를 살피며 어색하게 웃었다. 그런 말은 안 했던 것 같은데? 그런 뉘앙스로 얘기했었나? 아니, 얘기가 왜 이렇게 튀었지?

그 순간 이한이 소리 나게 젓가락을 내려놨다.

"저한테 하실 말씀 있어서 부르신 거잖아요. 왜 애를 취조하세요."

"취조는 무슨, 입이 닳는 것도 아니고."

"혹시 그 여자가 찾아왔어요?"

마치 어제 있었던 일을 얘기하듯 이한은 툭 물었다. 해주의 앞접시에 부지런히 육전과 잡채를 옮겨 주는 손길은 다정했고, 목소리는 무심했다.

"너, 네 엄마 만났냐."

"설마 돈 주신 건 아니죠?"

손질하기 어려운 가재 요리의 살만 골라 부지런히 접시 위에 옮겨 주는 손길은 여전했다. 해주는 젓가락을 입에 문 채 성일의 시선을 마주하지 않고 대답과 질문을 반복하는 이한을 흘겼다.

그 순간 성일과 눈이 마주쳤다. 그녀 때문에 대답을 망설이는 게 눈에 보였다.

"아, 저는."

"애도 알아요. 그냥 얘기하셔도 돼요."

입 밖에도 꺼내기 싫어하는 생모의 얘기를 아는 여자라. 성일은 조금 더 짙어진 눈으로 해주를 살피다가 술잔을 들었다.

"이혼하고 애랑 한국 들어왔다고 전화만 해 왔다."

"무시하세요."

"만나서 뭐라던?"

딱히 뭘 요구한 건 없었다. 돈도, 집도. 그저 엄마의 권리 행사를 요구하고, 아들의 의무 행사를 강요했을 뿐.

어느새 접시 위에 가재 살이 수북하게 쌓였다. 해주는 대화에 끼지도 못하고, 그렇다고 열심히 먹지도 못했다. 꿔다 놓은 보릿자루랄까.

"이따 말씀드릴게요. 애 못 먹잖아요."

스물아홉 애로 전락한 해주가 고개를 들었다. 그녀가 어색하게 젓가락을 움직였다.

그 여자, 엄마. 널뛰는 호칭 속에서 빌어먹게도 맛은 좋았다.

"염병할. 그것도 애미라고."

회사 근처로, 집으로 찾아왔던 일을 얘기하자 성일은 즉각 반응했다. 이한은 심드렁한 얼굴로 거실에 혼자 있을 해주를 떠올렸다. 데려오는 게 아니었는데, 하는 생각을 하다가도 밥 한 그릇을 뚝딱 비운 해주가 예쁘기도 했다.

"다 할아버지 때문입니다. 그 망할 유언장에 내 이름 올리는 바람에."

유럽에서 비싼 값을 주고 사 들였다는 테이블을 사이에 두고 내뱉은 이한의 말에 성일이 발끈했다.

"그럼 이 할애비가 번 돈을 너 아니면 누구 주라고 이 시위야?"

"안 받겠다는 사람 왜 자꾸 주시려는지 모르겠다는 거죠."

"주겠다는데 기어코 안 받겠다는 네놈의 녀석은 정상이냐?"

"그것 때문에 할아버지 며느리가 들러붙고 있다는 건 아시죠?"

끝없는 도돌이표였다. 주겠다는 사람, 받지 않겠다는 사람. 둘 중 누구 하나의 고집이 꺾이지 않는 한 멈추지 않을 기세였다. 성일은 화를 참듯 거친 숨을 한 번 내쉬다가 닫힌 서재 문을 넌지시 살폈다.

"진지한 게야?"

밖에 있는 해주를 가리키는 말이었다. 이한은 느리게 고개를 끄덕였다.

"네."

"결혼은."

"얼마 안 됐어요."

"그래서 할 거란 소리야, 말 거란 소리야?"

"할아버지 앞에서 장담했다가는 다음 달에 식장 들어갈지도 모르는데 제가 함부로 말하겠습니까?"

쓸데없이 똑똑한 녀석. 성일은 끄응, 소리를 내며 찻잔을 들었다. 이한은 지독한 카페인 중독이었고, 차를 즐기지는 않았다. 본가에 오면 항상 성일은 눈 튀어나오게 비싼 차를 내오게 했다. 들어보면 모두 중국 황제가 마셨다든가, 귀족들이 마셨다든가 하는 것들이었다.

해주도 이걸 마시고 있으려나. 넌 좋아하겠지.

성일은 차로 목을 축인 다음, 준비한 서류를 내밀었다. 이한이 눈썹을 삐죽였다.

"마포 쪽에 좋은 자리로 알아 놨다. 값도 계속 오를 거고, 근처 상권도 좋아. 거기로 회사 옮기고, 집도 이사해. 조만간 사람 찾아갈 거다."

"안 합니다."

"네 애미가 찾아오게 계속 둘 심산이냐?"

고작 서류 몇 장에 지나지 않겠지만, 낳아 준 이를 만나고 상처 받았을 손주를 위하는 마음이었다. 이한은 받지도 않을 부동산 서류를 괜히 들춰 봤다. 부동산 천재가 고른 땅과 건물답게 자리도 좋고, 값도 아주 비쌌다.

"네 애미처럼 네 애비가 언제 너를 찾아갈지 모르는 일이고."

가슴 아픈 일이다. 아들과 손주를 만나지 못하게 하려는 건.

성일이 덧붙인 말에 이한은 사인만 하면 완성될 서류를 내려놨다. 유산 얘기가 흘러나온 시점부터 걸핏하면 걸려 오던 친부모의 전화.

유영이 미국으로 건너가고, 상택의 전화 또한 그쯤부터 시들시들해

졌다. 벌써 몇 년 동안 상택의 전화는 없었고, 이한은 그럴수록 편해졌
다.

"별로 안 끌리는데요."

"근데 이 녀석이."

"걱정 마세요. 저 괜찮아요. 찾아오면 그냥 무시하죠, 뭐."

한결 유해진 말투가 정말 손자의 것이 맞는지 성일은 당황스러워 눈
을 깜빡였다. 이한은 그의 쪽으로 서류를 다시 밀어냈다.

예전에는 10억이 넘는 건물을 고민도 안 하고 거절하는 손자의 포부
에 감탄했으나 지금은 아니었다. 뭐라고 해야 하는데, 이 줘도 못 주워
먹는 녀석아, 소리를 질러야 하는데. 성일은 조용한 거실 쪽을 다시 힐
긋거렸다.

"별일이 다 있구나. 네 입에서 그런 소리가 나오고."

"나이가 든 거죠."

"나이 든 김에 철도 좀 더 들어라."

이한은 별말 없이 엷게 웃었다. 성일은 지팡이 위에 두 손을 짚으며
허리를 바로 세웠다. 해주에게 상이라도 주고 싶은 심정이었다.

· *I like you* ·

"이사요?"

"어. 근데 거절했어."

집에 도착한 해주는 작업실 문틈에 선 채로 가져온 책을 책장에 꽂
는 이한을 빤히 응시했다. 빈틈을 귀신처럼 찾아낸 이한은 차례차례 책
을 꽂고, 작업실 책상 위에 자료집을 내려놨다.

"손주 사랑이 각별하시네요."

"유별난 거지."

"할아버지가 아직도 그러시는 거예요? 회사 들어오라고?"

"어. 나이가 드니 더 심해지네."

"불안하신가 보죠."

해주의 음성에 이한이 그녀를 돌아봤다.

"내일 죽을까, 오늘 죽을까. 당장 당신이 어떻게 되실까 봐 불안하셔서 선배한테 다 주고 싶으신가 보죠."

"……그럴 수도 있지."

이한은 무심히 말했다. 모르는 게 아니다. 열네 살, 친부모는 이혼해 각자 집을 나갔고 그 큰 집에 남겨진 가족이라고는 이한과 성일 둘뿐이었다.

부모의 이혼으로 마음에 벽을 세운 이한과 머리 큰 손주 녀석을 어떻게 키워야 하는지 모르는 성일. 다정한 말 몇 마디 오가는 것도 못 견딜 정도로 무뚝뚝한 남자 둘이 사는 집은 항상 조용했다.

그는 홀로 그 시간을 견뎌야 할 때마다 책을 잡았다. 마음이 편해지고, 상념이 사라지고, 벽을 세울 때마다 무뎌졌다.

"괜찮겠어요?"

생각이 많아지는 이한의 얼굴을 바라보며 해주가 물었다.

"뭐가?"

"친어머니, 또 찾아오면."

"너 있잖아. 막 더 애틋해진다며?"

뭐 저런 말을, 저렇게 담백한 얼굴로. 해주가 나직하게 웃었다.

"그럼 위로가 되나?"

"됐던 것 같은데. 아무래도."

덧붙인 짧은 한마디가 참 아무것도 아닌 것 같지만, 대단한 말이라는 걸 안다. 해주가 마주 보며 고개를 끄덕이자 그도 작게 웃었다. 웃었다고는 표현하기 참 애매할 정도이지만, 그녀에게는 환한 미소 같았다.

"근데 그건 언제까지 들고 있게?"

평창동 본가를 나선 순간부터 들고 있던 보자기를 가리키자 해주가 그제야 알아차린 듯 신음을 내뱉었다. 보자기에 둘러싸인 나무 상자, 그 안에 담긴 백자. 해주가 그를 마주 보며 어색하게 눈을 구부렸다.

"이거 어떡해요? 진짜 받아도 돼요?"

"전에 그림은 잘만 받더니."

"그건 선배 사무실에 건 거니까. 이건 저 주신 거잖아요."

"옛다. 이것 너 해라."

"……저요?"

"너 주는 거니 저 욕심 없는 반푼이 녀석은 주지 말고."

도자기에 '도' 자도 모르는 그녀도 귀해 보이는 도자기가 함부로 받을 선물이 아니라는 것쯤은 알았다.

"이거 비싼 거겠죠?"

"아마."

"얼마나요?"

"네 1년 치 인세쯤?"

이한은 순간 멍해진 해주를 두고 맥주나 한잔 하자며 그녀를 스쳐 지나갔다. 손에 든 황금색 보자기를 빤히 내려다보던 해주가 헛, 소리를 내며 웃었다.

"어쩐지, 무겁더라니."

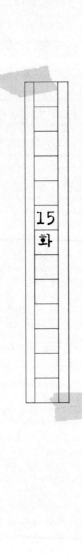

15
화

·I like you·

어른의 연애

글을 쓸 때마다 인물에 이입할 수 있는 환경이란 많지 않다.

고요한 어둠, 공허한 침묵, 가끔 들리는 찻잔이 부딪치는 소리와 쉴 새 없는 키보드 음율. 해주는 막바지를 달려가는 글의 절정 부분을 세 시간째 쉼 없이 쓰고 있었다.

한자리에서 꼼짝도 하지 않고 일곱 시간을 내리 글만 썼던 적도 있던 그녀에겐 어색한 일이 아니었다.

자료집을 뒤적거리고, 원하던 책을 찾아 바닥에 주저앉아 한참을 읽고, 뒤적거렸던 메모장을 뒤지고, 두 손으로 머리를 붙잡고 고민하고 또 고민했다.

점심도 거르고, 저녁도 거른 채 글에만 집중한 오늘. 해주는 턱 막히는 숨에 크게 심호흡을 했다. 짙은 한숨과 동시에 굵은 눈물이 쉴 새 없이 흘렀다. 소설 속 주인공과 현실의 내가 분간이 되지 않을 때, 그녀는 가끔 소설 속에 들어가 주인공이 되고는 한다.

주인공의 감정이 내 것이 되고, 주인공에게 닥친 상황이 내 것이 되고, 주인공의 결심이 내 것이 되는 순간을 그녀는 항상 느꼈다. 온몸이 전율하고, 감정에 충만해진다.

좋은 글을 써 내려가기 위해서는 글과 현실을 분리하지 말라는 조언을 항상 가슴에 새겼다. 해주는 때마다 그것을 느끼고, 때마다 소설 속 '나'가 되었다.

너저분해진 작업실 책상을 둘러본 그녀가 두루마리 휴지를 돌돌 풀었다. 코를 킁, 풀고 손등으로 눈물을 닦아 내니 뒤늦은 허기가 밀려왔다. 노트북을 닫고 곧장 주방으로 향했다.

이번 주말 내내 글에만 매달렸다. 휴대폰도 잘 보지 않고, 금요일 저녁 만났던 이한에게 이틀은 연락이 잘 안 될 거라 통보도 했다. 달에 한 번 쯤, 몸을 혹사시키듯이 굴어야 집중도가 늘었고 잘 쓰고 싶다는 욕구도 늘기에 그녀가 가끔 써먹는 방법이었다.

해주는 허기진 배를 어루만지며 주방을 살폈다. 아끼는 찻잔은 전부 개수대와 작업실 책상 위에 있을 만큼 물 마시듯이 차를 마셨지만 먹은 것이라고는 이틀 동안 케이크 몇 조각, 빵 몇 조각, 제과점에서 쓸어온 쿠키와 마카롱이 전부였다.

밥을 먹어야 할까, 고민하다가 해주는 다시 거실로 갔다. 저녁이라 하기엔 늦고, 밤이라 부르기엔 이른 시간. 소파에 앉아 커다란 TV 옆에 어색하게 놓인 백자를 빤히 응시했다.

인테리어와도, 자신과도 안 어울리는 백자를 보니 자연스레 이한이 떠올랐다. 그녀는 이틀 동안 취급도 안 한 휴대폰을 찾아 나섰다. 거실 소파와 작업실을 한참 뒤지고 나서야, 침실을 떠올린 해주는 침대 베개 밑에서 휴대폰을 찾아냈다.

무음 처리를 해 놓은 휴대폰에 온 부재중 전화는 총 다섯 통. 세 개는 어제 저녁에 한 번, 오늘 점심에 한 번, 한 시간 전에 걸려 온 이한의 것이었고 두 개는 캐나다 집이었다.

"많이도 참았네."

고작 이틀 동안 전화 세 통이라니. 뿌듯하게 웃은 해주가 통화 버튼을 눌렀다. 전화는 금방 이어졌다.

—다 썼어?

"네. 목표는 채웠어요."

—그럼 문 열어.

"네?"

—무겁다, 얼른.

벌떡 일어난 해주는 곧장 현관으로 달려갔다. 정말 문을 여니 그가 있었다. 커다란 상자 하나를 들고 무작정 그녀를 지나친 이한은 주방으로 향했다. 어처구니가 없고, 당황스럽고, 너무 반갑고 놀라서 해주는 입을 쩍 벌린 채 그를 따라갔다.

"언제 왔어요?"

"두 시간 전. 타이밍 잘 맞았네."

"근데 이게 다 뭐예요?"

"너 주라던데?"

"교수님 왔었어요?"

참기름과 고춧가루, 양파에 대파, 자두와 복숭아까지. 마트의 신선 코너를 그대로 옮겨 놓은 듯한 상자가 반가울 정도였다.

"저녁 먹고 가셨어."

"아쉽다. 조금만 기다려 주시지. 또 언제 오신다는 말씀은 없고요?"

해주는 자두 하나를 손에 들어 흐르는 물에 씻어 금방 입으로 가져 갔다. 입안 가득 퍼지는 과즙이 달고 또 달았다.

이한은 저보다 유택이 가져온 선물을 더 반기는 해주를 바라보다 손을 뻗었다. 손목을 잡고, 허리를 안고, 그다음은 절차대로. 맞붙은 입술 사이로 상큼한 자두 향이 확, 밀려왔다.

엉망인데, 뭐라 중얼거리는 해주의 목소리가 입속으로 삼켜지고 이한은 그 안으로 혀를 비벼 댔다. 노골적이고, 야하고, 진득한 키스가 짧게 끝났다.

"놀……랐잖아요."

"뭘 새삼."

그는 키스를 좋아했다. 틈만 나면 입술을 맞대 왔는데, 항상 그때마다 사람 혼을 쏙 빼놓기 일쑤였다.

"울었어?"

눈가가 축축한데. 그가 덧붙였다. 해주는 축축이 아니라 촉촉이라고 다시 말해 줄까 하다가 단념하고 슥, 눈가를 비볐다.

"쓰다 보니까 어쩌다가."

"그래서 결말은 그대로 가는 거야?"

이한은 해주의 손에서 먹던 자두를 빼앗아 한입 크게 베어 물었다. 새것도 많은데 왜 먹던 거를. 부끄러움에 해주가 미간을 좁히자 이한은 표정을 오해하고서 새 자두를 그녀의 손에 쥐여 주었다. 마치 먹을 것을 뺏겨 억울해하는 어린아이를 대하는 것처럼.

"조금 틀었어요."

"어떻게?"

"나중에 차 팀장한테 들어요."

"그런 게 어디 있어. 내가 먼저 봐야지."

대학 때부터 해주의 글은 항상 그가 먼저 보고는 했다. 습관, 버릇 혹은 그들 사이의 규칙. 그는 해주의 글을 사랑했고, 그녀는 이한에게 글을 보일 때마다 두근거렸다.

좋았다. 그 모든 것들이.

이한은 빠르게 해주를 지나쳐 작업실로 향했다. 그녀도 그를 따라나섰다. 그런데 웬일인지, 그는 작업실 문틈에 우두커니 서 있었다.

"왜 안 들어가요?"

그녀가 묻자 그가 돌아보는 것 대신 헛웃음을 흘렸다.

"여기서 글이 써지냐?"

"왜요?"

정말 몰라 묻는 말인지 의심스럽다. 다섯 평 남짓한 작업실을 둘러보는 건 어렵지 않았다. 책상 위에 쌓인 찻잔. 바닥과 테이블을 굴러다니는 빵 포장지들과 빈 케이크 상자. 어지럽게 놓인 자료들과 구별 없이 쌓아 놓은 책 무덤. 항상 봐 오던 풍경이라 해주는 뭐가 잘못됐는지 알 수 없었다.

점점 험악해지는 이한의 표정이 무엇을 뜻하는지도 몰랐다. 그는 더 살필 것도 없이 다시 주방으로 향했다. 아, 왜 그러는데요. 그녀가 뭐라 하는 소리가 들리기도 전에 냉장고부터 열었다.

텅텅. 그야말로 텅텅 비어 있었다. 있는 거라고는 각종 맥주들, 생수, 달걀 몇 개, 숨이 죽어 시들해진 채소, 인스턴트 식품 몇 가지.

"너 밥은 아예 안 해 먹어?"

"아니, 출판사로 매일 나갔으니까."

즉석밥과 마트에서 사 온 반찬으로 끼니 해결하는 게 전부였던 해주가 어색하게 웃었다.

설마 요리 잘하는 여자를 좋아했나? 그건 진짜 될 수 없는 건데.

"피곤해?"

잔소리를 할 줄 알았더니 그는 의외의 것을 물어 왔다. 해주가 고개를 저었다.

"그럼 씻고 옷 입어. 나가게."

"어디요?"

"마트."

간단하게 대답한 그는 다시 작업실로 향했다. 한동안 물건 쓸어 담는 소리가 계속되었다.

내 남자 친구 권이한은.

"치킨 먹을까요?"

"일찍 죽고 싶으면 먹든가."

참 한결같고.

"그냥 이런 거 사요. 1인분 즉석 설렁탕."

"너나 먹어."

말도 예쁘게 못 하고.

"차라리 외식을 하지. 아, 배달시킬까요?"

"죽는다."

여전히 예쁘게 못 하지만.

"나 진짜 아무것도 못 해요."

"걱정 마. 기대도 안 하니까."

반전이 있는 남자였다.

가령 키스를 잘하면서 키스가 버거웠던 시절이 있다든가, 할아버지를 사랑하면서 툴툴거리기 바쁘다든가, 아무렇지 않은 얼굴로 설레는 말을 툭 던진다든가, 양파도 못 깎을 것 같은 위인이 메인 셰프 수준의 요리 솜씨를 가졌다든가 하는 것들.

"요리를, 진짜 잘했어요?"

"너보다는?"

"대체 언제부터?"

"혼자 살기 시작하면서부터."

덤덤하게 대답한 그는 뚝딱 김이 모락모락 나는 김치찌개를 완성했다. 두부와 파까지 고명으로 얹은, 요리 잡지에서나 볼 법한 비주얼의 김치찌개였다. 같이 먹을 반찬이 없다는 그녀의 말에 채소 볶음과 달걀말이, 얼음을 동동 띄운 오이냉국까지 만들어 냈다.

"의외다. 요리할 캐릭터는 진짜 아닌데."

"죽을래?"

그냥 요리를 잘하는 정도가 아니었다. 먹어 보니 알 수 있었다. 수준급의 요리 솜씨라는 것을.

"난 우리가 결혼하면 내가 선배 밥해 줘야 되는 줄 알았어요."

"……뭐?"

"다행이에요. 선배가 요리를 잘해서."

반찬을 하나씩 맛 본 해주가 김치찌개 국물에 흰밥을 슥삭 비볐다. 앞에 앉은 남자가 먹던 물을 뱉을 정도로 당황한 것도 모르고.

뒤늦게야 눈치챈 해주는 그가 사레에 들어 기침을 내뱉자 태연하게 물을 내밀었다. 이틀 만에 맛보는 한식에 그녀는 남자 친구의 사레 따위는 관심이 없었다.

"에이, 사람 앞에서 밥 먹는데. 더럽게."

"야, 너는!"

"나 냉국 좋아하는데. 이것 좀 더 만들어 놓고 가면 안 돼요? 자주 와서 해 줄 거 아니면."

잠시 잠깐 머물다 지나간 결혼 얘기는 아예 머릿속에서 사라졌는지, 해주는 본격적으로 그가 만든 음식을 해치우기 시작했다. 먹는다는 느낌보다는 해치운다는 느낌이 강했다. 이미 저녁을 먹고 온 이한은 턱을 괸 채 그녀를 바라봤다. 이렇게 잘 먹으면서.

"너 글 쓸 때마다 그래?"

"뭐가요?"

"밥 안 먹는 버릇."

"먹었는데요?"

"그 설탕 쪼가리 말하는 거면 집어치우고."

달걀말이를 다정히 밥그릇 위에 올려 주며 하는 말치고는 말투가 참 격하다.

"해 먹기는 귀찮고, 배달시키자니 누가 초인종 누르는 건 흐름 끊어질 것 같고, 뭘 먹자니 딱히 생각나는 것도 없고."

"그러니까 틈만 나면 코피를 쏟지."

"계속 구박해요, 난 계속 먹을 테니."

해주는 밥 한 그릇을 김치찌개와 뚝딱 비워 내고, 또 한 그릇을 가득 담았다. 너무 늦은 시간이라 말려 볼까 하다가 이한은 그대로 두었다. 건강 검진을 받게 할까, 속은 시궁창보다 더 썩었을 것 같은데.

"근데 어쩌다 요리를 하게 됐어요? 매끼 사 먹을 것만 같은 사람이."

멋대로 건강 검진 일정을 잡으면 화를 낼까, 고민하는데 해주가 물어 왔다. 이한은 가볍게 어깨를 으쓱여 보였다.

"사 먹는 거 질려서."

"그래서 음식을 했다고요? 선배가?"

"노인네 잔소리도 귀찮고."

그가 열여섯이었을 때. 딱 한 달, 집안일을 봐주던 아주머니가 딸의 출산으로 휴가를 낸 적이 있다. 성일은 사업차 밖에서 저녁을 먹고 오는 일이 많았고, 이한은 빵을 사 먹거나 라면을 끓여 먹는 일이 잦았다.

성일이 한 달만 다른 사람을 따로 두자고 권했지만 이한은 거절했다.

어쩌다 성일이 일찍 들어온 날, 이한은 운동을 끝내고 집으로 돌아와 바로 주방을 찾았다. 늘 그랬던 것처럼 라면을 끓일까 하다가 서재에 있는 성일이 떠올랐다. 서재를 찾아가 물었다. 드실 거냐고.

살가운 대화 한마디 오갈 일이 없는 손주와 할아버지는 그렇게 눈을 마주치다가 나란히 주방에서 라면을 나눠 먹었다. 성일은 오랜만에 먹으니 맛있다고 했고, 이한은 아무 말도 안 했다. 벌써 3일째 먹는 라면이라 질릴 만도 한데 그는 잘 먹었다.

그리고 그다음 날부터 성일은 저녁 시간이면 비서들을 시켜 온갖 음식들을 집으로 날랐다. 돈을 줘 봤자 사 먹거나 배달조차 시키지 않는 녀석, 억지로라도 먹이려면 이렇게라도 해야겠다던 그만의 방식이었다.

하루는 초밥, 하루는 해물찜, 하루는 생선구이, 하루는 스테이크, 그러다가 일하시던 아주머니가 돌아왔다. 호화로운 식탁은 다시 완성됐다. 그 후 성일은 저녁 일찍 퇴근하는 일이 많아졌다. 고작 라면 한 끼를 함께한 후로, 그는 성일과 거의 매일 저녁을 함께 먹었다.

"흐음, 알겠다."

그녀가 은근한 미소와 함께 젓가락을 내려놨다. 두 번째 밥그릇이 깨끗이 비워져 있었다.

"할아버지 걱정하실까 봐?"

간지러운 말투에 이한이 미간을 좁혔다.

"프린트나 해 와. 내가 치울 테니까."

그녀가 부른 배를 쓰다듬으며 박장대소했다. 귀엽다고 중얼거리는 것을 모른 척하며 그는 빈 그릇을 치웠다.

"왜 말이 없어요?"

해주는 두 캔째 비운 맥주를 홀짝거리며 물었다. 이한은 소파에 등을 기대 바닥에 앉아 있었다. 소파 위로 올라오라는데도 말을 듣지 않고, 주말 내내 작업한 분량을 읽고 또 읽고 세 번째로 읽은 뒤에도 아무 말이 없었다.

현재 집필 중인 글을 읽는 것도 처음도 아니다. 중간중간 안 보여 준 편수가 꽤 많기는 하지만, 혹시 이해가 안 돼서 그런가? 설명해 줄 요량으로 소파 밑으로 내려간 해주가 그의 옆에 앉았다.

이한은 마지막 문단에서 시선을 뗄 줄 몰랐다. 그의 표현을 빌리자면, 눈이 축축해졌을 때 써 내려가던 부분이었다.

"너는."

한참을 더 있다가 그는 말문을 열었다. 그래 놓고 하는 말이.

"내 밑에서는 더 못 크겠다."

뭐라고?

"나 차인 거예요, 방금? 나랑 진짜 계약 안 하게요? 우리 이제 사귀는데?"

이한이 미간을 좁히며 그녀를 돌아봤다. 묻지 않아도 알 수 있었다. 뭔 헛소리냐고, 말하려는 눈빛이니.

"더 큰 물에 가서 크라는 말이 어떻게 그렇게 들리냐?"

"일적으로 차인 거네요."

"보내 주는 거지. 같이 일하자는 곳 있을 거 아니야."

해주는 계약금을 많이 주는 곳보다, 출판사 입지가 탄탄한 곳보다, 자기 글을 사랑해 주는 이들이 있는 곳을 원했다. 권이한은 그중에서도 자기보다, 자신의 글을 사랑하는 남자였다. 떠날 이유가 없었다.

"재미있다는 말 한번 정말 특이하게 해, 선배는."

"근데 여기 오타 있다."

"오타요? 어디?"

종이 어딘가를 가리키는 손가락을 따라 그녀가 고개를 내밀자 이한은 그 사이를 비집고 들어와 단숨에 입을 맞추었다.

"왜 울었는지 알겠다."

살짝 닿았다가 떨어진 입술이 멀어지지 않고, 가까운 곳에서 속삭였다.

"짜증나게 잘 썼어."

그는 다시 입술을 맞대 놓고 중얼거렸다. 해주가 피식 웃자 입꼬리가 기울어졌다. 덩달아 그의 입술도 웃는다. 그녀가 좋아하는 모습이다.

"대표가 할 말이에요, 그게?"

"그래서 이제 말 안 하려고."

그는 해주의 허리에 팔을 휘감고 단숨에 그녀를 무릎 위까지 끌어당겼다. 입술이 겹쳐지고, 이한은 말랑한 입술 사이를 혀로 할짝거렸다.

장난치듯이 오고 가던 입맞춤이 진해진 건 순식간이었다. 해주의 작은 손이 그의 목을 감싸고, 이한의 큰 손은 그녀의 허리를 잡아당겼다. 밀착된 몸 여기저기에서 뜨거운 체온이 전해졌다. 혀가 얽히고, 타액이 섞이고, 야릇한 소리가 흘러나왔다.

그의 손이 움직였다. 헐렁한 티셔츠를 입은 살결 속으로, 조금 더, 조금 더. 부드러운 맨살이 만져지자 조금 더 과감해졌다. 둥근 가슴 끝이 손에 걸리자 그의 키스는 좀 더 격해졌다. 호흡이 불가능할 정도로 입술이 얽혀 들었다.

"아, 저기."

가슴 위까지 올라올 듯한 손길에 해주가 놀라 입술을 뗐다. 거친 숨결이 바로 지척에서 느껴졌다.

"싫어?"

이 상황에서 그렇게 물으면 싫다고 대답할 수 없다. 해주가 고개를 저었다.

"아뇨. 그냥, 좀……."

부끄럽고, 이게 뭔가 싶고, 너무 빠른 것도 같고, 그런데 또 좋기는 하고, 그래서 같이 있고는 싶고.

이한은 손을 제자리로 거두고, 대답을 못 하는 입술 위에 다시 작게 입을 맞추었다.

그러고서 하는 말이.

"가야겠다."

"네?"

"내일도 글만 쓸 거야?"

이한이 몸을 일으키려 하자 해주도 덩달아 그의 허벅지 위에서 벗어났다. 순식간에 휴대폰과 차 키를 챙긴 그는 어느새 현관 쪽으로 향하고 있었다.

뭐 이렇게 갑자기, 뭐 이렇게 빨리. 해주가 종종걸음으로 그를 따라나섰다. 일사천리로 나갈 준비를 마친 이한은 해주의 머리 위를 작게 헝클어트렸다. 퉁퉁 부은 입술 위에 잠시 머물렀던 시선은 곧장 옮겨갔다. 아마 어딘가로.

"시간 되면 중간에 잠깐 나와. 웹 연재 프로모션 때문에 차 팀장이 너 찾았어."

"아니, 저기."

"잘 자라."

그는 마치 부러 피하려는 사람처럼 순식간에 사라졌다, 눈앞에서. 차 팀장 어쩌고 하는 얘기만 남기고.

텅 비어 버린 현관 앞에 홀로 남겨진 해주는 원망스럽다는 듯이 그가 나간 자리를 바라봤다.

"왜 두 번은 안 물어봐."

I like you

"미친놈. 거기 손을 왜 넣어……."

이한은 핸들에 이마를 박으며 욕을 중얼거렸다.

손을 묶어 둘 수도 없고, 그렇다고 그 녀석을 가만둘 수도 없고, 키스는 해야겠고, 더 갈 수는 없겠고. 아니, 갈 수 있나? 공해주만 허락하면 되는 거 아닌가? 조금 더 매달려 볼 걸 그랬나. 이한이 비식 웃음을 터트렸다.

지난 이틀, 공해주가 글 쓴다며 방해하지 말라고 했던 주말. 이한은 무슨 소리를 들었나 싶었다.

방해하지 말라고? 내가 옆에 있으면 글 못 써? 너 그러면 내 사무실에서 왜 죽치고 있었어? 내 눈에 조금 알짱거려 보겠다고 하던 건 너 아니었어? 목적 달성하니까 이제 내팽개치겠다 이거야?

따져 묻고 싶었지만, 글 쓴다는 녀석한테 멋없이 굴기 싫었고, 자존심도 상해 그러려니 굴었다.

매일 밤마다 꿈에 나타나 알몸으로 덮치던 여자는 다시 나타나지 않았다. 연인이 된 후로, 약속이나 한 듯이 꿈에서 사라져 버린 해주를 볼 수 없어 그는 아쉬워하다가 스스로에게 욕을 퍼붓고는 외로운 밤을 달랬다.

공해주가 갖고 싶다. 공해주와 함께 있고 싶다. 여자가 되어 다가오기 시작한 너를, 구석구석 탐내고 싶다.

이틀의 밤을 그렇게 보내고 나니 오늘 해주를 보러 오지 않을 수가 없었다. 유택이 전달하라던 물건을 핑계로, 그녀를 찾았다. 처음에는 얼굴을 보는 것만으로도 해소할 수 있을 거라 생각했는데 아니었다. 눈앞에 있는 공해주를 만지지 않고는 참을 수가 없었다.

그에게는 낯선 현상이었다. 누군가를 만지고 싶다고 생각한 적이 없었다. 닿고 싶다고 생각한 적도 없었다.

오히려 그 반대의 삶을 살아왔다. 사춘기 시절에 보고 듣게 된 유영의 정사 장면은 일종의 트라우마로 남았다. 끔찍했고, 다시는 떠올리고 싶지 않은 악몽 같은.

정원과 만날 때도 그녀가 스킨십을 원할 때마다 곤란했었다. 자꾸만 기억나고, 자꾸만 떠올라서 괴로웠다. 그럼에도 불구하고 이한은 원하고 있었다.

공해주의 모든 것을. 연인의 아름다울 모습을.

매일 밤 내 꿈으로 찾아와 내 침대에 누워 있던 너.

매일 밤 내 꿈으로 찾아와 내게 키스하던 너.

매일 밤 내 꿈으로 찾아와 나를 안달 나게 만들던 너.

매일 밤 내 꿈으로 찾아와…… 결국 나를 이 지경으로 만들어 버린 너.

그런 너를, 내가 어떻게 보고만 있을 수 있을까.

이한은 곧장 차에서 내렸다. 왔던 길을 되돌아가는 걸음이 빨랐다. 엘리베이터를 기다릴 시간도 아까워 계단을 세 개씩 올라 마침내 목적지 앞에 도착했다. 초인종을 눌렀다가, 주먹으로 문을 두드리고, 다시 초인종을 누르기를 반복하자 문이 열렸다.

금방 샤워를 했는지 머리카락 끝이 약간 젖어 있는 해주가 선배, 하고 그를 부르자마자 이한은 더 참을 수가 없었다.

어떻게 참겠어, 이런 너를 눈앞에 두고 어떻게.

새하얀 얼굴을 붙잡고 무작정 입술을 밀어붙였다. 겹쳐진 입술 사이로 혀를 밀어 넣고 진득하니 그 안을 핥았다.

내 것이었고, 내 것이고, 앞으로도 내 것일.

분명 그래야만 하는 입술이 느껴진다. 그러니 더는 멈추고 싶지 않았다. 매달려서라도 오늘은 그녀와 함께이고 싶었다.

"공해주."

벽에 등을 기댄 채 힘겹게 그의 입술을 받아 내던 해주가 숨을 헐떡거렸다. 뜨거운 물에 씻었는지, 닿은 살들이 전부 뜨거웠다. 이게 과연 샤워 때문일까.

"우리 연애할까?"

"……"

"어른처럼."

어른의 연애. 해주는 알아들었다. 우리가 이미 하고 있는 게 연애가 아니냐며 모르는 척 되묻지도 않았다. 가까이 닿은 그의 몸 어딘가에서 뜨겁게 타오르는 무언가가 느껴진다.

그 열기를 모른 척하고 싶지 않았다. 겁은 나지만, 같이 있고 싶고. 부끄럽지만, 보내고 싶지는 않은데.

이한은 대답을 기다렸다. 거절을 당할 수도 있다. 그럼 어떻게 해야 하지? 정말 매달려 볼까? 그럼 받아 줄까? 아니, 그런 식으로 같이 있게 된다면 해주 마음은 과연 편할까.

동시에 여러 생각이 교차하는데, 가슴 쪽 셔츠를 쥐는 손길이 느껴졌다. 당연히 해주였고, 이한은 더 참지 못해 다시 입술을 내렸다.

언젠가 이런 날이 오겠지, 생각만 했었다. 나름 각오도 하고, 생각도 하고, 기대도 했는데 닥쳐온 현실 앞에 해주는 그저 바보였다.

그가 옷을 벗길 때도, 스스로 옷을 벗는 그를 보면서도, 얼굴 곳곳 목 언저리를 따라 입을 맞추고 깨무는 그가 손을 잡아올 때도 생각이 많았다. 그가 알아차릴 만큼.

"무슨 생각해."

손가락 사이사이를 비집고 들어오는 그의 손결이 강렬했다. 아무런 대답도 못 하고 눈만 껌벅거리는데, 이한은 다시 집요하게 입술을 부딪쳐 왔다.

질문을 했으면 대답할 시간을 주던가, 생각할 시간도 안 주고서!

옷을 입고 있을 때와, 옷을 입고 있지 않을 때의 키스는 확연히 달랐다. 혀가 얽히는 소리는 더 크게 들리는 것 같고, 밀착된 피부 부위는 데일 듯이 뜨거웠다. 긴장은 두 배, 설렘도 두 배, 떨림까지는 열 배였다.

그는 갑자기 상체를 들더니 잡고 있던 해주의 손을 잡아당겨 그녀를 일으켰다. 그나마 이한의 몸에 의해 가려져 있던 알몸이 훤히 드러나자 해주는 힉. 비명을 삼켰다. 순간 이상한 소리가 흘러나와 그녀는 손으로 입을 막았다. 이한이 쿡쿡 웃음을 터트린 건 그 뒤였다.

"왜, 왜 웃어요."

그는 시트로 가슴을 가리기에 급급한 해주를 제 위에 앉혔다. 이미 다 본 걸 왜 가리느냐고 타박하지 않고 드러난 어깨 위에 입술을 내렸다.

겁도 없이 남의 꿈속을 알몸으로 드나들 때는 언제고 부끄러움이라니, 당치도 않다. 내가 그동안 너한테 당한 게 얼만데.

이한은 괜히 해주의 허리를 안은 두 팔에 힘을 주었다. 입술을 열어 연한 살결을 깨물자 그녀가 어깨를 비틀었다.

"뭐해요. 답답하게."

"복수."

"내가 뭘 잘못했다고……."

너 때문에 내가 숱한 밤들을 얼마나 괴롭게 보냈는지 모르겠지.

미친놈처럼 밤에 조깅을 뛰어도, 찬물로 샤워를 해도, 줄어든 잠 때문에 미친 듯이 몸이 피곤한데도 너는 고집스럽게 내 꿈을 찾아왔었다.

변태 새끼도 아니고, 사춘기는 더더욱 아니고, 여자랑 자고 싶어 환장한 것도 아닌데 온통 너로 가득했다.

이한은 붉은 자국이 생긴 어깨를 보며 소리를 내며 웃었다. 마음에 들었다. 꿈에서는 키스로만 그쳤지만, 오늘은 그녀의 온몸 곳곳에 이런 자국을 새기고 싶었다.

너는 이제 내 꿈이 아닌, 현실이니까.

"공해주."

"왜, 흣, 왜요."

이한은 그 옆에, 또 그 옆에 자꾸만 자국을 새겼다. 해주가 간지럽다는 듯이 비틀거리자 단숨에 손의 방향을 바꿨다.

"믿어져?"

허리를 안고 있던 그의 손이 가슴을 쥐었다. 머뭇거림 없이 한 줌에 꽉 쥔 가슴이 일그러졌다. 해주는 헐떡이며 그를 바라봤다. 그 어떤 양

보도 할 것 같지 않은, 단호한 얼굴이 시야에 꽉 찼다. 흥분에 차오른 건 그녀뿐만이 아니었다. 그 또한 제 열정을 그대로 드러냈다.

"우리가 지금 이러고 있는 거."

믿어지지 않는 건 당신뿐만이 아니다. 20대의 절반이 넘는 시간 동안, 당신을 꿈꿔 온 나 또한 그러하니까.

해주는 대답 없이 고개를 흔들었다. 괴로웠다. 온몸을 관통하는 무언가가, 대체 무엇인지 알 수 없었지만 뜨거워서 미칠 것 같았다. 그는 한참이나 가슴을 괴롭혔다. 주무르다가, 만지다가, 긁어내다가, 깨물다가, 다시 혀를 내밀어 노골적으로 핥았다.

선정적인 장면에 그녀가 눈을 꼭 감았다. 동시에 이한이 가슴을 한 입에 물며 빨아들였다.

"아, 진짜. 바람둥이 같아. 어색하지도 않나."

작게 신음하던 해주가 칭얼거렸고, 이한은 옅게 웃었다. 어색할 리가 있나. 이미 몇 번이나 맛본 입술에, 이미 꿈속에서 몇 번이나 본 너의 몸인데.

그래도 떨리는 건 마찬가지였다. 그녀만큼이나 그도 떨렸고, 긴장했다. 이한이 둥근 가슴 위를 혀로 살살 굴리자, 안겨 있는 몸이 파르르 떨려 왔다.

"어색해. 나도 너만큼."

"거, 거짓말……."

허리를 쥐던 다른 손이 그녀의 무릎을 살짝 쥐었다가 놓았다. 마치 당연한 수순처럼 그는 허벅지 사이를 부드럽게 쓰다듬다가, 그의 위에 올라타 있느라 벌어진 다리 사이로 손을 넣었다.

순간 놀란 해주는 두 팔로 이한의 목을 꽉 껴안았다. 몸은 더 가깝게 밀착되고, 누구의 것인지도 모를 땀이 섞여 들었다.

"나 숨 막혀."

"아니, 갑자기 그러니까……."

목소리가 유난히 떨렸지만 이한은 손길을 거두지 못했다. 가슴을 계속 간질이고, 축촉하게 젖어 가는 곳을 은밀하게 괴롭혔다. 중간중간 허리를 들썩이며 참고 있는 신음을 겨우 내뱉는 그녀를 기다렸다. 누구보다도 활짝 마음을 열었던 너이니, 내게도 빨리 몸을 열어 주지 않을까 싶어서.

해주는 자꾸만 떨었다. 머릿속에서 폭풍이 몰아치고 번개가 내려치는 것 같았다. 살면서 이런 기분을 느껴 본 적이 없다. 처음이었다. 멈췄으면 싶다가도, 계속 해 줬으면 싶고. 알다가도 모를 감정들이 자꾸만 자신을 덮쳤다.

비밀스러운 숲을 헤친 긴 손가락이 가운데 부분을 콕 찌르자 그녀가 자지러질 듯 허리를 세웠다. 아웃, 듣기에도 민망한 신음을 내뱉으며 단단한 어깨에 입술을 묻었다.

순식간에 몸은 침대 위에 다시 눕혀졌다. 해주가 다리를 버둥거리는 사이, 그는 입술을 부딪쳐 오며 그녀의 다리 사이에 자리를 잡았다. 그의 처세는 빠르고 빈틈이 없었다.

한동안 진득한 숨결이 이어졌다. 입술을 탐하던 사랑하는 이의 입술이 몸 곳곳으로 향했다. 어깨를 시작으로, 가슴은 당연하다는 듯이, 아랫배 위를 툭 하니 핥다가, 기어이 그곳으로 향한 입술은 거둬지지 않았다.

핥고, 찌르고, 깨물고. 그녀가 자지러질 만큼 야하고 노골적이었다.

"미, 미쳤어요, 진짜⋯⋯."

도저히 은밀한 부위에 머리를 처박고 있는 그를 내려다볼 수가 없어 해주가 베개 위로 얼굴을 묻었다. 시트는 이미 이한이 바닥으로 던져 버린 지 오래라 얼굴을 가릴 수 있는 건 그것뿐이었는데, 그는 그것도 허락하지 않았다.

"아, 진짜. 못돼 처먹었, 하웃!"

"처먹다니."

가뿐하게 베개를 치우고 눈을 맞춘 이한이 옅게 웃었다. 번들거리는 그의 입술이 무엇을 뜻하는지 안 해주는 눈을 꼭 감았다. 귀만 빨개지던 남자는 어디 가고, 능구렁이 같은 남자가 나타났다.

아니, 그녀가 만들어 냈다. 이 남자를, 이렇게.

그게 또 뿌듯하고, 그게 또 기분이 좋아서 갑자기 웃음이 났다.

"이제 할 거야."

뭔가를 꺼내고, 치이익 소리와 함께 이내 찢어지는 소리가 연달아 들려왔다. 두 손을 활짝 펴 얼굴을 가린 해주는 고개를 저었다. 싫어? 하고 되묻는 낮은 목소리 뒤에도 고개를 저었다.

"어쩌자는 거야."

살포시 웃으며 그는 다시 입술을 내렸다. 당연히 입술 위일 것이라고 생각했는데, 아니었다.

가슴 위를 길게 핥은 그가 한입에 살결을 삼켰다. 마치 제 것을 삼키듯 서슴없고 거침없었다.

깨물린 부위가 아팠으면 좋겠는데, 그럼 뜯어 말리기라도 하겠는데 그것뿐만이 아니었다. 어딘가가 자꾸만 뜨거워지고 어딘가는 젖어 들어 갔다. 그가 원하는 대로.

그리고 절대 상상하지 못했던 그의 것이 닿은 순간, 그녀가 눈을 크게 떴다.

"지, 진짜 하게요?"

"그럼 안 해? 여기까지 와서?"

"아, 아니 하는 건 맞는데."

"아플 거야."

얼버무리는 그녀의 입술 위에 입을 맞추고서 그는 짧게 말했다. 확신하듯이 내뱉어진 말은 얄밉기 그지없었다.

그래, 자기는 안 아프다 이거지? 사람을 있는 대로 괴롭혀 놓고, 자기는 이제 즐길 거라 이거지?

"표정이 왜 그래?"

"고민 중이에요. 선배도 아프게 하는 법은 없나."

딱 하나 있는데, 그걸 알려 줘야 하나. 이한은 느릿하게 허리를 움직였다. 마찰된 아랫부분이 비벼지며 그녀가 하윽, 신음했다.

절대 소리를 크게 내지 않는 걸 보면 부끄러운 모양이다. 언제쯤 이 부끄러움을 없앨 수 있을까, 그는 고민하며 그녀가 원하는 답을 내놓았다.

"네가 날 여기서 쫓아내면, 아마."

"그건 또 내가 싫잖아요."

야무진 대답에 그가 가볍게 웃었다. 역시, 내 꿈은 아무래도 네가 만든 게 아닌가 싶다. 날 네 침대로 불러오려고, 날 네 곁으로 데려오려고, 날 네 것으로 만들려고.

"최대한."

그는 말하지 않았다. 어쩌면, 너만큼이나 나도 떨리고 서툴다는 것을.

"안 아프게 할게."

뜨거운 숨결이 오고 가는 사이, 그는 뭉툭한 제 것을 천천히 밀어 넣었다. 좁고, 아득하게 멀고, 뜨겁고, 그래서 더 탐이 나는 곳으로.

간간히 내뱉는 신음도 부끄러운지 해주가 피가 날듯이 입술을 깨물자 그는 얼굴을 내렸다. 부드럽게 깨물던 입술을 핥고 혀로 안쪽을 쉼 없이 달랬다.

아픔을 잊고, 좋기만 했으면 좋으련만 아무래도 오늘은 힘들 것이다. 다음부터, 다음에는 꼭. 그는 소리 없는 다짐과 함께 천천히 끝까지 갔다.

해주의 숨이 끊어질 듯 턱 막히는 순간, 결국 끝에 다다르고 그도, 그녀도 입맞춤을 거두고 이마를 맞댔다.

"괜찮아?"

"아, 아파요. 흐읏, 선배는······."

누가 누구 걱정을 하는 걸까. 잡아먹으려고 안달이 난 나를? 잡아먹히기 직전 바들바들 떠는 네가 아니라?

"미치겠다."

그가 작게 허리를 움직이자 그녀가 미간을 찡그렸다. 어깨와 등을 할퀴는 손길에 그가 움직임을 멈추었다.

"하아, 움직이지 마요! 움직이면 선배 때릴 것 같아."

"……차라리 죽으라 그래."

"죽든가요, 그럼!"

복상사라면 그래 줄 용의가 있긴 한데. 이한은 낭패감이 어린 표정으로 아파하는 해주를 물끄러미 내려다봤다. 미안하고, 또 미안했다. 안아 주며 기다리는 것 말고는 방법이 없다는 게 아플 정도로.

"좋아해."

그가 나지막이 말했다. 해주는 동시에 울상을 지었다. 요물이 따로 없다. 허락할 수밖에 없는 상황으로 밀어 넣고, 기어이 제 입에서 뜻하는 말이 나오기를 바라는 거다.

"치, 치사하게."

"아프면 빼라고 해."

"그럴 수 있는 거예요?"

"아니, 나도 잘 모르겠어."

지금도 죽을힘을 다해 참고 있다는 걸 그녀는 알까. 그가 마른 어깨 위에 얼굴을 묻으며 말했다. 눈앞에 그녀를 두고 흥분에 차오른 물건은 점점 더 커지면 커졌지, 절대 줄어들 줄은 몰랐다.

해주는 착하게 자신을 기다리는 그의 어깨를 쉼 없이 쓰다듬었다. 땀에 젖은 등 곳곳에 발갛게 부어오른 자국이 만져지는 걸 보니 제가 할퀸 게 분명했다.

그녀는 그의 얼굴을 두 뺨으로 잡아 자신을 보게 했다. 손가락 어딘가에 그의 귓불이 만져졌다. 델 듯이 뜨거운 곳은 아래뿐만이 아니었다.

이 남자, 또 귀가 빨개졌다. 왜 나는 이 남자 귀가 빨개지면 기분이 좋을까. 설마 변태였나?

해주가 아픔 속에서도 살포시 웃었다.

"일단 살짝만요."

"진심이야?"

"후회하기 전에, 얼른, 하웃!"

그녀의 허락이 떨어지기 무섭게 그는 느릿하게 허리를 움직였다. 위 아래로 움직이던 허리가 땀에 젖은 해주의 아랫배에 부딪히고, 조금씩 기세가 빨라졌다.

"사, 살짝이라니까, 아."

신음도, 비명도 짙어지고, 뜨겁게 오가던 숨결도 자주 드나들었다. 그와 그녀만이 존재하는 이 순간, 가릴 것도 숨길 것도 없이 모든 것을 드러내는 순간, 그는 다시 사랑을 고백했다.

끊임없이 귓가에 속삭였다. 좋아한다고, 정말 좋아한다고, 너만을 좋아한다고.

간지러운 사랑 고백을 할 수 있는 유일한 시간이라는 듯 마음을 속삭이던 두 사람은 이내 다시 숨결을 섞었다.

"글에 뻥쳤어요, 내가."

"무슨."

"'열하'에서 이런 장면이 나오잖아요. 난 이런 건 줄 몰랐어, 진짜."

대사는 없고 온통 지문뿐인, 고작 3페이지 남짓한 분량을 떠올리며 이한이 엎드린 채로 고개를 돌렸다. 이틀을 내리 글만 쓰느라, 그리고 제게 시달리느라 피곤할 텐데도 그녀는 아픔 때문인지 쉬이 잠들지 못했다.

그러면 한 번만 더 하자고 해 볼까, 이한은 해주를 보며 잠깐 고민했다. 물론 그녀의 험악해질 표정을 떠올려 보자면 절대 해서는 안 되는 말이었다.

"아프기만 했어? 좋지는 않았고?"

그렇다고 하면 공부라도 할 기세인 이한 쪽으로 그녀가 돌아누웠다. 꽁꽁 시트로 싸맨 몸이 곡선을 드러냈지만, 그는 서둘러 눈길을 거뒀다.

"선배는 안 아프니까 좋기만 했겠죠."

"나도 아팠어."

"선배가? 언제?"

네 안에서 가만히 있을 때, 네가 흥분하면서 날 할퀼 때, 네가 내 귓가에 대고 숨 쉴 때, 네가 신음할 때, 전부.

그가 대답 없이 진득하게 눈을 마주쳐 오자 해주는 마치 음탕한 머릿속을 들여다보기라도 한 사람처럼 시트를 목 끝까지 올렸다.

드러난 살결이라고는 얼굴뿐이었다. 우물쭈물, 움직이던 입술이 열렸다.

"뭐, 처음에는 아팠는데……."

느릿느릿 이어지던 말끝이 늘어지자 그의 입꼬리가 기울어졌다.

"아팠는데?"

"나중에는, 뭐, 조금."

"조금?"

그가 대답을 재촉했다. 반짝거리는 눈동자를 마주 보던 해주는 얼굴을 붉혔다. 순간 조금은 좋았다는 대답을 할 뻔한 입술을 꾹 깨물고 눈을 감으니 암흑이었다.

"몰라요. 잘래요."

시트를 머리끝까지 쳐올리자 낮게 웃는 소리와 어깨를 감싸는 포근한 손길이 이어졌다. 그와 맞닿았던 모든 부분들이 쓸리고 아픈 것 같았다. 시트에 가려진 머리 위를 쓰다듬는 손길은 그답지 않게 다정했다.

"아, 맞다."

뭔가 생각난 듯 해주가 살짝 시트를 걷어 내렸다. 이번에도 얼굴만 내민 채 그와 눈을 마주쳤다.

다음은 사랑스럽게, 그리고 예쁘게 눈을 휘어가며 웃었다.

"나도요."

2초는 의문을 띄었다가, 2초는 의미를 이해하고, 2초는 또 황당해하는 얼굴의 변화가 뚜렷해 해주가 킥킥거렸다.

"……너무 늦게 대답하는 거 아니냐?"

오늘 밤, 좋아한다는 말을 숱하게 들어왔던 조금 전의 우리.

그렇게 꿈만 같은 밤이 지나가고 있었다.

16
화

너와 나의 봄

"아니, 뭐 맨날 이렇게 흘리고 가?"

이한은 마치 집이 없는 사람처럼 해주의 오피스텔로 퇴근을 반복했다.

덕분에 그녀는 그가 출근할 즈음 일어나 배웅한 뒤 작업실에서 글을 쓰다가, 그가 퇴근할 즈음 글을 마무리 지었다. 그러기를 며칠째, 매번 답지 않게 뭔가 하나씩을 오피스텔에 두고 가는 이한이었다.

오늘은 지갑이었다. 지난주는 휴대폰이고, 어제는 태블릿. 뭐 두고 다니는 꼴을 못 봤는데도 그는 버릇처럼 그랬다.

회사로 갖다 주겠다며 통화를 마친 해주가 그가 출근한 지 한 시간 만에 똑같이 집을 나섰다. 그러면서도 발걸음은 꽤 가벼웠다. 밤새 함께 있었던 그를, 또다시 볼 수 있다는 생각에.

"아, 커피나 돌릴까."

편집 팀 식구들 말고 다른 팀원들 것까지 합하면 몇 잔을 사야 하나. 재원에게 직원들 머릿수 파악을 부탁한 다음 해주는 곧장 서준의 카페로 돌진했다.

"어, 작가님 또 뵙네요?"

"그러게요. 가끔 올 일이 생겨서요."

"마침 운 좋으세요. 저희 신메뉴 나왔는데 시식 좀 해 주고 가세요. 1분이면 다 구워져요."

상견례를 마치고 본격적으로 결혼 준비에 돌입했다던 서준은 얼굴이 활짝 폈다. 사랑하는 여자 친구의 과거가 옆 건물에 떡하니 버티고 있어도 전혀 문제될 게 없다는 성격인 걸 보면, 정말 정원이 사랑받고 있다는 느낌이 들었다.

정원은 그 후로 보지 못했다. 가끔 카페에 들른다는데, 출판사에 죽치는 일이 없어진 해주와 마주치지 않는 건 어쩌면 당연했다. 이한과 마주치지 않을 거라 생각하니 더욱 다행이기도 했고.

해주는 재원의 메시지를 확인하고 커피 스무 잔을 주문한 다음 자리에 앉았다. 서준이 곧 보기만 해도 기분이 좋아지는 디저트를 들고 나타났다. 커스터드 크림을 듬뿍 얹은 시폰케이크와 초콜릿을 듬뿍 얹은 다쿠아즈였다.

"와, 정원 선배는 좋겠어요. 남자 친구가 이런 걸 뚝딱 만들어 내서."

"뱃살 나온다고 별로 안 좋아해요. 천추의 한이죠."

해주는 순간 제 뱃살에 힘을 주다가 서준이 건네는 포크를 받아 들었다. 디저트는 달고 맛있어 딱 그녀의 취향이었다.

여직원들에게 돌릴 겸 포장해 달라고 하자 서준은 군말 없이 막 구운 디저트를 포장했다. 계산을 안 해 주겠다며 또 고집을 부리는 것을, 억지로 그의 손에 카드를 쥐여 줬다.

"아, 그럼 다크 초콜릿 구운 것 좀 드릴게요. 권 대표님 드리세요."

약혼녀의 과거까지 챙기는 남자라니.

해주는 마지못해 카드를 받아 들며 뭐 하나 더 챙겨 주지 못해 안달 난 서준을 바라봤다.

"글쎄요. 이한 선배 입에 초콜릿, 뭐 이런 거 들어가는 걸 못 봐서."

"안타깝다. 왜 안 좋아하시지, 이 맛있는 걸?"

"그래서 매일 구박당해요."

"그건 좋아서 그런 거 아닐까요?"

"좋으면 애정을 쏟아야죠, 구박이 아니라."

말투는 투정을 부리지만, 목소리에는 애정이 잔뜩 담겨 있었다. 서준도 웃고 해주도 그저 웃었다.

사정을 아는 사람이 단 한 사람이라도 있다면 다들 제정신이 아니라고 할 정도로 꼬인 관계라지만, 해주는 나쁘지 않았다. 눈앞에 가득한 애정 때문에 정신이 없을 지경이니.

예쁜 상자에 담겨진 디저트를 받고, 커피 스무 잔을 담은 캐리어 숫자가 두 손에 들어도 감당하기 힘들 정도였다.

서준이 출판사까지 함께 가겠다고 하자 해주는 잠시 험악해질 이한의 얼굴을 떠올렸지만, 곧 고개를 끄덕였다. 혼자 들고 갈 수는 없는 노릇이니까.

두 손 가득 부자가 된 기분으로 카페를 나서는데 해주의 발길이 멈췄다. 카페 구석진 자리에서 얼굴의 반 정도를 가리는 선글라스를 낀 여자가 제 쪽을 주시하는 느낌이 들었다.

짙은 선글라스 색 때문에 여자의 눈동자가 어딜 향하고 있는지 정확히 집어낼 수는 없었지만 느낌이 그랬다.

해주가 반쯤 틀었던 몸을 완전히 틀자 여자가 몸을 일으켰다. 착각이 아니었다. 여자는 정확히 제 쪽으로 다가오고 있었다.

"나 알죠?"

여자가 선글라스를 벗었다. 생각보다 나이가 많아 보이는 얼굴을 물끄러미 바라보며 해주는 긍정도 부정도 하지 않았다.

"작가님, 무슨 일이에요?"

서준은 뒤따라오지 않는 해주에게 다시 돌아와 물었고 그녀는 여전히 대답이 없었다.

처음으로 알았다.

자신이 목소리로 사람을 구별할 수 있다는 것을.

"누군데 번호를 줘요?"

엘리베이터에서 내린 서준은 호기심을 참지 못하고 물었다. 잘 모르는 사람 아니냐는 말은 부러 삼켰지만, 티가 났을 것이다.

"아는 사람이에요."

"정말요?"

"그럼요."

해주는 일부러 대답을 숨기려 웃어 보였다. 서준과 함께 사무실 안으로 들어서니, 편집 팀 직원들과 이한은 사무실 한가운데서 얘기 중이었다.

이한과 눈이 마주치자 해주가 길게 입꼬리를 올렸다. 한 시간 전, 집에서 본 얼굴 그대로였지만 약간 찌푸려져 있는 게 역시나 지금 상황이 마음에 안 드는 모양이었다.

"손이 모자라서 도와주신 거예요."

"나도 알아."

이한이 직접 커피를 받으려고 나서자, 재원이 한발 더 빨랐다. 커피를 나누고, 다른 팀에게 갖다 주고 오겠다며 삼삼오오 찢어졌다.

"대표님 건 특별히 맛있게 탔습니다. 제 카페 안 오시고 길 건너 카페 가신다고 들어서."

"단골이라서요."

"단골 뺏는 것도 영업의 한 방법이죠. 그럼 수고들 하세요. 작가님, 다음에 봬요."

잔뜩 찌푸려진 얼굴을 한 사람에게 살갑게 웃어 보인 서준이 돌아가자, 이한은 쌩하니 뒤를 돌아 제 사무실로 들어갔다.

확 지갑 들고 튈까 보다. 해주는 손에 들고 있던 커피를 남은 직원에게 건네주고 이한과 제 음료를 챙겼다. 두 손이 꽉 차 있어 문을 어떻게 열까 생각하는데 닫혀 있던 문이 열렸다.

눈 깜짝 할 새에 팔이 당겨지고, 정신을 차려 보니 어느새 그의 코앞이었다.

사무실 문은 그새 닫혔고, 그는 움직일 줄 몰랐다. 해주의 앞에서.

"뭐, 뭐예요. 갑자기."

"그러는 넌."

그가 걸음을 물리지 않고 물었다.

"내가 뭘요?"

"그 커피를, 대체 누구랑 들고 오는 거야?"

휘어지는 눈썹의 모양새는 감추는 법을 몰랐다. 나 지금 너 때문에 엄청 기분 나쁘거든? 하고 말하는 걸 보니.

해주가 풋 소리를 내며 웃었다.

"들어 준 거죠. 난 그 집 단골이니까."

"이럴 줄 알았으면."

그가 도중에 말을 멈추었다.

"알았으면, 뭐요?"

"아냐."

"뭐야. 뭔데요."

"아니라니까."

급하게 시선을 피하고, 한걸음 물리는 모양새가 심상치 않았다. 감추는 게 있다는 증거. 그녀가 눈을 새초롬하게 떴다.

"나한테 숨기는 거 있어요?"

"없어."

"없어도 말해요."

"없는데 뭘 말해."

"있잖아요, 숨기는 거."

"없다니까."

몇 번의 말장난이 계속됐다. 두 손에 들고 있던 테이크아웃 컵을 바로 옆 책장에 내려놓은 해주가 제 가방에서 그의 지갑을 꺼내들었다.

아침마다 뭐 놓고 가는 몹쓸 습관 때문에 회사 나오는 것도 일인데,

숨기는 거라니? 감추는 거라니?

"말 안 하면 이것도 없어요."

"그러니까 그걸 왜."

그가 잔뜩 짜증을 부리며 말했다. 뒷머리를 헝클고, 낮은 한숨을 내쉬는 걸 보니 서준과 나란히 들어온 모습이 정말 싫었나 보다, 생각하고 넘길 수 있었다.

분명 그럴 수 있는 문제였는데.

"혹시 이거 일부러 놓고 갔어요?"

"……."

"며칠 전부터 계속 뭐 하나씩 두고 가더니, 다 일부러?"

침묵은 긍정이라는 말을 만든 사람은 위대하다. 어떻게 안 맞는 순간이 없어.

"아니, 대체 왜?"

"너도 좋았잖아."

그가 퉁명스럽게 대답했다.

"나랑 점심 먹고, 내 얼굴 또 보고."

"와아."

"……."

"방금 되게 간지러웠어. 대박."

양팔을 비비며 해주가 과장되게 말하자, 그도 부정은 하지 않고 짜증서린 얼굴로 커피를 손에 들었다.

'그러게, 왜 그 자식이랑 같이 와서'로 시작되는 말을 중얼거리는 듯했지만 해주는 모른 척하고 그의 곁으로 다가갔다. 잔뜩 놀려 줄 생각이었는데, 이한은 주섬주섬 뭔가를 꺼내는 듯싶더니 해주의 가슴 앞으로 쇼핑백 하나를 내밀었다.

"뭐예요, 이게?"

"일단 받아."

오다 주운 것도 아니고, 표정 좀 풀지. 해주는 쇼핑백 안을 확인하고 눈을 동그랗게 떴다.

"어디 제약사랑 출판 계약했어요? 이게 다……."

"네가 먹을 영양제."

"이걸 다 먹으라고요?"

"밥도 잘 안 먹는데 이런 거라도 먹여야지."

"아무리 그래도 너무 많은데."

"전처럼 또 코피 터져서 사람 혼 빼놓지 마."

코피 한 번 쏟았다가 200만 원 넘는 건강 검진도 받게 할 기세였다. 들도 보도 못한 영양제들이 가득했다.

종합 비타민제를 시작으로 눈에 좋은 것, 소화에 좋은 것, 불면증에 좋은 것 등등. 아니, 나 불면증도 없는데?

"쓸데없이."

"먹어 봐야 아는 거야. 그 쓸데라는 건."

"이런 건 밤에 잠을 재우면서 먹이든가."

해주가 쇼핑백을 내려놓고 주스를 손에 들었다. 농밀한 의도가 가득한 말을 아무렇지 않게 하는 그녀를 보며 이한은 반대로 커피를 내려놨다.

싫었다. 결혼을 하든, 약혼녀가 있든. 물론 그 약혼녀의 실재를 보았고, 누구인지도 알지만 그래도 싫었다. 해주의 옆에 서는 다른 누군가가 자신이 아닐 때는, 늘.

언제부터 이랬더라. 대체 언제부터.

이한은 조심스럽게 고민의 범위를 넓혀 보다가 어느새 스트로를 입에 물고 있다는 것을 떠올렸다.

커피 맛은 좋았다. 단골집이라고 부르는 카페보다 훨씬 진한 맛이 그의 스타일이었다. 이것조차도 짜증이 났다.

"점심 사 줄게."

"소고기 먹어도 돼요?"

"점심부터 그게 들어가면."

"좋아요, 그럼 소갈비 콜!"

해주는 사무실에 남아 책을 보기로 하고, 이한은 회의 때문에 위층 사무실로 향했다.

그의 책장에서 아무 책이나 골라든 그녀는 소파에 자리를 잡았다. 내내 함께 있다가 그새 얼굴 볼 핑계를 만들어 기어이 저를 사무실로 불러낸 깜찍한 행동이 귀여워 웃다가, 서준과 나란히 들어온 모습에 기분 나빠하던 모습이 또 기특해서 몇 번을 혼자 웃었다.

그러기를 몇 분, 휴대폰이 울렸다.

모르는 번호, 알 만한 내용, 떠올려지는 얼굴. 해주가 후우 한숨을 내뱉었다.

〈우리, 밥 한 번 먹어야죠?〉

"아, 선배한테 말을 해야 하나."

· *I like you* ·

"내가 요즘 쇼핑을 안 해서. 불편한 거 아니죠?"

대한민국에서 가장 값비싼 땅값을 자랑하는 곳에 놓인 유명 명품관. 유영은 눈여겨봤던 물건들을 하나씩 골라냈다.

우두커니 선 해주를 가끔씩 돌아보며 툭툭 말을 한마디씩 붙이다가도, 눈에 띄는 가방이 있으면 고르고, 마음에 드는 옷이 있으면 입어 봤다. 해주는 병풍이 따로 없었다.

벌써 세 번째 만남. 지난 두 번은 유영이 좋아한다는 스테이크를 먹었고, 미술관에 가서 고상하게 그림 전시회를 봤다. 그림에는 취미가 없어 해주는 지루했지만, 유영은 꽤나 그림에 조예가 깊은 듯 그녀의 옆에서 바쁘게 입을 움직였다.

그림보다 해주가 더 싫어하는 게 바로 쇼핑이었다. 그것도 이렇게 눈 튀어나오게 비싼 가방은 들어 본 적도 없었다.

"우리 딸은 엄마랑 쇼핑하는 걸 그렇게 싫어해서. 딸 가진 재미를 못 보고 있거든요."

피팅룸에서 나온 유영이 싱긋 웃으며 말을 붙여 왔다. 가장 가까운 가방의 금액을 확인하고 눈이 휘둥그레진 해주는 어색하게 웃었다.

버는 만큼 쓴다면, 그녀도 살 수 있을 정도였지만 아직은 값비싼 가방보다 에코백이 편했고, 불편한 실크 원피스보다는 청바지가 편했다.

"이한이랑은 어때요?"

"……좋습니다."

"걔가 여자 만나는 건 본 적이 없어서. 신기하고 그러네. 둘 다 글재주가 좋은 것 같으니까 만나면 글 얘기 하고 그러나?"

"뭐, 가끔요."

"나랑 만나는 것도 얘기했어요? 오늘만 벌써 세 번째 만나는 거잖아요, 우리."

몸에 딱 달라붙는 초록색 실크 원피스가 잘 어울렸다. 유영은 그녀를 돌아보며 머리를 위로 올렸다. 곁에 있던 직원이 쏜살같이 달려와 마저 지퍼를 올려 줬다. 자연스럽고, 물 흐르듯 이어지는 행동이었다.

이런 게 익숙한 걸까.

"아니요."

"어머, 왜요?"

"조금 더 친해지면 말하려고요."

"나랑 친해지고 싶어요?"

악의는 없는 것 같은데도 불편함이 가시지 않는다.

뭘까, 왜 불편할까.

"그때 봤어요. 이한이 아파트에서 나오다가 현관에 있던 여자 신발. 공 작가 신발 맞죠?"

"알겠지만 내가 이한이랑 사이가 좀 그래요. 공 작가 통해서 이한이랑 가까워지고 싶은데 조금 도와줄 수 있어요?"

도와주지 못할 것도 없지만 내키지 않았다. 그가 싫어하는 사람인 줄 알면서 억지로 관계를 이어 주려 한다면, 과연 그게 그를 위하는 일이 맞는지 고민하게 만들었다.

답은 뻔했다.

그의 앞에서 여자가 얼쩡거리게 하고 싶지 않았다. 제가 그녀를 묶어 둘 수 있다면 그것으로 족했다.

해주는 어떤 대답 없이 짧게 웃기만 했다. 벌써 세 번째, 이 만남이 언제까지 지속될까 싶었다. 벌써 두 번이나 체했는데, 그것도 지겹고.

"저랑 친해지기 싫으세요?"

웃는 얼굴에, 웃는 얼굴로 해주가 되물었다. 전신 거울에 비친 제 모습이 썩 마음에 든 듯 미소 짓던 유영이 어깨를 으쓱였다.

"친해져야지. 우리 아들이 좋아하는 여자인데."

역시, 불편한 거 맞다니까.

"이거랑 이거, 이것까지 해서 얼마예요?"

"네. 287만 원인데, 여기 이 가방까지 하시면……."

점원이 그새를 못 참고 영업을 시작했다. 입고 있는 드레스와 세트로 가장 잘 나간다는 화이트 톤의 작은 핸드백을 같이 사면 300만 원 어쩌고 하는 소리가 들려왔다.

점원이 포장을 하자, 유영은 그녀의 팔을 잡아 이끌었다. 얼떨결에 끌려가는데, 점원이 그녀의 앞으로 계산서를 내밀었다.

아니, 이걸 왜 나한테?

"좋으시겠어요. 며느님이 이런 것도 사 주시고."

"그럼요. 얼마나 좋은지 몰라. 다음에는 내가 며느리 옷 한 벌 해 주려고."

어느새 며느리까지 진화했었나. 그새 계산서를 건네받은 해주가 맨 아래 적힌 금액을 확인했다.

330만 원이 넘게 찍힌 금액. 겨우 가방 두 개에, 옷 두 벌 값이라고 하기에는 지나쳤다.

근데 이걸 내가 왜?

"어머님. 뭘 오해하신 것 같은데."

세 번째 만남에 처음 불러보는 어머님이지만 유영이 못 알아들을 리 없었다.

해주는 반쯤 몸을 틀어 계산서를 유영에게 내밀었다. 점원과 유영의 얼굴이 동시에 굳어졌다.

"아니, 지금……."

"어머님도 불편하실 거예요. 제가 이런 걸로 점수 따는 것처럼 보이면."

눈치 보던 점원이 일을 핑계 삼아 자리를 피했다. 점차 굳어지던 얼굴에는 화가 짙어졌다. 점원이 목소리가 들리지 않을 곳까지 멀어지자, 유영은 본색을 드러냈다.

"너 뭐 하는 거니?"

갑작스러운 하대에 해주는 잠시 당황하다가, 이내 차분히 대답했다.

"저 아직 어머님 며느리 아니에요. 선배랑 만난 지 얼마 되지도 않았고요."

"그래서 결혼 안 할 거니, 내 아들이랑?"

"그거야 모르는 거죠."

절대 그럴 리가 없다는 걸 알지만 해주는 애써 그런 척 얘기했다. 유영은 화를 참듯 거친 숨을 내뱉다가 머리를 쓸어 넘겼다.

예쁜 얼굴이지만, 아름다워 보이지는 않았다. 아마 마음이 그래서일까.

"선배도 싫어할 거예요. 지금 이 상황 알면."

"너 지금 나 먹이는 거니?"

"그럼 어머님은. 저 먹이시는 거예요?"

해주가 환하게 웃으며 물었다. 유영은 기가 차서 웃기만 했다. 망신도 이런 망신이 따로 없다고 생각하면서도, 눈앞의 해주가 괘씸했다.

"너, 베스트셀러 작가라며? 한 해에 소설로 버는 인세만……."

"제가 아무리 잘 벌어도요. 어머님과는 아무런 상관없죠."

탐욕스럽게 빛나던 눈동자가 점차 안정을 찾아갔다. 해주는 본능적으로 알았다. 유영의 머릿속이 빠르게 돌아가며 계산을 마치고 있다는 것을.

이한을 우리 아들이라 부르면서도 머리로는 계산기를 두드리며 살았을까. 갑자기 선배 앞에 나타난 이유가 돈 때문인 것처럼.

"아무래도 집안에 사람을 잘 들여야 하는 건데. 너무 생각이 없었어요. 갓난아기 때 버려진 것도 다 이유가 있을 텐데. 해주 돌려보내야 하는 것 아니에요? 찝찝해서 정말 같이 못 살겠어요."

이런 사람들도 부모라면.

"그렇게 볼 것 없어. 너야 좋은 부모 다시 만나면 그만이고, 우리는 우리대로 살면 그만이고. 알겠지, 해주야?"

차라리 없는 게 나을 텐데.

유영이 혼자 계산을 마치기 전에 해주가 먼저 일이 있다는 핑계를 대며 자리를 피했다.

뒤에서 분을 이기지 못하고 악다구니 같은 말을 내뱉는 여자의 목소리가 들렸지만 가볍게 무시했다.

I like you

"아, 너무 세게 나갔나."

포도맛 쭈쭈바를 입에 물고 질겅질겅 씹어 대던 해주는 뒤늦게야 후회했다.

버스도 한 정거장이나 먼저 내려 계속 걷는 중이었다. 그러면서 생각했다. 제가 저지른 행동에 대해.

조금만 더 살살할걸, 그냥 지갑 없는 척이나 해 볼걸. 그러다가도 또 다음번에는 부르지는 않겠다 싶어 한순간 마음이 가벼워졌다.

아무리 그래도 좋아하는 남자의 어머니인데, 너무 예의가 없었나. 아니, 예의는 그쪽에서도 안 차렸잖아. 내가 무조건 아랫사람도 아닌데.

"몰라, 어떻게든 되겠지."

생각도, 고민도 그만. 아니, 선배도 싫다는 사람을 내가 좋아할 이유는 없는 거잖아. 좋아할 행동을 한 것도 아니고. 그리고 그게 정상이야? 우리 엄마도 나한테 그런 명품은 사 달라고 한 적 없는데.

"별꼴이야, 진짜."

"자꾸 뭐라 혼자 중얼거리냐?"

그녀의 손에서 쭈쭈바가 툭 떨어졌다. 바닥에서 떨어진 아이스크림을 대신 주워 들어 묻은 먼지를 털어 내는 이는 이한이었다.

아, 진짜.

"놀랬잖아요!"

"죄 지었냐? 뭘 놀래."

"나 따라왔어요?"

"마트에서 나 못 봤어? 왜 그냥 지나쳐?"

못 봤다. 당연히. 아이스크림을 고르고, 계산하고. 그때 그가 있었나? 해주가 고개를 저었다.

"대체 무슨 생각을 하고 다니길래."

"남의 동네 마트는 왜 간 건데요."

"이거."

어떤 생각이었는지는 절대 입 밖으로 못 꺼낼 것 같아 해주는 다른 말로 화제를 돌렸다. 이한은 두 손 가득한 장바구니를 들어 올렸다.

세상에, 권이한과 장바구니라니. 이렇게 안 어울리는 조합이 또 있을까.

"영양제 갖다 바치고, 밥 해 먹이고. 뭐 해요, 나랑?"

"뭐긴. 연애지."

담백한 대답과 함께 그는 손을 잡아 왔다. 그런데 이끄는 방향은 그녀의 집 쪽이 아니었다. 이한의 차는 마트 앞에 곱게 세워져 있었다.

뒷좌석에 짐을 싣고, 조수석 문을 열어 그녀를 태운 그는 아무 설명 없이 곧장 운전석에 올랐다.

이때만 해도 집으로 곧장 가려나 보다 싶었는데 그것도 아니었다.

"우리 지금 어디 가요?"

"내 아파트. 낮에 뭐 했어? 전화 안 받던데."

'내 아파트'라는 말에 놀라기도 전에 급작스레 질문이 이어졌다. 생각할 시간을 주지 않고 몰아붙이는 화법이라는 걸 알고 있었지만, 그녀의 머릿속은 갑자기 바빠졌다.

어, 그러니까.

"도서관에 갔었어요."

"자료 조사할 게 아직도 남았어?"

마무리 단계에서 뭘 조사할 게 더 남았느냐는 물음이다.

"마지막까지 확실한 게 좋잖아요."

입이 바싹바싹 말라 왔지만 그녀는 제가 한 말을 뒤집지 않았다.

"우진 선배는 늦는대요?"

"글쎄, 늦나."

칼질을 잘하는 남자는 섹시하다. 저 섹시한 남자가 내 남자다. 그러니 오늘 저 남자의 어머니가 부린 추태는 잊어버리자.

깔끔하게 머릿속을 비운 해주는 달걀을 풀다 말고 고개를 돌려가며 거실을 기웃거렸다.

"전화해 볼까요? 저녁 같이 먹으면 좋잖아요."

"이제 걔 여기 안 살아."

"우진 선배 나갔어요?"

왜? 언제부터? 해주가 눈을 크게 떴다. 반면에 돌아오는 대답은 단조롭기 그지없었다.

"어."

"왜요? 전세 계약 못 맞춰서 들어온 거 아니었어요?"

"내가 내보냈지."

오므라이스를 위한 채소를 양껏 다지고, 그녀의 손에서 달걀물을 가져간 이한은 마저 달걀을 풀었다.

"그러니까, 왜요?"

"네가 와야 하잖아."

멍청해 보여도 할 수 없다. 감동받은 얼굴이 멍청해 보인다면 그건 순전히 내 얼굴 탓이겠지. 슬그머니 위로 향하려는 입술을 꾹 깨물고, 괜히 애꿎은 수도꼭지를 틀었다가 끄기를 반복했다.

그가 찬장 위에서 다시마 팩을 꺼내다 말고 그녀를 돌아보다 픽 소리를 내며 웃었다.

"좋으면 웃든가."

"뭐, 선배가 더 좋아 보이네요."

좋다. 좋지 않을 수가 없다. 세상에서 제일 좋아하는 남자가 나와 있을 궁리만 했다는 사실에 아드레날린이 치솟았다. 티는 나중에 내야겠다. 조금 더 늦은 시간에, 깜깜해졌을 때, 일단 고픈 배를 채우고 나서, 조금 야한 방식으로.

해주는 그의 곁에서 요리를 도왔다. 자신만만하게 볶음밥 위를 덮을 달걀지단은 만들 수 있다고 했지만, 불 조절에 실패하자 그는 다시 달걀을 풀었고 그녀는 부엌 주위를 알짱거리며 이한을 구경했다.

이한은 달궈진 프라이팬 위에 달걀물을 붓고, 남은 달걀물은 끓는 물에 풀었다.

세상에, 요리를 잘하는 것도 환상적인데, 두 가지 요리를 동시에 한다는 사실에 해주는 감탄했다.

"할아버지도 알아요? 요리 이렇게 잘하는 거?"

"알아. 그리고 지팡이로 맞을 뻔했어."

"왜요?"

"사내새끼가 하다하다 별짓 다 한다고."

"하긴, 옛날 분이니까."

"꼰대라고들 부르지."

해주는 잠깐 상상했다. 언젠가 그 넓은 주방에서 요리를 하는 이한과 식탁에 앉아 성일과 대작을 하고 있는 자신을.

"지루하면 서재 가서 책이라도 읽든가."

잠깐 다른 생각에 빠져 있던 것뿐인데, 지루하다고 생각했던 건지 이한은 넌지시 말했다. 해주는 중간에 나타난 훼방꾼 때문에 미처 다 하지 못했던 서재 구경을 떠올리고 고개를 끄덕였다.

서재는 그대로였다. 문을 열자 정면에 보이는 곳에는 그녀의 사인 액자와 그녀의 책들이 있었다.

뿌듯하게 시선을 고정한 해주는 찬찬히 책장을 둘러봤다. 그새 책을 또 샀는지, 책상 위에 아직 랩핑도 뜯지 않은 책들이 꽤 있었다.

시집 하나를 골라 페이지를 넘기던 와중에 해주는 서점처럼 분류된 책장을 찬찬히 살폈다. 어렵지 않게 찾을 수 있었다.

2007 신춘문예 당선 소설집

그의 등단 소설은 질릴 정도로 읽었다. 문장뿐만 아니라, 쓰인 조사까지 외울 정도였으니까.

즐거운 일이었다. 스무 살, 소설을 쓰던 그가 무슨 생각을 했을까 상상하는 건.

해주는 패브릭 소파 위에 자리를 잡고 책을 펼쳤다. 그녀가 가장 좋아하는 구절이 시작됐다.

봄.

한 해를 알리는 첫 번째 철답지 않게 칼바람이 무서운, 이른 봄.

여름을 데리고 오는 녀석답게 맹렬한 햇빛이 무서운, 늦봄.

나는 무섭다. 봄이라는 네 녀석이.

이제 막 첫 장을 넘기고, 두 번째 장으로 넘어가는데 책이 공중으로 들렸다. 이한이었다. 얼마 읽지도 못한 책이 뺏겼다는 생각에 해주가 불퉁하게 입술을 내밀었다.

"뭐예요."

"다른 것도 많잖아."

"싫어요, 그거 읽을래요."

해주는 다시 책을 뺏으려고 했지만 키도 크고 팔도 긴 그를 상대하는 건 쉽지 않았다. 길어도 진짜 너무 길다. 포기하고 소파에 세우고 있던 무릎을 피며 몸을 일으켰다. 그래도 닿지 않았다.

"아, 치사하게. 내 글은 시도 때도 없이 읽으면서!"

"그거랑 같냐?"

"다를 건 뭔데요."

"너는 작가잖아."

"선배도 작가예요. 대체 글은 왜 안 써요?"

내내 묻고 싶었던 말이지만 이런 상황에서, 이런 흐름 속에 물을 거라고는 생각하지 못했다.

오히려 질문을 한 당사자가 당황하는 사이, 이한은 책을 책장에 꽂았다.

"뭘 그런 걸 물어."

"예전부터 묻고 싶었어요. 안 쓰는 건지, 못 쓰는 건지, 그렇다면 그 이유는 뭔지."

책장에서 돌아선 이한이 묵묵히 해주를 바라봤다. 장난스러웠던 분위기는 어디로 가고, 공기가 한껏 진지해졌다.

빤히 부딪쳐 오는 시선이 부담스러워진 해주가 시선을 피했다. 뒷목을 어루만지며 괜히 옆에 있는 책상 위를 손으로 훑는데, 뭔가가 손에 잡혔다.

종이 뭉치였다. 이한의 필체가 가득한.

"야, 너, 그걸!"

이번에는 이한의 팔이 길어도 책상과 가까운, 이미 원하는 것을 손에 넣은 해주가 빠를 수밖에 없었다.

단숨에 그와 거리를 벌린 해주는 이한이 한숨을 내쉬는 사이 종이를 확인했다. 완성되지 못한 시의 문구와 소설 개요안이 대부분이었다.

그러니까.

"선배, 요즘 글 써요?"

"……줘, 이리."

"왜? 글이 막 써지고 싶어요? 하루 이틀 끄적거린 게 아닌데? 뭔가 심경의 변화라도 있었나?"

촉새처럼 까불까불, 해주는 바쁘게 입을 움직였다. 그가 다시 글을 쓰기 시작했다는 기쁨과 함께 호기심처럼 밀려오는 궁금증 속에서도 실낱같은 기대가 존재했다.

확신할 수는 없으나, 왜인지 그가 글을 쓰게 된 계기가.

"까분다."

"왜? 요즘 왜 글이 써지고 싶어졌을까? 혹시 나 때문에?"

혹시 자신은 아닐까 하는 김칫국. 그게 막 먹고 싶었다.

"대체 무슨 얘기가 듣고 싶은 거야."

한 손으로 얼굴을 쓸어내린 이한이 한껏 밝아진 해주를 바라보며 물었다. 상대가, 그것도 공해주가 웃고 있기에 웃지 않을 수 없었다.

"내가 좋아할 얘기요. 맨 첫 장 제목이……."

"그래, 나 너 좋다니까."

그가 걸음을 좁히며 그녀의 앞으로 다가왔다.

"아니, 그게 아니라요. 첫 장에 시 제목이 내……."

등 뒤로 숨기고 있던 종이를 다시금 앞으로 가지고 와 맨 첫 장을 다시 확인하려는 해주에게서 이한은 제가 끄적거린 뭉치를 뺏었다.

그리고 키스했다. 조금의 찰나도 주지 않고, 좋다는 말을 들어도 이제는 부끄러움이 없어진 그녀의 입술 위로, 단숨에.

너의 부끄러움은 없어졌지만, 나의 부끄러움은 아직 건재하기에.

진득하게 달라붙은 입술이 떨어지지 않았다. 그야말로 초밀착 상태였다. 종이를 다시 빼앗아 등 뒤로 숨긴 해주는 팔을 쓸 수 없었고, 목석 자세가 된 그녀를 그는 손쉽게 다뤘다.

허리를 감고 뒷목을 감싼 채 기울어지는 해주의 몸을 받친 이한은 벽으로 그녀를 이끌었다.

벌어진 입술 사이를 왔다 갔다 하던 혀는 아예 자리를 잡고 탐하기 시작했다. 너무 노골적이라 해주는 따라가지도 못했다. 수위도, 기세도, 이 뒤에 벌어질 상황도 모두 상상하기 어려울 정도로 야했으니까.

"이것부터 설명, 아……!"

잠시 숨 쉴 틈을 주기 위해 입술을 떼자 해주는 다시 종이를 내밀었다. 하지만 용건의 10%도 꺼내지 못하고 그의 어깨에 얼굴을 묻은 채 몸을 떨어야 했다.

티셔츠 속으로 들어온 손이 속옷을 끌어내렸다. 마치 제 것인 양 가슴 위를 한껏 주무르는데 그 움직임이 너무 그다워서, 또 너무 그답지 않아서 뜨거운 숨만 반복해서 내뱉었다.

"착하지. 그거 이리 내."

턱과 목, 어깨와 귓불에 차례로 입을 맞춘 이한은 가슴을 움켜쥐던 손을 놓지 않고, 나머지 손으로 종이를 뺏어들었다.

속수무책으로 당하고 있던 해주는 이미 온몸에 힘이 빠져 거부할 기세도 내비치지 못했다. 이미 첫 장을 봐 버렸지만, 대답이야 안 하면 그만이니까.

"아, 치사하게."

"나 원래 치사한 놈이야."

"치사한 놈."

"그래, 그렇게 불러."

마치 당연한 수순처럼 이한은 다시 입을 맞추었다. 이미 통통 부어오른 입술은 꾹 닫혀 열리지 않았다. 그녀의 작은 반항을 알아차린 이한은 살짝 입술을 깨물었다가, 그래도 요동이 없자 엉덩이를 붙잡아 하체를 밀착시켰다.

흡, 하고 놀란 소리와 함께 입술이 벌어졌다. 만족스러운 듯 그의 입꼬리가 올라감과 동시에 키스가 다시 시작됐다. 혀가 섞이는 것과 동시에 이한은 가볍게 그녀를 안아 들었다.

주방이 아닌 침실이었고, 그는 다시 옷 속을 헤집어 댔다. 입술을 비비고, 혀를 움직이고, 신음을 삼키는 와중에도 해주는 천장을 확인했다.

"우리, 밥은요?"

내 오므라이스는요. 해주는 끓어오르는 열망을 주체 못 하는 그를 눈으로 확인하면서도 왕성한 식욕을 내세웠다.

촉, 하고 소리를 내며 입술이 떨어졌다.

"나중에."

"그럼 그 시는요?"

"그것도 나중에."

배고픈데. 그 시도 듣고 싶은데.

해주는 다시 다가오는 입술을 바라보며 눈을 감았다. 그의 단정하고 멋스러운 필체로, 읽어 보지도 못한 구절 맨 위에 적힌 제목을 떠올리니 미소가 지어졌다.

　공해주.

　시 제목이 되어 버린 제 이름 석 자에 웃지 않을 수가 없었다.

17
화

이유는 묻지 마라, 낸들 알겠냐

다 식은 오므라이스마저 맛있는 이유는 강도 높은 운동에 있을까, 아니면 이 남자의 솜씨일까.

침대 위에서 오므라이스 한 접시를 깨끗하게 비워 낸 해주는 입까지 닦아 주는 그의 다정함에 감탄했다.

이한은 나날이 변하고 있었다. 이렇게, 또 저렇게.

그 와중에 그는 해주가 추천한 작가와의 계약 소식을 전해 왔다. 공해주 작가의 추천이 있었다고 하니 감격해서 울었단다.

뭘 그런 걸 가지고. 한 번 만나서 밥이나 먹자는 해주의 제안에 이한이 심드렁하게 고개를 끄덕였다. 그 얼굴을 보자니 또다시 '시'가 떠올랐다. 제목이 '공해주'인, 내용은 미처 읽지 못한.

"나, 마저 읽어 줘요."

"뭘?"

"내 이름으로 시 썼잖아요."

그가 입어도 커다란 티셔츠를 능숙하게 찾아 입은 해주는 이한이 말릴 새도 없이 서재로 향했다. 하지만 이미 치워 버린 종이 뭉치는 찾을 수 없었다. 대신 만년필과 노트를 들고 침실로 향해 이한에게 무작정 내밀었다.

써 달라고, 자기 이름으로 된 시 한 편을, 그것도 알몸 위에 덩그러니 티셔츠 한 장만 입어놓고.

"다시 써요. 찢어 버린 거 다 알아."

"네가 잘못 본 거야."

"그럴 리가 없거든요? 나 시력 완전 좋아요."

"안 좋아졌나 보지."

"아, 치사하게. 써 주는 게 뭐 어렵다고!"

이한은 속으로 한숨을 삼켰다. '공해주'라는 시는 정말 새벽녘에, 완전 감상에 젖어 마구 써 놓은 끄적거림이나 다름없는 낙서였다.

그냥 낙서라는데도 불구하고 해주는 고집을 부렸다. 써 달라고. 앙탈도 아니고 이건 완전 승질 부리는 승냥이가 따로 없었다.

마지못해 펜과 노트를 받아 든 이한은 만년필을 마구 휘갈겼다. 채 30초도 걸리지 않고 노트를 내밀자 해주는 못마땅한 얼굴로 잔뜩 얼굴을 구겼다. 어쩔 수 없다. 이 이상은 쓰지 못할 테니.

곧 노트를 확인한 해주의 입가가 기울어졌다.

"참나, 이것도 시라고."

공해주

보고 싶어 미치겠던 밤.
너만 있으면 행복할 밤.

지금은 공해주 네가 있어 좋은데,
이유는 묻지 마라.

낸들 알겠냐.

"선배, 시는 쓰면 안 되겠어요."

"왜?"

"누가 이런 걸 읽고 감동해요."

"너는 한 것 같은데?"

노트에서 종이를 찢어 차곡차곡 접어 챙긴 해주는 웃음을 꾹 참으며 어깨를 으쓱거렸다. 집안의 가보로 간직할 거라는 얘기는 쏙 빼고.

이한은 엉망으로 써낸 시, 아니 낙서를 읽고 좋아하는 해주를 보자니 기분이 나쁘지 않았다.

저런 오글거리는 걸 이렇게나 좋아하다니. 1년에 한 번씩 바쳐 볼까 생각 중인데 노트를 다시 펼쳐 보고 읽고, 웃다가 다시 읽는 그녀를 보자니 분기별도 나쁘지 않을 것 같단 생각이 들었다.

"좋다. 선배 다시 글 쓰니까."

"그게 뭐가 좋아."

"좋은 거죠. 나는 엄청 기쁜데."

등단까지 했던 사람이 왜 재능을 썩히나. 해주는 내내 아쉬웠다. 처음 그가 출판사를 차릴 것이라는 계획을 듣고는 의아하기도 했었다.

펜을 놓지 않을 것 같았는데, 완전히 절필한 거냐며 안타까움을 내비치기도 했지만 이한은 모른 척 굴었다.

사정이 있겠지. 그럴 만한 일이 있겠지.

조용히 묻고 지나갔던 일. 그런데 그가 다시 펜을 들었다. 직감은 자신 때문일 것이라고 기쁘게 얘기하고 있지만, 아니라 해도 좋았다.

그의 글을 볼 수 있다는 것. 그것만으로도 기분은 이미 최고조였다.

"그렇게 좋아?"

자기 글도 아닌데, 좋아해 주는 그녀를 보니 이한은 마음이 따뜻해져 되물었다. 해주가 연신 고개를 끄덕였다.

"너 때문에 쓰게 됐다고 하면. 더 좋은가?"

"아니라고 해도 좋지만, 그렇다고 하면 뭐든 다 해 줄 것 같아요."

뭐든이라니, 그런 위험한 발언은 되도록 안 하는 게 좋은데.

417

이한은 잠시 생각에 잠겼다. 누구에게도 털어놓지 않았던 얘기. 본인 스스로도 아직 정리하지 못한 감정들과 이야기가 마구 뒤섞인 상태였다.

뒤죽박죽. 확신은 없지만 일의 끝이 그녀로 인한 것일 수 있으니 그는 얘기하고 싶어졌다.

갑자기, 아까 전 서재에서의 쑥스러움은 뒤로한 채.

"책은 그냥 좋아했어. 부모님은 이혼했고, 같이 사는 할아버지는 바쁘고, 주변에 친구 많을 성격은 안 되고. 가까이 사는 작은아버지가 작가라 자연스럽게 책을 많이 접하기도 했고."

"음, 뭔지 알 것 같아요. 나도 그랬는데."

해주가 작게 고개를 끄덕거렸다. 제 얘기를 털어놓는 것에 대한 어색함인지, 시선을 제대로 마주치지 못하는 그를 옆에서 빤히 지켜보는 것 또한 잊지 않았다.

"읽다가 쓰고, 또 읽다가 쓰고, 작은아버지도 많이 봐주셨고. 그런데 언젠가부터 너무 재미가 없는 거야. 내 소설이, 내 시가."

그걸 깨달아야 했던 그 순간의 그는 얼마나 외로웠을까. 얼마나 지쳐 있었을까.

어쩌면 그때의 이한의 곁에 그녀가 있었을 수도 있다. 하지만 해주는 알 수 없었다. 언젠가 자연스럽게 글을 손에서 놓았던 그였으니까.

"감동도 없고, 울림도 없고, 두서도 없고, 그냥 다 엉망인 것 같았어. 그러다 네 글을 읽으면 막혔던 숨이 탁 트이는 것 같았지. 그래서 좋았어, 네 글이."

"……."

"사랑할 줄 모르는 놈이니까, 글도 안 써지는 거라고 생각했어. 그 생각에 변함은 없고."

천천히 고백하는 그 입술을 바라보던 해주가 씨익 입꼬리를 올렸다. 결국 그녀 때문에 다시 펜을 잡았다는 고백이 이토록 달콤할 줄이야.

해주는 자신을 칭찬하기로 했다. 포기하지 않고 그를 다시 좋아하기로 마음먹은 것.

흔들리는 그를 더 흔들고자 쉼 없이 다가갔던 것.

그래서 그의 손에 다시 펜을 들게 한 것.

"나 방금 하나 알았어요."

"뭐를."

"우리 선배, 나 진짜 좋아하는구나?"

즐거운 듯 한 옥타브 올라간 목소리에 이한 역시 픽 소리를 내며 웃었다. 나 너 좋다는 소리를 백만 번쯤은 해도 안 질려 할 여자가 바로 해주라는 것을 간과했다.

"내가 왜 좋아요?"

활짝 웃는 얼굴로 해주가 그를 돌아봤다. 이한이 인상을 팍 썼다.

"거기 썼잖아. 낸들 알겠냐고."

이 남자가 내 감동을 또 이런 식으로 무너뜨리나.

"아, 그런 거 말고요."

해주가 무릎걸음으로 가까이 다가왔다. 침대에 기대 앉아 있던 이한은 순간 움찔했다.

지탱해 주는 속옷이 없어 티셔츠 하나만 걸친 그녀의 가슴 윤곽이 그대로 드러났는데, 정작 본인은 모르는 듯했다. 이한이 나지막이 헛기침을 내뱉었다.

"나 왜 좋아요?"

훅 다가오며 묻는 그녀에게서 제가 쓰는 바디 워시 향이 났다. 그의 욕실에서 씻었으니 같은 향기가 나는 게 당연한데, 지금 묘하게 그 향이 자극적이라 이한은 쉽게 대답할 수 없었다.

"응? 왜요?"

지금 이 순간, 그걸 확인한 다음에는 대체 어쩌려고. 아까도 그렇게 힘들어 했으면서.

"선배."

그녀의 목소리가 더 야릇해지기 전에, 그녀가 더 애교 따위를 부려 사람을 환장하게 만들기 전에, 더 가까이 와 감당하지 못할 일을 벌이게 하기 전에 그는 해주의 입을 서둘러 막았다.

"네 글."

큰 손에 얼굴이 반이나 가려진 해주가 드러난 두 눈을 크게 떴다.

"내가 사랑할 수 있는 글을 쓰는 유일한 여자라."

"……."

"거기에 이것저것. 뭐, 이제 됐냐?"

감동으로 시작한 멘트의 끝맺음은 역시나 그다웠다. 그의 손을 두 손으로 붙잡아 내린 해주가 씨익 웃었다.

"나도요."

맨 얼굴의 여자가 웃는 게 이렇게 예쁠 수 있나. 이한은 순간 그녀를 홀린 듯 내려다봤다.

"내 글을 사랑하는 남자 중에 선배가 가장 멋있거든요."

유일한 남자가 아닌지라 퍽 마음에 드는 말은 아니었다. 워낙 팬이 많은 여자니 어쩔 수 없지.

이한은 안겨 오는 해주를 거부하지 않았다. 두 팔로 제 목을 꽈악 끌어안는 몸짓에서 유혹이라고는 조금도 섞여 있지 않았지만, 그는 얼결에 유혹 당해 버렸다.

순수한 포옹도 순수하게 못 받아들이는 변태 자식 같으니라고.

"선배, 손이 어디 올라오는 거예요?"

"네 가슴."

"방향을 잘못 잡은 것 같은……데요?"

"맞게 잡은 거야. 나 요즘 네 가슴 만지는 재미에 살거든."

아니, 이 남자가 재미 붙일 게 없어서!

알몸에 겨우 티셔츠 한 장, 이보다 벗기기 쉬운 몸이 또 있을까.

반항은 아주 잠깐, 자극은 오래였다. 해주는 온몸을 자극하는 그의 손길에 다시 눈을 감았다.

원고 탈고를 눈앞에 둔 어느 날, 해주는 해담을 찾았다. 내년 봄에나 빛을 볼 것 같던 차기작이 초가을에 탈고를 할 예정이라니, 편집 팀이 신이 난 것도 당연했다.

겸사겸사 미팅을 하고 나니 벌써 두 시간이 훌쩍 지나 있었다. 담당자 윤기가 피곤한 듯 기지개를 폈다.

"아, 작가님이 추천해 준 윤승아 작가님이요. 윤서 씨가 맡았어요."

이미 이한에게 들은 얘기지만 해주는 모른 척 덕담을 덧붙였다.

"잘됐으면 좋겠네요. 팬이라고 전해 주세요."

"또 감격해서 우시겠네요. 아, 저녁 먹고 가실래요?"

〈기다려. 같이 저녁 먹게.〉

회의 시작 직전에 받은 메시지를 떠올리던 해주는 거절과 함께 회사를 나왔다.

짝사랑의 역사야, 이 작은 출판사에서 소문 도는 건 당연했던 일이지만 아직 연애 중인 건 공공연하게 비밀이었다. 물론 그 비밀이 잘 지켜지고 있는지는 알 수 없었다.

곧장 서준의 카페로 향했다. 오픈한 지 얼마 되지 않았는데도 꽤 많은 단골을 만든 카페는 빈자리가 없었다.

"그냥 가야겠네."

"이한이는 회사에 없나 봐요?"

가까이 들려오는 목소리에 해주가 흠칫 몸을 돌렸다. 유영이 반갑다는 듯 웃으며 다가오고 있었다.

"잘 지냈어요?"

잘 지냈냐고? 그렇게 명품 숍 앞에서 헤어지고 일주일. 유영은 전화도 메시지도 없었다.

당분간 연락을 안 하려는 건가 싶었는데, 여긴 또 왜 나타난 걸까.

해주가 급하게 주변을 확인했다. 이한은 지금 회사에 없었다. 직원들 몇을 데리고 창고에 다녀온다고 했다. 그럼 시간이 조금 더 걸릴 것이다.

"여기는 어쩐 일이세요?"

"이한이한테 볼일이 있어서. 전화는 안 받고, 메시지에 답장도 없어서 와 봤어요. 집으로 가면 불편해하니까."

그런 사람이 회사라고 편해 할까. 해주는 회사 앞으로 찾아오면 어쩌지도 못하게 자신을 만나 주는 그의 심성을 이용하려는 유영을 묵묵히 바라봤다.

유영이 싱긋 웃으며 만석인 서준의 카페를 확인했다.

"사람이 많네요. 다른 데 가서 얘기 좀 해요. 이한이도 기다릴 겸."

"회사 근처라 좀 그런데, 다음에 뵙죠."

"내가 물어볼 게 있어서 그래요. 잠깐 시간 좀 내요."

분명 지난번 유영은 온갖 화를 억누르지 못한 상태였는데 지금은 또 아니었다. 살갑게 해주의 팔에 팔짱을 끼고서는 건너편 카페로 향했다.

행여나 이한이 볼까 창가 자리를 귀신같이 피했는데 유영은 또 창가 자리를 고집했다.

선배가 보면 안 될 텐데. 해주는 주문을 하고 카운터 앞에서 음료를 기다리며 윤기에게 메시지를 넣었다. 그가 언제쯤 오는지 알 수 있냐고.

여자는 궁금한 것이 있다고 했고, 잔의 반이 비기도 전에 본색을 드러냈다.

"부모님은 뭐 하세요? 노후 준비는 다 되셨나?"

첫 질문부터 불쾌하기 짝이 없었다. 그것이 표정에서 드러났는지 유영은 어깨를 으쓱였다.

"어머, 불쾌했어요? 난 그냥 물어본 건데."

여기서 기분 나빴다고 하면 속없는 사람으로 몰아갈 게 뻔했다. 해주는 말없이 커피를 들이켰다. 그때서야, 자신이 마시지도 못하는 커피를 시켰다는 걸 알았다.

"지난번에는 내가 실례했어요. 난 친해지자는 뜻이었는데. 해주 씨가 뭔가 오해를 했나 봐."

해주는 대답 대신 휴대폰을 확인했다. 윤기에게서는 답장이 없었다.

"나 해주 씨한테 부탁 있어요. 이한이랑 나 좀 만나게 해 줘요."

어느 정도 예상을 했다는 듯 표정에는 변화가 없었다. 다만 아쉬울 뿐이었다. 만약 처음 만났을 때, 이 말을 들었더라면 생각이 좀 달라졌을까.

"우리 딸도 자기 오빠 있는 거, 다 아는데 언제까지 둘을 안 만나게 할 수도 없는 거고. 안 그래요? 해주 씨가 부탁하면 이한이가 어느 정도 숙이고 들어와 줄 것 같은데."

해주가 알기로 이한은 동생들에게 애정이 없었다. 당연했다. 본 적도 없는, 그저 부모의 선택으로 태어난 동생들일 뿐 그에게는 가족이 아니었다.

"참 욕심이 많으신 것 같아요."

"……무슨 뜻인지."

"저라면 선배 앞에 못 나타날 것 같은데. 선배도 의사를 분명히 전했고요."

차분한 해주의 목소리에 유영의 얼굴은 삽시간에 굳어졌다. 새파랗게 어린 여자, 그것도 아들이 만나는 여자에게 모욕을 당했다는 생각에 손발이 부들부들 떨려 왔다.

순하게 생겨서 해주를 만만하게 봤었다. 대차게 치고 나와 제 할 말을 다 하리라 생각지도 못했었다.

이한과 결혼을 한다면, 해주는 곧 아들이 물려받게 될 거대한 상속 지분을 나눠 갖게 될 며느리가 된다. 유영은 해주를 잘 구슬려 제 편으로 만들고, 그녀를 통해 슬금슬금 돈 나올 구멍을 만들 생각이었다.

계산 착오였다. 해주가 이리 나오는 건 예상에도 없던 일이었다.

"지금 나한테 뻗대는 거니, 내 아들 만난다고?"

유영이 목소리를 높였지만 해주는 평온했다. 완전한 하대에도 별로 기분이 나쁘지 않았다. 여자가 보여 주는 바닥은 그동안 봤던 것으로도 충분했다. 해주는 마치 이 상황과 동떨어진 제삼자인 것처럼 설명을 늘어놓기 시작했다.

"어머님이 어떤 분인지 알면서도 그동안 연락 오면 꼬박꼬박 받았고, 뵈러 나갔어요. 어머님과 선배 사이를 바꿀 수 있지 않을까, 하는 헛된 희망으로 어머님 만난 거 아니에요. 선배 앞에 어머님이 안 나타났으면 해서 나간 겁니다."

유영의 얼굴이 순식간에 붉어졌다. 어째 쉽게 끌려온다 했더니, 완전한 계산 착오였다.

어떻게 다시 주도권을 잡을 수 있을까, 머릿속에는 그 생각뿐이었다.

"네가 돈 쓰는데 궁색한 건 알았지만, 주제 넘는 줄은 또 몰랐네."

"여기서 또 하나 확실해지네요. 저는 아마 어머님이랑 평생 안 친해질 것 같습니다."

이한의 두 눈을 가리고자 했던 행동이 얼마나 부질없던 것인지 깨달은 순간, 그녀는 명확해졌다. 더 이상 자리를 함께할 이유가 없다는 것을.

"이만 일어나 보겠습니다."

"이게 보자보자 하니까!"

망설임 없이 자리에서 일어나려는 해주를 보며 유영이 잔을 손에 쥐었다.

설마 저 커피가 내 위로 쏟아지는 걸까. 괜히 흰 옷을 입고 왔다는 생각을 하는데, 난데없이 유영의 손목 위를 붙잡는 손이 있었다.

그제야 해주의 휴대폰이 짧게 울렸다. 확인하지 않아도 알 수 있었다. 카페에 들어섰을 때부터 불안했던 예감은 결국 사실이 되었다.

"차에 가 있어."

그가 차 키를 손에 쥐여 주며 말했다. 유영이 다시 찾아올 거라는 예상도 했고, 돈을 바라고 제게 접근하는 것도 알았다. 그 화살이 언젠가 해주를 향할 수도 있겠다는 걱정도 했다.

그런데 벌써? 어째서, 해주를 어떻게 알고.

여자의 집요함을 무시했던 제 잘못이었다. 이미 미행해서 아들의 집까지 알아내는 정성을 보였었다. 지금 제 인생에서 가장 큰 부분을 차지하는 공해주를 어떻게 모를까.

"선배."

"말 들어."

단호한 그의 말에 해주는 마지못해 걸음을 뗐다. 멀어지는 그녀를 눈으로 확인한 이한은 말없이 자리에 앉았다. 허공 위로 헛웃음이 들려왔지만 무시했다.

팀원들과 출판사로 돌아가는 길이었다. 사무실 사람들에게 커피라도 쏠 겸, 윤기와 함께 서준의 카페를 찾았다.

단골 카페 말고 오늘은 우리 카페를 찾아 준 거냐고 너스레를 떠는 서준을 보며 작게 웃어 보였다. 그리고 어색하게 커피를 기다리던 찰나였다.

윤기가 전화를 받으러 잠시 자리를 비우자 서준이 재차 말을 걸어왔다.

"공 작가님 방금 이 앞에 계셨는데, 어떤 여자분이랑 길 건너 카페에 가시더라고요. 전에 공 작가님한테 대뜸 번호도 달라 하고 아는 사이 같긴 한데, 제가 보기에는 꽤 불편해 보이기도 해서."

그냥 불편해 보였다는 말이 신경 쓰였다. 그 자리에 유영이 있을 줄은 꿈에도 몰랐다.

"할아버지한테 전화했다는 말은 들었어. 염치가 없는 줄은 알았는데."

이한은 한 모금도 마시지 않은 해주의 커피 잔을 보다 유영에게로 천천히 시선을 옮겼다.

"뻔뻔함이 너무 지나쳤어, 이번은."

"……오해야."

"뭘. 당신 앞에 해주가 있었는데 뭐가 오해야?"

"너 쟤가 내 앞에서 얼마나 버릇없이 굴었는지는 아니? 그거 알고도 이래? 오히려 당한 사람은 나야, 나! 네 엄마라고! 어디서 애가 주제도 모르고 바락바락 대들면서, 참나."

그도 똑똑히 들었다. 친해질 일이 없을 거라는 해주의 확언. 만약 해주가 그녀의 발밑에 납작 엎드려 굴었다면 그는 더 화를 냈을 것이다.

"너 설마 쟤랑 결혼할 생각은 아니지? 너보다 벌이도 괜찮은 것 같은데 잘 생각해. 나중에 네 책장사 잘못되면 제 돈으로 엄청 생색낼 애니까. 그럼 너만 피곤해지는 거야. 알아? 가정교육을 어떻게 받았으면 어른한테 바득바득……."

유영은 없는 해주를 씹어 대며 잔뜩 이를 갈았다. 이한은 사춘기 때부터 감춰 왔던 친모의 치부를 그녀 앞에서 보란 듯이 드러냈다. 그렇게 서로 바닥을 봤다. 그런데도 유영은 변함없이 뻔뻔하게 제 앞에 얼굴을 내밀었다.

궁금하지도 않을 당신 안부 노인네한테 일부러 전한 것도, 내 앞에 알짱대는 것도, 내 사람한테 접근하는 것도 전부 돈 때문인데, 대체 뭘 기대한 거야. 조용히 네 인생에서 꺼져 주기를 바랐던 거야?

"듣자 하니 눈 튀어나오게 비싼 월세 아파트에서 사신다고."

유영은 대답 없이 큰 숨을 삼켰다. 전남편이 보내 주는 턱없는 양육비로 생활할 수는 없었다.

갖고 있는 가방과 보석을 팔아도 한 달 생활비가 나올까 말까였다. 현재 살고 있는 200만 원짜리 월세 아파트도 언제 쫓겨날지 모르는 판국에, 그녀에게 절실한 건 성일의 손자인 이한이었다.

어떻게든 이한을 구슬려 제몫으로 성일이 남겨 놓은 유산을 미리 받아 낼 심산이었다. 그래서 끊임없이 이한의 곁을 맴돌았다. 미행으로 집을 알아내고, 우편물을 뒤지며 집의 호수를 알아내고, 아들이 만나는 여자를 포섭할 계획이었다. 처음에는 분명 그랬다.

"너 엄마 뒷조사했니?"

"뒷조사라고 할 게 있어? 내가 당신을 아는데, 그냥 떠본 거지. 그래서 얼마짜리 사는데?"

"너 자꾸……."

"갈수록 반지 개수가 줄어드네. 목걸이도 안 했고. 어디 갖다 팔기라도 하셨나?"

"권이한."

"노인네 유언장에 판교 건물 한 채가 당신 이름 앞으로 돼 있어. 원하는 게 그거야?"

이한은 성일의 선택을 입 밖으로 꺼내는 것과 동시에 깨달았다. 건물 한 채라도 남겨야 이한의 인생에서 유영의 이름이 조금이라도 지워질 수 있을 거라고 생각했던 것이다.

하지만 과연 그럴까. 아니다. 더 집착하고, 친모라는 자격으로 제 인생을 더 헤집을 여자다.

해주를 위해서라도, 치워야 하는 여자.

"언제부터 알고 있었어?"

유영은 놀라지 않고 되물었다.

"당신은."

"네 아버지랑 통화한 적 있었어. 그때 들었고. 친아들한테 덥석 안겨 줄 것 같더라니, 고맙기도 하지. 그래서 몇 층짜리라니? 들은 적 있어?"

놀랍지 않았다. 재산 때문에 피를 토하듯이 싸웠던 전남편과 살갑게 통화를 했든 말든, 결국에는 목적이 재산이든 말든.

"알아도 소용없어. 당신한테 가는 건 아주 작거든."

"뭐?"

이한은 대답 없이 휴대폰을 손에 들었다. 여자의 낯빛이 파랗게 질려 가는 동안, 전화를 받은 성일이 용건을 물어 왔다.

"부탁드릴 게 있어서요."

─네놈이 무슨 일로.

"그 여자 앞으로 남겨 주신 판교 빌딩, 저 주세요. 제가 가질게요."

다분히 충동적인 선택이지만, 성일에게 목소리가 전해질까 입도 열지 못하는 유영을 보며 후회 대신 다른 걸 느꼈다.

─네 애미, 앞에 있냐.

"이제 제 인생에서 좀 치울까 합니다."

─내가 정한 네 애미 몫이다.

"욕심 내지 말라고 주시려 했던 거 알아요. 근데 할아버지가 생각이 틀리셨습니다."

유영에게 시선을 고정한 채 이한은 망설임이 없었다.

─……네놈이 나한테 빚진 게다.

"달아 놓으세요. 그 많은 재산 가져가라는 말 빼고는 다 들을 테니."

─썩어 빠질 놈. 머리만 좋아서. 밥이나 먹으러 와. 해주 먹일 보약한 채 지어 놨다.

엄한 입에서 나오는 다정한 이름에 조금 기분이 풀어졌다. 이한은 홀로 저를 기다리고 있을 해주를 떠올리며 전화를 끊었다.

유영이 무슨 짓이냐며 바락 소리를 지르기도 전에 그는 선전 포고하듯이 테이블 앞에 두 손을 기대 그녀의 앞으로 얼굴을 내밀었다.

"상가들 월세만 합쳐도 천오백은 나오는 곳이야. 당신은 1층 중에 제일 작고, 구석에 있는 카페 한 곳의 월세만 다달이 받게 될 거야. 하나뿐인 딸 학원은 보내야지. 안 그래? 그 딸도 결국에는 당신한테는 노후 대비일 테니."

"너, 너……."

"내 앞에 또 나타나면, 그 마저도 못 받을 줄 알아."

마음 같아서는 1원 한 푼도 주고 싶지 않지만, 유영을 다시는 안 볼 수 있다는 보증을 걸어 놓고 이한은 미련 없이 뒤돌아섰다.

여자는 머리를 굴릴 것이다. 얼마나 더 뜯어낼 수 있을까, 어떻게 하면 조금이라도 더 받아 낼 수 있을까. 그러다 결국 답이 없다는 벽에 부딪히고 제풀에 지쳐 떨어질 것이다.

이한은 성큼성큼 차가 주차된 회사 쪽으로 향했다. 해주는 서준과 마주 선 채로 뭔가 얘기를 나누고 있었다. 괜찮다는 듯이 해주가 고개를 끄덕이자, 서준은 그제야 카페로 돌아갔다.

말없이 그 모습을 지켜보던 이한은 해주에게로 다가갔다. 작게 한숨을 내쉬던 해주와 눈이 마주쳤다. 어설프게 올라가는 입꼬리, 감추려는 속내, 불안하게 흐트러지는 시선들.

더는 할 수 있는 말이 없었다.

· *I like you* ·

"언제부터야?"

멋대로 비밀번호를 누르고 들어와, 멋대로 냉장고 문을 열고, 멋대로 물을 꺼내 마시더니 그는 화난 목소리로 물어 왔다. 해주는 작게 숨을 몰아 내쉬었다. 머릿속이 바빠졌다. 말을 걸어야 했지만 그녀는 솔직하기로 했다.

"선배 지갑 가져다준 날."

예상보다 훨씬 전이었는지 이한의 미간이 한껏 일그러졌다. 해주는 설명을 덧붙였다.

"카페 사장님이랑 얘기하다가 어떻게 눈치채셨는지 먼저 말 걸어 오셨고, 연락처 주고받았어요."

"그 후에 몇 번."

화를 참고 또 숨을 참느라 이한은 잠시 끊어 말했다. 해주는 차분히 대답했다.

"오늘까지 네 번이요."

"나한테 말해야겠다는 생각은 안 들었어?"

들었다. 몇 번을 망설이고, 몇 번을 다물다가, 몇 번을 실패했을 뿐.

심각한 일이라 여기지 않은 게 잘못이라면 잘못이었고, 굳이 말해서 일을 크게 만들고 싶지 않았다. 적당히 상대하다가, 적당히 무시하다가, 더는 감당이 안 될 때 말해도 늦지 않을 거라 생각했다.

"과한 요구를 해 올 때, 말하려고 했어요."

"네가 감당할 이유가 없는 여자야. 근데 네가 그 여자를 왜 감당해."

"흥분하지 말아요. 감당한 적 없으니까."

"그럼 나 몰래 왜 만났는데."

문장의 한 글자, 한 글자가 거슬렸다. 꼭 이런 식으로 말을 해야 할까? 아니, 내가 뭘 잘못했다고 이런 말을 들어야 하는데?

무거워지는 분위기를 의식한 해주가 숨을 몰아 내쉬었다.

"몰래 만난 적 없어요. 말을 안 했을 뿐이지."

"그러니까 그 말을 왜 안 했냐고 묻잖아."

"질문이 왜 이렇게 감정적이에요?"

"그럼 넌 이성적이라서 그 여자랑 둘이 만났어?"

"그런 말이 아니잖아요!"

쳇바퀴처럼 돌고 도는 말들 속에서 해주는 버럭 소리를 내질렀다. 좋은 소리 듣지 못할 거라는 것도 알았고, 불쾌할 일이라는 것도 알았다.

그가 친모를 어떻게 생각하는지 알기에, 더 말할 수 없었다. 왜 그런 생각은 못 해 주는 걸까.

"말 안 했던 건 내가 미안해요. 기분 나빠할 거 알면서도 그랬어요. 어쩔 수 없었어. 그냥, 내가 케어할 수 있다고 생각했어요. 만나 보니 그렇게 어려운 분 아니었고, 오히려 다루기 쉬웠어요. 감당한다고 느낀 적 한 번도 없어요."

"너 그 여자한테 맞을 뻔했어."

"커피를 맞을 뻔했죠. 그깟 거 안 아파요."

"네가 그런 수모를 감수할 이유가 있어? 겨우 나 때문에?"

아, 그는 이걸 못 견뎌 하고 있었다. 자신은 그의 사람이기 때문에, 그의 여자이기 때문에 당연하게 감수하고 싶어 했던 것을.

"수모라고 느낀 적 없어요. 그리고 '겨우'인 사람 아니잖아요."

"네가 나 때문에 그 여자랑 엮인 건 맞아, 안 변해."

"알아요, 그렇지만."

자존심. 허탈하기까지 한 그의 표정에서 읽어 낸 감정은 그거였다.

아, 내가 이 사람 자존심을 건드렸구나. 해주는 점점 벽과 얘기하는 기분을 느꼈다. 고마웠다, 미안하다는 말을 듣고 싶은 것도 아니었다.

왜 몰라주는 걸까. 나는 당신이 조금 편했으면 했던, 작은 마음이었던 건데. 그깟 거 내가 좀 안다고 세상이 뒤집히는 것도 아니잖아. 안 그래?

알아주지 못하는 서운함. 자존심 위에 생긴 작은 균열.

해주는 제 잘못이 무엇인지를 떠올렸다. 쓸데없이 버텼고, 필요도 없이 침묵했다. 그가 가장 끔찍해하는 사람을, 스스로.

사과를 해야 맞는 건데, 미안하다는 말이 먼저인데, 왜 서운함이 먼저인 걸까.

"공해주."

아무런 대답도 변명도 않는 해주의 앞으로 이한이 한걸음 다가섰다. 그는 눈에 띄게 당황할 수밖에 없었다. 커다란 눈동자 위로 가득 채워지는 물기를 본 순간 그랬다.

"야, 너 왜……."

울기는 왜 우냐고, 울고 싶은 사람이 누구인데. 이한이 손을 뻗는 순간 해주가 다시 뒷걸음질 쳤다.

막 흐르려는 눈물을 훔쳐 내더니.

"내가 진짜 서럽고 억울해서."

급기야 다가오려는 이한을 두 손으로 밀어내고 또 밀어냈다. 어느새 이한은 속수무책으로 현관 앞까지 밀려나 있었다.

이게 뭔가 싶었는데, 해주는 망설이지 않고 그의 품으로 신발까지 떠안겼다.

"나가요."

"해주야."

"나가라니까요!"

종이 인형처럼 힘없이 밖으로 밀려나간 이한의 앞으로 현관문이 소리 나게 닫혔다.

맨발에, 신발은 품 안에, 제대로 된 마무리도 못 하고 쫓겨난 이한의 입술 사이로 헛웃음이 터져 나왔다. 그 순간 문 너머로 해주의 목소리가 들려왔다.

"남자가 돼서 쫌팽이처럼! 그냥 넘어가 주면 좀 좋아!"

이건 그냥 들으라고 하는 거지.

물건 집어 던지는 소리가 나는지 혹시나 하는 마음에 기다려 본 이한은 안쪽이 잠잠해지자 억지로 신발을 구겨 신었다.

잠깐의 시간을 두고 초인종을 누르니, 안에서는 반응이 없었다. 두 번, 세 번 초인종을 누르고 문을 살짝 두드리는데.

"가라니까요! 꼴도 보기 싫어!"

현관문 앞에 뭔가 둔탁한 물건이 탁 하고 부딪히는 소리가 났다. 움찔한 이한이 뒤로 물러서며 한숨을 내쉬었다.

"근데 뭘 잘했다고……."

나를 내쫓아. 네가 잘한 건 없잖아. 그 여자를 네가 왜 만나? 나한테 말도 안 하고? 그럼 내가 미안해할 거라는 생각 안 들어? 그 여자 때문에 네가 날 떠날 수도 있는 거잖아. 그렇게도 만들 수 있는 여자인데, 그럼 내가 불안해할 거란 생각은 못 했어?

이한은 힘없이 무너지듯, 문에 이마를 기댔다.

만약 오늘 일도 몰랐던 채로 흘러가, 결국 해주가 몇 번을 더 유영과 만났다면 또 어찌 됐을지 모르는 일이었다.

멀쩡한 사람도 지치게 만드는 여자다. 그는 그게 불안했다.

혼자 버티다가, 혼자 지쳤다가, 결국 혼자 떠나 버릴 수도 있었던 그

엿같은 상황들을.

동시에 밀려오는 죄책감, 또는 미안함. 화를 내는 게 아니라, 그동안 왜 말하지 않았느냐고 말했어야 맞을, 너에 대한 미안함.

이한은 한숨과 동시에 문 너머에 혼자 남겨진 해주를 떠올렸다.

"하……."

그와 그녀의 첫 연애. 그리고 첫 싸움이었다.

18
화

· I like you ·

좋기만 한 평범한 연애

"되게 저기압이신데요?"

재원은 해주가 새벽에 보내온 칼럼 원고를 이한의 메일로 전송하자마자 윤기를 돌아보았다.

오전 회의 때부터 기분이 계속 저조해 보였던 이한은 점심마저 건너뛰고 대표실에서 꼼짝도 하지 않았다. 대체 무슨 일이 있었길래.

"작가님이랑 싸우신 걸까요?"

초롱초롱 눈을 빛내며 윤서까지 합세하니 윤기는 머리가 아파 왔다. 티 좀 내지 말라고 확 들이받아 볼까, 잠시 위험한 상상도 해 봤지만 그것도 그때뿐. 오전부터 미뤄 왔던 결재 서류를 잔뜩 들고 대표실로 향했다.

이한은 정말 이상했다. 사랑싸움이 아니라고 둘러대지도 못할 정도로 휴대폰만 노려보고 있는 꼴이라니. 윤기는 한숨과 함께 이한의 책상 앞으로 다가갔다.

"이제 일 좀 하시죠."

제발 대표씩이나 됐으면 일 좀 그만해 달라는 지난날의 성화와는 정반대의 상황이었다. 해담 출판사 창립 이래 결재가 미뤄진 적은 처음이었으니까.

"대화로 푸세요."

결재 서류는 걸레 취급하기 바쁜 이한을 향해 윤기가 조심스레 말했다. 아니꼬운 말을 들은 사람처럼 이한의 한쪽 눈썹이 산처럼 뒤틀렸다.

"너 뭐 아냐?"

"공 작가님 오늘 회사 오시는데. 모르셨죠?"

이번에는 한쪽 눈썹이 아닌 양쪽 눈썹이 우그러지는 형상을 보며 윤기는 혀를 찼다.

"대체 얼마나 연락 안 하신 건데요?"

"걔가 안 받는 거야. 네 연락은 받아, 근데?"

"그럼요. 담당자 전화를 씹으시겠어요. '엄마의 온도' 100쇄 기념 한정판 속지에 직접 사인하기로 하셨잖아요. 오늘 나오기로 하셨어요."

지난 이틀, 죽어라 전화해도 받지 않고 죽어라 메시지를 보내도 씹기 일쑤에 죽어라 찾아가도 문전박대를 당했다.

그런데 회사에 온다고? 아무 일도 없던 것처럼?

"왜 싸우셨는데요?"

일그러지다 못해 울상이 되는 이한을 보며 윤기는 호기심에 물었다.

"안 싸웠어."

"싸우신 것 같은데."

"아니라니까."

"편집 팀이 전부 알 정도로 싸우신 것 같은데."

분위기를 보아하니 혼자 아는 것 같진 않았다. 기가 막히고 코가 막힐 노릇이지만, 제 잘못이나 다름없었다. 감히 대표를 놀려 먹을 만큼 재밋거리를 던져 준 건.

"······재밌냐?"

"없지는 않습니다. 이런 모습 보여 주신 적이 처음이라. 사인 작업은 여기서 하실 줄 알았는데, 회의실에 따로 마련해야겠네요."

꼴도 보기 싫겠지. 그럼 내 얼굴을 보면서 사인이 되겠어, 걔가?

이한은 그러든가 말든가 하는 심정으로 손을 내둘렀다. 윤기는 나가기 직전까지도 결재 서류를 톡톡 두드리며 강조했다. 노란색 포스트잇에 '오늘까지'라고 메모된 것을 노려보며 이한은 한숨과 함께 서류를 펼쳤다.

나열된 숫자와 중요 사항만 다시 체크했다. 그렇게 돌려보낼 것은 따로 체크하며 마지막 서류 파일을 들 때쯤 휴대폰이 진동 소리를 내며 울렸다. 이한은 곧장 반응했다.

목소리라도 들려주라, 그럼 잘못하단 말은 백번이라도 해 줄 테니.

그런 기대도 잠시였다. 익숙한 전화번호는 유영의 것이었다. 비싼 월세 아파트도, 앞으로 떨어졌을지 모르는 건물도, 부자였던 전남편과 전전남편도 모두 다 물거품이 되니 아들이라도 붙잡고 싶은 심정일 것이다.

이한은 거절 버튼과 동시에 번호를 차단했다. 기다리는 전화는 오지 않고, 오지 말아야 할 전화만 오는 신세가 처량 맞기 그지없었다.

"내가 뭘 그렇게 잘못했다고."

잘못했다. 전부 다 네가 잘못했다, 인정을 하더라도 목소리 한 번 들려주는 일이 없으니 점점 치졸해지기 시작했다.

사과할 기회라도 주든가, 그게 아니면 멱살 잡고 쏘아 붙이기라도 하든가.

"얼굴이라도 보여 주고, 좀."

잘못한 게 하나도 없다 한들, 그저 내가 다 잘못했다고 빌고 싶은 심정. 이한은 답답한 마음에 자리에서 일어섰다. 찬 바람이라도 쐬 볼까, 하는 마음으로 사무실에 난 커다란 창문을 여는데 해주의 모습이 보였다.

이번에도 서준과 함께 두 손 가득 커피와 디저트 상자를 들고 있는 모습이 즐거워 보였다. 그것도 무척이나.

"저게 진짜."

없어 보이지만 확 나가서 따져? 내 전화는 죽어라 씹어 대면서 얼마 후면 결혼할 남자랑 시시덕거리는 게 퍽이나 즐거워 보인다고?

〈공해주. 전화 받아.〉

439

〈내가 미안해.〉

〈미안하다니까?〉

〈너 진짜 이럴래?〉

〈해주야······.〉

이한은 답장 한번 받지 못한, 메시지들을 읽어 내려갔다. 잘못은 지가 해 놓고, 사람 속은 다 태워 놓고, 이틀 만에 나타나 다른 놈 옆에서 시시덕거리면 내가 열이 받아, 안 받아?

점점 더 좁아지기 시작하는 마음 한구석을 내비치며 이한은 다시 창밖으로 시선을 돌렸다. 해주는 보이지 않았다. 곁에 있을 서준도. 동시에 대표실 밖에서 목소리가 들려왔다. 해주를 찾는 윤기의 목소리였다.

"작가님이요? 이 앞에서요?"

"네. 이거 전해 주시고, 오늘은 못 올 것 같다고 갑자기."

벌컥 문이 열리는 소리에 모두의 시선이 집중됐다. 이한은 표정을 잔뜩 굳힌 채, 서준의 옆에 있어야 할 해주가 없다는 사실을 재차 확인했다.

그녀의 손에 들려 있던 커피가 사무실 책상 위에 놓여 있고, 해주는 없었다.

대체 왜? -

"무슨 소리입니까, 그게?"

"아, 그게. 작가님이 웬 어른들을 마주치시더니······."

서준이 말끝을 흐릴수록, 불안감은 짙어졌다. 이한은 급하게 물었다.

"어디로 갔습니까."

"글쎄요. 일단 왔던 길로 간 것 같았는데."

난감해진 서준의 목소리가 끝나기도 전에 이한은 사무실을 나섰다. 수군거리는 목소리들과 빠른 이한의 걸음 소리가 한데 섞였다.

· *I like you* ·

분명 계획은 그랬다. 지난 이틀 이한에게 너무한 건 아닌가 싶은 마음도 들었고, 보고 싶은 마음도 굴뚝같았다.

애초에 시작은 제가 잘못한 일이었으니, 제대로 사과도 하고 얼굴도 보면서 풀고 싶은 마음이었다. 일부러 윤기에게 전화를 걸어 사인 작업하는 날짜를 앞당기고, 서준의 카페에서 항상 그랬던 것처럼 디저트와 커피를 사 갔다.

그가 마실 아이스 아메리카노를 직접 손에 들고. 사인지 작업하다가 손목이 아프다고, 징징거려 보면서 그에게 화해하고 싶다 말할 생각이었다.

그런데.

"잘 컸네, 아주."

아홉 살 여름. 그때를 기억한다. 평생을 잊지 못할 아픈 기억으로 남아 버린 그 순간, 눈앞의 이들이 얼마나 매몰찼는지 기억한다. 두 손을 꼭 붙잡고, 제발 버리지 말아 달라는 눈으로 고개를 젓는 자신을 외면하던 얼굴이 얼마나 끔찍했는지 기억한다.

그랬던 사람들이 어떻게 내 앞에 나타날 수가 있지?

언젠가 이한의 앞에서 얘기한 적이 있다. 지금의 부모님을 만나게 해 준 이들을, 이해는 할 수 없지만 용서는 할 수 있을 것이라고. 만약 이들이 진심으로 사죄하고 빌어 본다면.

해주가 눈가를 좁히자 서로 눈치만 보던 침묵 속에서 목소리가 들려왔다. 20여 년 만에 듣는 목소리였다. 4년을 엄마라고 불렀던 여자의.

"네 동생이 무슨 소설 잡지라고 들고 왔는데, 낯익은 얼굴이 있더라고. 어릴 때 얼굴이 그대로라 한 번에 알아봤어. 아직도 해주라는 이름을 쓰고 있어서 확신도 했고. 해주, 네가 이렇게 잘 클 줄 몰랐네."

네 동생? 파양 당했을 때 배 속에 있던 그 아이인 걸까. 해주는 코웃음을 치며 남자가 말을 잇는 것을 지켜봤다.

"무작정 찾아와도 못 만날 줄 알았는데 운이 좋았구나. 네 연락처라도 알 수 있으면 다행이라고 생각했다."

'왜'라는 목소리가 끊임없이 떠올랐다. 뒤늦은 용서와 참회를 구하겠다고 온 사람들 치고는 주변의 눈치를 끊임없이 살피고 대화의 타이밍을 엿보는 모양새가 의심스러웠다.

해주는 금방 알 수 있었다. 용서의 기회를 얻으러 온 사람들이 아닌, 한때 딸로 키웠던 자신에게 얻을 것이 있다 생각해서 찾아온 이들이라는 것을.

"용건만 간단히 해 주세요. 바빠서요."

"아, 바쁘니? 그럼 연락처만 알려 주면 우리가 다음에 연락하마. 아무리 그래도 밥이라도 한 끼 해야지. 너 사는 얘기도 좀 듣고, 어떻게 지냈는지도 궁금하고."

"그래, 해주야. 너 그렇게 보내고 얼마나 우리 마음이 안 좋았는데. 우리 상황이 여의치 않아서 많이 미안했는데……."

길어지는 사설 속에서 거짓이 난무했다. 해주는 슬며시 휴대폰을 쥔 손에 힘을 주었다.

어떻게든 벗어나고 싶었다. 왜 자만했을까, 이들을 용서할 수 있을 거라고. 식은땀이 나면서 눈앞이 어지러워지기 시작했다.

한꺼번에 떠오르는 기억들 속에 변하지 않는 목소리가 섞여 들려왔다.

"불길해서 같이 밥도 못 먹겠어요. 아까 애가 내 배에 손을 올리는데, 아유. 뭘 알고 그러는 건지."

"그걸 그냥 뒀단 말이야? 못 만지게 했어야지!"

"순식간에 그러는데 별수 있어요? 애가 진짜 우리 집을 잡아먹으려고 들어왔나."

아니야.

"파양하면 이사도 해야 하는 거 아니에요? 이웃들 다 아는데."

"해야지, 뭘 어떡해. 계속 데리고 살 수도 없잖아."

"변호사 상담이라도 받아 볼까요? 나중에 문제 생기면 어떡해."

아니야.

"아휴, 밥 먹는 것도 이제는 꼴 보기 싫어서."
"그럼 그냥 굶겨. 무슨 상관이야?"
"나중에 학대 받은 거 아니냐고 신고라도 당할까 그러죠. 애가 밥 때는 귀신같이 알아서, 참나. 지 때문에 할머니 앓아누운 것도 모르고."

아니야, 아니라고.
"그래, 언제 한번 집으로 오면 엄마가 근사하게 한상 차려 줄게. 너 아직도 잡채 좋아하니? 예전에 잡채 해 주면 네가 그렇게 좋아했는데."
"돈이 필요하다는 거죠?"
부들부들 떠는 손을 다시 맞잡은 해주는 다정해지려는 목소리 틈으로 물었다. 이기적이고 탐욕으로 번들거리던 두 얼굴이 어색하게 굳어졌다. 자연스럽게 그려졌다. 소설 잡지에서 자신을 발견하고, 이름을 검색하고, 돈을 뜯어낼 수 있겠다는 결심이 섰을 때 이들의 얼굴을.
"아니, 우리가 설마 돈 때문에 널 찾아왔겠니."
여자가 어색하게 웃었다. 남자의 팔등을 치며 얼른 도우라는 식으로 눈치를 주는 것 또한 잊지 않았다.
"그래, 무슨 말을 그렇게 섭섭하게 해. 4년이나 가족으로 살았는데."
"드릴 수 있어요, 얼만데요."
당장 이곳을 벗어나고 싶었다. 이런 식의 조우를 상상한 적이 없어 더욱이 그랬다. 돈이라도 주어 이 상황을 피할 수 있다면 그러고 싶었다. 그깟 돈, 줘 버리면 그만이니까.
해주는 이성적으로 판단할 수 없었다. 처음이 두 번이 되고, 세 번이 된다는 생각도. 늘 이성적으로, 차분하게 굴었던 마음가짐도 전부 잊었다.

옛 기억 때문에.

"저기, 사실은 이런 거 부탁하려고 온 건 아닌데 네가 말을 꺼내서……."

남자가 말 같지도 않은 소리를 늘어놓으며 아내에게 눈치를 주자, 여자가 이어 받았다.

"네 동생 어학연수도 보내고 싶고, 네 아빠가 사업하던 게 좀 잘 안돼서. 왜 너도 기억하지? 우리 같이 살 때 네 아빠 사업했던 거. 괜찮은 아이템이 하나 있다는데."

"그러니까 얼마요."

길어지는 말들 속에서 해주는 다급히 물었다. 떠오르고 싶지 않은 기억들이 자꾸만 찾아왔다.

자신을 보며 수군거리던 양부모, 쫓아낼 궁리만 하던 대화, 식탁에서 눈치를 주던 눈초리, 100점짜리 시험지를 들고 와도 나중에 학비 많이 드는 것 아니냐며 혀를 차던 할머니, 끔찍했고 처량했다.

"한 장, 아니 두 장 정도면."

"계좌번호 주세요."

남자는 기다렸다는 듯 계좌번호를 미리 적어 놓은 메모지를 내밀었다. 양부모의 얼굴에 웃음이 번지는 걸 확인하니 더 가증스러워 참을 수가 없었다.

그 모습을 차게 바라보던 해주는 기다리라는 말을 남기고 일어섰다. 3분 정도 떨어진 거리에 주거래 은행이 있었다.

줘 버리자. 주고 떼어 내 버리자.

해주는 누가 쫓아오는 것도 아닌데 서둘러 은행으로 향했다. 평일 오전 시간대라 사람은 많지 않았다. 번호표를 뽑자마자 자신을 호명하는 소리가 들렸다. 지갑에서 급하게 신분증을 꺼내며 말했다.

"이 계좌로 2억 송금해 주세요."

"지금 당장 말씀이십니까, 고객님?"

"네. 지금 당장이요."

"……실례지만 혼자 오셨습니까?"

어려 보이는 은행원이 해주의 곁을 살폈다. 그녀는 신분증을 앞으로 내밀며 고개를 저었다.

"보이스피싱 아니니까 걱정 마세요."

단호한 해주의 말에도 은행원은 찜찜한 표정을 떨치지 못하다가 마지못해 수긍했다.

"아, 네. 일단 계좌 확인부터 하겠습니다. 2억 맞으시죠?"

그때였다. 해주가 고개를 끄덕이려는 찰나, 그녀의 앞으로 다급한 목소리가 끼어들었다.

"아니요, 취소하겠습니다."

해주가 고개를 틀었다. 가까이에 이한이 다가오고 있었다.

창백한 얼굴, 마른 입술, 붉게 달아오른 눈동자. 그는 해주의 상태를 확인하자마자 그녀의 손부터 잡았다. 차게 식은 손끝이 말도 안 될 정도로 덜덜 떨리고 있었다.

"너 왜 그래."

근처를 이 잡듯이 뒤져 보다가 우연히 길 건너에서 은행으로 들어가는 해주를 발견하고 따라오던 참이었다. 다급해 보이는 걸음 속에서 불안감을 느낀 이한은 미처 고민할 시간도 없었다. 은행이야 일상적인 공간인데도 불구하고 그랬다. 그런가 보다, 넘길 수가 없었다.

"공해주."

"……보내야 해요."

"왜. 그 큰돈을 뭐하러."

타이르듯이 부드럽게 물어 오는 목소리에 해주는 고개를 저었다. 이 순간 그가 눈앞에 있다는 게 미치도록 위로가 되면서도, 겁이 났다. 싫었다. 피하고만 싶었다.

나빴던 기억들을 권이한이 전부 알아 버린다는 게.

"……주면 다시는 안 오겠지."

"너 설마."

"선배 엄마 아니고."

나만 기억하면 되는 걸, 그도 알아야 한다는 게.

"나 파양했던 사람들. 그 사람들……."

얼마나 끔찍한 일인지를.

해주는 이제야 이해할 수 있었다.

이한의 지난 기억들은 그럴 수만 있다면 끝까지 감추고 싶은 끔찍함, 그 자체였다는 걸.

· *I like you* ·

몰상식한 사람들이었다. 다시는 나타나지 말라는 말을 듣기 무섭게 남자는 언성을 높이며 뻔뻔하게도 돈을 요구해 왔다. 이한은 상종할 가치도 없다 느끼면서도 차게 대꾸했다.

"당신들 거머리 같은 속내는 알고 싶지도 않아. 그러니까 다시는 해주 앞에 나타나지 마."

"이봐! 대체 뭐 하는 작자길래 갑자기 나타나 이래? 내가 4년 동안 그 거지 같은 계집애 키워 준 값, 받겠다는데! 당신이 뭔데!"

키워 준 값. 거지 같은 계집애. 들어서는 안 될 말을 들은 순간 이성이 날아갈 뻔했다.

"아동 학대죄로 신고를 할 수도 있고, 당신이 방금 뱉은 그 말에 명예 훼손을 걸 수도 있어. 매스컴에 공개되면 금방이지. 공해주 작가 파급력이 그 정도는 되거든."

알아보지도 않은 죄목들을 갖다 붙이니 남녀의 얼굴은 금방 사색이 됐다. 명예 훼손죄가 성립될지도 모르고, 증거도 없는 아동 학대

죄가 적용될 진 몰랐지만 일단 뱉어 버렸다. 그리고 효과는 꽤 컸다.

매스컴을 들먹인 게 신의 한 수였다. 정말 그럴 생각은 추어도 없었지만, 협박으로는 꽤 먹힌 듯싶었다. 수군거리기 시작한 주변을 의식하고 꽁지 빠지게 달아난 걸 보면.

"공해주."

차에 올라탄 이한은 편의점에서 사 온 따뜻한 유자차를 해주의 손에 쥐여 주었다. 여전히 멍해 있던 그녀의 시선이 그로 향했다.

"다시 안 올 거야. 걱정 마."

"어떻게……."

"넌 신경 안 써도 돼. 집으로 가자, 당분간 출판사는 나오지 말고."

다정하게 안전벨트를 채워 준 이한은 차에 시동을 걸었다. 해주는 가만히 있었다. 그의 아파트에 도착해, 침대에 누울 때까지도 멍한 채였다. 해주는 자지 않겠다고 우겼지만, 그것도 아주 잠시였다.

윤기와 통화를 하느라 잠깐 혼자 두었을 뿐인데 그녀는 금방 잠에 들었다. 침대 옆에 앉아 한참을 지켜봐도 그대로였다.

몰랐을 리 없다. 한 번 돈을 주게 되면 두 번, 세 번 요구할 뻔뻔한 사람들이니 자신을 찾아왔다는 것을. 이성을 잃은 그녀가 어떤 생각으로 그런 판단을 했는지 알 수 없었다. 그때 느꼈을 무력감, 허무함, 회피하고만 싶은 마음. 그런 것들을 제외하고서는.

깜빡 해주의 곁에서 잠이 든 듯싶었다. 눈을 뜨는데, 아무렇게나 놓인 손 위로 겹쳐지는 따스한 손길이 느껴졌다.

이한은 망설이지 않고 그 손길을 힘주어 잡았다.

"내가 잘못했어요."

"……."

"선배 마음, 알 것 같았어."

그걸 알기를 바란 건 아니었는데. 이한은 눈을 뜨지도 않고, 가만히 듣고만 있었다. 해주도 알고 있었다. 묵묵히 자신의 말을 들어 주려는 그의 진심을.

"그런 사람들도 한때 내 부모였는데, 선배가 나 몰래 그 사람들 만났다고 하면 화났을 것 같아요."

정신을 차리고, 되돌아온 이성을 붙잡아 보니 얼마나 어리석었는지 깨달았다. 돈을 주려고 했다. 한번 주기 시작하면 습관처럼 찾아올 사람들이니, 20년이나 지나서도 죄책감 하나 없이 나타났으리라는 것을 그 순간에는 미처 인지하지 못했다.

내가 그랬던 것처럼 선배가 몰래 제 부모를 만났다면? 아마 이한보다 더 심하게 굴었을 것이다. 다시는 보지 않으려 했을 수도 있다.

나쁜 기억을 공유하는 것조차 우리 사이이기에 가능하다고 생각했다. 다른 누구도 아닌, 우리 사이라서.

"나도 이제 알았어."

이한이 천천히 몸을 일으켰다. 그러고는 미안함인지, 죄책감인지 눈도 제대로 마주치지 못하는 해주의 뺨을 감싸자 드디어 그녀가 시선을 마주쳐 왔다.

"보여 주고 싶지 않은 게 있는 대신, 나누고 싶은 그 마음도."

그는 그녀의 생각을 부정했다. 우리 사이라서, 우리 사이이기에 나쁜 기억을 보여 주고 싶지 않은 것도, 함께하고 싶은 것도 맞다고 말이다.

해주가 대답 없이 입을 꾹 다물고만 있자, 이한은 쓰게 웃으며 그녀의 입술 위를 손가락으로 쓸어내렸다. 침묵 또한 괜찮다는 것을 말하는 손길이었다.

아, 이 사람은.

"미안, 내가 그걸 몰랐어."

정말 어떻게 이럴 수 있지.

곁에 앉아 있던 해주의 어깨에 얼굴을 묻고, 살며시 그녀를 끌어당기자 해주는 이끌리듯이 안겨 왔다. 커다란 품 안에 폭 안긴 해주는 그 어느 때보다 따뜻했다. 그 없이 어떻게 이틀을 견뎠는지 의심될 정도로.

축 늘어져 있던 그녀가 두 팔을 세우고 그의 허리를 꼭 껴안았다.

"이제 싸워도 문 안 잠글게요."

"답장도 해."

"전화도 받을게요."

"꺼 놓지도 마."

"그럴게요, 다신 안 그래."

웃다가, 울다가, 토라지다가, 풀어지다가, 지치다가.

"그냥 싸우지를 말자."

그럼에도 만나면 다시 좋아지기만 하는 그런 연애.

"맞아요, 싸우지 마요."

그렇게 좋기만 한, 평범한 연애 중인 이들이었다.

· I like you ·

잠깐의 해프닝이나 다름없는 양부모는 다시 나타날 것처럼 굴더니 조용했다. 의문을 가진 해주가 날을 잡고 이한을 추궁하니, 출판사로 한 번 더 찾아온 그 사람들을 이한이 경찰에 신고했다고 실토했다.

그녀는 아무 말 없이 가만히 그를 보고 있다가 그러냐는 말만 하고 넘어갔다. 잘못한 것도 아니면서 괜히 주눅이 든 것처럼 행동하는 그를 보고 싶지 않았다.

'엄마의 온도' 한정판 출판과 동시에 해주는 차기작 원고를 넘겼다. 당연히 원고를 제일 먼저 본 사람은 담당자도 아닌 이한이었다.

해주는 잊을 수 없었다. 그가 옆에서 한 장, 한 장 원고를 넘겨 볼 때마다 심장이 어찌나 떨렸는지.

두 시간을 멈추지 않고 완독을 마친 그는 짧게 말했다.

'좋다' 라고.

출간 작업은 빠르게 진행됐고, 마침내 초판 출간일이 잡혔다.

한정판 출간 행사에 부지런히 불려 다니던 해주는 이제야 숨을 돌릴 수 있었다. 그동안 못한 데이트도 하고, 맛집 투어도 좀 하고, 밀린 영화와 책도 좀 볼 생각이었다. 연인인 그와 함께.

하지만 그는 펜을 들었고, 그녀는 지루해졌다. 글을 쓰는 남자가 멋있어 눈이 돌아갈 지경이지만, 심심한 건 심심한 거다.

"따분해."

"잠깐만 기다려."

"아까부터 기다리라 해 놓고."

"잠깐이면 돼."

"나가서 확 바람피울까 보다."

뭔가를 잔뜩 써 내려가던 이한은 아이스크림 반통을 비워 가는 중인 해주를 돌아봤다. 그녀의 오피스텔로 퇴근하는 반복적인 일상 속에서도 펜을 놓지 않는 그 때문에 해주는 심심해 죽을 지경이었다.

"진짜예요. 나 무시하지 마요. 어디 가서도 안 꿀려."

이한은 펜을 내려놓고 퉁명스럽게 내밀어진 입술을 잡아당겼다.

"말 좀 예쁘게 하랬지."

"아, 아, 아파!"

힘없이 끌려오던 해주가 팔을 버둥거리자 이한은 장난스레 웃으며 입술을 놔 주었다. 입술을 손으로 괴롭히다니, 입술도 아니고.

"치, 안 놀아 주니까 그렇죠."

"너도 한창 작업할 때는 이랬어."

"그럼 나도 좀 보여 주든가."

국가 기밀이라도 되는 것처럼 감추려 드는 이한을 향해 해주가 볼멘소리를 냈다. 그녀의 원고는 쉼표 하나까지 치밀하게 보는 사람이 제게는 단 한 글자도 보여 주지 않으려 드니 서운할 만도 했다.

"나중에."

"그러니까 언제요."

"자서전 제안 받은 건. 생각해 봤어?"

몰래 훔쳐보려고 고개를 빼꼼 내미니 이한은 들고 있던 펜과 종이를 치우며 화제를 돌렸다.

말 돌리는 데는 정말 선수급이지. 해주는 먹고 있던 아이스크림 통을 내려놓고 소파 위에 올라가 앉았다. 바닥에 앉아 있던 이한은 짧은 반바지를 입고 양반다리를 하는 해주의 행동을 물끄러미 올려다봤다.

"내 나이에 무슨 자서전. 안 한다고 했어요."

"진지하게 생각해 본 거야?"

"나중에. 마흔, 쉰 돼서도 글 쓸 텐데 그때 쓰면 될 걸 뭐하러."

대형 출판사에서 자서전 제안을 받은 해주는 시큰둥하니 대답했다.

"그때까지 나랑 일할 거고?"

소파 옆 협탁 위에 쌓여 있는 책들 중 하나를 집어 든 해주는 은근한 목소리에 이한을 내려다봤다.

"하는 거 봐서요."

"잘 보여야겠네."

"그래 주면 좋죠."

"앞으로도 쭉."

결혼을 하자는 것도 아니고, 평생 이렇게 살자는 것도 아닌데 해주의 얼굴엔 프러포즈를 받은 것처럼 수줍은 미소가 걸렸다. 평생 함께 일하자는 이 남자 때문에. 그것도 말과 손이 동시에 달콤한 남자가 아닌가.

"그런데 지금 어디를 더듬어요?"

"놀자며."

그런 의미가, 이런 의미가 아닐 텐데?

맨 다리를 더듬고 올라오는 손을 내려다보던 해주가 입술을 질끈 깨물었다. 반 동거나 다름없는 생활 속에서 눈만 마주치면 불이 붙는 신혼부부처럼 지내는 게 사실이라지만.

대체 이 넘치는 끼를 그동안 어떻게 감추고 있었대?

"내가 놀자고 하면 꼭 이렇게 반응하더라."

"나한테는 그렇게 들려."

"변태."

"너는 아닌 척 말지."

"아니라고는 말 안 했네요."

끼리끼리, 유유상종이라는 말도 몰라요?

이어지는 해주의 말이 끝나자마자 이한은 소파 위로 올라와 재잘거리는 입술을 삼켰다.

달고, 또 달았다.

· I like you ·

19
화

I like you

무조건 예스

이한은 해주보다 먼저 눈을 떴다. 오전 7시. 새벽까지 부지런히 몸을 섞은 뒤에 일어난 것치고는 빨랐다.

"선배, 나 물……."

그의 뒤척임에 해주도 눈을 뜨고서는 그에게 달라붙어 왔다. 허리에 팔을 두르고, 가슴을 기대어 오면서 물을 찾다니, 원망이라도 해야 하나.

그녀의 목 뒤로 팔을 뻗고 있던 이한은 팔을 빼면서 동그란 이마에 쪽, 입을 맞추었다.

어서 일어나라는 신호임에도 불구하고 해주는 살포시 웃으며 다시금 물을 재촉했다. 어쩔 수 없다. 물이라도 먹여 놓고 조르든 해야지.

이한은 벗어 놓은 옷을 대충 끼워 입고 거실로 나섰다. 이제 그는 해주의 주방을 그녀보다 더 잘 알았다.

퇴근하면 그녀의 집으로 오든, 그녀를 데리고 제 집으로 가든 벌써 동거하듯이 생활한 것도 한참. 이쯤 되면 집을 합쳐야 하는 건 아닌가 꽤 오래 생각 중인데 해주가 어떻게 받아들일지 알 수 없었다.

"여긴 작업실로, 생활은 내 집에서."

간단하게 생각을 함축한 문장이 입 밖으로 튀어나왔다. 컵에 물을 따르며 이한은 생각을 점점 구체적으로 부풀려 갔다.

일단 해주의 짐이나 살림을 점점 제 집으로 옮겨 간 다음에 은근슬쩍 떠보는 것도 나쁘지 않을 듯싶었다. 자신의 서재에 묘하게 집착하는 그녀니까 쉽게 승낙할 수도 있다.

여기서 이렇게 지내는 거나, 아파트에서 이렇게 지내는 거나. 차라리 화장실이 두 개인 아파트가 더 편할 수도 있고.

"괜찮은데."

오른쪽 입꼬리를 슬쩍 올리며 이한은 해주의 물을 벌컥벌컥 들이켰다. 그리고 다시 해주의 물을 따랐다.

이상하게 기분이 좋았다. 해주가 허락한 것도 아닌데, 금방이라도 허락을 받아 낼 수 있을 듯싶었다. 거절이라는 만약의 경우 따위는 절대 일어나지 않을 거라는 확신과 함께.

"공해주."

색색 소리를 내며 다시 잠든 해주의 곁에 앉은 이한은 더 고민하지 않았다.

"우리 동거할까?"

상상만으로도 좋은데, 정말 같이 살면 어떨까. '사랑하는 여자'를 만들 수 있을 거라 상상도 못 했던 지난날이 무색할 정도로 그는 집요하게 집착하기 시작했다. 한 번 떠올려 버린 그녀와의 동거에 대해.

"공해주, 자?"

"……네."

잠결에 대답하는 목소리에 그의 입가는 웃음이 걸렸다.

"우리 같이 살래?"

해주가 잠결에 뒤척였다. 물을 찾는지 이불 위를 더듬거리는 손을 꼭 붙잡은 이한은 이제 그녀의 귓속에 대고 말했다.

"살자, 같이."

"으응?"

"여기는 작업실로 쓰고, 내 아파트로 들어가자."

악마의 속삭임과도 같은 목소리가 끝이 나자 해주의 눈이 스르르 떠졌다. 아직 잠에서 헤어 나오지 못한 눈동자가 또렷해지자 그는 마른 입술에 재빨리 입을 맞췄다.

다른 소리는 못 하게. 다른 생각도 못 하게.

"그렇게 할 거지?"

답지 않은 부드럽고 다정한 목소리가 이어지던 찰나였다. 확실한 대답을 듣지 못한 상황에서 해주의 전화벨이 울렸다. 대답이 먼저일까, 전화가 먼저일까. 그가 고민하는 틈을 타고 해주가 졸린 눈을 비비며 전화를 받았다. 응, 엄마. 하면서.

아, 엄마구나. 그럼 전화가 먼저겠구나. 비몽사몽일 때가 찬스였는데.

"응? 뭐?!"

홀로 아쉬움을 달래고 있는데 해주가 벌떡 몸을 일으켰다. 덩달아 이한도 놀라는데 그녀가 시선을 마주쳐 왔다.

그는 직감적으로 깨달았다. 뭔가 일이 났다고.

"아, 아니. 무슨 말도 안 하고. 어? 아, 저기 나는 집이긴 한데. 엄마, 그래서 지금 어디? 어디라고?"

그때였다. 머릿속으로 바쁘게 그녀와의 동거 생각에 젖어 가고, 또 한편으로는 해주에게 생긴 '일'에 대해 궁금해지려는데 현관문에서 비밀번호를 누르는 소리가 났다.

이한은 해주에게 시선을 고정했다. 머릿속이 순간 멍해져 아무런 행동도 할 수 없는데, 해주는 눈으로 말하고 있었다.

엄마라고.

숨을 틈도, 정신을 차릴 틈도 없었다. 옷매무새를 정리할 정신은 당연히 없었고, 해주는 벌떡 일어나 이한을 밀치고 거실로 달려갔다. 그도 따라 나갈 수밖에 없었다. 식은땀이 주륵 흘러내린 순간 문이 완전히 열렸다.

이한은 짐작도 하지 못했다. 캐나다에 산다는 해주의 어머니를, 이런 식으로 마주하게 될 거라고는.

"어머!"

지연이 놀라는 것과 동시에 그녀의 손에서 쇼핑백이 주욱 미끄러졌다. 이한은 얼른 다가가 짐을 대신 받아 들었다. 캐리어와 두 손 가득 들린 쇼핑백을 전부 옮겨 주고 나서야 제 옷차림을 확인했다. 버릇처럼 벗고 다녔으면 최악의 첫 만남이 성사될 뻔했으리라.

"엄마."

"너……!"

지연은 딸의 집에 제집처럼 있는 이한을 뜯어보기 시작했다.

머리는 자다 일어난 사람처럼 뻗쳐 있고, 잘생긴 얼굴은 붓기가 덜 빠진 듯했다. 옷은 잔뜩 구겨져 있던 걸 주워 입은 사람처럼 살짝 너저분한 게 누가 봐도 이곳에 사는 사람이었다.

하나뿐인 딸 집에, 사는 남자라니.

"혹시 우리 딸이랑 만나는 사이예요?"

"아, 네."

그리고 찾아온 묘한 침묵.

"처음 뵙겠습니다. 권이한입니다."

목 부근을 잔뜩 문지르던 이한이 90도 가까이 허리를 숙였다가 폈다.

우스울 일이었다. 어떤 사람 앞에서도 이렇게 긴장해 본 적이 없는데, 이한은 지금 해주와 첫 출간한 작품의 판매량을 확인할 때보다 더 떨렸다. 평생토록 살면서 지금이 가장 떨리는 순간이리라.

"일단 들어오시죠."

이한은 말한 뒤에야 제 실수를 깨달았다. 아직 신발도 채 벗지 못한 지연에게 들어오라 하니 우스운 꼴이 따로 없었다. 누가 봐도 객은 딸의 남자인 자신인데.

"드, 들어와. 엄마."

옆에서 잔뜩 눈치를 보던 해주가 말하자 지연은 여전히 탐탁치 못한 얼굴로 거실로 들어섰다.

예전에 왔을 때는 청소며 주방이며 엉망이 따로 없었는데, 지금은 먼지 하나 앉을 구석이 없어 보일 만큼 깔끔했다. 지연의 시선이 자연스레 이한에게 향했다. 주방 식탁 위에 잔뜩 쌓여 있어야 할 인스턴트 식품도 없고, 거실 바닥을 굴러다니는 옷가지나 책들, 종이 뭉치도 없었다.

댁이 청소한 거냐는 칭찬과 기쁨 대신 얼마나 집을 드나들면 다른 사람 집 같을까, 하는 탄식이 속으로 터져 나왔다.

"마, 마실 게 뭐가……."

"일단 앉자."

숨 막힐 것 같은 정적. 깨끗한 식탁을 마주하고 지연의 옆에 앉은 해주는 긴장한 이한과 그런 그를 뜯어보기 바쁜 지연을 번갈아 보았다.

"그래서."

정적 뒤에 지연은 뒤늦게야 입을 열었다. 이한이 고개를 들어 시선을 마주했다.

"이름이 권이한이라고."

"네, 맞습니다."

"그 이름이라면, 내 딸 출판사 대표일 거고."

낮게 읊조리듯이, 혼잣말처럼 꺼내어진 말에 이한은 뜨끔했다. 딸이 어느 출판사와 일을 하고 있고, 그 대표 이름을 기억하고 있는 건 충분히 그럴 수 있는 일이다.

하지만 분명 잘못한 게 없는데도 불구하고 뭔가 굉장한 잘못을 하고 있는 이 느낌은 뭐랄까. 징조가 좋지 않았다.

"대학 때 너 괴롭힌다던 그 선배 아니니?"

괴롭히긴 누가. 이한의 시선이 슬쩍 해주를 향했다. 이쪽저쪽에 변명거리를 쌓아 놓는 신세로 전락한 그녀는 엄청난 지연의 기억력에 감탄했다.

아니, 몇 번 얘기한 적도 없는데 그걸 어떻게 기억해?!

"괴롭힌 게 아니라, 잘 챙겨 준 거지."

"넌 이 엄마 기억력을 뭘로 보고. 아이스크림 퍼먹을 때마다 욕했던 선배잖아. 아니야?"

"와, 와. 엄마……."

그 아이스크림이 무슨 맛이었는지도 나열할 기세라 해주는 당황하지 않을 수 없었다. 순간 이한과 눈이 마주쳤다. 어떡하냐고 묻는 듯한 해주의 눈길을 뒤로하고 이한은 작게 헛기침을 몇 번 내뱉었다.

지연의 시선이 닿는 순간, 또다시 등골이 오싹해짐을 느꼈다.

"다시 인사드리겠습니다. 권이한이고, 해주 출판사 대표도, 대학 선배도 맞습니다. 현재 해주와 만나는 사이입니다."

"그렇죠. 그러니까 내 딸 집에, 이 이른 시간에 그런 꼴로 있는 거겠죠."

뒤이은 정적. 그럴 수밖에 없고, 그래야만 하는 침묵.

"혹시 같이 사니?"

"아니!"

해주는 급하게 부정했다. 물론 같이 사는 것과 마찬가지라고 하지만, 각자의 집은 따로 있으니 거짓말은 아니라고 당당하게 자신을 속여 가면서.

"눈곱이나 떼고 말해, 너는."

"아니, 엄마는 왜 갑자기 와서는……."

"보고 싶다고 징징거릴 때는 언제고."

눈가를 만지작거리면서 해주가 칭얼거리자 지연은 일침을 날렸다. 전에 이한과 싸우고 나서 걸려 온 지연의 전화에 대고 했던 말들이 스쳐 지나갔다.

아, 내 무덤을 내가 팠지.

"오시면 오신다고 얘기를 하지. 그럼 마중 나갔을 텐데."

"그래서."

화제를 돌리려는 딸의 의도를 간파한 지연은 넘어가지 않았다.

"지난번에 내 딸이 캐나다 온다고 티켓 끊어 놓고 못 온 이유가 권 대표님 때문인가요?"

해주는 목에 땀이 흐르는 것을 느꼈다. 기억하기로, 분명 잘 둘러댔었다. 갑자기 일이 생겼노라고. 다만 지연의 눈치가 빠를 뿐이지.

"엄마, 그건……."

"맞습니다."

어떻게든 둘러대려는 해주를 막아서고 이한이 대답했다. 그럴 줄 알았다는 듯 지연의 눈꼬리가 길어졌다.

"너도 맞고?"

"맞긴 맞는데."

"내 딸만 애 닳고 있다는 뜻은 아니네."

"어, 엄마는. 내가 언제 그랬다고!"

"네 아빠나 오빠가 너 이러고 사는 거 알면."

"절대 안 되지!"

"얼씨구, 그걸 아는 애가."

뼈를 때리는 지연의 지적에 해주는 입을 다물었다. 여기서 이 난관을 어떻게 극복해 나갈 것인가. 작가의 상상력이 발휘되는 머릿속에서 수많은 가지가 뻗어 나가는 동안, 지연과 이한의 시선이 약속이라도 한 듯 부딪혔다.

그리고 반사적으로 튀어나온 말.

"제가 조심하겠습니다."

"뭘요?"

"예?"

"아니, 이제 와서 뭘 조심하겠다는 건지."

가시가 가득한 말에 그의 허리와 어깨는 물론, 해주의 허리까지 자연스레 일직선이 됐다. 긴장으로 똘똘 뭉친 둘을 번갈아 바라보던 지연은 한숨과 함께 몸을 일으켰다.

그녀는 곧장 냉장고 문을 열었다. 라면 하나 제대로 끓여도 다행이라고 할 딸의 냉장고답지 않게 꽉 들어찬 것이 자신이 아는 모습이 아니었다. 채소 칸에 가득한 채소는 물론, 맨 위 칸에 정렬된 반찬들, 냄비 안의 찌개들하며 냄새 하나 나지 않았다.

"고생이 많았겠어요."

인스턴트 음식만 먹을 줄 아는 딸에게 얼마나 정성을 쏟았을지 뻔하다는 말투로 지연이 말하자 이한은 더 민망해져 어쩔 줄 몰라 했다. 해주의 반응은 정반대였지만.

"출근해요?"

"……예, 합니다."

"밥 먹을 시간은. 있고?"

"예?"

"기다려요, 금방 해 줄 테니."

오랜 비행시간에 지칠 만도 한데 지연은 팔까지 걷어붙이며 냉장고에서 온갖 것을 꺼내 놓기 시작했다. 해주가 팔을 뒤로 빼며 나이스를 외치자, 이한의 시선이 그녀를 따라갔다. 눈이 마주친 해주가 뻗친 그의 뒷머리를 살살 어루만지며 씨익 웃었다.

"역시, 얼굴은 잘생기고 봐야 해."

"아니, 근데 우리."

"응? 뭐가?"

말끝을 흐리던 이한은 되물어 오는 해주에게서 콧노래 비슷한 것을 흥얼거리며 가스 불 위에 냄비를 올리는 지연의 뒷모습을 멍하니 바라봤다.

갑작스레 맞닥뜨린 예비 장모님의 존재도 존재거니와, 그의 머릿속 한쪽은 다른 주제로 바빴다.

약간 얼떨떨하고, 약간 김이 빠진.

"물 건너갔네."

당분간, 동거는.

이한은 한숨을 내쉬었다. 같이 살자는 말도 못 하고 있는데, 앞서 나가는 누구 때문에.

"아들 낳아 주면 이 집, 해주 너 주마."

갖고 있는 건 돈밖에 없는 노인네답게.

"딸이면 더 좋지. 저기 송도 쪽에 올리고 있는 건물도 줄 거고."

수를 쓰는 방법도.

"오냐, 글 쓰는데 수월하라고 볕 잘 드는 공기 좋은 곳에 별장 하나 지어 줄까."

참 한결같아서 상대하기 쉽다고 할까.

"네 생각은 어떠냐."

어색하게 웃음 짓는 해주의 밥그릇 위로 고기반찬을 부지런히 옮겨 주던 이한이 픽 소리를 내며 웃었다. 이럴 줄 알았으면 밥 먹으러 오라는 소리는 무시하고, 침대에서 해주랑 노는 건데. 이런저런 다양한 방법으로.

"어떻겠어요, 기가 차지."

"저저, 말하는 버릇하고는."

"결혼부터 하라는 건지, 애부터 낳으라는 건지. 일에 순서가 없잖아요."

"그놈의 순서가 뭐가 중하냐. 애부터 낳으면 어떻고, 식부터 올리면 어떻고."

숟가락을 흔들며 말하는 성일의 표정에서 진심이 묻어 나왔다. 가운데에서 끼인 해주는 입으로 가져간 고기를 벌써 40번째 씹고만 있었다. 고기를 씹는 건지, 고무를 씹는 건지 모를 정도였다.

"저희 만난 지 얼마 안 됐어요."

"연애야 애 낳고도 할 수 있고, 결혼하고도 할 수 있고."

"지금 무슨 말씀 하시는 건지 알기나 하세요?"

"내 입으로 내가 말하는데 왜 몰라! 저 벽창호 같은 놈팽이 말고, 해주 네 생각은 어떠냐."

입안에 있던 것을 겨우 삼킨 해주는 질문을 받고 어색하게 웃어 보였다. 순간 성일의 얼굴에 희망이 번졌다.

"저희 연애 조금 더 할게요, 할아버지."

"네 생각도 그러냐?"

"네. 대신 자주 놀러올게요."

"……네가 저 녀석 걷어찰까 봐 내가 조마조마해서 그렇지."

손주를 대할 때는 호랑이가 따로 없는 양반이, 손주 여자를 대할 때는 순한 양이 따로 없었다. 그 후로도 해주는 살살 성일을 달래고, 성일은 그런 해주를 예뻐라 하는 저녁 식사가 계속 됐다.

선물 받은 차가 있다는 성일의 말상대를 두 시간이나 해 주고 나서야, 해주는 또 품 안이 가득해져서야 본가에서 나올 수 있었다.

"이러다 도자기 수집가가 되겠어요."

"꼼수 부리는 거야. 상속할 때 세금 내기 싫어서."

조수석에 오른 해주는 품에 꼭 껴안고 있는 청자를 쓰다듬으며 어깨를 으쓱였다. 심심할 때 구워 먹으라는 한우 세트에, 여자 몸에 좋다는 보약에, 명품 중의 명품이라는 고가 브랜드의 가방까지. 온갖 선물들이 뒷좌석에 가득했다. 과하다 못해 부담이 될 지경인데 선물을 주는 성일이 너무 기뻐해 거절할 수가 없었다.

"너무 많이 받은 것 같은데."

"뭘. 네가 나 버릴까 봐 저런다잖아."

익숙한 일인지 이한은 대수롭지 않은 듯 웃으며 차를 출발시켰다.

"예뻐해 주시는 것 같아서 좋긴 하지만."

"애정 표현을 돈으로 밖에 못 해. 네가 진짜 좋으신가 보지."

"이러다 나중에, 헐."

순간 청자 안을 확인한 해주가 탄식을 터트리며 안에 손을 집어넣었다. 그녀의 손에 들린 건 돈다발이었다. 수십 장의 오만 원 짜리를 손에 쥔 그녀가 놀라 입을 벌리자 이한은 피식 웃으며 고개를 저었다.

"노인네, 고단수네."

"이거 괜찮은 거예요?"

"안 괜찮을 건 뭐야."

"선배도 유산 받기 싫다고 했잖아요. 고아원에 기부한다고 했다면서요?"

"그래서 너한테 푸시나 보지. 모아서 너도 기부나 해."

세어 보기도 민망한 지폐 다발을 다시 청자 속에 집어넣은 해주는 문득 앞의 창밖을 확인했다. 그녀의 집 방향이 아니었다.

"어디 가요?"

"우리 집."

"갑자기?"

"며칠 같이 못 있었잖아. 어머님 때문에."

자연스러운 어머님이라는 호칭에 해주는 헤벌쭉 벌어지려는 입술을 꼭 깨물었다.

어제 아침 비행기로 돌아간 지연을 공항까지 데려다준 것도 그였다. 출간 행사 일정 때문에 함께 공항에 갈 수 없던 그녀 대신이었는데, 차 안에서 지연과 단둘이 있을 때 얼마나 어색했을지 상상하니 재밌어졌다.

"어머님은 잘 도착하셨대?"

"네."

"뭐라셔?"

"뭐가요?"

"나."

거지 같았던 첫 만남에도 맛있는 아침 식사를 대접 받았지만, 그는 꽤 걱정이었는지 조심스레 물어 왔다.

"얼굴 뜯어 먹고 살 생각이냐고 한마디 하셨는데."

"하셨는데?"

"그 재미로 사는 것도 나쁘지는 않을 거래요."

청자를 탁탁 두드리며 말하는 모양새가 잔뜩 신이 나 있는 게 분명했다. 이한도 그녀를 따라 웃자 해주는 뭐가 그리 좋은지 더 크게 웃으며 발을 동동 굴렀다.

둘은 근처 마트에서 함께 장을 봤다. 며칠이 지나도록 집 밖으로 나오지 말자는 엉큼한 제안에 해주가 적극 동의를 한 덕분이었다.

탈고를 마친 이한은 주말을 포함해 출판사에 휴가를 낸 상태였고, 차기작 출간과 동시에 줄줄이 잡혀 있던 인터뷰며 사인회 일정을 마친 해주도 여유가 있었다.

서점에 들러 쉴 동안 읽을 책을 가득 사고, 먹을 것도 사고, 영화 DVD까지 한가득 들고 집으로 돌아온 둘은 역할을 나눴다. 이한이 주방을 담당하고, 해주가 주방 밖을 담당했다.

사 온 책과 DVD를 정리하고 서재로 간 해주는 어질러진 책상 위에 청자를 놓았다. 고목나무 책상과 어울리지 않는 비주얼이었지만, 나름 고품격이라 절로 고개가 끄덕여졌다.

물론 주인은 별로 마음에 들어 하지 않는 듯싶지만.

"그거, 거기 두게?"

정리를 마치고 해주를 찾아 서재로 온 이한은 청자를 발견한 것과 동시에 인상을 구겼다.

"얘가 나라고 생각해요. 나 생각하면서 글 쓰라고."

"있던 글도 도망가겠는데."

"씨, 뭐예요?"

해주가 발끈하는 사이, 이한은 그녀가 미처 발견 못한 원고를 치웠다. 청자 따위 없어도 항상, 해주를 생각하며 쓴 글이었다.

· I like you ·

길에서 우연히 만난 서준은 제 품보다 커다란 꽃다발을 들고 있었다.

민망하지도 않나, 저런 걸 들고 거리를 활보하게.

고개만 까딱거리는 인사를 대신하려고 지나치려는데 서준은 그를 붙잡고 기어이 인사를 건넸다. 과한 꽃향기가 함께 다가왔다.

"사거리에 있는 꽃집이요. 주인이 친절하더라고요."

"아, 예."

"정원 씨한테 선물하려고요. 참, 작가님한테 감사 인사 좀 전해 달래요. 이번 차기작 너무 좋았다고요."

누구한테 선물할 건지 물어보지도 않았다. 비위가 좋은 남자인 게 틀림없다. 아무리 그래도 약혼녀의 전 남자 친구한테 꽃다발을 흔들어 보이며 자랑을 늘어놓는 꼴이라니.

해주에 대한 인사는 분명 앞서 한 말이 쑥스러워 내뱉은 게 틀림없었다. 이한은 그 모습을 물끄러미 바라보다가 차로 향했다. 그녀와 약속이 있었다.

그리고 그는 평소와는 다르게 사거리로 향했다. 주인이 친절하다는 꽃집이 있는 그 사거리에.

"꽃 보러 오셨어요?"

누군가의 졸업식 이후로 꽃집에 와 본 건 처음이라 뭘 사야 할지 모르는 그를 위해 꽃집 주인이 상냥하게 물어 왔다. 아는 꽃이라고는 장미밖에 없는 이한에게는 구세주나 다름없었다.

"어떤 분께 선물하실 건데요?"

"그게……."

잘 쓰는 또라이를 애칭이라고 표현하면서도, 여자 친구라는 낯간지러운 말은 뱉어 본 적이 없어 이한은 순간 망설였다. 처음 본 꽃집 주인 앞에서.

"여자 친구분이시구나. 맞죠?"

"아, 예."

"프러포즈하시게요?"

진회색의 앞치마를 두른 꽃집 주인이 방금 만든 꽃다발을 전시하며 물어 왔다. 그는 머쓱하다는 듯이 고개를 끄덕거렸다.

프러포즈는 아니고 그냥 선물이라고, 길게 대답하기가 조금 그랬다. 프러포즈라는 부끄러운 단어에 살짝 혹한 마음이 든 것도 사실이고.

"원하시는 꽃 따로 있으세요?"

"……알아서 만들어 주세요. 그냥 비싸 보이게."

"아, 네. 예쁘게 만들어 드릴게요."

'비싸 보이는' 꽃다발을, 손님이 당황스러울 만한데도 주인은 환하게 웃어 보였다. 그의 눈에는 거기서 거기인 꽃들 중에서 꽃집 주인은 한참을 골라 품에 안았다.

포장지를 고르고, 리본을 고르고, 여러 종류의 꽃들이 그녀의 손에서 변신하는 사이 꽃집 문이 열렸다. 따분하다는 듯 코끝을 찌르는 향기 속에 홀로 서 있던 이한의 시선이 문으로 향했다.

"강이주."

"어? 여기는 어떻게 왔어요? 이현이는?"

"은우한테 잠깐 맡겼어."

"도련님 왔어요? 여자 친구랑 노느라 바쁜 것 같더라니."

"데이트하고 온 모양이던데. 많이 바빠?"

"아니요. 오늘 마지막 꽃다발. 잠깐만 기다려요."

꽃집 주인의 얼굴이 순식간에 환해졌다. 남편처럼 보이는 남자가 여자의 곁에서 그 모습을 뚫어지게 바라봤다. 뚝뚝 떨어지는 사랑이 이한의 눈에도 보일 정도였다.

결혼한 부부인가, 아이도 있는 것 같고, 그런데도 저렇게 좋을까.

그들의 행복한 모습은 그에게 있어 낯선 모습과도 같았다. 어릴 때부터 보고 자란 게 그 따위라서 그런 걸까.

괜히 꽃집 주인의 입에서 '프러포즈'라는 단어를 듣게 된 이한은 머릿속으로 별생각을 그려 넣기 시작했다.

막상 같이 사는 건 좋을 것 같다고 여겨도 결혼까지는 생각해 본 적이 없었다. 애부터 낳아도 된다는 성일의 성화에도 해주와 진지하게 결혼 얘기를 해 보지 않았다. 아직 빠르기도 하고, 연애를 조금 더 하고 싶다고도 했고.

나도 그러고 싶고, 지금도 나쁘지는 않은데.

"이현이는 오늘 점심 잘 먹었어요?"

"응, 당신이 만든 주먹밥 다 먹었어."

"간식은?"

"냉장고에 있던 거 챙겨 먹였어."

"낮잠은 재웠어요?"

"재웠어. 근데 나는 안 궁금해?"

여러 겹의 포장지 위에 꽃을 내려놓던 여자가 환하게 웃으며 남편을 올려다봤다. 가까이 다가간 남자가 애교를 부리듯 고개를 기울이자, 여자가 남자의 볼을 쓰다듬었다. 작은 손길을 건네는 주인에게 치대는 강아지가 된 것처럼 남자가 웃자 여자는 다시 포장을 시작했다.

그 순간 남자와 이한의 시선이 마주쳤다. 민망한 듯 옅게 웃는 남자에게 고개를 숙여 보인 이한은 취미에도 없는 화분들을 구경했다. 닭살 부부를 관찰하는 것보다 훨씬 괜찮았다.

"현우 씨, 계산만 먼저 해 드려요."

"응, 그래."

아내의 요구에 남자가 카운터로 향하자 이한은 지갑을 꺼냈다. 리본을 고르는 아내에게서 시선을 뗀 남자가 코를 찡그리며 웃었다.

"민망하네요."

"아니요, 좋아 보이십니다."

"프러포즈 하실 건가 봐요. 꽃다발이 크네요."

낯선 이에게 살갑게 말을 걸 만큼 싹싹해 보이는 인상은 아닌데. 꽤 의외였다. 저 꽃집 주인이라면 몰라도.

"그래 볼까 생각 중입니다."

"행운을 빌어야겠네요."

저절로 힘이 되는 남자의 응원이었다. 분명, 프러포즈할 생각은 없었는데도 불구하고.

이내 여자가 완성된 꽃다발을 건네줬다. 그의 말대로 크고 예뻤다. 적어도 남들의 눈에는 그럴 것 같았다.

'이런 걸 어떻게 들고 다녀'라는 말이 육성으로 터져 나올 뻔했지만 뿌듯하게 웃는 여자의 얼굴을 보는 순간, 그리고 '역시 내 와이프 솜씨'라며 대견해하는 남자의 얼굴을 보는 순간 이한은 감사 인사부터 건넸다.

이상한 부부였다. 꽃다발을 들고 거리를 활보하는 서준을 우연히 만났고, 그냥 기분이나 좋으라고 품에 안겨 줄 꽃다발을 사러 왔다가, 닭살 부부를 만났다.

자꾸만 먼 미래의 상상을 하게 만드는 부부를 만난 날이라고 할까나.

이한은 서둘러 해주에게로 향했다. 야경이 보고 싶다던 그녀를 위해 두 시간을 검색해 찾은 고층 레스토랑이었다. 전망도 좋고, 분위기도 좋고, 음식도 맛있어서 프러포즈하기에 좋다던.

엘리베이터에 오른 그는 또다시 생각에 잠겼다.

어떻게 야경 때문에 고른 레스토랑이 또…….

뭔가 아귀가.

"딱 맞는데."

뭐지, 이 느낌. 진짜 프러포즈라도 해야 할 것 같잖아. 아니, 나는 전혀 그럴 의도가 없었다니까?

엘리베이터에서 내린 이한은 막힘없이 레스토랑으로 향했다. 지나가는 길에 마주친 사람은 전부 커플이었다. 아주 서로들에게 안달이 났다는 표현 밖에는 할 말이 없었다. 물론, 그 역시 그녀와 함께일 때면 그런 마음이 들긴 하지만.

레스토랑 안에 들어서 빠르게 예약한 자리로 안내 받은 이한은 목 부근을 만지작거렸다. 꽃다발 때문에 뭇 시선이 집중된 느낌이었다.

들어와 보니 여기도 커플, 저기도 커플, 온통 커플 천국이었다. 서로 손을 붙잡고 까르르 웃고, 옆에 나란히 앉아 야경을 보고, 작은 스킨십 하나에도 부끄러워하고, 두 손 멀쩡한데도 먹여 주느라 바쁜.

그러니까 좋아 보이고, 좋기만 하고, 좋을 일밖에 없을 것 같은 그런 커플.

해주와 만나기 전, 이한의 세상에서는 볼 수 없는 것들이었다.

뭐 눈에는 뭐만 보인다, 이런 건가? 눈을 떠도, 눈을 감아도 보이는 공해주는 그의 하루에서 빼 놓을 수 없었다. 남들 눈에는 자신이 저렇게 보일까, 이한은 잠깐 생각했다.

인터넷 검색을 통해 고르고 고른 메뉴를 주문하니, 해주가 도착했다. 오늘따라 숨 막히게 예쁜 원피스를 입은 그녀가 환히 웃으며 자리를 잡자 이한은 순간 수긍했다.

결국 이렇게 될 거였나. 길에서 서준을 우연히 만난 것도, 자극 받아 꽃다발을 사러 평소 가지 않던 길을 간 것도, 결혼 때문에 행복해 죽을라하던 꽃집 부부를 만난 것도, 하필 고르고 고른 레스토랑이 프러포즈하기 좋은 레스토랑이라는 것도, 만나면 만나는 사람들마다 전부 좋은 일밖에 없어 보이는 커플이라는 것도.

"설마. 이거 나 주려고요?"

곱게 앉혀 놓은 꽃다발을 보며 해주가 눈을 반짝였다. 이한은 해주의 앞으로 꽃다발과 오늘 막 인쇄소에서 받아 온 책을 내밀었다.

향긋한 꽃다발 옆에 놓인 남색의 책 한 권.

향기를 들이마시며 미소 짓던 해주가 책을 집어 들었다. '지은이'라고 인쇄된 글씨 옆의 작가 이름 위를 손가락으로 문지르는 행동에서 애정과 사랑이 느껴졌다.

"쓰는 글이 시집이었어요?"

"응."

"제목이 아는 말인데."

해주가 기분 좋은 웃음으로 그를 응시했다. 그의 반응을 살피고 싶어 눈을 바라봤던 건데, 그는 태연히 어깨를 으쓱거렸다.

역시나 그다운 반응이라고 해주는 생각했다.

"나도 아는 말이야."

그래, 나 너 좋아.

"네 말이 맞아."

당신의 서재에서, 당신이 가꾸어 놓은 나를 만난 날.

"그래, 나 너 좋아."

당신에게 들었던 첫 번째 고백.

"나 좋아해요?"

내가 떠날지도 모른다는 불안감에 내게 달려온 당신이.

"어."

나를 잃어버릴까, 전전긍긍하는 마음에.

"그래."

다급하게 내뱉어 버린. 두 번째 고백.

"나 너 좋아."

깔끔한 표지 위, 읽는 것만으로도 말랑해지는 제목 위를 훑으며 해주가 웃었다.

어디선가 따뜻한 바람이 불어오고, 말랑해진 마음에 불을 지피고, 살랑거리는 기분에 향긋한 내음을 얹은 듯.

선물 받은 책 한 권으로 이런 기분을 느낀 여자는, 세상 내가 제일 유일하지 않을까.

"이 책, 내가 처음 받은 거예요?"

"응. 네가 처음."

"와, 기분 진짜 이상하다."

이한은 그 모습을 빤히 바라봤다. 얼굴 위로 천천히 번지는 그녀의 미소를 감상하는 건 즐거운 일이다.

만약 평생 그럴 수 있다면? 그것도 같은 공간 안에서?

물론 결혼을 꼭 해야만 그녀와 평생을 함께하는 건 아니다. 연애를 생각해 본 적 없듯이, 결혼을 생각해 본 적이 없다. 물론, 같이 살고 싶다는 생각은 했다.

하지만 오늘 하루는 뭔가 이상했다.

그러니까.

"공해주."

한 번 말해 볼까.

"결혼할래?"

멋없지만 나답게 툭.

해주는 잠시 당황했다가 짧게 웃었다. 말투는 농담 같은데 표정은 전혀 농담 같지 않아 장난으로 치부할 수가 없었다.

"연애 더 하자면서요."

"지금도 결혼한 것처럼 살잖아."

"그건 그렇죠."

해주가 쉽게 수긍했다. 재미없는 프러포즈라지만, 아무리 그래도 프러포즈인데 결혼하자는 말보다 어째 그녀에겐 책이 더 감동이었던 모양이다.

책을 휘리릭, 넘겨보던 그녀가 맨 첫 장에 실린 시를 펼쳤다.

그래, 나 너 좋아

나는 하루에 한 걸음
너는 하루에 열 걸음

속절없이 다가오던
말랑한 봄날의 너

느리기만 한 내 한 걸음이
부지런한 너의 열 걸음에
수줍게 답하기를

그래, 나 너 좋아

다음 장을 넘기고, 또 다음 장을 넘겨도 해주는 다시 첫 장으로 계속 돌아갔다.

기습처럼 받은 프러포즈, 운명처럼 받은 책, 마치 내 것 같은 시의 한 구절 그리고 또 한 구절.

"이런 걸 주고 프러포즈라니. 선배, 반칙이에요."

"좀 약았나?"

"많이요."

거절할 수 없는 상황에 사람을 몰아넣고, 이런 뇌물까지 던져 주는 건 역시나 그다웠다. 그것마저 달콤해 이 사람을 좋아하는 거지만.

"결혼식, 크게 하는 거 별로예요."

"그건 나도 싫어."

"신혼여행은 길게 가고 싶고."

"그러자."

"난 집에 작업실 따로 있었으면 좋겠어요."

"얼마든지."

"나 선배 본가 마음에 들어요, 특히 정원이."

"나중에 달라고 해. 무조건 주실 거야."

"난 애기 낳는 거 상상 안 해 봤어요. 겁도 나고, 아직 자신도 없고."

한 번의 파양과 두 번의 입양. 지금의 양부모를 만나고 나서는 행복한 기억만을 가졌지만 한 아이의 인생을 책임지는 건 어려운 일이다.

그녀는 진지하게 고민해 보지 않았던 일을 꺼내며 어느 때보다 조심스러워했다.

"나도 아기 생각해 본 적은 없어. 좋은 아빠 될 자신도 없고."

"할아버지가 반대 안 하실까요?"

"그 양반이랑 결혼하는 것도 아닌데, 뭐."

"늘 내 편 할 거예요?"

책을 품에 꼭 껴안은 해주가 되물었다.

"나 항상 네 편이었어."

"……."

"처음 만났을 때부터, 아마도 쭉."

그녀는 그와 결혼하지 않을 이유가 없었고, 그는 그녀와 결혼하지 않을 이유가 없었다.

나도 너를 좋아하고, 너도 나를 좋아하니까.

그녀가 수줍게 답했다.

그의 멋없는 프러포즈에 무조건 예스.

에필로그

· I like you ·

우리는, 우리를 좋아해

해주가 글을 빌미로 별장에 칩거한 지 일주일. 거짓말처럼 꿈은 다시 시작됐다.

"미친놈."

결혼한 와이프 꿈을 꾸다니, 아무도 믿지 않을 것이다. 아니, 누구한테 말도 못 할 꿈이지만.

사람 하나 빠져나간 것치고는 꽤 썰렁해진 침실에서 홀로 일어난 이한은 곧장 욕실로 향했다. 이른 아침부터 냉수 샤워로 몸을 달래야 하는 유부남이라니. 수건으로 온몸을 닦고 분노의 양치질과 함께 제 처지를 생각했다.

아내가 알몸으로 나오는 변태 같은 꿈을 꾸고, 아내 없는 빈 침대에서 일어나, 아내의 목소리는 들을 수 없는 환경에서, 아내를 상상하고 있는 불쌍한 제 처지를.

꿈속에서의 해주는 언젠가와 같았다. 아무것도 모른다는 새침한 얼굴을 하고 있지만, 헐벗은 상태였고, 그의 침대에 있었다.

말렸어야 했다. 글을 좀 써 볼까 하면 치대는 자신 때문에 별장으로 도망가겠다는 아내를. 원망해야 했다. 애교도 많고, 착하기까지 한 아

481

내에게 저택 같은 별장을 안겨 준 성일을.

다시 침대에 드러누운 이한은 깊은 한숨과 함께 휴대폰을 찾았다. 점점 아내 바보가 되어 가고 있었다. 이대로는 미칠지도 몰랐다. 그러기 전에 무슨 수를 써야 할 텐데. 아내가 알몸으로 덤벼들어 정말 꿈에서 그 짓을 벌일 게 아니라면.

연애하기 전에 꿨던 꿈들도 끔찍했다. 언제부턴가 제 꿈으로 찾아와 침대 속으로 기어들어 오던 알몸의 공해주와 키스까지 했었다.

이것은 변태인가, 미친놈인가 인터넷으로 해몽까지 검색했고, 결국엔 꿈과 현실을 구분하지 못해 '진짜 공해주'를 덮친 적도 있었다.

이쯤 되면.

"……진짜 정신병인데."

고작 나흘. 공해주 없이 나흘을 버티지 못하고 백기를 든 셈이다.

이한은 진지하게 생각해 보기 시작했다. 어쩌다 자신이 이렇게 됐는지를.

황당했던 공해주의 고백, 치기 어렸던 공해주의 실연 여행, 당당하다 못해 저돌적이기까지 했던 공해주의 열 걸음.

꿈이 시작된 건 해주가 여행 중일 때였다. 공해주가 없는 서울, 공해주가 없는 옆, 공해주가 없는 하늘, 공해주가 없는…….

상상이 망상으로 변해 갈 즈음 전화벨이 울렸다. 해주일 것이다. 당장 오늘 안에 돌아오지 않으면 무슨 사달이 날지도 모르겠다며 이한은 단단히 협박을 하겠다고 마음을 먹었다.

하지만.

―공해주 별장 들어갔다며? 너희 할아버지 짱이다, 손주며느리한테 무슨 생일 선물로 별장을 주냐?

전 룸메이트이자, 친구이자, 아내 베프의 애인이 된 우진의 실없는 목소리가 흘러나오는 순간, 이한은 속으로 화를 참았다.

전화도 없다 이거지, 공해주?

"뭔데."

—우리 청첩장 나왔다.

비혼주의였던 이한이 결혼을 선언하자 3박 4일이 무색하게 놀려 대던 우진은 유부남이 되고 싶다 선포했다.

이한의 결혼 1년 만에 벌어진 일이었다.

"그런데."

—그런데는 무슨. 청첩장 받아야지.

"나중에 줘."

—그러니까 나중에 언제? 해주, 언제 서울 오는데?

그걸 알면 내가 그런 꿈이나 꾸고 있겠냐.

침대에 엎드려 누운 채로 전화를 받던 이한은 감았던 눈을 떴다. 침대 옆 협탁 위에 바로 보이는, 유럽으로 갔던 신혼여행 때 찍은 사진이 눈에 들어왔다.

이태리의 작은 항구 마을에서 찍은 사진이었다. 찍는 것도, 찍히는 것도 별로라 하던 그를 해주가 조르고 졸라 찍은 몇 안 되는 사진 중의 하나였다.

"보고 싶다."

—……너 지금 뭐라고 씨부렸냐?

그녀는 최대 한 달을 얘기했다. 나흘도 못 버티고 꿈을 꿔 버렸는데, 무려 한 달을 버틸 수는 없었다. 이한이 벌떡 몸을 일으켜 앉았다.

"그래서. 언제 청첩장 준다고?"

· *I like you* ·

별장에 짐을 풀자마자 그녀는 계획적인 하루를 만들었다. 규칙적인 기상과 수면, 그리고 작업 시간. 오전 9시부터 오후 6시. 그녀는 서재에서 시간을 보냈다.

작업이 이어지지 않을 때면 무작정 별장 밖으로 향했다. 작은 숲속을 거닐다가 글감이 떠오르면 미친 듯이 별장으로 뛰어와 다시 작업을 이어 나갔다.

어느 날은 노트북을 들고 나가 강변에 나가기도 했다. 텐트를 가져올 걸 그랬다는 말을 했다가 이한한테 호되게 혼이 난 적도 있었다.

결혼 전, 마지막 작품이었던 '시대'의 반응은 그야말로 엄청났다. 첫 역사 소설인 만큼 많은 시간과 노력이 부여됐고, 그녀에게는 도전이나 마찬가지였다.

존경하는 유택의 아류작처럼 비춰지는 건 아닐까 걱정도 했지만 기우였다. 1년 만에 100쇄를 찍었고, 해담 출판사의 영향력은 더욱 커지고, 해주는 믿고 보는 작가가 됐다.

다음 달 100쇄 기념으로 '시대' 한정판이 세상에 나오기 전, 그녀는 '시대' 특별편 온라인 연재를 앞두고 있었다.

본편 외에 온라인으로 외전을 공개하는 건 처음이었다. 독자들에게 뒷이야기를 알려 준다는 건, 그들의 상상을 무너뜨릴 수도 있는 일이고 만족을 줄 수도 있는 일이다. 실이 될지, 득이 될지 지금으로서는 알 수 없지만 해주는 작업에 전념하기 위해 신혼집을 나와야 했다.

물론, 그의 극심한 반대를 이겨 내야 했지만.

"뭐 좀 먹어 볼까."

작업 시간을 채운 해주는 서재를 나와 주방으로 향했다. 그러나 냉장고를 뒤지고, 비롯하여 주방 이곳저곳을 뒤져도 마땅한 요깃거리는 없었다.

컵라면 잔해들과 초콜렛 포장 껍질들, 한쪽에 접어 둔 과자 봉지, 개수대에 쌓여 있는 찻잔들. 신혼집에서 작업할 때는 삼시 세 끼, 임금님 밥상 부럽지 않은 8첩 반상을 대접받았는데 별장으로 오니 식사가 문제였다.

요리를 잘하는 것도 아니지만, 작업 때만 되면 유난히 먹을 것에 관대해지는 그녀가 요리 잘하는 남자와의 결혼으로 못된 버릇만 든 셈이다.

"엄청 뭐라 할 텐데."

냉장고에서 유통 기한을 하루 앞둔 푸딩을 발견한 해주가 중얼거렸다. 푸딩과 다 익어서 껍질이 거뭇해진 바나나로 식사를 때웠다고 하면 과연 그는 뭐라 할까. 기대보다는 걱정이 앞섰다.

기한은 무려 한 달을 잡았다. 이제 일주일이 지났을 뿐인데, 벌써 식사 때문에 문제가 생기면 안 된다. 내일은 근처 읍내까지 나가서 식당을 가 볼까.

일하시는 분을 차로 보낼 테니 식사 걱정은 말라는 이한의 제안도 있었지만, 작업에 집중하고 싶다는 핑계를 대자 그는 금방 수긍해 왔다. 신혼집을 나온 것도 미안할 일인데 그에게 밥걱정까지 끼치고 싶지는 않았다.

나중에 혼나지 않으려면 잘 해 먹어야 할 텐데. 이참에 장을 한번 봐?

거실로 나온 해주는 커다란 창을 앞에 두고 소파에 기대앉았다. 늘 이 시간이면 지는 석양을 바라보며 하루의 작업을 갈무리하고는 했다.

썼던 문장을 다시 떠올리고, 주인공들의 대사를 읊고, 문단의 첫 시작은 어땠는지 되새겼다. 반복되는 일상이지만 지루하지 않았고, 기대보다 작업 속도가 빨라 만족스러웠다.

그런데 어쩐지 오늘은 이상하게 글이 아닌 다른 생각부터 났다.

"전화해 볼까."

퇴근 앞둔 시간이라 바쁘려나? 목소리는 퇴근하고 들을까?

푸딩 하나와 겨우 바나나 한 조각으로 저녁을 대신한 해주는 석양 앞에서 천천히 눈을 감았다.

스며드는 잠 속에서 해주는 상상했다.

제 목소리를 듣고 좋아할 남편의 미소를.

"뭐야, 이게."

그녀는 아직도 꿈속이라고 생각했다. 그게 아니라면 눈앞의 이걸 뭐라고 설명하겠는가.

현대판 우렁 각시? 지니의 환생?

그게 아니면 정말로 내가.

"미친 건가."

꿈에 그리던 8첩 반상을 앞에 두고 해주는 뒷목을 긁적였다. 지저분했던 주방은 어디로 갔는지 모델 하우스에나 나올 법한 깔끔함으로 탈바꿈한 뒤였고, 식탁 위에는 따뜻한 저녁 식사가 마련돼 있었다.

수저 세트도 하나, 밥그릇도 하나, 국그릇도 하나였다. 온전히 그녀만을 위한 저녁 식사였다.

예상 가능한 인물은 이리 생각해 보고 저리 생각해 봐도 한 명이었다. 캐나다에 있는 가족들일 리도 없고, 오늘 건강 검진 일정이 잡혀 있는 성일일 리도 없다. 가사도우미를 불러들였다면 분명 언질을 했을 것이다.

이 별장의 위치를 알면서 해주의 식성을 파악한 사람.

곧장 휴대폰을 찾아 손에 들었다. 꽤 길었던 연결음 뒤에 그는 목소리를 들려주었다.

─응, 왜?

해주가 짧게 웃었다. 연기도 못 하는 사람이.

"어디예요?"

─차 안.

"그러니까. 그 차 타고 어디 가는데요."

외롭게 덩그러니 놓여 있는 밥 한 그릇을 보던 해주는 무의식적으로 냉동실을 열었다. 집에서 챙겨 온 듯한 냉동밥이 넉넉하게 스무 공기는 되어 보였다.

"이걸 나 혼자 어떻게 먹으라고."

─하루 두 개씩만 먹어도 모자라거든?

말도 잘하고, 요리도 잘하고, 손도 크고, 살림도 잘하는 남자가 틀림

없다. 해주는 꽁꽁 언 밥 한 공기를 꺼냈다.

"얼른 와요. 같이 먹게."

—······어떻게 알았어?

"알아 달라고 한 거 아니에요? 10분 안에 오면 자고 가게 해 줄게요."

나름 무리라고 생각해서 말한 시간인데 전화를 끊고 30초 만에 현관문이 열렸다. 뻔뻔하게 들어오기는 또 민망했는지 신발을 벗는 느릿느릿한 행동을 지켜보던 해주는 단숨에 그에게 다가가 안겼다.

두 다리로 허리를 안고, 팔로 목을 끌어안자 그는 자연스레 입술을 부딪쳐 왔다. 일주일 만에 맛보는 서로의 온기였다.

"어떻게 왔어요?"

"청첩장 주러."

절친한 친구들의 청첩장이 나왔다는 건 안다. 하지만 해주는 단번에 알 수 있었다. 청첩장은 핑계에 불과하다는 것을.

"솔직히 말해요."

"진짜야."

"아닌 것 같은데?"

"그래, 심심해서 왔다."

뒤늦게야 그가 실토했다. 장난스레 코를 맞대 비비는 그를 보며 해주가 키득키득 웃었다.

"어떻게 열흘을 못 참냐."

"네가 너무한 거야."

"차 팀장은 내가 선배랑 떨어져서 환호했다던데?"

"걔는 일을 잘하는 거고."

이한은 그녀를 안아 든 채 그대로 걸음을 옮겼다. 식탁 상석에 그녀를 앉히고, 전자레인지에 밥을 마저 뜨겁게 데웠다. 젓가락과 숟가락을 챙겨 들고 자리에 앉는 이한을 보며 해주는 뿌듯한 듯이 어깨를 으쓱거렸다.

"우렁 각시가 아니라 우렁 서방이네."

"알면 나한테 좀 잘하든가."

갓 지은 밥처럼 고슬고슬한 밥 한 숟가락을 크게 떠서 내미는 모습에 이한은 늘 그래 왔던 것마냥 반찬을 올려 주었다.

"밥 해 주실 분 보낸다니까."

"신경 쓰여서 싫어요."

"그럼 잘 해 먹든가."

"나름 잘 해 먹었는데."

"컵라면, 과자, 온갖 인스턴트밖에 못 봤어."

"그러니까요. 그걸 다 치우고 밥까지 했는데 나 왜 잘 잤지? 선배, 능력 짱인 것 같아."

길어지려는 잔소리를 차단한 해주는 정신없이 밥을 먹기 시작했다. 차돌박이를 넣은 된장찌개, 애호박무침, 고사리나물, 두툼한 달걀말이. 전부 그녀가 좋아하는 반찬들이었다.

이한은 턱을 괸 채 그녀가 먹는 모습을 바라봤다.

"작업은 잘 돼 가?"

"네. 온라인 연재는 출간일이랑 맞출 수 있을 것 같아요."

"차기작은?"

"시놉 대충 마무리돼 가요."

"나 휴가 낼까?"

반 공기를 비울 때쯤, 그가 말했다. 결혼하고 갔던 한 달여간의 신혼여행 동안 대표 대신 고생이었던 윤기의 진한 다크서클을 떠올리게 하는 말이었다.

"휴가 내고 뭐 하게요?"

"놀지, 뭐. 여기서."

여기서도 붙어 있게 된다면 해주가 별장까지 온 이유가 없어진다. 표정에서 생각을 읽었는지 이한은 마저 말을 이었다.

"마무리됐다며."

"끝냈다는 소리는 아니잖아요."

"그래서 싫어? 나 오늘만 자고 가?"

그녀는 숟가락을 든 채 한참을 생각했다. 떨어져 지낸 지 겨우 일주일. 매일 목소리 듣고, 수시로 하는 메시지만으로도 부족했던 건 사실이다.

해주가 으음, 소리를 내며 확실한 대답을 하지 못하자 이한은 장조림 한 조각을 잘라 그녀의 밥그릇 위에 냉큼 올렸다.

"내일 서점이나 가자. 읽을 책 좀 사게."

결국은 그의 승리였다.

· *I like you* ·

가평의 별장은 조용했고, 한적했다. 도시의 소음도, 탁한 공기도 없어 더할 나위 없이 좋은 작업 환경이었다.

그녀가 글을 쓸 때 그도 글을 썼고, 그녀가 책을 읽을 때 그도 책을 읽었다. 해주가 생각했던 것보다 이한은 잘 참고, 없는 듯 있었다. 작업에 집중하던 그녀가 궁금해할 만큼이나.

그는 때맞춰 작업실에 차를 갖다 주고, 달달한 간식거리를 안겨 주고, 삼시 세 끼 꼬박꼬박 야식까지 챙겨 그녀를 보살폈다. 심심하지 않느냐는 그녀의 물음에 살림이 체질인 것 같다는 우스운 소리도 했다.

미세먼지도 없고, 하늘도 청명하고, 솔솔한 바람이 부는 날이었다. 두 시간 정도 작업을 이어 나가던 해주는 문득 창밖을 확인하고 절로 기분이 좋아지는 하늘에 책을 챙겨 들었다.

그는 거실의 커다란 창에 등을 기대고 앉아 온몸으로 쏟아지는 햇빛을 맞으며 책을 읽고 있었다. 한 폭의 그림 같았다. 책장 하나하나를 넘기는 손길조차.

그녀는 가까이 다가가 데이트 신청하듯이 물었다.

"책 읽으러 나갈래요?"

밖은 상쾌했다. 조금 더 걷고 싶다는 해주의 제안에 별장 근처에 있는 호수를 끼고 돌아 무릎 높이까지 오는 억새밭을 지났다. 호수의 잔잔한 물결이 보이는 느티나무 한 그루 아래 자리를 잡고 그들은 책을 읽었다.

간간히 호수 주변으로 놀러온 사람들이 내는 작은 소음과 호수가 일렁이는 풍경, 살랑이며 불어오는 바람을 배경 삼아 책장이 넘어갔다.

"재밌어요?"

"나름."

단편 소설집을 고른 이한의 어깨에 기댄 채 해주는 그가 읽던 부분을 바라봤다. 문체가 투박하지만 거칠지는 않았다. 그의 취향이었다.

"선배 소설은 언제 나와요?"

"글쎄."

"쓰고 있기는 한 거예요?"

"응, 너 몰래 몰래."

시집을 출간한 후로 이한은 소설 집필 중에 있었다. 하지만 아내인 그녀는 시놉시스도 보지 못했고, 온라인 선 연재를 앞두고 있다던 소설의 단 한 편도 읽어 보지 못했다.

그녀는 작업을 마칠 때마다 그에게 보여 줘야 한다는 의무감 같은 게 있었는데, 이한은 정반대였다. 치사하다는 말이 나오지 않을 수 없었다.

"좀 보여 주지."

"나중에."

"그 말만 백 번째예요."

"만 번 채우려고."

그 순간 그들의 곁으로 공을 주우러 온 아이가 다가왔다. 아이 대신 공을 주워 준 이한이 긴 팔을 내밀었다. 세 살쯤 되어 보이는 아이가 바닥에 머리를 박을 듯이 인사하더니 찡긋 웃어 보이고선 부모에게로 돌아갔다. 피크닉을 온 듯 호수 근처에서 도시락을 먹고 있는 가족이었다.

"예쁘다."

"그러게."

"낳아 줄까요?"

결혼한 지 겨우 1년. 증손주 성화에 목이 마른 성일의 말을 매일 귓등으로도 안 듣던 이한은 의외라는 듯이 반응했다.

"낳고 싶어?"

아이 얘기를 진지하게 고민해 본 적은 없었다. 결혼 전에는 두루뭉술하게 '아직' 이라는 말로 넘어갔고, 여전히 그랬다. 은근히 물어 오는 주변에도 '아직' 이라는 두 글자를 붙이면 그만이었다.

그녀는 친부모에게 버림받아 지금의 양부모를 만났고, 그는 친부모에게 외면 받아 지금의 가족을 만들었다. 어쩌면 당연한 고민이었다.

"잘 모르겠어요."

"그럼 나중에 생각해."

"있으면 좋을 것 같기도 하고."

"난 지금도 좋아."

확신을 주는 이한의 말투에 해주가 살포시 웃으며 그를 돌아봤다. 어디선가 아이가 까르르 하고 웃는 목소리가 들려왔다.

"어디가 어떻게 좋은데요?"

"뭐 그런 걸 물어. 신혼이면 다 좋은 거지."

그럼에도 불구하고 구체적인 대답은 절대 안 하는 남자. 해주는 그의 턱을 간질이며 대답을 종용했지만 그는 결국 그녀가 원하는 달콤한 대답은 내어 주지 않았다.

대신.

"난 너만 있어도 돼. 아이 없으면 어때."

가끔 이런 감동을 주는 남자라 내가 정신을 못 차리지.

"근데 진짜 주실까요?"

"뭘."

"증손주 보여 드리면 스트릿을 주신다고 했는데. 그것도 한강 조망."

건물에서 거리로 뛰어 버린 성일의 넉넉한 인심에 이한은 기가 찬 듯이 웃었고, 해주는 주말쯤 성일을 보러 서울에 가자고 했다. 단숨에 정원 바비큐 파티까지 계획하는 해주를 보며 이한은 나무에 머리를 기댔다.

행복한 일이다.

문득 보고 싶을 때마다 고개를 돌렸을 때, 볼 수 있는 사람이 있다는 건.

행운인 일이다.

다가올 미래 속에 함께할지도 모르는 누군가를 같이 생각한다는 건.

아름다운 일이다.

너 하나여도 된다는 자신감으로 네게 내 진심을 전할 수 있다는 건.

"무슨 생각해요?"

시선은 아이에게 향한 채로 한참이나 조잘거리던 입술이 그를 향했다.

사랑받지 못해 움츠려 있었던 자신의 과거. 그 순간, 순간들을 밝혀 준 것에 보답하기 위해 그가 말했다.

"고맙다는 생각."

"뭐가요?"

"좋아한다고 말해 줘서."

네 마음을 말해 주지 않았다면 평생을 모른 채로 살았을 것이고, 글을 쓰겠다는 결심도 하지 못한 채로 나이 들고 있겠지.

네가 아니었다면.

지금의 안온한 삶도, 작가로서의 삶도, 탁하기만 했던 가슴 한구석이 뜨거워지는 삶도, 다 너로 인한 거라서 나는 고맙다. 그럴 수밖에 없다. 너에 대한 고마움만 안고 살아도 삶이 행복하다.

네가 없는 단 며칠이 힘들어 이렇게 너를 붙들고 붙드는 내 모습이 이제는 어색하지 않다. 너에게 사랑을 주려는 것뿐, 너에게 마음을 주려는 것뿐, 너는 또한 진심으로 좋아해 주니까.

해주가 빙그레 웃으며 그를 향해 완전히 돌아앉았다.

나란히 앉아 있던 둘 사이의 거리가 좁혀졌다. 왜인지 그녀는 사랑한다는 말보다 좋아한다는 말을 내뱉고는 했다.

결혼 전에도, 결혼 후에도. 좋아한다고 말해 그를 기분 좋게 했고, 들뜨게 했고, 뜨거워지게 했다.

웃음으로, 마음으로, 진심으로, 또한 자신의 글로.

"그런 말 처음 들어요."

"처음 하니까."

"한 번만 더 해 주면 안 돼요?"

"싫어."

"왜요?"

"닳아."

"그런 게 어디 있어요."

"자주하면 감동이 없잖아."

그가 장난스레 다시 책을 들었다. 마음을 소리로 확인하고 싶은 여자와 마음을 진심으로 보여 주고 싶은 남자의 투덕거림이 끝나고, 해가 저물기 시작했다.

붉어지는 노을과 함께 책을 집은 부부의 수다는 간간히 이어졌다. 해가 지고, 바람이 조금씩 차가워지자, 그는 오늘 저녁 메뉴는 따뜻한 뭇국이 좋겠다고 말했다.

해주는 좋다고 했다.

남편에 대한 모든 게, 좋을 수밖에 없는 여자이니까.

—fin

작
가

후
기

새로운 이야기를 쓰고,
새로운 인물을 만나는 일은 제게는 언제나 봄날입니다.
다시 만나서 반갑고, 돌아갈 때면 아쉬워 더 오래 머무르기를 기대하네요.
봄처럼 따뜻하고, 가볍고, 산뜻한 이야기를 써 보고자 시작했던 글입니다.
〈그래, 나 너 좋아〉의 출간을 위해 애써 주신 많은 분들께 감사드립니다.

—2019년 4월,
문수진 올림.